MI NOMBRE
ES ZAMIR

HAKAN GÜNDAY

MI NOMBRE ES ZAMIR

Traducción de Suleyman Matos

El papel utilizado para la impresión de este libro ha sido fabricado a partir de madera procedente de bosques y plantaciones gestionadas con los más altos estándares ambientales, garantizando una explotación de los recursos sostenible con el medio ambiente y beneficiosa para las personas.

Título original: *Zamir*

Bunker Books S.L.
Cardenal Cisneros, 39, 2º - 15007 A Coruña
www.bunkerbooks.es

ISBN: 978-84-128919-3-5
Depósito legal: CO 740-2025

Impreso Ulzama Digital

A todas las mujeres asesinadas por ser mujeres

De igual manera a como comercializamos un refresco o un detergente, así vendemos también la paz... Al igual que se publicita la guerra, así también convertimos la paz en un anuncio publicitario.

John Lennon

LA BOMBA Y EL BEBÉ

Entonces, todo en este mundo es metralla. En realidad, una nube de metralla para ser más exactos. Y de ahí que las galaxias y cualquier cosa se expandan y distancien. Y de ahí que el universo se desplace violenta y simultáneamente en todas direcciones. Tarde o temprano acaba por impactar contra algo o algún lugar. Tarde o temprano acaba por causar extinciones y desapariciones. Y así la Vía Láctea, el Sol en su interior, el planeta Tierra que lo circunvala y todas las personas que lo habitan junto con todos sus pensamientos no son más que metralla. Y sus pensamientos, creencias, emociones y todos sus inventos. Todo. Y es que el ser humano existe para ser inseparable del ser humano. Porque si no fuese así... porque si todo lo que tiene que ver con el ser humano no fuese metralla, no se hubiese producido cuarenta años antes aquella explosión en el campo de refugiados de Al-Aman en la frontera turco-siria. Y así, un bebé de seis días no hubiese terminado atrapado en una tormenta de bolas de acero y ese pequeño rostro no se hubiese roto en pedazos. Pero lo hizo. Tres de esas canicas incandescentes remataron alojadas en su cabeza. Una en la mejilla izquierda, otra bajo el ojo derecho y otra más se le clavó en la carne de la barbilla. Como consecuencia, cada célula que encontraron en su camino se derritió y se formaron tres profundos cráteres en su rostro. En resumidas cuentas, que todo en este mundo es metralla.

Si no fuese así este libro no existiría.

Uno de los que encontró al bebé después de la explosión fue Yusuf Alí. Un poeta de Alepo. Años más tarde describió aquel momento de esta manera:

> «Habían instalado una tienda junto a nuestro contenedor. Para una mujer recién llegada. Ella era la que estaba cuidando al bebé. A la caída de la tarde el campamento se encontraba en silencio. Por eso oímos su llanto. Lloraba sin descanso. Incluso nos quejamos de que no nos dejaba dormir... Entonces explotó la bomba. Corrimos a su lado. Al momento vimos su rostro cubierto de sangre. Su respiración era agitada. No ha muerto, nos dijimos. No había muerto, pero... ya no lloraba. Nos miraba en silencio. Pero miraba de hito en hito. ¿Conoces esa forma de mirar de los bebés? Como si te estuviesen interrogando. Y es que en realidad estaba pidiendo una explicación. Todos lo entendimos. ¿Pero qué habíamos entendido en realidad? Nada. ¿Le dimos alguna explicación? No.»

Esa noche se libró una batalla a vida o muerte en el quirófano del hospital del campamento, que se había salvado de la bomba. Asbjörn, un cirujano de Stavanger de treinta y dos años, luchó durante tres horas como una auténtica remalladora para recomponer el rostro destrozado del bebé. El corazón del bebé se paró tres veces durante la intervención pero Asbjörg no se amilanó. Tan solo en una ocasión se le empañaron los ojos. Pero la enfermera que lo asistía era veterana —sabía de qué iba aquella batalla— y enjugó las lágrimas del cirujano de la misma manera que lo hacía con el sudor de su frente. Cuando por fin amaneció, aunque lo que había quedado alrededor de los ojos del bebé no parecía una cara, por lo menos era un trozo de carne capaz de respirar. Solo entonces pudo Asbjörn agradecerle a la enfermera que hubiese enjugado sus lágrimas. A continuación, la mujer le ayudó a quitarse el delantal cubierto de sangre y, como conocía a las personas tan bien como conocía la guerra, dijo:

—¿Qué lágrimas?

Cuando lo trasladaron a cuidados intensivos, los dos médicos que atendían a los demás pacientes abandonaron por un momento sus tareas para felicitar a Asbjörn por su trabajo, a lo que este no replicó nada. Al abandonar el hospital prefabricado y dirigir la mirada al insondable azul del cielo quiso inspirar profundamente pero no fue capaz. Ya fuese por los dos paquetes de tabaco que fumaba al día o porque ya no le quedaba paciencia para nada en este mundo, oxígeno incluido, cuando intentó tomar aire solo consiguió comenzar a toser. Mientras se dirigía hacia el contenedor que llevaba catorce meses haciendo las veces de su hogar se percató de algo: no estaba cansado. A pesar de no haber dormido nada en toda la noche y de haberla pasado de pie no percibía el más mínimo atisbo de cansancio. Y entonces se dio cuenta: no sentía nada. Como si nunca fuese a volver a sentir nada en lo que le quedaba de vida.

Asbjörn entró en el contenedor. Se sentó en la cama. Quería hablar con su mujer, allá en Stavanger. Aunque para ello no necesitaba llamarla, porque en el mismo momento de alargar el brazo hacia el teléfono que estaba en la mesita de noche ya había comenzado a escuchar la conversación en su cabeza. Sabía lo que ambos dirían.

Asbjörn diría que tenía la intención de renunciar a su trabajo en el campo y regresar a Noruega y ella le preguntaría el porqué de esa repentina decisión. Asbjörn no le mencionaría el bebé para que aquella maestra de Primaria no tuviese que preocuparse por ninguna bomba y, en vez de ello, le diría:

—Porque os extraño mucho, a ti y a los niños.

Entonces su esposa le recordaría que había firmado un contrato para trabajar en el campamento de El-Aman durante veinticuatro meses y le insistiría para que se quedase. Escucharía en silencio a aquella mujer y recordaría los días en que ella le gritaba:

—¡No puedes marcharte! ¡Tu familia te necesita! —Y cuando intentase convencer a su esposa le oiría decir las siguientes palabras—: Pero cariño, es un deber sagrado... Alguien tiene que hacerlo... Esas personas desesperadas necesitan un médico, un cirujano...

Asbjörn dio por concluida aquella conversación imaginaria y, mientras miraba la pantalla en negro del móvil que llevaba toda la noche apagado, tomó una decisión: en cuanto se asegurase de que la salud del bebé no empeoraría y no moriría en un futuro próximo, dejaría el campamento de El-Aman sin más explicación y regresaría a Noruega. No fue la única decisión que tomó.

Volvió a dejar el móvil sobre la mesilla de noche y sacó una caja de la maleta que guardaba bajo la cama. Alrededor de la caja se enroscaba un arrugado lazo de raso carmesí y en la tapa se leía *El Massaya*[1]. Quiso deshacer el nudo pero el temblor de manos se lo impidió. Rompió la caja en pedazos, como un animal salvaje, y sacó una botella azul de su interior. La luz que entraba por el ventanuco del contenedor cayó sobre aquella botella, regalo meses atrás de un colega beirutí por Año Nuevo. Contempló el brillo del sol a través de aquel cristal azul. Como detestaba su olor anisado ni siquiera se le había pasado por la mente abrirla hasta ese día. Pero ya no sentía nada. Ya nada odiaba o rechazaba. Años más tarde, Asbjörn diría sobre el momento en que decidió abrir la botella:

[1] Una marca libanesa de arak, un destilado anisado de alta graduación (todas las notas son del traductor).

«Por aquel entonces yo no bebía. Pero algo sucedió esa mañana. Cuando salí de la operación me encontraba abotargado. Todo mi ser se hallaba entumecido. Mi mente, mis pies, mi nariz, todo yo. Y entonces me entró miedo. Temí que aquel abotargamiento ya no fuese a terminar nunca. Y fue por eso... por si aquella insensibilidad continuaba... que abrí la botella y le otorgué el control. Así fue como terminé bebiendo dos litros de whisky al día. Me convertí en un alcohólico. Así creo que fue cómo ocurrió. Porque continúo sin sentir nada. Es solo que... ¿Sabes ese primer trago del día? En el momento en que tomo el primer sorbo. ¡Es entonces cuando siento algo! Es al anhelar ese primer sorbo que por un momento siento algún tipo de conexión con este mundo.

¡Durante unos segundos incluso me siento feliz! Es por eso que hay algo de lo que estoy seguro: ¡Si un alcohólico no ansía ese primer trago del día como a su propia vida es que no merece seguir vivo! Es más, ese primer trago le recuerda al alcohólico su dependencia del alcohol. En ese instante comprende que no puede vivir sin alcohol. Pero el ser humano es como un animal estúpido que tan solo al final de su existencia alcanza a entender su vínculo con la vida. En su mismísimo último aliento. ¡Más de un alcohólico no se percata hasta ese último aliento de que solo ha estado sobrio durante ese primer sorbo! Y entonces estira la pata entre llanto y arrepentimiento. Aquella noche el bebé murió tres veces y tres veces resucitó. Creo que ese bebé lo entendió todo nada más nacer. Le bastó un vistazo para entender lo preciosa que era su vida. Estoy seguro de que tomó su primer aliento con la misma ansia con que yo tomo el primer trago del día. Ese bebé nació amando ya la vida. Por eso no murió aquella noche. No fui yo quien salvó su vida; se salvó a sí mismo. Y de paso me salvó a mí. Porque fue gracias a ese bebé que descubrí que no era un auténtico cirujano y que nunca lo sería. Porque mis sentimientos eran demasiado intensos. Porque le daba demasiadas vueltas a las cosas. Un cirujano debe ser insensible como un jefe de Estado. ¡Así debe ser! No sé, como cualquier jefe de Estado que alguna vez haya iniciado una guerra en alguna parte, por ejemplo. En resumen, que debería poder decirse a sí mismo, como haría ese dirigente, no pienses en los rostros de esos niños achicharrados. No pienses en sus piernas amputadas ni en sus panzas reventadas. ¡Haz tu trabajo! ¡No pienses en nada! ¡Que se jodan esos bebés!»

Por supuesto, no fue por casualidad que se hubiese escogido para la detonación el campamento de refugiados de El-Aman de entre las que se distribuían junto a la frontera. A diferencia de los otros asentamientos, para los refugiados de Al-Aman existía una posibilidad real de alcanzar una nueva vida. Gracias a las conexiones internacionales de los gestores del campamento, los habitantes de El-Aman podían aspirar a salir de allí y algún día volver a reunirse con los que habían dejado atrás, en sus casas. Al fin y al cabo, el día en que un refugiado deja su hogar y se echa al camino también se deja a sí mismo atrás. Porque, tras haber afrontado tanto dolor, la persona que se echa al camino ya no será la misma que era cuando alcance su destino. Y es que, para quienes permanecían en el campamento era posible soñar con alcanzar un día una geografía sin guerra. Incluso podría llegar un día en que esas personas obtuviesen el estatus de refugiados que merecían, de modo que sus Estados pudiesen eludir sus obligaciones legales para con sus migrantes y así consiguiesen, con el apoyo de la administración de El-Aman, reunirse en sus países de destino. Ese campamento funcionaba como una puerta entre dos dimensiones diferentes, entre un universo donde los refugiados se rebanaban el cuello unos a otros en los caminos por una gota de agua y otro donde se rebanaban el cuello unos a otros en las tiendas por un teléfono de oferta. Fue por todo esto que la bomba explotó en El-Aman y no en cualquier otro lugar. De hecho, esa era la razón por la que el bebé se encontraba en ese campamento. La bomba y el bebé se encontraban allí por el mismo motivo.

En El-Aman había esperanza.

Nunca se llegó a saber quién había puesto la bomba. Pero sí que era evidente quién había hecho pasar la frontera a aquel bebé que había nacido en suelo turco tan solo seis días antes de la explosión. Era obvio quién lo había introducido en secreto en aquel campamento de Siria. De hecho, según Yusuf Alí, para Asbjörn estaba claro que aquel bebé, cuyo llanto había cesado por el destrozo que había causado la explosión en sus nervios faciales, nunca más volvería a llorar.

24 DE DICIEMBRE POR LA MAÑANA

Faltaban siete días para que el mundo entrase en un nuevo milenio cuando asistí al funeral de Asbjörn. Habría sido un momento perfecto para llorar pero no pude derramar una sola lágrima. Me resultaba imposible hacerlo al encontrarme ante un cuerpo frío y rígido, una situación que siempre me ha producido inquietud. En todo momento llevaba conmigo la botellita blanca, lista para sacarla del bolsillo y poder verter en los ojos con disimulo unas gotas de aquel líquido; la ciclosporina que me permitiría lucir una mirada llorosa. Pero al final decidí que ya había agotado mi cupo de mentiras y me senté en aquella pequeña iglesia en silencio y sin pretender engañar a nadie. Porque mis lágrimas podían ser un artificio, al igual que mi rostro, pero el dolor que sentía ante la muerte de Asbjörn —el hombre que había salvado mi vida en El-Aman cuarenta años antes— era real.

Cuando salí de la iglesia de Stavanger la ventisca de nieve ya había amainado. Ahora se extendía ante mi vista un paisaje completamente diferente y todo parecía sacado de una estampa navideña. Caminaba por una postal. Mientras bajaba la escalinata del edificio mi teléfono comenzó a sonar. Era Federico, llamaba desde Palermo. Contesté al momento con una pregunta:

—¿Se ha abierto la brecha?

—No... aún no han encontrado el momento adecuado.

—Bueno, todavía hay tiempo.

—En realidad, no. Por eso te llamo. Han adelantado la hora de salida. El envío se hará el 27 de diciembre.

—Lo que quiere decir que lo harán en Nochevieja... en medio de las celebraciones.

—Eso parece.

—Pero el juego sigue en marcha, ¿no?

—Puede terminar en cualquier momento.

—Federico, es imprescindible que se abra esa brecha en el muro antes de que el juego acabe. Si no...

Callé. Porque en cuanto bajé las escaleras y puse un pie en la acera me encontré bloqueándome el paso a la mujer de pelo blanco con la que había evitado establecer contacto visual durante la ceremonia. Aunque su esposa había abandonado a Asbjörn hacía años, nunca había dejado de amarlo y por ello nunca habían llegado a divorciarse.

Oí la voz de Federico:

—Sé que muchos morirán.

—Te llamo más tarde —le dije y corté la llamada.

La mujer de pelo blanco no dijo una palabra. Tan solo se me quedó mirando durante un momento y, sin poder contenerse, me abofeteó. Las personas que se encontraban ante las puertas de la iglesia fingieron no ver la escena mientras abotonaban sus abrigos. Al fin y al cabo, salíamos de un funeral y abofetearse no dejaba de ser una de las miles de maneras de expresar el duelo. La mujer de pelo blanco tomó aire varias veces y los ojos se le humedecieron. Parecía querer disculparse, pero no dijo nada. En vez de eso me abrazó. No había nada que compartiésemos aparte del hecho de que ambos conocíamos a Asbjörn. A aquella anciana le ocurría lo que a mí, no sabía cómo actuar al encontrarnos. Oscilaba entre el enfado y la pena, y aquello alteraba su respiración. Hasta el punto de que comenzó a temblar. Pude sentirlo. Terminó por recostar la mejilla izquierda sobre mi pecho. ¿Podría escuchar los latidos de mi corazón? No lo creo. Mi abrigo era demasiado grueso. Puede que quedase el rastro de unas pocas lágrimas que no tardarían en secarse mientras cada uno siguiese su camino bajo la nieve. Aun así, no quería que aquel momento terminase. No quería que se apartase de mí. Porque en cuanto me retirase los brazos de los hombros volveríamos a quedar cara a cara. Y entonces se desataría en mí el dolor, primero en la frente y después en todo el cuerpo. Un sentimiento negro e intenso que se extendería como una mancha de petróleo en el mar y sería como si todo se borrase de mi mente excepto dos preguntas.

¿Por qué no morí en aquel campamento?

¿Por qué sobreviví?

Porque sobrevivir no equivale necesariamente a vivir. Para hacerme estas preguntas me bastaba con tomar aliento. Me ocurre con frecuencia, en un momento dado del día me avergüenzo de existir.

La anciana de cabellos blancos retiró las manos de mi espalda y, agarrándome por los codos, me dedicó una última mirada. Después se volvió para alejarse a paso lento. Ella sabía que debía ocultar a todos sus conocidos que había acudido aquella mañana al funeral de Asbjörn. En especial a sus dos hijos, que no habían visto a su padre en años y jamás lo habían perdonado. Por eso no tenía ningún brazo en el que apoyarse durante el camino de regreso. Se esforzaba tanto en caminar como en mantenerse en pie con su soledad.

Me quedé mirando las pequeñas huellas que iba dejando sobre la nieve que cubría la acera. Quizá estaban ahí para que las siguiera. Quizá debería hacerlo, seguirlas. En esta ocasión debería haber sido yo quien la abordase, quien la abrazase, y después ofrecerle mi brazo para que se apoyase y acompañarla. Pero no lo hice. Porque, tal como había temido, un dolor ponzoñoso se abrió paso en mi frente, amenazando con envolver todo mi cuerpo como una camisa de fuerza para dementes. ¿Por qué motivo no había muerto en aquel campamento? No dejaba de sentirme como alguien que nunca debería haber existido. ¿Por qué sobreviví? Me sentía como alguien que se queda de pie mientras todo el mundo permanece sentado a una mesa atestada. ¿Cómo es que no morí en aquel campamento? Como esa gota que desborda. Así era como me sentía, como esa gota que nunca encuentra su lugar en el vaso y nunca encaja en sitio alguno. ¿Por qué sobreviví? Tres veces me habían descartado para este mundo y aun así tres veces había regresado. Sin olvidar que ni siquiera tengo rostro.

No importa adónde vaya, dónde me esconda ni el empeño que ponga en permanecer a solas conmigo mismo; sé que nunca seré capaz de librarme de ese sentimiento, ya sea en un ascensor vacío, una cama individual o una isla desierta. Tanto da. Allá donde me encuentre siempre sentiré que sobro. Me quedé mirando mis manos enguantadas, mis dedos estaban de más. Miré mis pies, también estaban de más. Estaba de más en el espacio que ocupaba. Mis ojos estaban de más. Con toda probabilidad no deberían haber visto todo lo que vieron, lo que estaban viendo o lo que aún habrían de ver. Cerré los ojos. Quizá la anciana de cabello blanco no había podido oír los latidos de mi corazón, pero ahora mi pecho era como un campanario. Los latidos de mi corazón eran ahora ensordecedores. Yo estaba de más, el mundo estaba de más.

¡Cálmate, esto pasará!, me dije.

Porque siempre era así. Ese dolor, ese extraño sentimiento acompañado de preguntas se presentaba de improviso como una apendicitis súbita y pasaba galopante como una ligera crisis cardíaca. He sufrido estas acometidas muchas veces en mi vida. Para esto no hay cura ni medicina. En este mundo no hay manera de mejorar para alguien que se siente avergonzado por el mero hecho de existir. O al menos eso era lo que yo pensaba. Había pasado años bajo la espada de Damocles de este sentimiento. ¿Puede darse el caso de que nazca un niño ya poseído por el remordimiento? ¡Sin duda alguna! ¡Los propios huesos pueden romperse hasta el tuétano de puro remordimiento! En especial cuando se trata de un niño que posee un rostro tan deformado que revuelve el estómago y todo el mundo tuerce la cara para no mirarlo. La primera vez que sentí vergüenza de mí mismo fue a los seis años. Por el hecho de no tener rostro. Me moría de bochorno. A partir de entonces nunca he dejado de encontrar una y otra vez cientos de razones para la vergüenza. Si viviera mil años, otras tantas razones encontraría. Para mí siempre ha sido un misterio cómo alguien puede proyectar tanta ira y dolor sobre sí mismo. Allí parado frente a la iglesia de Stavanger, como un árbol abatido por un rayo, abrí los ojos y recompuse mi respiración. Me sentía más tranquilo. Lo que había motivado momentos antes la explosión de vergüenza que acababa de vivir era obvio: se me dio por pensar que había sido el motivo por el que Asbjörn había muerto. Encontrarse conmigo había causado su muerte. Por salvar mi vida había perdido la suya. O así lo creía yo.

Estaba siendo un día extraño. Porque no era el único en aquella acera que se sentía avergonzado por el mero hecho de existir. Allí estaban, saliendo con precipitación y un lazo azul al cuello por la puerta de la iglesia hacia la escalinata de breves peldaños. Esas personas, de conciencia taladrada por el sentimiento de culpa, me eran conocidas por Asbjörn. Aunque se esfuerzan porque no se les note, me miran y después intercambian miradas entre ellos. A pesar de las súplicas de amigos y familiares e incluso de las amenazas de volverle la espalda, Asbjörn siempre se había negado con vehemencia a someterse a tratamiento por su adicción al alcohol. Por eso había ido perdiendo con el paso de los años todo lo que tenía en la vida, empezando por sus hijos, y cuando murió a los setenta y dos años se encontraba completamente solo. Sin embargo, a pesar de continuar emborrachándose, en sus últimos años había frecuentado las reuniones de un grupo de apoyo y terapia. Este grupo, llamado Atlantes Anónimos, había sido fundado por noruegos que no podían evitar el sentimiento de culpa por haber nacido en un país próspero, en contraste con un mundo de desposeídos. El nombre de Atlantes lo habían escogido por sentir que llevaban sobre sus hombros el peso del mundo entero. Sus relaciones sociales y sus vidas cotidianas se habían visto afectadas por ese sentimiento de culpa que no dejaba de obnubilarlos. Por ello acudían a un psicoterapeuta elegante y se esforzaban en ayudarse unos a otros contra este sentimiento de culpa que los corroía por dentro. En Noruega y países de su entorno existían organizaciones no gubernamentales y grupos de apoyo muy similares a Atlantes Anónimos.

Sea como fuere, una misteriosa depresión comenzó a propagarse entre los adultos de los países escandinavos. En las notas que tomaron los psicólogos durante sus sesiones, con el ánimo de encontrarle una explicación a aquella plaga, encontramos frases como:

> «En realidad no tengo ningún problema, pero no sé por qué, no acabo de encontrarme bien. Lo tengo todo para ser feliz... pero no lo soy.»

Después de un tiempo se vio que todas estas personas tenían dos cosas en común. En general buscaban el progreso a nivel mundial y, por ello, procuraban mantenerse informados sobre la gente que vivía sus vidas amenazadas por el hambre, la pobreza y la guerra. Así acabaron desarrollando un fuerte sentimiento de empatía. Que semejante epidemia de depresión fuese desconocida en países incluso más ricos, como los del Golfo Pérsico, no aportaba ningún alivio.

Por fin, Asbjörn había sucumbido a la depresión como cualquier persona sensible por haber nacido en un mundo sin justicia ni igualdad y terminó falleciendo de una cirrosis alcohólica. Fui la persona a quien operó. Su último paciente. A partir de entonces el paciente fue él. Aquella noche se había infectado de mi muerte. O así lo creímos ambos. La mujer de pelo blanco y yo. Pero entonces, al darnos cuenta de que aquello significaba acusar de asesinato a un bebé de seis días, nos volvimos a abrazar para no tener que seguir mirándonos a la cara. Al mismo tiempo, los miembros de aquel grupo de nombre Atlantes Anónimos también se abrazaban unos a otros en medio de la acera frente a la iglesia. A pesar de expresarse en susurros, las palabras de consuelo que intercambiaban eran perfectamente audibles y me quedé mirando cómo secaban con pañuelos sus lágrimas. Con toda probabilidad no habían conocido a Asbjörn de un modo íntimo, pero eso no tenía ninguna importancia. Porque los Atlantes Anónimos compartían un mismo dolor. Este era un mundo en el que las familias no se conformaban alrededor de la sangre, sino del dolor. Por lo tanto, no necesitaban conocer la comida favorita de Asbjörn ni su signo zodiacal para llorarlo.

La cinta azul que llevaban al cuello era el símbolo de su sentimiento de culpa. Estos escandinavos se habían sentido asfixiados por una depresión que había llegado a conocerse a nivel global y habían acabado por ser el hazmerreír del mundo entero. De hecho, no dejaba de recordárseles que Suecia es uno de los mayores exportadores de armas y donde los Sami, el pueblo indígena tradicional de la región, habían sufrido discriminación y se había llegado a leer en algún titular, en referencia al Síndrome de Estocolmo, que *¡Ahora el asesino se ha enamorado de la víctima!*

Algunos de estos titulares también habían aparecido en Turquía.

Cuando no se conseguía encontrar un tema que convertir en noticia o se pretendía desviar la atención de los asuntos del país se recurría una y otra vez al asunto de la depresión escandinava y los *expertos opinadores* lo exhibían como un buen ejemplo de la hipocresía de Europa. Sin embargo, si los encargados de diseñar esos periódicos echasen un vistazo a su alrededor se darían cuenta de que también los turcos, como los escandinavos, podrían sin duda caer en la depresión a causa de las macropolíticas estatales. Después de todo, los turcos que han frecuentado durante un tiempo a un psicólogo alegando sentir depresión se expresan así:

> «Siento que la gente me evita. Como si nadie me quisiese... incluso como si me odiasen. Mis amigos, mi familia... Pero no sé por qué, solo sé que me siento solo.»

Yo sabía que esas frases realmente se habían dicho porque cada tres meses llegaba a mi mesa el *Informe sobre situación psicológica individual y global de los países miembros del G20*. Como estoy siempre en movimiento y no siempre tengo la oportunidad de sentarme a esa mesa me veía obligado a leerlo en mi teléfono. Para ser sincero, descubrir que los turcos no se sienten queridos no fue ninguna novedad. Porque los titulares que se han estado oyendo durante años han sido siempre los mismos: *¡He aquí otro enemigo* *de Turquía!* Y esos *enemigos* de Turquía le habían impuesto al país un duro embargo durante siete años. Como consecuencia, tan solo se podían adquirir en el extranjero medicamentos y alimentos. Por otra parte, tan solo habían pasado cinco meses desde que el Bundestag alemán votase y aceptase el texto de la llamada *Ley de Despedida.* De acuerdo con esta ley, los turcos que en el pasado habían emigrado en masa eran expulsados de Alemania. Ya no era *Türken Raus,* aquel grafiti amenazador que había aparecido en Kreuzberg. Ya no se trataba de un eslogan sino de la implementación de una medida política oficial. Así que, cada vez que un turco va al psicólogo y se pregunta «¿por qué nadie me quiere?», el porqué se hace evidente.

Mientras caminaba hacia el taxi que me esperaba al otro lado de la calle miraba el panel publicitario digital que dominaba la colina. Decía, en inglés y en grandes letras rojas, NUEVO MILENIO. Entonces despareció la palabra MILENIO y MUNDO la sustituyó. MUNDO también desapareció en favor del anuncio de un casino recién inaugurado y la palabra OPORTUNIDAD hizo su aparición.

Me metí en el taxi y me senté en el asiento trasero y le dije «hola» a un espejo retrovisor que me devolvía mi reflejo.

—Al aeropuerto, por favor.

Como me cuesta mover los labios al hablar, el taxista no entendió lo que le había dicho. Ya estaba acostumbrado a que no me entendiesen. Esta vez solo dije «aeropuerto» y me recosté en el asiento.

Me puse a pensar en mi casa de Estambul. Intenté recordar el salón, la terraza, la cocina y los dos dormitorios. Pero no fui capaz. No había dormido en mi propia cama durante casi un año. Por supuesto que era capaz de describir cada rincón con todo lujo de detalles, pero la casa en sí no aparecía ante mis ojos. El que se preveía como un breve viaje de negocios en enero había terminado resultando un maratón interminable. Porque aún no había cerrado un expediente cuando ya tenía otro abierto. Me vi arrastrado de un país a otro. Viviendo en hoteles por meses. Desde la ropa hasta el cepillo de dientes, todo se veía gastado y lo tenía que reponer. Lo único que tenía conmigo era una maleta y el estuche negro de un chelo. Cuando viajaba en taxi la maleta acostumbraba a ir en el maletero, mientras que el chelo ocupaba el asiento delantero, sujeto por el cinturón de seguridad, y yo me sentaba detrás. Entonces, ¿me esperaba alguien en casa? Lo recordaría si fuese así. Porque uno no se olvida de que está solo. Lo sabe por experiencia.

Justo cuando estaba llamando a Federico sonó el teléfono. Era Grace, de Londres. Estaba en un momento de mi vida en que siempre contestaba al teléfono con una pregunta.

—¿Lo has conseguido?

—Sí. Fue difícil, pero lo he conseguido.

—¿Lo has contrastado con el informe oficial?

—Estoy en ello ahora mismo...

—¿Y?

—Tal cual como habíamos anticipado. Todas las cifras son falsas. Bangladesíes, pakistaníes, caribeños, asiáticos... Sus *coeficientes de ponderación* se han reducido a la mitad. ¡Todas las puntuaciones de las minorías se han desplomado!

—Obviamente, Grace.

—¿Qué hacemos ahora?

—Ya te informaré —le dije. Y corté la llamada.

Respiré hondo y renuncié a llamar a Federico. Porque en ese momento ya solo quedaba esperar a que se abriera la brecha. Esa brecha se abriría en la pared de una celda que se hallaba en la base naval de Estados Unidos en Sigonella, en la isla de Sicilia. Así Chasta, el prisionero que llevaba tres años ocupando esa celda, un Sioux de la tribu Oglala, alcanzaría a mirar por ese pequeño agujero en la pared y así podría al fin vislumbrar la verdad. Si es que ese agujero se abría a tiempo, claro. Es decir, antes de que Chasta abandonase la celda. Y lo que era aun más importante, antes de que terminase el juego.

Saqué la botellita blanca del bolsillo. Me eché unas gotas en cada ojo. Miré mi reflejo en el espejo retrovisor y me dije que ya me estaba haciendo falta. Ahora sí que tenía un rostro que encajaba con mi estado de ánimo. Me recosté en el asiento y miré por la ventanilla. Mientras veía cómo se reanudaba la nevada me imaginé llorando. Primero en silencio y después con auténticos sollozos.

Ese día, en el taxi que me llevaba al aeropuerto, mientras me secaba con la punta de los dedos aquellas lágrimas de mentira que caían por mis mejillas, no tenía ni idea de que todo se disponía a cambiar en pocos días. Y es que estaba a punto de llegar un momento mágico que me transformaría en una persona diferente. Por fin mi propia existencia cobraría sentido. Estaba a punto de sentirme realmente vivo por primera vez desde que había nacido cuarenta años antes. Lo principal es que al fin hallaría la respuesta a dos preguntas.

¿Por qué no había muerto en aquel campo?

¿Por qué había sobrevivido?

Porque me encontraba a punto de cambiar el mundo.

PALAZ Y EL-AMAN

Ninguna organización se atribuyó la responsabilidad por el atentado de El-Aman. Por ello, los servicios de inteligencia y las fuerzas especiales se afanaron en localizar a todos los grupos armados que operaban en la región, algo que en realidad no servía para mucho en una zona de conflicto. Porque en una guerra, quien decide qué ataques a civiles se juzgan son quienes establecen los tribunales al final de la contienda. Por lo tanto, por regla general los que establecen esos tribunales son los que ganan la guerra, los autores rara vez pagan el precio de sus acciones y la factura se les pasa a terroristas suicidas.

Lo que distingue a los explosivos caseros de otras bombas es que las sustancias que se usan para fabricarlos son legales. Estos explosivos se producen con sustancias accesibles a todo el mundo. Por lo tanto, al final no hay mucha diferencia entre el dueño de una fábrica ilegal de armas que produce a gran escala, los generales que venden armamento procedente de los almacenes de su propio ejército o los traficantes ilegales que trabajan a comisión. Por lo tanto, en los explosivos caseros, desde quien los fabrica hasta quien los va a usar son responsables de que sean más baratos que otras bombas y es imprescindible el concurso de la creatividad de alguien a la hora de producirlos para que sean instrumentos efectivos para masacres. Estados Unidos, que fue el primer y único país en lanzar bombas atómicas sobre seres humanos, tuvo que tomar de su propia medicina cuando el embargo económico al que sometió a Irán alegando que estaban enriqueciendo uranio hizo que se detuviese el proceso de fabricación de armas convencionales, algo que no afectó a la producción de explosivos caseros. Su producción, sin embargo, pudo impedirse tras la explosión porque, solo a raíz de las investigaciones que se llevaron a cabo tras la explosión, fue posible identificar la sustancia activa e imponer restricciones comerciales. De inmediato, se dedicaron sin descanso a buscar las sustancias legales que les permitieran esquivar estas restricciones y continuar produciendo explosivos caseros. Por ejemplo, si se imponen restricciones al nitrato de amonio usado en la elaboración de fertilizantes para la agricultura, siempre encontrarán la manera de hacerse con el nitrato de potasio empleado en la industria farmacéutica como alternativa. Como en ese momento tanto Siria como los países vecinos habían impuesto restricciones a la comercialización del clorato de potasio, la bomba de El-Aman se había fabricado recurriendo al peróxido de hidrógeno empleado en la industria papelera. Como metralla habían usado dos kilos de bolas de acero. Lo colocaron todo en un botiquín de primeros auxilios que a su vez metieron en una bolsa que alguien introdujo en secreto en el campamento y depositó en un contenedor de basura ubicado justo detrás de unos inodoros portátiles.

Esto es cuanto se pudo saber de la explosión en El-Aman, a lo que quizá se podría añadir lo siguiente: los que preparan estos explosivos caseros son personas que pertenecen por entero al mundo moderno que, siempre a la búsqueda de la manera de mejorar a la hora de enfrentarse a sus adversarios, se dedican a predicar sobre las razones que justifican su uso de la fuerza contra sus *objetivos* de acuerdo con un *pensamiento positivo*. Basta con que haya alguien tomando su medicación, comiéndose unas verduras o leyendo un libro; cualquiera puede terminar volando por los aires como les ocurrió a los diecisiete heridos y a los cuatro muertos en El-Aman.

Como son personas muy modernas no tienen ningún problema en que los muertos y heridos sean civiles, incluso lo prefieren si con ello creen que alcanzarán mejor sus objetivos. Porque saben cómo se administra la memoria en el mundo moderno, es decir, saben que es posible decidir qué se olvida, qué se recuerda y cómo se recuerda.

Pongamos por caso una organización armada que lucha por la independencia y que en el pasado destrozó el rostro a un bebé con una de sus bombas caseras y más tarde crea un Estado llamado Final Feliz que recauda impuestos y consigue que todo aquello se borre de la memoria colectiva, incluso llegarán a proclamar la fecha de la explosión en el campamento de refugiados como fiesta nacional y celebrarán cada año ese día como su aniversario de independencia. Al contrario que con la bomba, sí existía una persona que sabía quién había llevado el bebé a El-Aman era Raif. El bebé había llegado al campamento en brazos de su madre Zerre, de quince años. Zerre se fue directa a donde se encontraba el único olivo del límite sur del campamento y se encontró con Raif, que la esperaba al otro lado de la alambrada. Había conseguido negociar con los contrabandistas que suministraban de todo a los residentes en el campamento que —por tres cartones de tabaco— se abriese en aquel mismo momento una brecha en la valla que tuviese el tamaño suficiente para hacer pasar a un recién nacido. Zerre besó al bebé por última vez a la sombra de aquel olivo y lo pasó a través de la verja, dejándolo en manos de Raif.

Aquel día Zerre abandonó al bebé en un campamento de refugiados. Es obvio que no le resultó una decisión fácil de tomar. De hecho, no fue una decisión que hubiera tomado ella, sino que le vino dada. A Zerre no le había quedado otra opción. La vida de Zerre había transcurrido en la desesperación, al contrario que la de los fabricantes de la bomba casera, para los que era posible decir que siempre hay una alternativa.

Había nacido en Palaz, el pueblo más pobre de Turquía, situado a cuatrocientos metros de la frontera con Siria y a seiscientos de El-Aman. A la edad de un año Zerre ya caminaba y a los dos hablaba, a los once dejó de caminar cuando se le prohibió salir de casa y a los doce dejó de hablar cuando se enteró de que la iban a casar, a los trece huyó de casa con intención de buscar refugio en la Gendarmería pero fue interceptada antes por su marido, que le dio una buena paliza, a los catorce intentó refugiarse en la muerte pero fue salvada antes por su marido, que le dio una buena paliza, a los quince se quedó embarazada y recuperó el habla. Por supuesto, nunca había ido a la escuela porque ni siquiera constaba en el registro civil. A pesar de ello había intentado aprender a leer. Pero como el único libro que había en la casa era un Corán en árabe colgado de la pared pensó en cuál sería la mejor manera de resolver el problema con lo que tenía a su alcance y se puso a buscar todos los textos que hubiese en alfabeto latino. Todo lo que pudo encontrar fueron folletos lanzados desde aviones por las fuerzas aéreas de Turquía, Francia, Estados Unidos y Rusia. Cada uno de los folletos había sido diseñado para los miembros de alguna de las organizaciones armadas involucradas en la guerra civil de Siria y para los simpatizantes civiles que daban su apoyo a dichas organizaciones. Cada país pretendía establecer contacto con cada uno de los grupos con un panfleto diferente. Aunque estos folletos se lanzaban sobre el espacio aéreo sirio el viento los arrastraba hasta Palaz. Así fue como Zerre se hizo con una buena colección de folletos militares. A pesar de todos sus esfuerzos, Zerre no consiguió aprender a leer pero se dio cuenta de que en la guerra de Siria participaba gente venida de todas partes del mundo y sí llegó a poder reconocer palabras como «¡Rendíos!» o «¡Entregaos!». Aunque no tenía ni idea de a quiénes se referían...

Mientras muy lejos de allí, las quinceañeras paseaban por la calle con la única preocupación de no chocarse con una señal por ir mirando sus teléfonos móviles, Zerre, que tenía prohibido levantar la cabeza y mirar a su alrededor cuando cruzaba la plaza del pueblo, chocó intencionadamente con Raif como si hubiese chocado con una rama. Zerre tenía muy claro que había nacido en un mundo en el que asignar todo premio o castigo era una tarea reservada en exclusiva a los hombres y entendía a la perfección que la única manera de liberarse del yugo de un hombre era someterse al de otro. La razón por la que había escogido a Raif era porque cada mañana cruzaba los límites de El-Aman para llevar pan en su camioneta. Y para la gente de Palaz, El-Aman era El Dorado, una ciudad de cuento de hadas.

Los que, como Raif, tenían la oportunidad de ver el interior del campamento no dejaban de hablar de él. Incluso los que solo lo habían visto una vez no dejarían de hablar de ello durante semanas, añadiendo detalles nuevos cada vez. Porque allí tenían todo lo que no había en el pueblo: guardería, escuela, biblioteca, hospital, oficina de correos, calefacción, grifos con agua corriente e incluso un cine... Y además era todo gratis. En Palaz también había luz eléctrica, pero en El-Aman era gratis. Se suministraban tres comidas al día y todos los meses recibían la visita de un deportista o un actor o actriz de fama mundial que venía acompañado de la prensa. Lo único que podían hacer los habitantes de Palaz era subirse a los tejados aterrazados de sus casas para ver a la multitud y a estas visitas de relumbrón desde seiscientos metros de distancia y después reunirse en el café del pueblo y encender la tele para ver qué estaba pasando. Porque estas visitas siempre aparecían en televisión y los comentaristas siempre contaban la misma historia: «¡La siguiente parada para los que se alojan en El-Aman es Europa!». Algunos incluso acababan en Australia. Puede que hasta en Estados Unidos. Como si el mundo entero estuviese esperando con los brazos abiertos a quienes venían de El-Aman. Pero no sabían nada de los que estaban en Palaz, a tan solo medio kilómetro. En ningún canal de televisión se mencionaba Palaz, allí no se recibía ninguna visita. Ni los funcionarios del Estado que había en la región se acordaban del nombre de Palaz. La llamaban la aldea de la *frontera*. Quizás fuese así. Aquella aldea no era más que una frontera. Y El-Aman estaba más cerca de Palaz que de Şanlıurfa, de Mersin o, por supuesto, de Estambul.

Por ello los niños de Palaz, al igual que sus padres, tíos y hermanos mayores, no pensaban en buscarse una vida mejor en ninguna de esas ciudades, sino que soñaban con encontrarla en El-Aman. Así que llegaba un momento en la vida de cada niño de Palaz en que se daban cuenta de que eso era imposible y el sueño estallaba en pedazos. Era un sueño que se rompía como le ocurre a los niños que muy lejos de allí descubren que Papa Noel no existe. A fin de cuentas, El-Aman había sido creado para los fugitivos de una guerra civil, no para los que vivían en paz. Aunque no quisieran admitirlo, había niños de cinco o seis años que rezaban para que en Turquía estallase una guerra civil. Y cuando sus madres los pillaban haciendo estas preces les arreaban un buen tortazo y solo les quedaba salir a los tejados de sus casas a secarse las lágrimas y continuar con la vista puesta en El-Aman. De hecho, se mostraban enfadados. Su ira iba dirigida en especial a los niños de su edad que vivían en el campo y a quienes ni siquiera conocían. Creían que esos niños, al contrario que ellos, eran unos suertudos. ¡Suertudos y felices! Porque podían ver desde las terrazas de sus casas que en El-Aman incluso tenían una noria en un pequeño parque de atracciones. A lo mejor no habría suscitado tanta envidia si por lo menos no funcionase, pero es que no dejaba nunca de dar vueltas, como si quisiese sacar de sus casillas a los niños de Palaz. Y por si esto fuera poco, cuando se ponía el sol relucía con bombillas de colores. Para aquellos niños tener que ver aquella noria iluminada desde la distancia sabiendo que nunca podrían alcanzarla era más doloroso que una bofetada de sus madres. Incluso Zerre había llorado siendo aún una niña al ver aquellas luces coloridas desde la terraza de su casa y no cuando su madre le había cruzado la cara al oírle decir «¡Ojalá hubiese una guerra aquí!».

Zerre había crecido suspirando por un lugar en el que nunca pondría un pie. Y fue por esto que Zerre, a pesar de estar ya embarazada de seis meses, hizo por toparse con Raif al ir caminando por el pueblo y por establecer contacto visual con el joven. Porque deseaba para el hijo que estaba por nacer lo que había soñado ya antes para sí misma. Quizá no podría conseguirlo para ella, pero existía la posibilidad de introducir el bebé en El-Aman. Hasta lo decían en la televisión, que de El-Aman se podía salir para acabar en la otra punta del mundo. Claro que a Zerre le hubiese gustado acompañarle en ese viaje, pero para ella había pasado ya el tiempo de saber que Papa Noel no existía. Incluso aunque lograse colarse en el campamento rápido se enterarían de dónde venía y la devolverían a su pueblo. Pero un recién nacido no tenía idioma, religión ni nacionalidad. Por lo tanto, su lugar de nacimiento sería el lugar donde lo encontrasen. Y si ese lugar tenía que ser uno rodeado por los cuatro costados de alambre como El-Aman, la madre de ese bebé ya había tomado la decisión de que viviese en ese campamento. Y tampoco sería el primero.

Que apareciese un recién nacido entre dos contenedores o dos tiendas no era nada extraordinario en El-Aman. De hecho, era algo habitual a ambos lados de la frontera. Porque en ambos países las mujeres siempre nacen como prisioneras de guerra aun en tiempos de paz. Ya nacen con la guerra perdida y presas de los hombres. Por eso en ambas tierras era tan habitual que una mujer decidiese abandonar a su recién nacido como que pasase toda su vida sufriendo la agonía de ser una prisionera de guerra; incluso era habitual que terminase siendo ejecutada salvajemente a la vista de todos como tal.

24 DE DICIEMBRE MEDIODÍA

El taxi se detuvo ante la puerta del aeropuerto de Stavanger. Me bajé del taxi y eché un último vistazo al cartel que dominada la colina: nuevo MILENIO, nuevo MUNDO, nueva OPORTUNIDAD...

Pasé entre los ruidosos turistas que iban a esquiar y entré en el edificio. Todavía tenía dos horas antes de subir a mi avión. Me eché el estuche del chelo a la espalda y me puse a caminar sin prisas arrastrando una maleta enorme. A mi alrededor todo el mundo parecía tener mucha prisa. Pero estábamos en un aeropuerto y los que iban a coger un avión no querían retrasarse. Eran adictos a las prisas y ya no sabían vivir sin esas premuras. Porque en esa época todo era urgente. Siempre se vivía con prisas, en las calles, en las avenidas, en las casas. En ese aeropuerto, como en todas partes, la gente pasaba a mi lado como si fuesen ambulancias. Sí, eso era exactamente lo que parecían, ambulancias. Porque lo único urgente que llevan dentro es la condición de enfermo. Porque semejante clase de enfermo vive a todas horas la ilusión de estar llegando tarde a todo en su vida, ya fuese al amor, al conocimiento, al dinero o a sus vacaciones y sufría por sentir que *siempre llegaba tarde*. Pero, al contrario que una ambulancia que se apresura cuanto puede para poder asistir a un paciente, semejante enfermo solo se apresura para alcanzar su propia muerte. Y como es natural, la muerte también anda ligera para todos estos enfermos. Hasta tal punto es urgente que ni siquiera se dan la oportunidad de cerrar los ojos.

Esta generación que *va por la vida con los ojos siempre abiertos* acabará pasando por la historia de la humanidad sin pena ni gloria. Desaparecerán con la misma velocidad del truco de manos de un ilusionista. Eso lo que mejor les pega. Porque sus vidas no son más que un espectáculo de ilusionismo. Parece magia... pero no lo es.

¡Yo no vivía para nada en la misma época que todos ellos! Por ejemplo, salía al mercado cualquier producto nuevo y al momento lo compraban. Este afán por comprar formaba parte natural de sus vidas como si hubiesen nacido haciéndolo. Apenas llevaba unos días en el mercado la Maleta Guía y todos la tenían. Ya había visto el anuncio. Era el último modelo de maleta inteligente, que se desplaza por sí sola al lado del dueño. Le dabas una dirección o le indicabas un lugar de viva voz y la maleta se ponía en marcha. Sus dueños no tenían que preocuparse de perderse en un pasillo del aeropuerto o buscar una dirección en una ciudad desconocida. Por todas partes se veía gente siguiendo a sus maletas. Cuando una maleta reducía la velocidad para dar la vuelta a una esquina el dueño lo hacía también. O si el dueño se paraba para tomar un café la maleta lo esperaba a su lado. La escena había sido diferente años atrás, cuando habían salido las primeras maletas inteligentes; la gente iba al lado de la maleta o delante de ella. Ahora las maletas iban delante y las personas detrás. Quizá fuese mejor así. Durante mucho tiempo las personas habían sido las que caminaban al frente guiando al objeto. Ahora, por el contrario, era el nuevo objeto el que guiaba a las personas. La gente ya solo trabajaba para poder poseer cada novedad que aparecía. A mí me daba la impresión de que solo se amaba la novedad, cuanto más nuevo mejor. Puede que incluso fuese esa la única razón por la que se amaban los bebés. Porque nadie los había usado antes nunca. Un trozo de carne inmaculado, un último modelo, el último grito. Puede que ellos entendiesen algo que yo no alcanzaba a comprender porque lo veía en sus rostros: todos eran mucho más felices con su nueva maleta. Por eso había que caminar con cuidado. No me quedaba más remedio que procurar no interponerme entre alguien y su maleta. Me mantenía alejado de aquellas personas y sus maletas de la misma manera en que uno evita interponerse entre alguien y su perro. O de aquellas maletas y sus personas. Porque aquí ocurría con la maleta como con un perro, la persona era la que seguía a la maleta. Cuando a veces ocurría que me tocaba ver a alguno gritándole a su maleta porque había enfilado el pasillo equivocado por algún problema técnico no podía dejar de sentir la fuerza de la conexión que los unía. Les berreaban encendidos, como lo harían con sus propios hijos, y ellas les devolvían la mirada con la cabeza gacha. De todas maneras, había otros que actuaban con más tacto. Se agachaban para ponerse a su altura y se esforzaban por mantener la calma. Acercaban la cara a la maleta mientras la sostenían con una mano en cada lateral y les repetían con gran paciencia y tono pedagógico: «Puerta de embarque número 322... puerta de embarque número 322...».

Los que no tenían claro dónde se encontraba el receptor de sonido les susurraban las órdenes a diferentes puntos de la maleta: «Punto de control de pasaportes... punto de control de pasaportes...».

En realidad, aquellas personas que empezaban a enrojecer de ira y que parecía que estaban cubriendo sus maletas de besos solo anhelaban una cosa: que alguien los escuchase. ¡Les resultaba suficiente que la maleta los escuchase y reaccionase dirigiendo sus ruedecitas en cualquier dirección! A veces sucedía que la maleta se ponía de repente en marcha justo cuando su dueño ya estaba a punto de perder toda esperanza. Entonces el dueño salía tras la maleta con gran emoción tan solo para que esta se parase sin previo aviso, el dueño chocase con ella y ambos acabasen por los suelos. Pero pronto se volvían a poner en pie y comenzaban de nuevo a suplicar a la maleta. A fin de cuentas, lo que ansiaban en verdad era dejarse llevar por la sabiduría de aquel objeto. Porque entonces todo resultaría impecable como en sus sueños, de hecho, serían capaces de ordenarles a su maleta guía «¡Al infierno!» y seguirla hasta las profundidades del Averno.

En cuanto a mí... no me llevo muy bien con las novedades. Tiendo a mostrarme escéptico con todo lo nuevo. No sé por qué... Quizá... Quizá fuese por esto, porque cuando quedaban siete días para un nuevo milenio, un nuevo mundo y una nueva oportunidad me dirigía a un nuevo campo de concentración que Alemania estaba a punto de inaugurar. Un campo de concentración último modelo, nuevecito, impoluto, sin estrenar.

Como no vivía en la misma época que todos esos que me rodeaban iba fijándome en los rótulos de las paredes, a la búsqueda de un lugar donde echarme un pitillo. Tras una larga caminata encontré una gran sala acristalada atestada de docenas de personas fumando y allí me metí. La maleta, el estuche del chelo y yo ocupábamos el espacio de tres personas. En cuanto hicimos nuestra entrada recibimos miradas hostiles. La extracción de aire no funcionaba. O más bien, como sucedía en muchos aeropuertos, no se habían molestado en ponerla a funcionar; nadie estaba dispuesto a alentar el hábito de fumar proporcionando aire fresco y limpio. Era eso o que salía más barato.

Aquella sala acristalada se encontraba repleta de gentes provenientes de los países más pobres del orbe. Siempre eran los mismos. Los que habían sido instruidos en la creencia de que sus vidas no valían nada. Porque todos aquellos adictos a la nicotina habían nacido en países donde todo se fabricaba con la materia prima local más barata, la carne humana. Bombas humanas, escudos humanos. No fumé ningún pitillo. No porque creyese que mi vida era valiosa —en realidad no conseguía acostumbrarme a fumar por mucho que lo intentase—, es que me sentía mucho mejor entre todas aquellas personas. En la mayoría de los países donde habían nacido había habido alguna guerra. Y en este mundo no era posible huir del dolor ajeno para siempre. El mundo no era lo bastante grande. No importa dónde se encuentre uno, llegará el día en que se vea afectado por tragedias ocurridas en el otro extremo del mundo. Por lejos que se encontrasen, el humo de alguna guerra tarde o temprano impregnaría sus pulmones. Solo por esa razón, lo primero que hacía al llegar a un aeropuerto era visitar esas salas acristaladas. No quería esperar a que el humo me alcanzase. Era yo quien iba al encuentro del humo. Ansiaba sentir en mi interior cómo el humo alcanzaba mi corazón. Puede que fuese deformación profesional. O un efecto secundario de mi trabajo. Quizá estuviese a punto de enloquecer por no haber hecho otra cosa más que trabajar, no lo sabía.

Tan solo esa mañana, durante el funeral, me había sonado el teléfono no menos de veinte veces, pero no había contestado. Y eso a pesar de ser consciente de que cada una de esas llamadas era una cuestión de vida o muerte. Aunque yo no era un cirujano como Asbjörn, el sector en el que trabajaba tenía mucho que ver con vivir o morir.

Me he pasado trece años trabajando para una institución llamada *First World Peace Foundation*. Con sede en Ginebra y oficinas en sesenta y seis capitales, la fundación tenía 871 empleados. Aunque de estas 871 personas tan solo siete tenían el cometido de actuar como enlaces. Y yo era uno de ellos. Aunque esto de enlace era un título simbólico y se conservaba más bien por motivos románticos. La descripción del cargo que aparecía en el convenio que firmábamos era muy escueta: intermediar entre dos partes en conflicto o en estado de guerra, conseguir que se sienten a la misma mesa y después retirarse. En la página web de la fundación se podía encontrar una definición bastante similar sobre los objetivos con los que se había establecido la institución. En pocas palabras, la descripción de un trabajo ficticio que daría un estafador: «Generar y desarrollar procesos de diálogo que favorezcan la paz».

Oslo había sido el centro de este sector desde la Segunda Guerra Mundial y allí se habían cimentado los procesos de paz más eficientes. Pero con la desaparición de la URSS de la ecuación, es decir, con el final de la Guerra Fría, el eje se había desplazado a Ginebra. Eso es lo que había favorecido que se hubiese creado la *First World Peace Foundation* en aquella época. Después se habían creado muchas fundaciones similares pero la FWPF seguía siendo la institución estrella de la ciudad. Los enlaces contribuían al brillo de esa estrella. Lo que les contábamos a quienes decían no entender a qué nos dedicábamos era que nos considerábamos *diplomáticos civiles* que no se hallaban al servicio de ningún Estado. Vestíamos como diplomáticos y hablábamos como ellos, pero un diplomático nunca podría resolver los asuntos de los que nosotros nos ocupábamos. Y eso era porque nosotros no teníamos que rendir cuentas ante ningún Estado de los pasos que dábamos. Ni teníamos que cumplir ningún protocolo. Quizá una buena manera de definirnos sería la de *diplomáticos fantasma*. Porque los auténticos diplomáticos aguardaban a que se les abriesen las puertas y nosotros atravesábamos las paredes si era preciso. Al contrario que ellos, el mundo en el que nosotros existíamos era bastante más complicado y oscuro. Porque, en realidad, nuestra principal tarea consistía en persuadir e incluso forzar a las partes beligerantes a firmar la paz o al menos decretar un alto el fuego utilizando todos los medios a nuestro alcance. Si dos ministros de exteriores o dos jefes de Estado firmaban un acuerdo de paz y ofrecían una concurrida rueda de prensa, con toda seguridad nosotros habíamos sido los que habíamos propiciado que se llegase a ese momento. También podía ser que se tratase de un grupo, considerado terrorista por unos y una guerrilla separatista por otros, que después de setenta y cinco años de conflicto renunciase a la lucha armada, una decisión tras la que habría habido un largo camino y que con toda seguridad nosotros habíamos propiciado. Todas las conversaciones empezaban con nosotros. Nosotros dábamos siempre el primer paso. Los servicios de inteligencia llegaban después. A fin de cuentas, nos ofrecíamos a todos los servicios secretos. Porque puede que los enlaces no fuésemos del todo imparciales, pero actuábamos en territorio imparcial. Incluso con nuestra propia carne y sangre éramos terreno neutral. Éramos terreno neutral parlante y andante al servicio de todo psicópata de sangre fría y de cualquier sociópata afectuoso que hubiese en este mundo.

A fin de cuentas, mi trabajo era vender paz. Me esforzaba por convencerlos de que aceptar la paz que les ofrecía era bastante mejor que masacrarse unos a otros. Para conseguirlo no había camino que no intentase. La amenaza, el chantaje, el engaño, la mentira, la calumnia, el soborno... cualquier cosa que se me viniese a la cabeza. Para obtener esa paz me dedicaba a hacer lo mismo que solía necesitarse para iniciar una guerra. Como resultado, solo conseguía sentirme bien en aquellas salas acristaladas llenas de fumadores que no me conocían de nada.

El teléfono sonó en el mismo momento en que me encontraba fumando pasivamente quince o veinte cigarrillos. Quien llamaba era Monica Lagosla, la secretaria de mi jefe de Edimburgo, Calhoun, el presidente de la junta directiva de la fundación. Nada más contestar pregunté:

—¿Qué día es hoy?

—Martes.

Desde que había dejado Estambul, había estado registrando el tiempo por fechas. A la gente no le interesaba saber en qué día de la semana se les daba por lanzarse misiles unos a otros. Por lo tanto, a mí tampoco. Los que se hallaban inmersos en una guerra no entendían de jornadas laborales. Por lo tanto, yo tampoco.

—Gracias, Mónica. Dime, te escucho.

—Calhoun ha decido incluir el informe que has redactado en el último boletín del año. Ya sabes que el boletín se publica en la segunda mitad de enero.

La construcción del primer campamento donde se encerraría a los ciudadanos alemanes de origen turco que iban a ser deportados se acababa de completar tan solo cuatro días antes. Tenía que hacer una visita al lugar para evaluar las condiciones de vida que ofrecía y escribir más tarde un informe.

—Necesitamos que los textos nos lleguen de aquí a dos semanas, ¿te ves capaz?

En realidad, este tipo de tareas de observación y recogida de información me resultaba un completo fastidio. Y por si fuera poco, a todo esto tenía que añadirle un montón de tareas pendientes. Como es lógico, me encasquetaron el asunto de los turcos como si cayese de cajón.

—Sin fallo —le dije—. De hecho, puedo enviártelo ahora mismo, si quieres. Porque lo único que pienso escribir en ese informe es: vine, vi y vomité.

Mónica se rio, aproveché para extraer del aire una bocanada de humo y aspirarla, y cuando colgó me entregué a la ensoñación de estar expeliendo humo por la nariz.

El Gobierno federal alemán había cursado una invitación a la PRIMERA FUNDACIÓN MUNDIAL PARA LA PAZ como institución neutral para que mostrase a la opinión pública internacional hasta qué punto las condiciones de vida en los campos de los que era responsable cumplían con todos los requisitos de salubridad. Este había sido el motivo de la reunión con Calhoun en Edimburgo. Para él las opciones eran: o bien el Gobierno federal alemán se arriesgaba a que todo su trabajo de relaciones públicas se fuese al garete o nadie del mundo exterior llegaría a conocer la situación de los cinco millones de personas encerradas en aquellos campos.

—Alguien tiene que ver qué está pasando en esos campos —había dicho Calhoun—. Entra allí y echa un vistazo. Después escribes todo lo que hayas visto.

Mi teléfono volvió a sonar. Quien llamaba era Yossi, de Beytüllahim, el responsable de la fundación en Jerusalén. Nada más contestar pregunté:

—¿Otra vez?

—Sí, por desgracia...

—¿Cuántas personas?

—No sé el número exacto, pero hablamos de siete familias. Calculo que unas cincuenta o sesenta personas.

—¿Dónde?

—En las inmediaciones de Ramallah, una pequeña aldea...

—¿Toda la aldea?

—Sí. Me enteré esta mañana. Todos desaparecieron hace cuatro días. Las casas están vacías y nadie sabe dónde pueden estar. ¿Qué hacemos?

—Intenta averiguar sus identidades. Haz una lista de desaparecidos. Me están llamando, Yossi. Hablamos más tarde.

Llamaba Magali, de Lyon, la responsable de la fundación en París. Nada más contestar pregunté:

—¿Ya han llegado los machetes?

—¿Disculpa?

—¿Al levantarse por la mañana la gente encontró montones de machetes en las plazas del pueblo?

—No te entiendo.

—¿Apareció alguien en camiones repartiendo machetes por los pueblos?

—Eh... No tenemos esa información por ahora.

—Vale, entonces aún tenemos algo de tiempo.

—No sé... Creo que si no intervenimos pronto será como aquella vez en... ¿Dónde había sido? Ya sabes, hace años...

—¿Ruanda?

—¡Sí, va a ser como en Ruanda!

—No te preocupes, Magali. Los machetes aún no han hecho su aparición. Nadie va a degollar a nadie por ahora en Togo. Hablamos más tarde, me llaman.

Llamaba Sadi, de Estambul, el responsable de la fundación en Ankara. Nada más contestar pregunté:

—¿Ya ha terminado la reunión?

—Sí.

—¿Qué se ha decidido?

—Han rechazado la apelación.

—Entonces se va a llevar a cabo, ¿no?

—Sí, incluso van a publicar una declaración en breve.

—Alguien me está llamando, Sadi. Hablamos más tarde.

Nadie llamaba. El teléfono estaba bien callado. Aspiré una bocanada de humo de cigarrillo y me puse a pensar. Estaba claro que en Estambul era donde debía estar el 1 de enero, el primer día del nuevo milenio. Para empezar, yo también iba a participar en la votación. Porque el Tribunal Constitucional acababa de fallar en contra de las alegaciones del principal partido de la oposición sobre el plebiscito del Gobierno turco. La fecha escogida para la celebración del plebiscito acabó resultando muy adecuada. El primer día de la Fiesta del Sacrificio coincidía con el día de Año Nuevo. Así que, por primera vez en la historia del país, el segundo día de las fiestas sería jornada electoral. Votar en ese plebiscito se acabó considerando un deber religioso, no tanto por coincidir con la fiesta del Sacrificio si no por su contenido. Además, no había que olvidar que los que se consideran musulmanes y no celebran el año nuevo cristiano no tendrían ningún problema en saltar de sus camas el 1 de enero para ir a votar y no era algo baladí en términos de relaciones públicas. Porque en este plebiscito tan solo se le pedía al pueblo turco que respondiese a una pregunta.

¿Existe Dios?

El Gobierno turco había tomado la decisión de celebrar ese plebiscito tres meses antes. El principal partido de la oposición había recurrido al Tribunal Constitucional al considerar que esa pregunta iba en contra del principio de laicidad consagrado en la Constitución. El tribunal, que lo mismo se demoraba días como meses a la hora de emitir un veredicto, acababa de rechazar el recurso. Así que el plebiscito tenía vía libre y si los votos afirmativos superaban el cincuenta por ciento se aceptaría la existencia de Dios como resultado de un proceso democrático. A partir de ese momento, como es natural, solo en Turquía se podría decir cuál era la palabra de Dios. Pero para conocer la palabra de Dios ya no bastaría con leer el Corán, sino que sería necesario oír también al Gobierno que había organizado el plebiscito. Porque este plebiscito le otorgaría al Gobierno el monopolio también sobre la interpretación de la palabra divina. Aunque no quedaba ya nadie en ningún lugar del mundo y mucho menos, por supuesto, en el propio país que ignorase que se trataba de una estrategia populista e incluso muchos musulmanes reaccionaron preguntándose: «¿Cómo se atreven a preguntar sobre la existencia de Dios?». Estaba claro que este plebiscito suponía el primer e incluso lógico paso de un proceso que culminase con la instauración de una República Islámica. Y así, no se haría necesario imponer ese cambio de régimen por la fuerza de las armas a los millones de personas que apoyaban sin fisuras la laicidad del Estado, sino que el mero hecho de consultar al pueblo venía a favorecer que el cambio se produjese de manera gradual. Lo que probablemente ocurriría es que unos meses más tarde se convocaría otro plebiscito en el que la población tendría que responder a una pregunta del estilo: «¿Es el Corán la palabra relevada de Dios?». Por eso era tan importante que en esta temprana fase la primera cuestión sobre la que se tuviese que manifestar el pueblo fuese simple y aglutinante. ¿Y qué podría ser más unificador que preguntar sobre la existencia misma de Dios? Por no mencionar que los referéndums tienen la capacidad excepcional de crear realidades mágicas. Porque cuando una propuesta obtiene los suficientes votos pasa a convertirse en certeza. No hay nada que un referéndum no pueda hacer realidad. Se puede reinventar la Historia entera, se pueden reescribir las leyes de la Física e incluso se puede crear un universo paralelo al que mudarse a vivir. Así que la herramienta usada por el Gobierno turco demostraba ser la más útil para sus propósitos. Y se daba por supuesto que la existencia de Dios saldría aprobada de este plebiscito. No en vano, se había afirmado que el noventa y nueve por ciento de la población turca era musulmana. Aunque, sin duda, no había datos que puedan corroborar tal cosa, sí resultaba posible entender de dónde había salido aquel porcentaje echando un vistazo al origen de los clubs de motociclismo.

Justo después de la Segunda Guerra Mundial se organizó una carrera de motos en la ciudad californiana de Hollister. Los periódicos y revistas estadounidenses de la época vieron en ello una oportunidad para aumentar sus ventas. Tras la carrera estallaron una o dos peleas sin importancia pero que podían ser susceptibles de presentarse como si fuesen poco menos que una insurrección, hasta el punto de hacer creer que una tranquila ciudad había sido tomada por asalto por una tropa de bárbaros motoristas. Y así lo hicieron. Es más, un reportero que demostró una gran diligencia llegó al extremo de fotografiar escenas inventadas, como colocar una moto, rodeada de botellas vacías de cerveza que él mismo había ido recogiendo por la calle, junto a un borracho que estaba por allí sentado. Una de estas imágenes, acompañada de unos párrafos bien jugosos, apareció en la revista *Life*: el cliché del motorista borracho y errabundo acababa de nacer. La foto causó tal impacto que la Asociación Americana de Motociclismo, muy preocupada ante la caída de sus ventas, creyó encontrar una solución creando una explicación. De acuerdo con esta explicación, la responsabilidad de los acontecimientos que se habían vivido en Hollister aquel fin de semana podía atribuirse tan solo al uno por ciento de los moteros allí congregados. Como era de esperar, esta explicación basada en mentiras enfureció al colectivo de moteros. Por si fuera poco, lo que más enfureció a los moteros es que este discurso que se inventaba aquel imaginario uno por ciento convertía a esta inexistente minoría en el enemigo. De hecho, y con el fin de desactivar este estigma que se les atribuía, los clubs de motociclistas decidieron tomar cartas en el asunto. Comenzaron por añadirle a los chalecos de cada club un parche donde se leía 1% como protesta ante esta discriminación. Y así, gracias a la Asociación Americana de Motociclismo, se dio por bueno cual era la ratio de *marginados* y *fuera de la ley* entre sus socios: el uno por ciento.

La afirmación de los políticos turcos de que el noventa y nueve por ciento de la población era musulmana no difería mucho de la que habían hecho en su época los dirigentes de la Asociación Americana de Motociclismo. A fin de cuentas, lo que estaban haciendo los políticos era dar por sentado que solo el uno por ciento de la población del país no era musulmán. Porque, en el subconsciente de estos políticos y de sus asesores, los no musulmanes eran en su totalidad como esos motoristas que se ponían el parche del 1%, unos marginados sin respeto por la ley. Prueba de ello fue una foto tomada muchos años después de los incidentes de Hollister.

Fue durante aquellos días que pasaron a la historia como los Sucesos de Gezi, cuando se propagaron los actos de protesta contra el Gobierno del momento. Aunque cada uno de los participantes tenía sus motivos para echarse a la calle y coreaban diferentes eslóganes, lo que ocurrió en el Parque Gezi podría resumirse así: durante semanas se desarrollaron asambleas y marchas reivindicativas en contra de la restricción injustificada del derecho constitucional de libertad de reunión y manifestación que el Gobierno llevaba practicando durante años. Por supuesto, el Gobierno exigió de manera arbitraria que la Policía reprimiese estas reuniones y manifestaciones con una violencia desproporcionada. ¡Porque se consideraba inadmisible que se organizasen protestas para reclamar el derecho a la protesta! Sin embargo, para el Gobierno era importante hacer ver a sus electores que los manifestantes se habían hecho merecedores de aquella violencia desaforada. A fin de cuentas, no tenían ningún interés en quedar como una pandilla de sádicos.

En ese momento se hizo pública una fotografía. Una fotografía que vendría a demostrar que los manifestantes no podían ser musulmanes, o lo serían tanto como los islamófobos de la *English Defence League*. La agencia de noticias oficial del país distribuyó la imagen en la que aparecía, en una mezquita en la que se habían refugiado los activistas que huían a la carrera de la Policía el día anterior, una lata de cerveza vacía que alguien había dejado allí. La foto también daba a entender que los manifestantes, que habían pasado varias horas en aquella mezquita, eran parte de los millones de personas que se habían echado a las calles, auténticos enemigos de la religión como esos seguidores del *black metal* que quemaban iglesias en otras latitudes.

Así que no importa qué fecha sea en el calendario, que se trate de Hollister o de Estambul, falsear fotografías usando latas o botellas de cerveza vacías siempre funciona a la hora de crear ese uno por ciento de marginados. Y a la luz de todo esto, si se acepta que el noventa y nueve por ciento de la población de Turquía es musulmana no es descabellado asumir, a su vez, que el uno por ciento es una banda de motoristas errantes.

Y ahora que lo pienso, en aquella época fue factible que la fotografía de una lata vacía de cerveza en una mezquita y la subsiguiente, bien orquestada y reiterada gestión a nivel propagandístico, pudieron convertir los Sucesos de Gezi en el mayor aquelarre satánico del mundo. Pero no lo había sido. Claro que no. Y, aunque es cierto que las siguientes administraciones estuvieron muy lejos de esforzarse por seguir vendiendo ese punto de vista, la verdad es que así fue como pasó a la historia nacional: el mayor movimiento terrorista del mundo. A fin de cuentas, ¿quién podría haber creído que había millones de satanistas o enemigos del Islam en Turquía? Pero nadie podía negar la existencia de millones de terroristas en el país. Porque ya hacía mucho que se había prohibido negarlo.

Aspiré una última bocanada de humo de cigarrillo y salí de aquella sala acristalada. Me encaminé hacia la puerta de embarque en compañía de una fuerte fragancia a tabaco. Me detuvo una anciana con una cámara en mano y, para mi gran sorpresa, me preguntó en inglés:

—¿Estás vivo?

—No —le contesté y seguí mi camino. Poco después volvió a salirme al paso. En esta ocasión esgrimía una servilleta y un bolígrafo.

—¿Podría darme un autógrafo?

—No soy quien piensa —le dije.

—¡Sí que lo eres!

Esta vez mentí:

—Sí, lo soy. Pero no se lo diga a nadie.

—¿No estabas muerto?

Me llevé el índice a los labios.

—Shhhh...

Le habría guiñado un ojo si hubiese podido, pero todavía me resultaba medicamente imposible.

ZERRE Y LA MINA

En algunas latitudes y longitudes de este mundo hay hombres que se alimentan de carne de mujer. Esos hombres, como quien alimenta a los pollos con otros pollos, alimentan a las mujeres con la carne de otras mujeres. Palaz compartía latitud y longitud con los lugares donde habían nacido los que se habían refugiado en Al-Aman. Puede que Palaz fuese incluso peor. Si del lado sirio de la frontera se comía carne de mujer una vez por semana, en Palaz se podía llegar a consumir en las tres comidas diarias. Las familias decidían quién se casaba con quién tras arduas negociaciones. Como es obvio, ninguna chica se casaba con el chico que amaba. Y si a alguna se le ocurría ir demasiado lejos con su amado, o tenía la desgracia de ser violada por cualquier otro chico, todos sabían que acabaría asesinada. Así que en Palaz las mujeres solo nacían, daban a luz o morían con el consentimiento de sus familias. Así, como si fuese una ley de la física, a las chicas que conseguían ocultar su embarazo durante meses bajo los bombachos no les quedaba más remedio que dar a luz en algún campo alejado de las miradas indiscretas. Dónde dejarían los bebés dependía del estado de ánimo en que se encontrasen en ese momento. Ya tantas habían sido asesinadas que el miedo las llevaba a cometer ellas mismas un asesinato. Cerraban los ojos para no ver el rostro de esa personita que acababan de traer al mundo tan solo tres minutos antes y metían al bebé en un saco de patatas que se habían traído y lo arrojaban a un canal de agua. Algunas, al encontrarse por un momento cara a cara con su bebé, no podían evitar que la voz de su conciencia venciese su miedo a la muerte. Cruzaban el canal de agua hasta la autovía por la que patrullaba la Gendarmería tres veces al día y se dirigían hacia los álamos que la flanqueaban para dejar al bebé bajo la primera sombra que encontraban mientras rezaban una oración para que alguien lo encontrase antes de que muriese. Las más de las veces los encontraban aún con vida los propios gendarmes, porque esas jóvenes controlaban los horarios de las patrullas mejor incluso que los contrabandistas. Los que encontraban a los bebés no le dedicaban más de media jornada a intentar averiguar quiénes eran las madres. A todos les convenía que los huérfanos permaneciesen como huérfanos. Así, como solía decirse en Palaz y alrededores, nadie se veía obligado a pudrirse entre rejas por culpa de una *puta*. Por supuesto que también atrapaban a veces a las madres in fraganti en el acto de asesinar a sus hijos. Aunque rara vez sucedía. Puede que una cada diez años. Zerre tenía esa edad cuando vio a una mujer pasar por ese trance. Se llamaba Halime. Ese día Zerre descubrió que un bebé podía ser abandonado por su madre.

Halime había llegado a Palaz desde un pueblo lejano con diecisiete años y nada más llegar fue violada por el hijo de su marido, un paralítico de ochenta y un años, y quedó embarazada. Como tenía prohibido salir de casa y no estaba en terreno conocido, escogió el lugar equivocado para dar a luz en secreto. Escapó de la casa antes de la oración de la mañana y caminó hasta que consideró que ya se había alejado lo suficiente de la aldea y allí mismo se tendió en el suelo, se despojó de los bombachos y dio a luz. No quedó claro si tenía una intención real de matar al bebé pero, fuera lo que fuese lo que tuviese en mente, lo primero que hizo fue cortar el cordón umbilical con el cuchillo de cortar el pan que había cogido y después lo dejó allí mismo y se echó a andar. Pero cuando había recorrido tan solo cincuenta metros pisó una mina M14 de fabricación estadounidense. En cuanto oyeron la explosión, los habitantes de la aldea acudieron al lugar y primero oyeron el llanto del niño y después vieron a Halime tirada en el suelo con el pie izquierdo medio arrancado. Por supuesto, a ninguno se le pasó por la cabeza adentrarse en el campo minado que separaba Turquía de Siria para salvar a Halime ni a su bebé. Milagrosamente, Halime había conseguido adentrarse en el campo sin pisar ninguna otra mina, pero nada más dar a luz al bebé el milagro se había acabado. Zerre, que se encontraba entre los que se habían acercado al lugar, pudo ver y oír desde la distancia todo lo que ocurrió ese día.

Los parientes de su esposo, entre ellos el hijo que la había violado, le gritaban a Halime sin abandonar el lugar en el que se habían detenido y donde permanecían hombro con hombro, entre muestras de gran agitación. Los hombres la insultaban y la amenazaban con las más duras palabras mientras las mujeres la maldecían. Los parientes masculinos de menor edad, enfurecidos como perros rabiosos, incluso hicieron ademán de adentrarse en el campo, pero en el último momento los adultos consiguieron aferrar sus brazos correosos y hacerlos retroceder, de modo que aquellos críos tuvieron que limitarse a escupir al aire. Halime no se había movido del lugar donde había caído tras la explosión y se limitó a hacer el vano intento de incorporarse. Poco después, las chispas que salían por la boca de los familiares prendieron en sus resecas conciencias y se desató un incendio de odio. A esas alturas, ya le gritaban a Halime hasta los que no eran sus parientes. Fue entonces, entre los insultos, amenazas y maldiciones que se elevaban hacia el cielo como un humo negro, cuando Halime se movió. Hasta ese momento había yacido de costado apoyada sobre el codo izquierdo y entonces se apoyó sobre la mano izquierda hasta conseguir separar el hombro del suelo. Pero ahora no conseguía ponerse de pie. Logró mantener el torso en equilibrio sobre el costado izquierdo por un momento y entonces su propio peso la venció hasta hacerla caer rostro en tierra. Tomó aliento y se giró hasta ser capaz de mantenerse apoyada de espaldas. Halime comenzó a rodar. Poco a poco y con gran esfuerzo comenzó a rodar ante la vista de todos sobre un campo de minas. Cada vez que rodaba añadía medio paso a los cincuenta que la separan del bebé. El mundo seguía girando al tiempo que ella rodaba y los insultos, amenazas y maldiciones se fueron acallando, las llamas que inundaban el aire se fueron apagando y el fuego que consumía sus familiares y al resto de los habitantes de Palaz se fue convirtiendo en rescoldos. Todos contenían el aliento cada vez que Halime volvía a rodar y su torso volvía a tocar tierra, y todos aguardaban con emoción contenida una explosión. Como se le había caído de las manos el cuchillo del pan que había usado para cortar el cordón umbilical de la criatura, ahora Halime intentaba suicidarse con una mina. Incluso el bebé había dejado de llorar. Se trataba de un suicidio contemplado en silencio. Las palabras de Halime, que había dejado de rodar por un momento, fueron como un trueno que quebró aquel silencio. Gritó que había sido violada y que lo había sido por el hijo de su esposo. Los habitantes de Palaz se miraron unos a otros y comenzaron a hablar a un tiempo, montando una algarabía:

—¿Qué?

—¿Qué es lo que ha dicho?

—¿Tú has oído algo?

—¡Yo no he oído nada!

—¿Eh? ¿Qué ha dicho? ¡Va a decir la shahada!

En ese momento Zerre, al verse rodeada de toda aquella gente no había podido oír nada, quiso decirle a Halime que lo repitiese en voz alta pero su madre se había apresurado a taparle la boca con la mano.

Halime, al igual que Zerre, ya no dijo nada más y comenzó a rodar otra vez. Pero por poco tiempo. Rodó sobre el torso por última vez y en esta ocasión consiguió hacer detonar una mina. El cuerpo de Halime se volatilizó en una nube de polvo y su corazón se hizo añicos.

El bebé tuvo más suerte. No por haber sido rescatado por los gendarmes unas horas después, sino porque su familia se negó a acogerlo.

Años después, Deli Feri, la partera de Palaz, dijo:

«Todo el mundo olvidó a Halime menos Zerre. Como tampoco olvidó lo que dijo su madre aquel día, lo que dijeron todos. "Estúpida", la llamaron. "¿Es que no pudo encontrar un sitio mejor donde dejar al bebé?", dijeron.»

Quizá fuera por todo esto que Zerre había puesto tanto empeño en dejar al suyo en Al-Aman. A ello hay que añadir la admiración con la que su madre había hablado siempre del campo. Y que así ningún hombre o mujer de los que se dedican a roer las carnes de las mujeres pudiera decir: «¡Estúpida! ¿Es que no encontró un sitio mejor donde dejar al bebé?».

Zerre se cruzó muchas veces con Raif durante aquellos dos meses. Por fin, una mañana de un día de fiesta, se encontraron codo con codo en el anonimato de la multitud que atestaba la plaza del pueblo. Zerre besó la mano de su tía y al incorporarse aprovechó para mirar un tanto de reojo.

—¡No te acerques!

—¡Pero si estás embarazada! —dijo Raif. Lo dijo susurrando por encima del hombro y después se inclinó para besar la mano de su tío abuelo.

—Ya lo arreglaremos.

—¿Cómo? —replicó Raif. Metió la mano en el bolsillo para coger unas monedas para un niño que se había acercado también para el besamanos.

—Todo saldrá bien. Tendrás que llevar el niño a Al-Aman y nos iremos a Estambul. Allí nos casaremos. Ya tendremos después otro bebé.

Raif permaneció callado porque en ese momento le tocó felicitar las fiestas al marido de Zerre. Eran de la misma quinta, así que nadie le besó la mano a nadie. En el momento en que el marido se alejaba susurró:

—De acuerdo.

A Zerre le tocó besar unas cuantas manos más y por fin partió tras su marido. Raif aún se giró para mirarla, pero ya no pudo ver su rostro. De hecho, nadie lo vio. Porque Zerre había bajado ya la cabeza. Cuando su marido se detuvo unos cuantos metros más allá, se detuvo ella también.

—¿Tú qué tienes que hablar con ese mierdas?

Raif lo oyó a la perfección, pero ni se le ocurrió acercarse al marido, porque su condición de guardia provisional del pueblo le permitía llevar al hombro un AK-47.

—¿Eh? ¿De qué hablabais? ¿De qué?

Cuando Zerre se disponía a responder recibió una bofetada. Le siguió una patada en una pierna por parte de su marido. Y después un puñetazo en el costado. A cada golpe lo acompañaba un sonido de sordina y amortiguado. Como cuando se golpea una almohada. Zerre cayó al suelo. El intercambio de felicitaciones festivas se detuvo y todas las miradas se dirigieron a ellos. El marido de Zerre la agarró por el pelo y le dio otra bofetada. Zerre volvió a caer. Esta vez su marido no la levantó. Se echó al hombro el fusil que se le había deslizado hasta el codo y se alejó. Zerre se apoyó en ambas manos, se incorporó con dificultad y, mientras se arrancaba de las palmas de las manos las espinas que se le habían clavado, miró a Raif y después a la multitud que llenaba la plaza. Con una sola mirada los abarcó a todos. Tanto Raif como los congregados apartaron la mirada como si entre ellos y Zerre hubiese un campo de minas. Acto seguido reanudaron los saludos festivos. Quizá fue entonces cuando Zerre cambió de opinión, cuando se giró y emprendió la marcha tras su marido. Cojeaba un poco. Quizá cambió de opinión mientras caminaba con paso lento. Quizá cuando la paliza continuó en casa. Quizá cuando amaneció llorando en silencio con la vista clavada en el techo. Quizá al día siguiente, cuando su mente volvía una y otra vez a la imagen de Halime rodando por el campo minado, quizá una semana más tarde... Es imposible saber cuándo, pero lo cierto es que Zerre cambió de opinión. Encontró la manera de dejar de ser prisionera de un hombre. Y no incluía, como le había propuesto a Raif, huir a Estambul para pasar a ser prisionera de otro. Muy pronto se enterarían las gentes de Palaz del camino que había elegido Zerre. Y algunos se enterarían en el mismo momento en que muriesen.

Años después, esto es lo que diría Raif al respecto:

—¡Juro por Dios que no tenía idea de lo que pensaba hacer Zerre! ¡Juro por mi madre que no lo sabía!

24 DE DICIEMBRE POR LA TARDE

Me encontraba paseando por el mercado navideño de Freigburg. Frente a los puestos atestados de coloridos adornos navideños se amontonaban aquellos que habían dejado las compras para el último momento. No me quedaban dudas de que en el abeto que tenían en sus casas ya no había sitio para otro adorno, pero lo que querían era comprar todo lo que fuese reluciente. Era un revoltijo donde resultaba difícil distinguir a los empleados —que prácticamente les metían las garrapiñadas en la boca— de los que estiraban los brazos por encima de los hombros de los demás para poner el dinero en manos de los dependientes, quienes les entregaban el vino caliente que terminaba salpicando el suelo. Algunos volverían a sus casas para descubrir al llegar que acaban de comprar el mismo adorno que habían comprado ya el año anterior, pero aun así todos estarían contentos. O por lo menos harían todo lo posible por parecerlo. Conseguí abrirme paso entre la multitud y salí de la plaza, encaminándome hacia la catedral para asistir al servicio navideño. Aquellos que tan solo un poco antes se apretujaban haciendo sus compras, aguardaban ahora para entrar en el histórico templo formando una silenciosa fila. Y aún había quien era más silencioso que ellos. A su lado se hallaba una joven de piel oscura que sostenía una pancarta. En la pancarta se podía leer: «¡Me habéis echado de mi casa! ¡Feliz Navidad!».

En cuanto entré en mi habitación del hotel tomé una de las hojas para cartas que había sobre el escritorio y escribí sobre ella

«TOGO», mi próxima parada. Allí era donde se suponía que debía encontrarme con un tal General Dadjo con el fin de intentar evitar la inminente guerra civil. Al día siguiente fui a visitar el campo, situado fuera de la ciudad. El Estado alemán había denominado a este campo Treffpunkt. Esta palabra significa punto de encuentro y desde entonces se convertiría en motivo de chanza para los allí recluidos. Como no sabía cuánto tiempo me llevaría hacer mi trabajo allí, decidí organizar una reunión con el general para un día después. Y comencé a dar vueltas por la habitación. Me dediqué a hacer notas mentales buscando la forma de proceder que me permitiese hallar una solución para aquel expediente. En nuestro papel de intermediadores nos esforzábamos por crear un escenario de paz. Nosotros no contábamos con salas de operaciones con pantallas gigantes, al contrario que aquellos que se afanan por crear escenarios de guerra o los militares que desarrollan tácticas de conflicto; nos teníamos que conformar con un papel y un bolígrafo. Pero, como ellos, nosotros también elaborábamos nuestros planes de acuerdo con la información de los servicios de inteligencia. Una información que provenía de una red de relaciones personales tejida poco a poco durante años y, por supuesto, los hackers. A ese tipo de gente, capaz de pasarse sentada ante un ordenador cuarenta y ocho horas batallando con obsesión por descifrar una contraseña, yo los llamaba *pescadores*. Porque en todos ellos se podía encontrar la paciencia de un pescador y la pasión del capitán Ahab.

Tras unos diez minutos caminando en círculos estas eran las palabras que había en el papel que sostenía en la mano: «DOCE FAMILIAS – METEORO – FIRMA – CHANTAJE».

Ya podía dejarlo ahí. Porque ya había encontrado cómo proceder. Dejé el papel sobre la cama. Después cogí otra hoja y esta vez escribí «INGLATERRA».

En ese momento alguien llamó a la puerta. Abrí. Entraron Sabra y Chatila. En la suite había un gran sofá. Los invité con un gesto a sentarse. Le eché un vistazo al papel que sostenía en la mano y después a los dos hermanos palestinos. «Cómo se parecen», me dije. El pelo, la barba, la mirada, hasta la forma de sentarse eran idénticas. Siempre había sospechado que eran gemelos, desde el mismo día en que nos conocimos, pero nunca se lo había preguntado. Porque cada vez que nos reuníamos el parecido era lo primero que no dejaba de sorprenderme, pero poco después me olvidaba de ello y ya me ponía a pensar en otras cosas. Como en ese momento.

—¿Y ahora qué hago? —pregunté.

Sabra fue el primero en contestar:

—Tiene que darle prioridad a los dossieres.

—Sí...

Posé la mirada en el papel que había dejado sobre la cama.

—Togo es lo más urgente.

—Sí, ¿y qué más?

Sabra volvió a disparar sus dardos:

—Trace un escenario de paz.

—Sí —dije. Después dirigí la mirada al papel en el que había escrito la palabra *Inglaterra*—. Ahí sucedió algo hace dos años.

Era importante que llegasen a deducir a qué me refería. Siguió un breve silencio. De repente, los ojos de Chatila se abrieron de forma exagerada.

—¡La rebelión de las minorías!

Al ver que negaba con la cabeza fue Sabra quien continuó:

—Se refiere a lo de las solicitudes de empleo. Lo de la discriminación laboral... Estaba metida en el asunto una mujer pakistaní, ¿no? —dijo Sabra mirando a su hermano.

Chatila tardó un momento en contestar.

—Sí, todo comenzó con ella. Una mujer pakistaní que hizo una entrevista para un empleo en una oficina de Correos. Ante una inglesa blanca... que dejó caer el bolígrafo al suelo.

Sabra también recordaba la escena.

—Entre ambas había una mesita de café. El bolígrafo rodó hasta quedar debajo de la mesa. Lo normal habría sido que la inglesa se hubiese agachado para recogerlo...

Continuó Chatila.

—La mujer pakistaní se adelantó. Se agachó para intentar alcanzar el bolígrafo. Por supuesto, en ese momento no podía ver qué hacía la inglesa.

Les dejé que me contasen todo esto porque, en realidad, seguía pensando en el expediente de Togo, así que los oía pero no escuchaba.

Los dos hermanos continuaban recordándose el uno al otro aquellas imágenes grabadas en cámara que ya todo el mundo había visto dos años antes. El turno le tocaba ahora a Sabra.

—La inglesa aprovechó ese momento para volcar su taza de té. ¡A propósito! Recordemos que la mujer pakistaní continuaba en parte bajo la mesa de café. Cree que ha sido ella la que ha movido la mesa sin querer y eso ha causado la caída de la taza. Al momento entró en pánico y comenzó a limpiar por todas partes.

—¡Espera! —dijo Chatila—. Se te olvida algo... la inglesa hizo como que el té le había caído en la mano. Comenzó a llorar como si se hubiese quemado la mano. Ante sus lloros la pakistaní cada vez se asusta más. Intenta ver el estado de la mano de la inglesa con afán de ayudar. Pero la inglesa retira la mano. Incluso llega a apartarla con la otra mano. En ese momento entra un hombre. Se abalanza sobre la mujer pakistaní como si estuviese atacando a la inglesa...

—Cierto —dijo Sabra—. ¿Acaso no dijeron en las noticias que se trataba de un caso de terrorismo? Llegaron a decir que una musulmana había atacado a una funcionaria de correos usando un líquido desconocido. ¡La mujer acabó arrestada!

Chatila cortó a su hermano con brusquedad:

—Más tarde las grabaciones de la cámara de seguridad dejaron claro quién era la auténtica culpable. La mujer pakistaní fue liberada. Todas las minorías dieron por sentado que se abriría una investigación sobre la funcionaria. Pero no se hizo nada. Correos, la Policía e incluso la Fiscalía coincidieron en sus afirmaciones. Solo había sido un malentendido, dijo alguien... Su prioridad era encontrar a quien había filtrado las imágenes.

Esta vez fue Sabra quien interrumpió a su hermano:

—También era un inglés blanco. Un hombre joven, ¿recuerdas? Más tarde fue despedido. Hay que recordar que todo esto sucedió en el intervalo de una semana. La opinión pública reaccionó en contra. Las minorías se echaron a las calles por todo el país. ¡Y lo hicieron al unísono, como si se hubiesen concertado! Gentes que suelen evitarse mutuamente... Asiáticos, caribeños, pakistaníes e hindúes, todos salieron juntos a las calles a protestar.

—Yo creo que eso fue lo que más asustó al Gobierno —dijo Chatila—. Aquello unió a todas las minorías... Por eso prohibieron las protestas. Pero nadie se volvió a casa. Más tarde estallaron los altercados. ¿Recuerdas? Les tiraban tazas de té a la Policía. Hasta los platillos de té les arrojaban.

—Pues sí —dijo Sabrá—. ¿Y recuerdas lo de aquella fotografía que se hizo tan famosa? La Policía dispersó a los manifestantes. Picadilly quedó desierta. No se veía un alma. Pero toda la plaza estaba cubierta de tazas y platillos de té hechos añicos hasta tal punto que no se podía ver el suelo. Todo cubierto de fragmentos de todos los colores...

—El presidente de la India —interrumpió Chatila—, mostró esa foto en la Asamblea General de las Naciones Unidas y dijo: «Inglaterra está rota».

—No —dijo Sabra—. Fue el primer ministro de Pakistán quien mostró la foto y dijo: «Si un juego de té significase Inglaterra, ¡este sería el fin de Inglaterra!».

—Entonces el Gobierno tomó una decisión.

—¿Y cuál fue? —pregunté.

Dieron un respingo porque por un momento habían olvidado mi presencia. Se quedaron sin respiración. Sabra, como un alumno que se pone en pie para un examen oral, tragó saliva antes de hablar:

—Todos pensaron que se tomarían medidas contra la discriminación. Incluso los ingleses blancos lo pensaron. Pero el Gobierno hizo lo contrario. Lanzaron un proyecto llamado *El ideal de Inglaterra.* Fusilaron el título de un libro de Edward Carpenter. ¿Os lo podéis creer? ¡De un libro de un poeta humanista! ¡El tipo debió de revolverse en su tumba!

—¿De qué iba el proyecto? —pregunté a Chatila.

—Elaboraron un inventario de todas las minorías que había en Gran Bretaña y después analizaron qué aportaba cada una a la sociedad desde el punto de vista económico y cultural. Y en función de ello le adjudicaban una puntuación. A esto lo denominaron «índice de productividad». A partir de aquí calculaban cuál debería ser la proporción numérica de esa minoría sobre la población total del país en función de dicho índice. Es decir, se asignaba una cuota de población para cada minoría.

Me giré hacia Sabra y le pregunté:

—¿Quién determina esos índices de productividad?

—Establecieron un comité. En ese comité había sociólogos, psicólogos, antropólogos, artistas, economistas y otros expertos. Incluso filósofos.

Chatila hizo un inciso:

—También había un representante de cada minoría. Uno de

ellos incluso fue apuñalado por unirse a ese comité. Creo recordar que por su propio hermano.

Los tres nos unimos en un silencio. Quizá porque yo no dije nada o porque ellos permanecieron callados. El tema de Togo regresó a mis pensamientos por unos segundos y después dije:

—La junta ha dedicado un año a elaborar ese informe. La semana pasada se lo remitieron al Gobierno. ¿Y ahora qué?

Se lo preguntaba a Sabra.

—Primero harán público el informe. Después aplicarán las cuotas al control poblacional de las minorías.

—Sí. De hecho, Grace... —Estaba claro que no sabían de quién hablaba—. Es la responsable de la oficina de Londres, que ha podido acceder a las cifras que el Gobierno está a punto de desvelar gracias a un contacto personal. Pero hemos encontrado un problema. Las cifras son más bajas de lo que era esperable. Por supuesto, sospechamos. Y entonces Grace, una vez más, ha hecho un trabajo excelente; consiguió acceder al informe original del comité. Y esto es lo que salió a la luz: el Gobierno ha estado jugando con las cifras aportadas por el comité. Han reducido todas las puntaciones. Los números falseados se publicarán en unos días.

—¿Pero por qué? —preguntó Chatila—. Ya tenían lo que querían. Ya han cerrado sus fronteras a los inmigrantes. ¡Podrían planificar la estructura poblacional como quisieran!

Fue su hermano quien respondió a la pregunta:

—¿Sabes por qué? Porque quieren que el número de bangladesíes que están dispuestos a aceptar en Inglaterra coincida con el número de recogedores de basura que necesitan. ¡O tantas vietnamitas como hagan falta para trabajar en los salones de masajes! O tantos pakistaníes como taxistas hagan falta. ¡Ni uno más! ¡Por eso los números que aparecen en el informe les deben de haber parecido demasiado!

Sabra estaba tan enfurecido que no podía contenerse. Me resultaba fácil ponerme en su lugar porque hubo un tiempo en que yo había sido así. Por eso no lo interrumpí.

—¡Lo tengo claro, estoy convencido de lo que tenían en mente cuando decidieron la puntuación de algunas minorías! Nos van a quedar muy exóticos, se dijeron. Así que dejemos por aquí diez mil malienses y cinco mil congoleños por allá. Nos encantará escoger a alguno que otro para que bailen y toquen el *djembé* por las calles y le añadan una nota de color a nuestra vida diaria en esas ocasiones en que nos apetezca un toque diferente, se dijeron. Estoy seguro de que eso fue lo que ocurrió. ¡Es como si estuviesen montando un zoológico! ¿Qué animales escogemos? ¿Cuántos animales metemos en cada jaula? ¡Así fue cómo tomaron la decisión!

—Yo creo que el Gobierno lo veía más como un jardín de diseño —dije—. Ya sabéis que los ingleses son famosos por sus jardines. Qué plantar y dónde es fundamental.

—¡Exacto! —dijo Sabra—. Porque ni siquiera ven a esas minorías como animales. ¡Para ellos son como plantas!

Chatila preguntó:

—Entonces, ¿es que van a deportar a toda esa gente? ¡Como han hecho los alemanes!

—No, son ingleses —dije—. Se limitarán a esperar a que mueran. Por un lado, estoy convencido de que acabarán en una política de hijo único, como hicieron los chinos en su día. Cada minoría tendrá su cuota de hijos. Por otro lado, procederán a deportarlos incluso por infracciones de tráfico. No les importará nada que sus familias lleven cinco generaciones en Inglaterra. Así, cien años más tarde conseguirán recuperar su ideal de población.

—¿Y qué vamos a hacer? —se preguntó Sabra.

Al no poder decirle que, como de costumbre, no haríamos una mierda, preferí dar otra respuesta:

—En este caso. No actuaréis por vuestra cuenta mientras no caiga en vuestras manos nueva información. Mientras tanto es fundamental respetar la jerarquía que rige en la fundación y que dicta que cada oficina que se halla en una capital debe notificar a su enlace de referencia cualquier información relevante que llegue a sus manos. Por eso Grace me informó a mí primero. Y así es el enlace quien proporciona las primeras instrucciones. Pero, como ya he dicho, si el color del dossier cambia de amarillo a rojo eso implica que se ha recibido nueva información que lo sube a la categoría de urgente y el enlace ya no decide por sí mismo, sino que se pone en contacto con Ginebra. Yo, por ejemplo, tendré una conversación sobre este tema con Calhoun. Y creo que será muy larga. Porque necesitamos encontrar una respuesta a una cuestión fundamental. De hecho, es probable que también os tenga que consultar a vosotros.

Ambos clavaron en mí una atenta mirada. Era la primera vez que les pedía su opinión sobre un asunto importante:

—Hay dos posibilidades. O se desvela que esas cifras son falsas... o se mantiene oculto. Según vosotros, ¿en cuál de los dos escenarios creéis que se podría producir derramamiento de sangre en Inglaterra? Porque, de hecho, este es el tema que más preocupa a la PRIMERA FUNDACIÓN MUNDIAL PARA LA PAZ.

Los dos hermanos palestinos permanecieron en silencio. No sabían qué decir. Intercambiaron una mirada. En ese momento fueron conscientes de en qué se estaban metiendo. Porque les había llevado tan solo unos segundos darse cuenta de esto: todos aquellos que dos años antes se habían visto presionados para aceptar el llamado *Ideal de Inglaterra* volverían a echarse a las calles y a enfrentarse a la Policía. Los que se enorgullecían de vivir en un Imperio en el que no se pone el sol se encontrarían inmersos en la oscuridad de un país en el que no salía el sol. Porque Inglaterra entraría en una espiral de violencia que se prolongaría durante años. Pero si no se hacía público el fraude cometido por el Gobierno sin duda habría protestas por las bajas cifras, pero lo único que terminaría hecho añicos serían tazas de té. A esto se añadiría, por supuesto, que las minorías vivirían durante generaciones bajo cuotas de natalidad impuestas.

Lo nuestro no eran los derechos humanos. No nos preocupaba en absoluto nada la libertad de movimiento o de pensamiento. No eran los niveles de justicia y libertad de una sociedad lo que nos preocupaba. Nuestro trabajo era evitar el conflicto. El resultado natural de esto era conseguir que la gente conservara la vida. Lo que hiciesen después con ella ya era asunto suyo. Desde nuestro punto de vista, en algunos casos el mantenimiento de la paz podría implicar evitar una insurrección contra un Gobierno fascista. Porque, como dijo Mao, «la revolución es un acto de violencia, no de cortesía». Por eso ha habido revoluciones que nosotros, como Primera Fundación Mundial de la Paz, hemos sofocado en el mismo momento en que nacían. Como resultado, millones de personas continuaron viviendo bajo opresión en vez de morir enfrentándose a los ejércitos de los dictadores. En ningún momento les pedimos su opinión. ¿Ser libres o seguir vivos? Tomamos la decisión por ellos. Y es poco probable que alguien que tuviese problemas con esto pudiera llegar a ser enlace. Así que les volví a preguntar a los hermanos palestinos:

—En vuestra opinión, ¿qué deberíamos hacer? ¿Debemos contar la verdad y hacer que estalle una guerra civil en Inglaterra? ¿O bien nos olvidamos de todo y dejamos que continúe la situación de paz?

Los hermanos palestinos volvieron a quedar en silencio, así que decidí reformular la misma pregunta:

—Permitidme que lo plantee de otra manera, si hubieseis sido vosotros los que trabajabais en Correos y supieseis que si filtrabais las imágenes habría protestas en las calles y que el Gobierno usaría estos sucesos como pretexto para controlar la demografía... ¿Insistiríais en filtrar las imágenes?

—No creo que estallase una guerra civil —dijo Chatila—. Aunque hubiese conflictos no creo que llegasen a ese nivel.

No estaba respondiendo a mi pregunta sino expresando un deseo. Mi papel de instructor me obligaba a aplastar sus sueños de vez en cuando. Esgrimí el lápiz que tenía en la mano como si fuese un cuchillo:

—A aquella mujer que trabajaba en Correos... no se le cayó el bolígrafo por error. Si la gente hubiese prestado más atención a las imágenes no le hubieran lanzado tazas de té a la Policía. ¡Les hubiesen lanzado bolígrafos! Así como las minorías se echaron a las calles porque no pudieron soportar las injusticias de que eran objeto, esa *señora* tampoco era capaz de soportar a las minorías. ¡Lo aguardaba con ansía! Tan solo esperaba a que alguien lanzase la primera piedra para que estallase la batalla. Está claro que se había resignado a esperar que llegase ese día. Porque es obvio que tomó su decisión nada más ver a la chica pakistaní.

»¡Sería a ella a quien le lanzaría esa primera piedra! Y a falta de una piedra, bueno sería un bolígrafo. La chica pakistaní se limitó a recoger la piedra que le habían lanzado. Para honrar a sus ancestros. Porque a ella le ocurría como a vosotros: ni se le pasó por la imaginación que podría estallar una guerra.

—Yo estoy convencido de que dejó caer el bolígrafo a propósito —dijo Sabra—. Lo de volcar la taza se le ocurrió después.

Ya no tenía sentido estirar mucha más aquello porque, además, me interesaba que le echásemos un vistazo a otro dossier. Pero todavía quería ofrecerles otro ejemplo que les hiciese comprender que el mundo no era lo que veían o lo que creían ver. Hice la señal de victoria con la mano izquierda:

—Churchill hizo este gesto en las postrimerías de la Segunda Guerra Mundial. Todo el mundo dio por sentado que era el signo de *victory*. Pensaron que quería decir victoria. Más tarde, durante la guerra de Vietnam llegó a significar *paz*. Todavía se usa con ese significado. Pero no creo que quiera decir eso. Lo que creo es que Churchill estaba haciendo el signo del número dos. Nos estaba diciendo que a partir de ese momento el mundo sería bipolar. Nos estaba anunciando la Guerra Fría que sobrevendría tras la Segunda Guerra Mundial. Pero nadie fue capaz de verlo.

Chatila no se esperaba esto y no pudo evitar reírse. Pero pronto se le fue apagando la sonrisa y terminó negando con la cabeza. Quizá porque acababa de entenderlo. De poco sirve un enlace que cada vez que mira el mundo no ve un campo de batalla o no percibe el aroma o la huella de la guerra en todo lo que ve. Es por eso que todos los enlaces, y yo el primero, llevamos el escepticismo al nivel de la paranoia. No nos acabábamos de creer absolutamente nada y al mismo tiempo pensábamos que cualquier cosa podía suceder. No es por nada que las personas más interesantes que he conocido en esta vida han sido enlaces. Algunas eran las que dirigían la fundación para la que trabajaba y otras se encargaban de organizaciones similares. Pero todas tenían algo en común: como tenían que redactar un escenario de paz para cada dossier al que se enfrentaban, en algún punto comenzaban a vivir en el límite entre el sueño y la realidad. En ocasiones no conseguían mantener el equilibrio entre ambas cosas y se desconectaban por completo de la realidad para acabar perdidas en sueños desesperados.

Conocí a alguien así hace años. Se llamaba Cengâver. Fue quien me entrenó como enlace. Era un auténtico maestro en crear una red de personas de las que beneficiarse. Le agradaba en especial mantener conversaciones de paz en las gradas de estadios de fútbol donde se jugaban partidos sin espectadores como castigo por cánticos racistas.

«Un enlace comienza y remata las situaciones sin importarle lo que ocurre en el medio», solía decir.

Su mayor éxito fue conseguir un alto el fuego entre el Estado turco y el PKK cuando aún llevaba poco tiempo de enlace. Incluso llegó a conseguir que los dirigentes del PKK decidieran deponer las armas dentro del país sin sentirse derrotados. Porque en un Oriente Medio donde Príapo siempre ha tenido más predicamento que Cibeles, se espera que cualquiera que deponga las armas se sienta como un castrado. Así que Cêngaver se centró no solo en los conflictos políticos y estratégicos sino también en la psicología individual, lo que le llevó a llegar a desarrollar un lenguaje de paz que pasaba por una cuidadosa selección de las palabras. La frase más célebre de ese lenguaje suyo fue «¡Para hacer la guerra basta un arma, pero se precisa coraje para hacer la paz!». Al fin y al cabo, si el PKK ha renunciado a la lucha armada en Turquía es gracias a Cêngaver. Solía explicar así qué significa el negocio de vender paz:

—La gente es capaz de ofrecer dinero incluso por un deseo que albergan. Por eso lanzan monedas a pozos y estanques. A quien está acostumbrado a pagar por sus deseos no se le regala la paz, se le vende. —Después se reía y añadía—: Pero mi enfoque es un poco diferente. Yo voy tirando el dinero por ahí. El pozo está dentro de mí. ¡Por eso pido un deseo cada vez que lanzo algo dentro de mí!

Me enseñó todo lo que sabía para después olvidarlo poco a poco, como debía ser. ¿O quizás enloqueció en el ocaso de su vida? En aquel entonces había choques armados en Australia entre blancos y aborígenes y Cêngaver buscaba una solución. La situación apremiaba porque los aborígenes no tenían suficientes armas ni munición; estaba derivando en una masacre que se acercaba al genocidio. Cêngaver intentó todo lo que había aprendido a la hora de implementar escenarios de paz, pero los blancos no quisieron deponer las armas. Este fue el escenario que describió: había decidido hablar con el presidente de una asociación dedicada a la búsqueda de vida extraterrestre y con un gran empresario americano que le debía sus buenos favores para pedirles que construyeran un transbordador espacial. El plan era que el transbordador aparecería en medio del desierto australiano y entonces se informaría a la prensa. La puerta del transbordador se abriría ante la expectación del mundo entero y de él saldrían siete mujeres con aspecto de aborígenes. Sus cuerpos desnudos estarían cubiertos de la pintura que llaman *awelye* y se presentarían a sí mismas como embajadoras. Se ceñirían a la historia de las Siete Hermanas de la mitología aborigen y dirían que venían de las Pléyades con un ultimátum para el Gobierno australiano. O se declaraba de inmediato un alto el fuego o lo antepasados de los aborígenes provenientes de un lejano planeta declararían la guerra a Australia para salvar a sus descendientes terráqueos. Como es lógico, los australianos serían presa del miedo y optarían por el alto el fuego y acto seguido los técnicos americanos a sueldo del empresario se llevarían el transbordador para hacerlo explotar sobre el Océano Índico. Así no quedaría ninguna pieza del transbordador que pudiese someterse a estudio. Los Aborígenes del Espacio Exterior, por el contrario, permanecerían el resto de su vida en la Tierra y se encargarían de velar por el alto el fuego primero y por la paz después.

Cuando Cengâver me contó toda esta puesta en escena estuve a punto de partirme de risa como le había pasado poco antes a Şatilla pero, por supuesto, no lo hice. En cambio, permanecí en silencio observando a aquel viejo enlace que tenía ante mí.

Recuerdo que, una vez más, nos encontrábamos en una habitación de hotel. Recuerdo que Cengâver se puso en pie. Que fue al baño. Que cerró por dentro. Que se pegó un tiro... Justo cuando me reía para mí de la absurda puesta en escena que había planeado escuché el disparo que congeló esa risa en mi interior. Aún debe de andar por allí, en algún sitio.

Ni siquiera sabía que Cengâver tuviese un arma. Ni siquiera se me había pasado por la cabeza que pudiese tener una. Porque era bien sabido que los enlaces nunca portaban armas. No importaba lo peligrosas que pudieran ser las situaciones en que se hallasen, armas nunca. Eso lo sabían bien desde los niños soldados de África Central hasta el Secretario General de la ONU. Por eso se decía que los enlaces estaban un poco chiflados. Porque nos metíamos en situaciones en las que una persona normal necesitaría un tanque para sentirse segura. Así que puede que nos llamasen chiflados, pero también nos respetaban, hasta el punto de que a nadie se le ocurriría registrar a un enlace en busca de un arma; la mera idea sería una ofensa para su estatus de enlace. Y fue por todo eso que la Fundación para la Paz en el Primer Mundo hizo todo lo posible por ocultar el suicidio de Cengâver. No les hubiese preocupado si se hubiese ahorcado. Pero que se hiciese público que un enlace de su renombre tenía un arma... Aún no lo sabía por aquel entonces, pero tiempo después supe que mi propia madre se había pegado un tiro. Así que no me había quedado más remedio que vivir entre dos pistolas, dos balas y dos suicidas. Mi pasado había estado marcado por el suicidio, y mi futuro también.

¿Hubiera sido capaz de explicarles todo esto a los dos hermanos palestinos? Seguro. Pero no lo hice. «Aún no es el momento», me dije. Mi tarea era entrenarlos como enlaces, al igual que Cengâver había hecho conmigo en su día. Era solo por el entrenamiento que viajaban conmigo por el mundo y durante un mes irían allí donde yo fuese. Pero debo admitir que era un mal maestro. De hecho, muy malo. Nunca les explicaba un expediente en su totalidad y solo les proporcionaba información incompleta. No fui capaz de transmitirles mi experiencia como se suponía. Cada vez que lo intentaba, mis recuerdos y mis pensamientos se atropellaban unos a otros. Porque el interior de mi cabeza era un infierno. Y todo lo que siempre había hecho era redactar y poner en práctica planes de paz. A pesar de ello, me despertaba cada día sabiendo que pasaría la jornada resistiendo el impulso de suicidarme. De hecho, fue la única razón por la que había comprado el chelo. A pesar de no saber tocar ningún instrumento y ni tan siquiera haber intentado aprender, se me dio por pensar que aquel chelo me podría llegar a salvar la vida y así fue como acabé cargando con él allá donde iba. Porque un día, cuando todo esto hubiese terminado, quizá en mi casa, quizá en una habitación, podría sentarme en una silla, sacarlo de su estuche y tomarlo en mis manos. Entonces tal vez aparecería un profesor, daría mi primera lección de chelo y continuaría con mi vida. Lo único que me mantenía con vida era ese momento en que escucharía el primer sonido que saldría de aquel chelo. Postergaba la llegada de ese momento. Además, nada podía ser tan esperanzador como comenzar a aprender un nuevo instrumento. Ni el nacimiento de un niño ofrecía una esperanza igual. A fin de cuentas, las preocupaciones que acompañarían a ese nacimiento acabarían mancillando la esperanza. Pero aprender a tocar un instrumento es, de todos los sueños, el que con más naturalidad nos proyecta al futuro. Porque, para quien está aprendiendo a tocar un instrumento, cada mañana se le abre un nuevo camino hasta llegar el día en que lo domine. Y cada jornada, ese camino traía cosas nuevas, y eso evitaría que la persona se suicidase y viviese para ver el día siguiente. O al menos eso pensaba yo. La razón por la que escogí el chelo es que, junto con la caja y los accesorios, el peso total equivale al del cadáver de un niño de tres o cuatro años. Una armónica que cupiese en el bolsillo de la camisa no sería suficiente para mantenerme con vida. Bien lo sabía... Porque había sido en un mes de abril cuando caminaba por el desierto del Gobi en Mongolia cargando con el cadáver de un niño de tres años que había tomado la decisión de suicidarme. Eran las últimas horas de la guerra ruso-china de nueve días que nadie sabía por qué había empezado ni por qué había terminado.

Los dos hermanos palestinos ya se debían de estar preguntando cuánto tiempo más iba a permanecer en silencio. Inspiré profundamente y por fin hablé.

—En fin, pasemos a otro dossier.

AK-47 Y AK-47

Había algo más que conectaba al pueblo llamado Palaz con el país llamado Estados Unidos de América. En ambos lugares hay más armas que personas. En Palaz vivían 255 personas y había 326 AK-47. La diferencia con Estados Unidos es que estas armas no habían sido adquiridas por los civiles en una tienda. Algunas habían sido distribuidas décadas atrás por el PKK cuando había obligado a la población a levantarse contra el Estado turco y otras habían sido distribuidas por este último también décadas atrás cuando había obligado a la población a convertirse en gendarmes *voluntarios* para combatir al PKK. Al contrario que la mayoría de las aldeas de los alrededores, Palaz no pertenecía a un clan en concreto. Se trataba más bien de una zona de espera en la frontera. Un lugar en donde quedaban atrapados los que ya no podían avanzar ni retroceder. Aunque la mayoría de los habitantes eran kurdos, también había árabes y turcomanos. Se entendían muy bien, sobre todo en temas políticos, y siempre actuaban a una. En otras palabras, si a uno de estos grupos se le diese aquel día por ponerse a disparar al aire y lanzar órdenes e improperios por igual, el resto de grupos se uniría. Así que en Palaz cada hombre tenía dos rifles, uno legal y a la vista y otro ilegal y clandestino. Y este era también el número de esposas que tenía cada uno de los hombres de Palaz. Dos por lo menos... Zerre había llegado a la casa en la que vivía como concubina.

Si había algo que abundaba en Palaz era el tiempo, ya que poco más se podía hacer allí aparte de buscar trabajo por los alrededores. Por eso se vigilaban unos a otros de la mañana a la noche como haría una serpiente. Se sabía qué comida se cocinaba en cada fogón, qué palabras salían de cada boca, qué se soñaba en cada colchón y hasta qué insecto deambulaba por cada jardín. Así que Zerre se veía obligada a actuar con sumo cuidado. Porque lo que se disponía a hacer aumentaba a dos los puntos en común entre Palaz y Estados Unidos. Pero primero tenía que hablar con Deli Feri, la partera del pueblo. Por eso fue, mientras lavaba la ropa en el jardín de la casa, que se arrojó al suelo fingiendo grandes dolores. Pero no de manera que pareciese que estaba dando a luz, sino que se había desmayado. La primera esposa de su marido, Kadı, estaba tendiendo la ropa en el jardín en ese momento y al verla lanzó un grito y corrió hacia Zerre. La razón del pánico de Kadı radicaba en que ella misma era estéril. Ese había sido el motivo que había llevado a Zerre como concubina a aquella casa: para dar a luz al niño que Kadı no podía. Y a ser posible varón. Por eso, cuando su marido se ensañó a golpes con Zerre la mañana de la fiesta evitó golpearla en el vientre, aunque ganas no le habían faltado. Pero ahora el miedo de Kadı tenía mucho que ver con el hecho de ser muy consciente de que, si por algún motivo el embarazo no llegaba a buen término o el niño nacía con algún problema de salud, otra concubina más llegaría a la casa. Así relató aquel día Kadı años después:

«Nuestro hombre estaba en casa tomando un té. Me puse a gritar de tal modo que se lo derramó por encima. ¡Rápido, le dije, ven corriendo que algo le pasa a la chica! ¡Cogimos a Zerre y la llevamos a donde Deli Feri! Apenas un sitio donde poder dormir lleno de animales, a medio camino entre una casa y establo. ¡Estaba loca[2] y había aprendido a ser partera atendiendo a los partos de los animales! Vosotros quedaos fuera, nos dijo, de la chica me encargo yo.»

Cuando Zerre, recostada entre dos cabras blancas y abrazada a su propio vientre en el único dormitorio de la casa de Deli Feri, vio que se cerraba la puerta dejó de gritar y se incorporó con calma. Le señaló la puerta a Deli Feri y le hizo señas de que mantuviese silencio. Por nada del mundo quería que los que estaban al otro lado de la puerta oyesen lo que tenía que decir. La razón por la que Zerre confiaba en Deli Feri era porque se trataba de la única mujer del pueblo que vivía sola. Su marido había muerto años atrás tiroteado por una disputa sobre lindes y ella, a pesar de la insistencia de los lugareños, había conseguido evitar volver a casarse. Vivía con las cabras y ella misma se había convertido un poco en una cabra por esa convivencia. Sus ojos color azabache recordaban a los de una cabra y su frente surcada de profundas arrugas resultaba amenazante para cualquiera sobre quien posara la vista. Deli Feri, que siempre parecía estar a punto de embestir a algo o a alguien, se acercó también así a Zerre. La chica se asustó y comenzó a suplicarle en un susurro. Comenzó por rogarle que no le contase a su marido que lo del desmayo había sido mentira. Y después, para que solo lo pudiese escuchar Deli Feri...

Así relató aquel día Deli Feri años después:

«¡Me llaman loca pero esa chica sí que estaba chalada! Incluso me pidió que fuese a su casa cuando llegase el momento del parto y que hiciese salir a todos para que me quedase sola con ella.

[2] Deli significa «loca» en turco.

¿Por qué?, le pregunté.

Porque entonces me voy a escapar, me dijo.

¿Cómo?, le dije.

Ya verás, me contestó.

¿Y a dónde huirás?, le dije.

Iré a Siria, dijo.

¿Estás loca?, le dije, allí hay una guerra.

Sí, me replicó, estoy loca.»

Diecisiete días después de esta conversación, alrededor de la oración del mediodía, Zerre comenzó a sentir dolores, y esta vez eran de verdad. Kadı envió un niño a avisar a Deli Feri, que dejó las cabras y echó a correr hacia el pueblo. Mientras tanto, otro niño corrió en dirección contraria para avisar a Raif. De acuerdo con el plan que había trazado con Zerre, Raif se metió en su furgoneta de un salto con la maleta en la mano y arrancó a toda la velocidad hacia El-Aman.

Cuando Deli Feri llegó a la casa fue Kadı quien le abrió la puerta y entonces le dijo al marido:

—Tú espera fuera.

De todos modos, no estaba de humor para quedarse en casa. Allí no había espacio suficiente para pasear. Había esperado este día durante años y se encontraba ansioso. Esperaría el nacimiento en el jardín. Esperaría caminando. Entonces Deli Feri se volvió hacia Kadı:

—Tú sal también.

—¿Por qué?

Deli Feri comenzó a hablar muy despacio, porque necesitaba improvisar lo que tenía que decir.

—Tú no tienes hijos... y eso es como el mal de ojo.

Al oír esto Kadı salió dando un portazo que hizo temblar toda la casa.

Deli Feri se inclinó entre las piernas de Zerre para confirmar que el parto ya había comenzado. Y antes de que pudiese hacer nada el bebé nació de forma espontánea. Nació con semejante naturalidad que parecía que lo hubiese hecho ya un millar de veces antes y Deli Feri no pudo evitar reír mientras cortaba el cordón umbilical. Nunca antes había visto a ningún niño o cabrito nacer con semejante facilidad. Frotó al bebé suavemente con la colcha que cubría a Zerre antes de depositarlo en su regazo. Deli Feri posó la mirada primero sobre el bebé y después sobre Zerre. Era como si hubiese parido innumerables veces. Ni un grito ni una sola palabra habían salido de su boca. Zerre se pasó la mano por la frente para secarse el sudor y apartó por completo la colcha. Y solo entonces fue cuando Deli Feri se percató de que Zerre sujetaba un AK-47 con la otra mano. No había visto hasta ese momento el AK-47 modelo Mini Draco con la culata extraída y el cañón recortado porque lo había mantenido bajo la colcha. Zerre había dado a luz sin soltar ni por un momento aquella arma corta que sujetaba con firmeza por la correa.

—¿Qué es eso, Zerre? —preguntó Deli Feri.

Zerre no respondió. Apretó la empuñadura contra el pecho y retiró el cerrojo, quitó el seguro, puso el arma en modo semiautomático y apuntó hacia la puerta. Y todo a la velocidad de un profesional. Saltaba a la vista que había practicado mucho. Ya solo faltaba el llanto del bebé. Pero no lloraba. Zerre miró a Deli Feri con preocupación. Por un momento sus miradas se encontraron. Esa mirada hizo volver en sí a la partera, que agarró al bebé por los pies y lo puso boca abajo. Y justo cuando ya levantaba la mano para darle una palmada comenzó a llorar. Como si lo hiciese para evitar que le pegasen. Tal como Zerre esperaba, la puerta se abrió.

Su marido había esperado primero en el jardín y después dentro de la casa para apostarse al otro lado de la puerta del único dormitorio de la vivienda. En ese momento miraba al bebé tras abrir esa puerta. Se quedó allí sin querer entrar, como si un parto fuese una enfermedad femenina de la que se pudiese contagiar. Por eso no pudo ver a Zerre, que le apuntaba con el rifle desde su posición arrodillada sobre el colchón, a unos metros de la puerta. Tenía la mirada fija en el bebé.

—¿Es un niño? —le preguntó a Deli Feri—. ¿Eh? ¿Es un niño?

—¡No es asunto tuyo! —le dijo Zerre. Gritó incluso—: ¡No es asunto tuyo!

Fue solo entonces cuando su marido abrió la puerta por completo. Primero vio a Zerre y después el arma que sostenía. Ese fue el momento que eligió Zerre para apretar el gatillo. La bala se le incrustó en el estómago. Se quedó inmóvil por un momento, mientras se oía el grito de Kadı a su espalda. Zerre levantó ligeramente el cañón del arma y volvió a disparar. Esta vez el disparo alcanzó a su marido en la mejilla. El hombre se desplomó al suelo, derrumbándose con él también el muro de carne que se interponía entre Zerre y Kadı. Se miraron a los ojos. Kadı gritó:

—Pero, ¿qué has hecho Zerre? ¿Qué has hecho?

Así relató aquel momento Deli Feri años después:

«Kadı se quedó paralizada. Hubiera estrangulado a Zerre pero, por supuesto, no había nada que pudiera hacer. ¡No podía ni acercarse a la chica! El cuerpo de su marido se interponía. Comenzó a llorar. ¡Se desgarraba la ropa! Envolví el bebé y se lo entregué a Zerre.

¿Así que esto es lo que ibas a hacer?, le dije.

No, me dijo. Hay más...

Entonces cogió el bebé y se marchó.»

Nadie le dio mucha importancia a que se escuchasen disparos en el pueblo. A fin de cuentas, varias veces al día se escuchaban cuando alguien disparaba al aire, a botellas o a cuervos. Los gritos de Kadı fueron los que convocaron a los habitantes de Palaz alrededor de aquella casa que albergaba un cadáver. En ese mismo momento Zerre corría hacia El-Aman sosteniendo la cabeza de su bebé con una mano y cargando con el arma en la otra. Corrió hasta divisar el único olivo que se erguía junto al límite sur del campo. Se detuvo para dejar el rifle en el suelo y echó a caminar hacia la valla que se encontraba tras aquel olivo. El campo minado en el que Halime se había suicidado se hallaba a pocos kilómetros de allí. Con el bebé en brazos, Zerre se acercó a Raif, que la aguardaba ansioso apresando la alambrada de la valla con los dedos.

Así relató aquel momento Raif años después:

«En cuanto vi a Zerre le pregunté si se habían dado cuenta de que había huido.

No, me dijo.

Le dije que había oído disparos en el pueblo y que creía que era su marido que la perseguía.

No sé, no he oído nada, dijo ella.

Entonces me entregó al bebé y se marchó. Me esperaría en la carretera. Yo tenía que dejar el bebé sin ser visto en algún punto del campo. Después recogería a Zerre en la carretera y nos marcharíamos a Estambul. Era lo que habíamos acordado. Pero Zerre tenía otros planes...»

Zerre recogió el rifle donde lo había dejado y regresó al pueblo. Ya no tenía prisa. Entró en el cementerio que se hallaba en el límite del pueblo. Allí era donde se enterraba la gente de Palaz. Allí estaban el padre de Zerre, el padre de su padre y todos sus familiares difuntos. Pero no era por ellos que Zerre había ido allí. Continuó caminando. No se detuvo hasta que encontró la tumba que estaba buscando. Era la tumba del padre de su marido. Se agachó y comenzó a cavar. Pronto encontró el fúsil que había pertenecido al hijo del difunto y que años antes había sido enterrado con él en una bolsa. Así que ahora tenía las dos armas de su esposo, la que estaba sobre la tierra y la que había estado debajo de ella. Pasó el brazo izquierdo y la cabeza por la correa de la Mini Draco y se la colgó en diagonal sobre la espalda. También cogió el otro AK-47 que acababa de desenterrar. Sacó el cargador y lo examinó. Comprobó que estaba cargado y lo encajó en su ranura. No consideró necesario volver a tapar el agujero que en su día había abierto su marido para su padre. Más bien se puso a observar el pueblo por entre los cipreses. Amartilló el rifle y se echó a andar.

Todo el pueblo se había enterado ya de que Zerre había disparado y matado a su marido. El alcalde pedáneo había avisado a la Gendarmería y los hombres del pueblo habían decidido dispersarse en distintas direcciones para buscarla. Pero, por una extraña coincidencia, la primera en encontrarse con Zerre fue su madre. Con toda probabilidad intentaba encontrar a su hija antes que nadie. Quizá porque lo que buscaba era a su nieto recién nacido. Zerre no lo pensó ni un segundo y disparó a su madre tan pronto la vio. Al llegar junto al cuerpo en tierra le descerrajó cuatro tiros más, puede que para asegurarse de que moría o quizá porque no pudo controlar su rabia.

Después caminó hasta la plaza del pueblo donde su marido la había golpeado el día de la fiesta delante de todos. Tras dar unos pocos pasos se encontró con Salih, de quien una vez se había enamorado. Su padre había pillado a Zerre, que en aquel entonces solo tenía once años, hablando con Salih y le había prohibido salir de casa. Pero ahora Zerre tenía quince años y no estaba enamorada de nadie. Al ver el arma que le apuntaba Salih quiso huir pero resbaló y cayó sobre un charco de barro. Había llovido toda la noche y la tierra de Palaz estaba más resbaladiza que de costumbre. Salih luchaba por levantarse al tiempo que suplicaba. Pero Zerre no le prestó oídos y le disparó por la espalda. Cuando la voz de Salih se extinguió comenzó a oírse la del imán. Caminaba hacia Zerre con las manos en alto. Le explicaba con voz suave que los gendarmes estaban a punto de llegar y le pedía que tirara las armas y se rindiera. Por un momento pareció que Zerre escuchaba al imán, lo que animó a este a acercarse un poco más y tenderle la mano. Imposible saber qué se le pasó por la cabeza a Zerre en ese momento, pero el hecho es que quitó el seguro del arma y la puso en modo automático. Cuando apretó el gatillo siete balas salieron del cañón del arma para impactar una tras otra en el imán. Quizá recordó que él era quien la había casado con su marido cuando tenía tan solo doce años. Zerre dejó allí al imán y continuó caminando hacia el café del pueblo. En un día normal estaría lleno de hombres, pero en ese momento no había nadie. Aun así, Zerre barrió el local con una ráfaga de disparos. La gran cristalera del local saltó hecha añicos y quince balas quedaron incrustadas en las paredes. Zerre dejó de apretar el gatillo solo cuando el cargador quedó vacio. Bajó el brazo y tomó la otra arma que llevaba a la espalda. En ese momento sonaron dos disparos tras ella. Zerre se giró y se encontró con el jefe del pueblo, un anciano que apenas era capaz de sostener el fusil que llevaba en la mano. La distancia entre ellos no era más de veinte metros. Sus miradas se encontraron. Zerre no hizo ademán de huir ni de abrir fuego. Permaneció allí a la espera. El anciano apretó el gatillo pero volvió a fallar y no alcanzó a Zerre. Acto seguido Zerre puso el arma en modo automático. Entonces comenzó a caminar hacia el jefe sin dejar de gritar y disparar. El cuerpo del anciano, cuya vista era ya muy mala, quedó lleno de agujeros. Zerre dejó de gritar y miró a su alrededor.

Por alguna razón no se veía por ningún lado a todos aquellos hombres que habían salido a buscarla. Lo único que se veía en las calles de Palaz eran gallinas y pollos. Zerre echó a andar hacia la casa más cercana. Como si hubiera decidido que iría matando de puerta en puerta. Apenas había llegado junto a la puerta de la casa cuando oyó una voz en la plaza que acababa de dejar atrás. Escuchó una voz metálica.

—¡Suelta el arma y ríndete!

Vio al comandante de la comisaría que sostenía un megáfono mientras se parapetaba tras el vehículo blindado de la Gendarmería. A su lado, los cuatro soldados apuntaban a Zerre con las armas.

Años después el comandante del puesto de la Gendarmería, un sargento primero, relató así lo acontecido:

«¡No se veía a ningún aldeano por ninguna parte! ¡Todos escondidos en algún agujero! Llegó un punto en que me enfadé.

¡Pero vamos a ver!, dije. ¿Cuántos hombres hay aquí? ¡No sois hombres ni nada! ¿Pero es que no podéis con una chica?

Entonces me dirigí a ella.

¡Ríndete!, le dije.

Me miraba fijamente a los ojos.

¡Tira el arma o abriremos fuego!, le dije.

Y entonces echó a caminar hacia nosotros, pero sin soltar el arma. Estaba a punto de disparar cuando sacó algo del pecho. Al principio no distinguí qué era. Entonces vi que era un papel. Lo arrugó y me lo lanzó. Lo abrí. "Ríndete", ponía. ¿No era lo que les lanzaba nuestras Fuerzas Aéreas a los terroristas?

Esos papeles... ¿qué dicen?, me preguntó.

¿Cómo que qué dicen?

No sé leer.

Le dije que ponía "ríndete".

¿Por qué mientes?, dijo.

¿De qué mentiras hablas? Es lo que pone.

Entonces sacó otro papel y me lo arrojó.

¿Qué dice?, preguntó.

Miré y ponía "ríndete" en inglés y así se lo dije:

Pone lo mismo.

Eso la hizo reír. Pues con suerte se rinde, me dije, pero de repente se puso el cañón del arma bajo la barbilla y apretó el gatillo.»

Zerre murió en el acto, por lo que Palaz y Estados Unidos ya tenían otro punto en común. En Estados Unidos había ocurrido un caso similar al que se había vivido ese día en Palaz, cuando dos adolescentes de quince años cogieron las armas de caza de sus padres y mataron a sus compañeros de clase para después suicidarse. Solo había una diferencia, y es que Zerre, aunque también tenía quince años, no mató a compañeros de clase. Porque Zerre nunca había ido a ninguna escuela. Quizá todo hubiera sido distinto si hubiese ido a la escuela. Si hubiese sido capaz de entrar en El-Aman, como siempre había querido, y hubiese conseguido llegar a Estados Unidos e ir al colegio todo habría sido diferente. Sobre todo, porque habría tenido una buena educación. Tal vez habría aprendido a tocar un instrumento. Tendría aficiones, haría deporte. Se le presentarían oportunidades de mejorar y de convertirse en una Zerre distinta. Y esa Zerre no habría matado a su propia madre sin pestañear. No dispararía contra su primer amor ni contra un anciano como era el jefe. No le quitaría la vida a un hombre que acababa de ser padre en su día más feliz ni abriría fuego contra un clérigo que le ofrecía la mano. Solo les dispararía a sus compañeros de clase. Quizá a algún profesor. Claro que también podría esperar hasta cumplir los dieciocho años y así poder conseguir de forma legal un AR-15 y matar con ella al dependiente de la tienda de alimentación que no le vendía cerveza porque aún no tenía veintiún años.

El cuerpo de Zerre fue enterrado primero en el cementerio del pueblo. Pero, como los lugareños encontraban inaceptable que se pudriera en el mismo camposanto donde se pudrían también sus víctimas, al día siguiente lo desenterraron y lo volvieron a inhumar en el cementerio del pueblo vecino. Pero los vecinos de ese pueblo tampoco estaban de acuerdo, así que al día siguiente lo volvieron a desenterrar y lo fueron a enterrar en un campo de ortigas junto a la frontera. En lugar de lápida colocaron un trozo de madera en la cabecera. No escribieron nada en él. Más tarde los niños arrancaron ese trozo de madera y lo rompieron. Así fue como no quedó rastro de Zerre tras su muerte, al igual que no había sido registrada al nacer. Como si nunca hubiese nacido ni muerto. Pero ella dio a luz y mató. Tal vez para dejar constancia de que una vez había vivido...

24 DE DICIEMBRE POR LA NOCHE

Faltaban apenas unos minutos para medianoche y la cama estaba cubierta de papeles. Sabra y Chatila acababan de regresar de un descanso para fumar un pitillo. Sabía que ambos estaban cansados. No porque llevásemos horas hablando, pasando de un dossier a otro. Más bien era porque les había hecho muchas preguntas para las que no tenían respuesta, como en el caso de Inglaterra. Se habían percatado de que iban a pasar décadas dando vueltas como un ratón perdido en un laberinto. Uno en el que, además, no había ni queso ni salida. Porque en realidad no nos dedicábamos a establecer la paz. Posponíamos la guerra. Eso era todo lo que hacíamos: procrastinar. Demorarlo todo lo que podíamos hasta determinado momento. Básicamente, decidir si la sangre se derramaba hoy o en otra fecha. ¡Y así todos los días! A eso nos dedicábamos. Nos arrodillábamos en la playa e intentábamos hacer retroceder el océano con nuestras propias manos.

Escribí «EEUU» en un papel y me dispuse a escuchar a Sabra.

—Chasta... el hijo de un jefe Lakota... Sioux Oglala.

—¿Crees que conseguirán que ese chaval haga lo que ellos quieren? —preguntó Chatila.

—¿Podrías levantarte?

Se puso de pie.

—Ahora ve al baño, cierra la puerta y espera allí.

Así lo hizo Chatila, al igual que había hecho todo lo que le había dicho durante el último mes. Entró en el baño y cerró la puerta. Susurré una frase al oído de Sabra. No se sorprendió por la orden que le había dado porque él también se había acostumbrado ya a mis rarezas. Me acerqué al baño, agarré la manilla de la puerta y tiré con fuerza hacia mí. A mi señal, Sabra lanzó un grito. Chatila reaccionó al otro lado de la puerta como haría cualquier persona.

—¡Sabra! ¿Estás bien?

Intentó abrir la puerta. Cuando vio que no podía se le escapó una risa nerviosa.

—¿Me estáis tomando el pelo?

Le hice señas a Sabra para que continuara gritando y así lo hizo. Chatila ya no se reía.

—¿Qué está pasando ahí? —gritó mientras golpeaba la puerta. Me pareció que era suficiente. La lección había terminado. En cuanto solté la manilla la puerta se abrió. Chatila estaba sin aliento. Le señalé a Sabra y le dije:

—¡Tranquilo! Tu hermano está bien. No pasa nada... ¿De dónde sale ese miedo? Ahora imagina que esto hubiese durado dos años enteros. Imagina escuchar estos gritos todo ese tiempo. Imagínate que eres un nativo americano, tienes veinticinco años. Lo primero que descubres sobre ti mismo es que tus antepasados fueron masacrados. Te enteras de todas las masacres y violaciones que sufrió tu familia. Después te dedicas a leer libros de Historia. Cuanto más aprendes sobre todo esto, más se acumulan en tu interior la ira y la frustración. Porque los descendientes de los que hicieron todo eso consideran el asunto zanjado. Ya nadie habla de ello. Al principio te dices que así está bien. Que no vas a perder el tiempo con el pasado. Que irás a la universidad, encontrarás un trabajo, formarás una familia. Pero hay un problema. ¿Recuerdas a Sabra hace solo un momento? Un zoológico. Ahí es donde vives. Se llama *reserva* y pertenece a tu gente.

»¡Pero en realidad es una prisión! Todos los que te rodean son alcohólicos o están al borde del suicidio. ¡Sin escuelas, sin trabajo, sin dinero, sin nada! Solo os permiten abrir casinos de mierda, ¡eso es todo! Y te das cuenta de que nada ha cambiado con el paso de los siglos. Puede que no te peguen un tiro nada más verte, pero es obvio que para ellos no eres un ser humano.

»¡Llega un momento en que ya no puedes más y te rebelas! Quieres igualdad, quieres justicia, quieres vivir como un ser humano. ¡Quieres que devuelvan todo lo que le fue robado a tu pueblo! Y para ello lo primero es organizar protestas. Recoges firmas, haces folletos y te dedicas a distribuirlos. Siempre recurres a medios pacíficos. Por mucho que la Policía te acose por la calle aprietas los dientes y no te defiendes. Entonces, una noche, alguien llega a casa y te secuestra. No sabes quiénes son. Durante días te trasladan de un sitio a otro y nunca sabes dónde estás. Al final te quitan la venda de los ojos y ves que estás en una celda. Preguntas: "¿Por qué estoy aquí? ¿Quiénes son ustedes?". Pero nadie contesta. No hay luz, no se oye ningún sonido. Y ahí estás, atrapado en esa celda. Gritas, suspiras, lloras, pero todo en vano. Pasan seis meses. ¡Te encuentras ya al borde de la locura! Quizá ya buscando una manera de suicidarte. Y de repente escuchas que se abre la puerta de la celda de al lado. Oyes cómo arrojan a alguien a la celda. Un hombre. Intentas hablar con él. El retrete de tu celda es de acero. Cuando metes la cabeza en su interior puedes oír a aquel hombre. Lo primero que haces es preguntarle dónde estás. ¡Te está hablando! Te enteras de que estás en una prisión que nadie conoce. Dice que es una prisión donde solo hay presos políticos.

»Todo esto lo sabe porque no es la primera vez que acaba ahí. Te pones a contar todo lo que te ha pasado a ti. Cuando terminas el hombre habla. Dice que es Lakota como tú y que está acusado de formar una organización terrorista. "¿En serio?", le preguntas.

Asiente. “Pero esta no es una cuestión de terrorismo”, afirma. “Esto es una guerra”, dice. “¡Una guerra que debe librarse para que todos los nativos de América del Norte alcancen la independencia y puedan recuperar su tierra!”. Ese hombre se pasa los siguientes dos años y medio hablándote de su organización. Te explica su ideología, las estrategias que han acordado, dónde esconden las armas y sus planes de acción. Incluso te cuenta que lo atraparon justo cuando estaba a punto de pasar a la acción. Tiene dos amigos fuera. Te enteras de que no han podido atraparlos. No deja de contarte secretos de su organización. Pero también descubres que lo torturan a diario. Porque quieren hacerle hablar. Conoces muy bien las respuestas a las preguntas que le hacen porque él mismo te las dice. No deja de contártelo a diario. Y con todo lujo de detalles. Pero el tipo no cede ante sus torturadores. No les dice ni pío. Por eso no dejan de torturarlo. Grita, llora. Golpeas las paredes. Les suplicas que se detengan, que le dejen en paz. Pero todo en vano. Y llega un día en que te dice que sabe que le queda poco para morir. Que es consciente de que su cuerpo ya no puede seguir soportando las torturas que le infligen. Te pide que le prometas algo. Un hombre que se haya en el umbral de la muerte te pide un juramento. “Si algún día sales de aquí”, te dice: “¡Dirige tú la organización! ¡Haz lo que yo no he podido hacer y venga a nuestros antepasados! ¡Haz que reviente América!”. Y juras por todo ello. Pasan unas horas. No llega ningún sonido de la celda contigua. Metes la cabeza en el inodoro. Gritas, lo llamas. En ese momento te das cuenta de que te has quedado solo. Eres un Lakota que ha jurado venganza.

Chatila lo había escuchado todo absorto.

—¿Crees que esta técnica funcionaría? —le pregunto.

No sabía qué contestar. Así que sigo hablando.

—Cuando oíste el grito que venía de la habitación de al lado no pudiste aguantar ni dos segundos. Chasta se pasó dos años y medio oyéndolos. ¿Y sabes qué es lo peor, Chatila? La celda contigua no existía. No había ningún preso. Todo era un juego. Tan solo un imbécil de la inteligencia militar. Se dedica a hablar con Chasta. Es su trabajo. Después se va a casa y cena con su familia.

—¡Eso es terrible! —dice Sabra.

—Sí —le digo—. Y además Chasta no está solo allí dentro. O mejor dicho no lo estaba. Al principio eran ocho personas. Ocho nativos. Comenzaron a aplicarles a todos la misma técnica a la vez. Se llama «la técnica de la habitación contigua». Un experimento, en realidad. Un experimento muy peculiar porque lo único que lo mantiene en funcionamiento son las decisiones que toma cada una de las personas en su celda. Porque el experimento solo puede continuar si la persona muestra auténtica determinación por permanecer en la celda.

—¿Puede dejarlo si quiere? —preguntó Sabra.

—Claro... Si les dice a los guardianes lo que le ha contado el hombre de la celda contigua a cambio conseguirá la libertad y en ese momento el experimento habrá terminado. Los otros siete así lo hicieron. Unos lo hicieron en cuanto recibieron la primera información por parte de aquel hombre y otros tardaron más. Pero al final ese fue el camino que eligieron. Tras ello aparecieron en el jardín de sus casas. Por supuesto, no podían contarle nada a nadie porque habían salido por ser unos chivatos. De todos ellos Chasta fue el único que no cedió. Incluso llegaron a realizar una intervención que en condiciones normales no se incluye en el experimento. Para poner a prueba su lealtad a aquel hombre de la celda de al lado y a su causa le ofrecieron un trato. Le dijeron que le dejarían salir con tal de que les contase cualquier cosa que supiera sobre la organización. Sin embargo, la condición fundamental del experimento es que sea el prisionero quien decida convertirse en un chivato. Tiene que ser él quien decida usar en su propio beneficio la información que le haya pasado el hombre de la celda contigua. Pero ellos mismos dieron al traste con el experimento. Por querer descubrir hasta dónde llegaría la resistencia de Chasta. ¡Y lo que al final descubrieron es que Chasta era un guerrero de la cabeza a los pies!

Sabra no pudo evitar preguntarse qué haría él. ¿Lo soportaría?

Chatila se enfureció.

—¡Si yo fuese Chasta prendería fuego a todo Estados Unidos el mismo día en que saliese de allí! ¡Lo digo en serio! ¡Lo quemaría todo, personas, casas, árboles, todo!

—Eso era exactamente lo que buscaban —dije—. Ya lo tenían todo preparado. Armas, explosivos... De hecho, ¿no se suponía que el hombre de aquella celda de al lado tenía a dos amigos en el exterior? Ambos también preparados. Dos soldados de Inteligencia en el terreno. Contactarían con Chasta en cuanto este regresase a su casa. Y entonces le dirían que Fin de Año sería la ocasión perfecta para realizar la primera acción. Texas y California serían los primeros objetivos. De manera simultánea. ¿Por qué crees tú? ¿Qué tienen de especial esos dos Estados?

Sabra contestó al momento.

—¡Que los dos quieren abandonar Estados Unidos!

—¿Qué más?

Chatila completó su razonamiento.

—California aspira a segregarse porque es más liberal que el Gobierno federal. Texas porque es más conservador. Desean declararse independientes por razones opuestas. Son como dos polos opuestos de Estados Unidos y, por supuesto, si ellos se van otros seguirán su ejemplo.

—Sí —dije—. Pero el Gobierno federal nunca transigirá con ninguna segregación. Por eso Estados Unidos está abocado a una guerra civil antes o después. Pero hay una manera de frenarlo. ¿Qué ocurre si Chasta y su organización de indígenas entran en escena? ¿Y si en Nochevieja matan a decenas de civiles en dos Estados tan opuestos? Todos recordarían de golpe a quién pertenecía esa tierra en su origen y a quién se la robaron. Se percatan de que la guerra real es por la tierra.

»¡Y que esa guerra que habían dado por finalizada siglos atrás sigue vigente! Y así, todos los Estados llegan a la conclusión de que la guerra no es entre ellos sino ante todo contra los nativos. Todos los conflictos entre los Estados y el Gobierno federal quedan congelados. América vuelve a ser los Estados Unidos. ¡Y siglos después se retoma la guerra entre vaqueros y pieles rojas donde había quedado! Está claro que los soldados negros y latinos se negarían a luchar en una guerra así, pero...

—Vale, ¿y qué vamos a hacer? —me interrumpió Chatila—. ¡Joder, algo habrá que podamos hacer esta vez! Por lo menos intentarlo.

—Estamos intentando abrir un agujero en el muro de la celda de Chasta. Para que pueda ver con quién ha estado hablando en verdad. Que se dé cuenta de que lo han engañado. Pero, por desgracia, hemos tardado demasiado en enterarnos de este asunto y nos quedamos sin tiempo. Después será ya demasiado tarde. Porque si Chasta no ve por sí mismo que ha sido víctima de un engaño cuando salga de esa celda no importará quién se lo cuente, ya nunca creerá que lo que ha vivido es falso. Es más, quien le diga que el hombre de la celda contigua jamás ha existido será el primero que merezca morir a sus ojos. ¡Porque solo un traidor partidario del Estado podría decir algo así en un intento por disuadirlo!

—¿Pero por qué esos agentes de inteligencia Lakota no realizan ellos mismos alguna acción? —preguntó Sabra. Y añadió—: ¿Para qué tomarse tantas molestias con Chasta?

—Porque buscan un conflicto bélico a largo plazo; uno lo bastante prolongado como para hacer que Estados Unidos vuelva a ser una nación. No se puede librar una guerra así, recurriendo a gente que cobra un sueldo por ello y después se jubila. Sí, puedes realizar algunas acciones, poner una bomba aquí y allá, pero poco más. Para que una guerra perdure en el tiempo tiene que haber odio genuino. Es por todo esto que Estados Unidos solo puede librar una guerra así contra quien considere su mayor enemigo. Hoy por hoy esa persona es Chasta. A fin de cuentas, ese es el propósito de la «técnica de la celda contigua»: crear el enemigo número uno de Estados Unidos. Esos soldados lo único que harán será ayudar a Chasta a dar el primer paso. A partir de ahí Chasta caminará solo. De hecho, él pondrá en pie la organización. Él unirá a la gente. Él planificará las siguientes acciones. Porque no olvides que Chasta lo ha aprendido todo. Ahora sabe cómo montar una organización armada, dónde encontrar financiación, en definitiva, lo sabe ya todo. Lo más importante es que Chasta tiene tu misma edad... tan solo veintiocho años. ¡Tienen un hombre que estará dispuesto a luchar durante, por lo menos, medio siglo!

Alguien llamó a la puerta. Abrí. De acuerdo con la tarjeta identificativa que lucía aquel hombre en el pecho me encontraba ante el encargado de noche del hotel.

—Buenas noches. Hemos recibido quejas de habitaciones vecinas. Nos dicen que han escuchado voces. ¿Todo bien?

—Tenemos un concierto mañana, somos un grupo *a capella*. Estábamos ensayando —le dije. Y sin esperar a su respuesta cerré la puerta. Después miré a Sabra y Chatila. Ambos bajaron la vista, intentando asimilar lo que acababa de contarles.

—Bueno, eso es todo por hoy —les dije.

Chatila sabía bien qué debía hacer. Recogió los papeles que había sobre la cama y los echó a la papelera de metal. En ese momento a Sabra se le fue la vista hacia el estuche del chelo que yacía en el suelo. Chatila encendió una cerilla y la arrojó a la papelera. A partir de ese momento todo lo que había en aquellos papeles se almacenaría tan solo en nuestras cabezas. Porque para un enlace no hay caja de seguridad mejor que su propia memoria. Ni siquiera las famosas cámaras de seguridad que se pueden encontrar en el centro de Bruselas resultaban tan seguras como la memoria. Y eso que se trataba de cuatro plantas subterráneas con una entrada que cualquiera confundiría con el acceso a un aparcamiento y lo bastante amplia como para permitir el paso de un furgón blindado. Llevo años pagando el alquiler de una de esas cámaras, porque no hay cabeza que pueda albergar algunos secretos.

Cuando Chatila abrió la ventana para permitir que el humo que ascendía saliese y no disparase la alarma contra incendios del techo, Sabra se atrevió a preguntar:

—¿Puedo echar un vistazo?

Se refería al estuche del chelo.

—No —repliqué.

A Sabra se le ensombreció el semblante. Tres semanas antes nos encontrábamos sentados juntos en la terraza de un hotel de Luxemburgo y una estrella fugaz cruzó el firmamento, pero no les comenté nada. Algo más tarde apareció otra, pero guardé silencio una vez más. Y unos minutos más tarde me vino a la mente qué podían ser y tan solo me recosté en mi asiento y esperé. Había visto en las noticias aquella mañana que del cometa Corbijn-Fisher, que se puede ver desde la Tierra cada ciento veinte años, se estaban desprendiendo fragmentos. Entraban en la atmósfera una y otra vez, trazando líneas extraordinariamente brillantes en el oscuro cielo nocturno. Y todo esto sucedía a espaldas de Sabra y Chatila y por encima de sus cabezas. Estaban demasiado ocupados comentando las noticias que habían llegado de Yossi, de Belén.

Era de justicia que lo hicieran. Porque ya antes de la llegada del nuevo milenio Israel se encontraba entre los Estados que estaban detrás de grandes masacres. Después de haber intentado desde su misma fundación barrer del mapa al pueblo palestino, el Estado de Israel había vaciado por completo la Franja de Gaza. Y había usado la ciudad chipriota de Varosha, abandonada por su población en su día, como ejemplo y puso fin al Gran Conflicto de una manera que ellos consideraron justa. Pero el mundo entero era consciente de que el Estado de Israel comenzaría a roer la Franja de Gaza con sus dientes, unos dientes llamados colonos. Así, al igual que había sucedido con los inmigrantes europeos que siglos atrás habían inundado las tierras de los nativos americanos, los nuevos ciudadanos israelíes llegados de todo el mundo comenzarían a asentarse en Gaza. Por supuesto, estos inmigrantes israelíes no habrían tenido con batallar con nadie porque la población de Gaza ya había sido deportada a Cisjordania. Los que se habían negado a marcharse fueron declarados terroristas y asesinados en el marco de la llamada Operación de Autodefensa.

Pero ahora, según las noticias que nos mandaba Yossi desde Belén, se estaban produciendo extraños acontecimientos en Cisjordania, precisamente en la zona de Ramallah. Como que cincuenta habitantes de un pueblo de montaña, la mitad de ellos niños, hubiesen desaparecido de un día para otro sin dejar rastro. Asumiendo que la posibilidad de que estas personas hubiesen sido secuestradas por extraterrestres era muy baja, nos pusimos a intentar averiguar cuanto antes qué había sucedido. Desde el mismo mes de enero, Cisjordania se enfrentaba al mismo destino que había sido antes el de Gaza. El Estado de Israel suministraba electricidad durante tan solo cuatro horas al día y hacía todo lo posible por volver loca a la población al reducir su nivel de vida a un infierno. Pero la desaparición de cincuenta o sesenta personas en una noche iba más allá de un apagón. Pude ver cómo se pintaba la preocupación en los rostros de Sabra y Chatila. A fin de cuentas, ambos hermanos recibieron sus nombres por los campos de Sabra y Chatila, donde miles de musulmanes fueron asesinados por orden del ministro de Defensa israelí del momento. Aunque habían nacido y se habían criado en París y jamás habían puesto un pie en Palestina, no les resultaba difícil conjugar las palabras Estado de Israel y genocidio en la misma frase. Por eso dijeron que lo que debía hacer la organización era realizar excavaciones secretas en la zona que darían como resultado de manera ineludible el hallazgo de fosas comunes. Se expresaron con tal vehemencia que sentí envidia. Porque en aquellas voces que elevaban el tono con pasión y en aquellas miradas que se abrían de par en par con consternación, podía ver la humanidad que ya no sentía en mi interior.

Quizá por eso aquella noche en Luxemburgo, mientras ellos solo tenían ojos para mí y para la pared a mis espaldas, yo contemplaba una lluvia de estrellas que duró varios minutos. Sin embargo, tan solo haría falta un gesto con un dedo para que se girasen y prestasen atención a aquel espectáculo único de la naturaleza. Ni siquiera tendría que decir nada. Pero no lo hice. Porque, tras dedicar un momento a envidiarlos, mi mente comenzó ya a diseñar un escenario de paz inspirándose en los meteoritos. Así que me hallaba bastante ocupado... No, no, no... Había una explicación más sencilla para mi comportamiento. No sabía compartir. No sabía compartir la bondad, la belleza o el dolor. Nunca había aprendido a hacerlo. Después de todo, me había criado una organización benéfica. O quizá debiera decir, por haber sido criado por una organización benéfica.

EL CHALECO ANTIBALAS Y JACINTA

El campo de refugiados de El-Aman fue construido por la ONG ALL FOR ALL FOUNDATION cuando ya se sabía que la guerra civil siria duraría por lo menos otros cien años. Era una de las ONGs más respetadas del mundo. Y la reputación lo es todo para una ONG. Porque ese prestigio es lo que le permite recaudar el dinero de las donaciones de la gente. Y el propósito principal de una ONG es recaudar dinero, no distribuirlo. Así que lo primero que había que hacer era convencer a los donantes de que se realizaba una gestión transparente de ese dinero. Con ese objetivo, las fundaciones como ALL FOR ALL elegían a las personas que trabajarían en un campo con el criterio de que resultasen de confianza para el público. Jacinta, directora del campo de El-Aman y originaria de Olot, era una de esas personas.

Cuando ya era una abogada muy conocida que trabajaba desde Barcelona en el campo de las violaciones de los derechos humanos, y tras pasar años corriendo de un tribunal a otro pero sin conseguir nada, abandonó esa carrera para comenzar a trabajar para fundaciones. No había podido ganar las denuncias por torturas contra la policía española ni había logrado sacar de la cárcel a los políticos que luchaban por la independencia de Cataluña. Así que aquello que había convertido a Jacinta en una abogada popular no habían sido sus éxitos en los casos que defendía, sino las declaraciones que hacía ante las puertas de los tribunales, cuando describía al borde de las lágrimas los agravios que habían sufrido sus defendidos. Había llevado los casos por los que luchaba al terreno personal de tal manera que había vivido durante años en un permanente estado de ataque de nervios y siempre había acabado por repercutir en sus parejas su enojo por las injusticias cometidas contra sus clientes.

Jacinta se había enamorado tres veces. En cada una de esas ocasiones hizo el intento de convivir con la persona de la que se había enamorado pero, dependiendo de la situación, o era ella la que se marchaba dando un portazo o cerraba la puerta por dentro a cal y canto. Con la primera el problema fue que no había retirado los pelos de la bañera, con la segunda que conducía demasiado despacio y con la tercera que había dicho: «En realidad no me estás montando esta escena por la baratija esa que acabo de romper sin querer, sino por lo que te ha pasado hoy en el juzgado».

Como resultado de estas experiencias tan frustrantes Jacinta decidió que, ya que nunca podría ser feliz con las personas que conocía, por lo menos podría hacer felices a las que no conocía. Así que lo dejó todo y se puso a llamar a la puerta de diversas organizaciones internacionales. Por lo menos sería una manera de hacer lo que no había podido en los tribunales y ayudar a la gente de una manera real.

Esta decisión le supuso a Jacinta comenzar de cero una nueva vida a los veintinueve años. A lo largo del tiempo trabajó para diferentes fundaciones en distintos proyectos y su reputación fue en aumento con cada nuevo empleo. Y lo que es más importante, su fama de persona digna de confianza fue creciendo entre las organizaciones benéficas internacionales hasta el punto de que, tras siete años de experiencia en el sector, nada más entrar en la fundación ALL FOR ALL supo que sería nombrada directora de un campamento de refugiados. Años después, Jacinta describió así el momento en que recibió la oferta:

«Tenía treinta y seis años y me sentía muy orgullosa. Puede que por primera vez en mi vida. De inmediato pensé en aquellas personas. Toda la gente que se había quedado en el campamento. Aquello era su hogar. Y yo sería su ama de llaves. Era bonito ya solo como sueño. ¿Y sabes lo que hice? Salí del edificio de ALL FOR ALL. Era en Mahattan... Primero caminé un poco y después... ¿No sabes lo de todos aquellos amores míos? Habíamos convivido... Las llamé. Me disculpé con las tres. Creo que el día en que supe que iba a dirigir El-Aman fue cuando realmente maduré. En realidad, ahora que lo pienso, ¡ojalá no hubiese llamado a nadie! ¡Sigo sin soportar a la gente que conduce despacio!

¡Cuando voy a un sitio quiero ir ya! ¡Si hay que hacer algo quiero hacerlo ya! Por eso llevo años corriendo de aquí para allá sin parar. Quizá cuando explotó aquella bomba fue que me paré por primera vez. Y vaya si me paré... Se me paró todo, la mente y el cuerpo. Durante los siguientes días no fui yo misma. Funerales, heridos, gente destrozada... No sabía con qué lidiar antes. Al tiempo que limpiábamos el desbarajuste pedíamos que nos mandaran tiendas y contendores nuevos. Pero en realidad, todavía me encontraba en shock por la explosión. ¡Por eso preguntaba por el bebé como si fuera lo más importante del mundo!

No sabemos, me decían.»

Dos días después de la operación, Asbjörn le dijo a Jacinta que la salud del bebé mejoraba. La investigación que se había llevado a cabo en el campamento para encontrar a la madre del bebé había resultado infructuosa, a pesar de haber entrevistado a todas las mujeres. De hecho, la investigación había derivado en un problema que Jacinta no podría haber previsto. Dos familias de la misma aldea, enfrentadas desde hacía mucho tiempo, acusaban mutuamente a sus mujeres de haber hecho algo tan despreciable como abandonar a un recién nacido, por lo que estalló un enfrentamiento en el campamento que Jacinta se vio y se deseó para apaciguar. Al final, resultó imposible descubrir quién había dado a luz al bebé que habían encontrado ocho días antes entre dos tiendas. Se lo habían entregado de forma temporal a una mujer que había llegado hacía poco de Damasco y que antes de la guerra trabajaba como enfermera de cuidados intensivos en el hospital más grande de la ciudad y que aguardaba con ansia el día en que podría volver a trabajar en la UCI de un hospital, lejos de la carpa que le habían acondicionado allí. Pero de eso había escasas posibilidades. Porque los refugiados no solo abandonan sus hogares, también dejan atrás sus profesiones. Aun así, la mujer había cuidado del bebé con todo su cariño. Con la precisión de una enfermera... Hasta que falleció en la explosión. Su cuerpo había quedado destrozado por las bolas de acero. La unidad de neonatos del hospital estaba siendo remodelada para ampliarla. De acuerdo con la planificación, la ampliación estaría terminada en unos días y el bebé pasaría de los cuidados de la enfermera de Damasco a esa unidad. Pero la planificación también saltó por los aires con la explosión. Lo único que pudo hacer Jacinta fue aumentar la seguridad, pensando que podría haber una conexión entre la sangrienta muerte de una chica en Palaz y la explosión en el campamento. Jacinta pensaba que la joven era militante del Ejército del Martirio, la organización que se consideraba heredera ideológica del ISIS, que había sido desbaratado años atrás, y que ellos podían estar detrás de la bomba que había explotado en el campamento.

«¡Estaba muy claro! ¡El mismo día y en la misma zona aparece un bebé abandonado y una chica se suicida! ¡Estaba claro que era la madre del niño! Ni siquiera había pensado en ello... Si se hubiese suicidado tal vez habría establecido una conexión. Pero la información que nos había llegado no era que una pobre chica de Palaz se había suicidado. Lo que supimos es que una mujer había matado a cinco personas y después se había pegado un tiro. Ni siquiera sabíamos su edad. ¡Por eso no se nos había ocurrido que podía haber una conexión entre la chica y el bebé! Y si esto era así... la chica no era miembro del Ejército de los Mártires... Nunca se llegó a descubrir quién había puesto la bomba.»

El traductor de Jacinta, que nunca se separaba de ella, era un tal Idris de Latakia, un profesor universitario cuya casa había sido bombardeada por aviones norteamericanos mientras daba clase de literatura americana contemporánea. Traducía las palabras de la directora del campo:

—Había que ponerle un nombre al bebé.

Se encontraban frente a la puerta del hospital. Alrededor de Jacinta e Idris se congregaba una pequeña multitud. El gentío habitual que se reunía alrededor de Jacinta cada vez que salía de su oficina. Un gentío que siempre tenía alguna necesidad y pretendía explicársela a la directora del campo. Tenía asuntos más importantes que atender que poner nombre a un bebé. Pero la prioridad de Jacinta estaba muy clara. El poeta de Alepo, Yusuf Alí, se acercó a Idris y le dijo:

—Creo que he encontrado un nombre para el bebé.

—¿Cuál? —preguntó Idris.

Como buen poeta, Yusuf Alí también era locuaz. Además, su dominio del lenguaje sería por primera vez de utilidad desde el comienzo de la guerra. La pequeña multitud de necesitados también guardaba un silencio expectante. No es que les interesara demasiado lo del nombre del bebé, pero estaban en un campo de refugiados. Eso implicaba pasar todo el día sentado sin hacer nada y aburrirse hablando sin cesar o escuchando hablar a los demás. Eso, los días en que no había ninguna explosión en el campo. Yusuf Alí, emocionado al ver que contaba con una audiencia dispuesta a escucharlo, señaló primero al hospital y entonces dijo:

—Este bebé no le ha hecho nada a nadie. Este bebé es inocente. ¿Cuántos días lleva en este mundo? Y sin embargo, mirad lo que la gente le ha hecho. ¿Sabéis de qué tengo miedo? Tengo miedo de que un día, cuando crezca, quiera vengarse de la gente. Tengo miedo de que crezca lleno de odio. ¡Este será el mayor desafío al que se enfrentará este bebé!

»¡Tendrá que esforzarse toda su vida por mantener su conciencia tranquila! Sus verdaderas intenciones siempre serán puestas a prueba. Y hoy le pondremos un nombre que no le permita olvidar esa lucha. Para que siempre pueda saber que su conciencia es lo más importante que tendrá.

»¡Que entienda que la intención es lo único que cuenta! ¡Tener siempre buenas intenciones! Que siempre que se mencione su nombre, este niño recuerde que no debe desviarse del camino recto. Que sea un nombre tal que...

Jacinta de Olot ya había tenido suficiente y levantó una mano para silenciar a Yusuf Alí. El poeta de Alepo lanzó una mirada a Idris como si quisiera instarlo a que tradujese también ese lenguaje corporal.

—No te enrolles y habla ya —le dijo Idris. Y Yusuf Alí, mirando a la gente congregada a su alrededor, dijo:

—El nombre de este niño...

E hizo una pausa porque, como buen poeta, sabía también cuando callar. Paseó la vista a su alrededor y tomó aliento. Y entonces habló con la gravedad de un filósofo que explica el sentido de la vida:

—¡Este niño se llamará Zamir!

Por supuesto, Yusuf Alí no sabía que esta palabra, que significa conciencia y recta intención en árabe, tenía otro significado en turco[3]. A fin de cuentas, era un poeta enamorado de la lengua árabe que pensaba que le estaba dando nombre a un bebé sirio. Sin embargo, el nombre con el que bautizó al bebé, con su capacidad profética de poeta que es casi un instinto animal, coincidió con el destino del niño. Porque, aunque Yusuf Alí no lo supiera, la palabra Zamir tenía otro significado en ruso: «Por la paz».

Por fin se dio nombre al bebé con la aprobación de Jacinta. Justo cuando los que desgranaban sus cuitas volvían a rodearla le sonó el teléfono. Quien llamaba era Jenna, de San Diego, aunque vivía en Nueva York, y se encargaba de las relaciones públicas de ALL FOR ALL.

—Jacinta, nos están cancelando todas las visitas.

Se refería a las visitas que hacían atletas o actores famosos acompañados por periodistas y donde se reunían con los residentes del campo.

—Como es lógico a todos les entró el miedo cuando se enteraron de la explosión. ¡Pero también tengo una buena noticia! Hay alguien que está ahora mismo en Estambul para el rodaje de una película. ¿A que no sabes quién? ¡Derek Haley! Acabo de hablar con su agente. Aceptó al momento. Después llamó el propio Derek. Dijo que estaba encantado y deseando ir cuanto antes.

—¿Quién es Derek Haley?

—¿No lo sabes? Dicen que va a ser el nuevo James Bond. ¿Y a quién van a presentar este mes como tal? Lógicamente, es por eso que quiere visitar el campo. ¿Puede haber mejor promoción? Así que todo indica que vas a conocer al nuevo James Bond. Porque estoy segura de que en cuanto se sepa que está visitando un campo que todo el mundo teme visitar será el elegido.

[3] Zamir en turco significa «pronombre».

—¿Es seguro que va a venir?

—¡Por supuesto! Ya lo he arreglado todo para mañana.

Después de colgar Jacinta miró a su alrededor. No era el momento adecuado para una visita. Pero después se fijó en la noria. Seguía girando. En ese momento había dos niños en ella. Daban vueltas y reían. A pesar de todo, la vida continuaba. Jacinta sonrió y se recompuso. Caminó, ahora esperanzada, hacia la grúa que levantaba un contenedor destrozado por la explosión para colocarlo sobre un camión.

Al día siguiente, el actor británico Derek Haley hizo su entrada en el campamento a mediodía. Llevaba un chaleco antibalas y un casco. Jacinta le susurró:

—El casco puedes quitártelo.

Al principio Derek no entendía a qué se refería. Pero entonces se dio cuenta de que el casco, rodeado de niños en camiseta, pantalones cortos y chanclas, le hacía parecer un cobarde y se lo quitó de inmediato. Estaba a punto de quitarse también el chaleco antibalas cuando su agente le recordó que la aseguradora de la película que estaban rodando en Estambul no se lo permitiría.

La primera parada de Derek fue el hospital. La nube de periodistas que lo rodeaba fotografiaba cada paso que daba. Entró tras Jacinta en el edificio prefabricado. Paseó la vista por el lugar y vio a los heridos. Jacinta les presentó a Derek. Este escuchaba a Idris con gesto de gran atención; este hacía de traductor con los heridos que podían hablar. Después fueron a la unidad de cuidados intensivos. Jacinta se dirigió a una incubadora que se hallaba en una esquina e hizo un gesto a Derek para que se acercase, acompañado de una sonrisa. Mientras el famoso actor se dirigía con paso firme hacia la incubadora, Jacinta retrocedió unos pasos. Así solo Derek y el bebé saldrían en las fotos. Los periodistas entraron en la sala y ocuparon sus puestos, dispuestos a inmortalizar el emotivo encuentro. Derek se aproximó a la incubadora y se detuvo. Luego se inclinó para mirar el bebé.

Obviamente no buscaba esa reacción, pero el ser humano es, al fin, una suma de reflejos. La cantidad de puntos de su cuerpo fuera de su control supera con mucho a los que sí puede controlar. Así como una persona no puede controlar el flujo de sangre por sus venas o el funcionamiento de su tracto intestinal, en algunos casos tampoco es capaz de dominar su rostro.

Incluso aunque uno sea candidato a convertirse en James Bond.

Tan pronto como vio la carita destrozada y recosida del bebé, Derek Haley levantó las cejas y abrió mucho los ojos, frunció los labios y echó la cabeza hacia atrás. Todas ellas reacciones humanas y simultáneas. También reaccionaron los reporteros apretando el disparador al momento. A pesar de que en unos segundos Derek se recompuso y sonrió al bebé, ya era demasiado tarde porque, después de cientos de fotos con tantos niños y pacientes, solo pervivió una imagen del paso de Derek Haley por El-Aman. Incluso se podría decir que pasó a la historia: una fotografía de Derek Haley inclinado sobre una incubadora y con el rostro desencajado por la repugnancia, incluso miedo. Su agente hizo todo lo posible para que la fotografía no se publicase, pero fue en vano. Porque los agentes de los demás candidatos a nuevo James Bond hicieron lo imposible por que se difundiese. Y así fue que no quedó un lugar donde no se publicase esa fotografía, desde los periódicos en blanco y negro y las páginas de noticias en línea hasta las redes sociales que ya nadie usaba, de modo que todo el mundo odiaba al actor inglés. Todos habían visto la imagen de Derek mirando al bebé. Con el rostro contraído en una mueca. Así que Derek Haley entró en El-Aman aspirando a ser el nuevo James Bond y salió con su carrera de actor arruinada. Pero si esa fotografía hizo que se apagara una estrella, por otra parte, hizo que se encendiese otra: Zamir.

25 DE DICIEMBRE

¿Y qué otra cosa podría encontrar? Como era de esperar, todo era una mierda; por fin, estaba en un campo de concentración de mierda. Los pabellones, los patios, las camas, los comedores, los baños, todo era una mierda. El tipo que me llevó se llamaba Hermann y también era un mierda. No tenía ningún sentido que yo estuviese en aquel lugar, porque el informe que escribiría sobre él no tendría ningún efecto real. A fin de cuentas, solo estaba allí como observador. Aquello equivalía a descubrir cuál era el efecto del observador en el famoso experimento de la doble rendija: las partículas subatómicas, que se comportaban con las propiedades de la materia cuando eran observadas, pasaban a poseer características ondulatorias cuando no había un observador. En otras palabras, las leyes de la Física solo funcionaban cuando contaban con un observador, de lo contrario se ponía en marcha un festival cuántico. ¡Un espectáculo misterioso porque subvierte las relaciones causa–efecto! Era exactamente lo mismo en el caso de las organizaciones no gubernamentales que tenían como misión la observación. Todo lo que parecía estar correcto cuando estaban allí pasa a desmoronarse en cuanto se dan la vuelta. Porque su mera presencia hacía cambiar el curso de los acontecimientos y lo que observaban tenía poco que ver con la realidad.

Por ejemplo, si acudían a un país para evaluar lo que se creía una situación de tortura sistemática, acababa reduciéndose a casos aislados. Todos engañaban a las organizaciones no gubernamentales, desde los Estados hasta las víctimas y los testigos. Porque todos querían, y conseguían, usarlas en su propio beneficio. Así que los informes que redactaban contenían diez hechos falsos por cada hecho confirmado. Y ese uno a diez era la proporción ideal para ahogar la verdad. A lo largo de los años he conocido a decenas de personas que, al darse cuenta de esto, perdían la esperanza y abandonaban estas organizaciones. Renunciaban porque aquello les importaba. Como es natural, eran reemplazados por otros a los que no les importaba... y que cobraban para que no les importase. Así que esas organizaciones, que fueron fundadas bajo la égida de elevados ideales, acabaron llenas de impostores de todo pelaje. Con la excepción de las creadas por servicios de inteligencia; sus empleados ya eran unos falsos. Es por eso que las organizaciones como Human Rights Monitoring y Child Rights Monitoring, que incluyen en su propio nombre el término «*monitoring*», me han venido revolviendo el estómago desde hace mucho. Y nunca desperdicio ninguna oportunidad para expresarlo en voz bien alta. El año pasado, por ejemplo, se dieron circunstancias muy favorables para ello e hice lo que tenía que hacer.

Un cacique local y su pequeño ejército bloquearon a una delegación exclusivamente masculina que se encontraba en Puerto Príncipe, en una villa repleta de niñas de doce o trece años, para evaluar las violaciones de derechos humanos. Por supuesto, el objetivo del cacique no era liberar a las niñas del ejercicio de la prostitución al que se veían obligadas, sino cobrarles a los guardaespaldas el soborno que se negaban a pagar. Pero aquel soborno que no se había pagado a tiempo se había convertido ahora en el rescate de un secuestro y su importe había aumentado de forma considerable. En ese momento me encontraba en Santo Domingo, en la otra punta de la isla de La Española. Había conocido a uno de los miembros de la delegación secuestrada por aquel cacique en la sala de pasajeros en tránsito del aeropuerto de Pointe-à-Pitre. Era un diplomático jubilado de Dijon. Se llamaba Jean y me había llamado para pedirme ayuda porque sabía que me encontraba cerca. Me sorprendió que no llamara a alguien de la Embajada de Francia, pero di por sentado que era un caso de rescate como tantos otros y le pedí que me pusiese el cacique al teléfono. Resultó que era más hablador que el diplomático retirado. Así me enteré de que había siete niñas en la villa y entendí porque me habían llamado a mí en vez de a la embajada. Después le pedí que volviese a ponerme al teléfono a Jean de Dijon y le dije que, por principios, no podía prestarle mi ayuda. Pero, en consideración a lo delicado de la situación, se lo dije de manera suave:

—Jean, ¿me escuchas?

—¡De verdad, te lo juro! ¡No teníamos ni idea de que eran tan pequeñas! ¡No se lo puedes contar a nadie! ¡Por favor!

—Vale, deja eso ahora. Cálmate y escúchame.

—Te escucho.

—Vas a hacer exactamente lo que yo te diga.

—¡Por supuesto, claro!

—Júramelo.

—Te lo juro.

—Muy bien... Ahora, ¡vete a la mierda!

—¿Cómo?

—¡Vete a la mierda y muérete!

Aún oía los gritos de aquel anciano de setenta años mientras colgaba el teléfono. Por mucho que me hubiese gustado, estaba seguro de que aquel cacique no mataría a ninguno. A fin de cuentas, no todos los días se le puede echar el guante a una delegación con tanto potencial.

Me llevó media jornada de indagaciones, pero descubrí que sería el observatorio al que pertenecía Jean y sus amigos quien pagaría los cien mil dólares que pedía el cacique y que llegarían en un vuelo regular procedente de Miami en el equipaje de una de las azafatas. Tuve claro que el asunto acabaría ahí, así que llame de inmediato al cacique y le dije que hiciera fotos de los hombres con las niñas. Nos pusimos de acuerdo por cinco mil dólares. Al día siguiente el cacique recibió sus cien mil dólares y liberó a la delegación y, cuarenta y ocho horas después, las fotografías que había hecho estaban ya en la portada del tabloide británico *Daily Life*, a cuyo editor yo conocía muy bien. El pie de foto rezaba así: «Misión de observadores internacionales pillados manteniendo sexo en grupo con prostitutas en Haití».

En cuanto al titular, les hice mi propia sugerencia para que todo el mundo supiese cuál era mi opinión sobre los observadores internacionales en general:

—¡No hemos hecho nada, solo estábamos observando!

Aunque, a pesar de mi insistencia, no se mencionaron ni el nombre del observatorio ni la edad de las niñas. De hecho, los rostros tanto de Jean como de todos los demás aparecieron pixelados. Porque, así como yo conocía al editor, los gerentes de la organización conocían al dueño del periódico. Así que negociaron para que todo quedara en una noticia sensacionalista en la que todos los implicados permanecerían en el anonimato. Cuántas veces he tenido que asistir al entierro de la verdad, y muy de cerca; en ocasiones yo mismo he sido el enterrador. Por lo que estaba ya muy acostumbrado a ello. A lo que no estaba acostumbrado era a lo que me estaba encontrando en esta visita al campo de concentración cerca de Friburgo. Porque, en realidad, había llegado a ese campamento en calidad de observador, como aquellos a los yo mismo consideraba inútiles. De hecho, en mi opinión, todo el mundo en todas partes es un simple observador. Porque todo ocurre a la vista de todos. Como en el caso de este campamento, al igual que con todo el proceso que culminó con la construcción misma de este campo. El mundo entero los contemplaba en silencio y puede que incluso hubiese entre la audiencia quien se masturbase. Y en esta ocasión, el efecto observador cambió al observador mismo, no al experimento, y creó un ser humano completamente nuevo. Nuevo y fascista. Porque después de un tiempo viviendo bajo el control de un Estado de este tipo uno acaba por convertirse también en un fascista. Cuando dos años antes el partido de ultraderecha anunció que había vuelto a ganar las elecciones, tras gobernar primero en coalición y después en solitario, nadie se extrañó. O más bien, los alemanes que quisieron exponer su desacuerdo ya no pudieron. La Policía los metió de vuelta en sus casas con porras y gas pimienta y ya nunca se volvió a oír su voz. En sus mítines, los representantes del partido decían:

> «Está en juego el derecho a la autodeterminación del pueblo alemán. Incluso la propia independencia de Alemania. Por lo tanto, abogar por la expulsión de los turcos no es racismo, sino una opinión política amparada por el derecho a la libertad de expresión.»

> «Millones de personas que nos han votado piensan que los turcos, que no consiguen adaptarse a esta sociedad a pesar de todas las oportunidades que se les han dado, están destruyendo la cultura alemana. ¡Por lo tanto, todos deben irse antes de que se pierda la identidad alemana, es decir, antes de que sea demasiado tarde!»

> «No olvidemos que esta gente llegó a este país como trabajadores invitados. ¡Pero ahora el invitado se cree el anfitrión! De hecho, ya ha amueblado una parte de la casa a su gusto. ¡Esto es inaceptable!»

«¡Alemania no es Estados Unidos! ¡No hay vergüenza en su historia como la de la esclavitud! ¡No puedes deshacerte cuando quieras de alguien que sacaste de contrabando de África y obligaste a trabajar a la fuerza solo porque te apetece! ¡Alemania tampoco es Francia! Cuando has destruido la lengua, la cultura y la economía de todo el norte de África no puedes decir sin más "¡Que los árabes se vayan de Francia!". Pero si existe un contrato firmado por ambas partes por propia voluntad, ¡puedes ponerle fin en cualquier momento! En el pasado, Alemania firmó un contrato con Turquía en calidad de empleador y en virtud de él reclutó a turcos. ¡Ha cumplido con todas sus obligaciones como patronal! ¡Históricamente no le debemos nada a los turcos! ¿Qué hay de antinatural en que un jefe despida a un empleado? ¡Y cuando ese empleado ha comenzado a alterar el orden en su puesto de trabajo o a desafiar la autoridad ya no se trata de una elección sino de una necesidad!»

«¡Alemania no será colonizada por musulmanes! Este pueblo nunca renunciará a sus valores. ¡No comprometerá sus valores en nombre de la hibridación! ¡Nunca aceptará el hiyab o el niqab como parte de la vida pública! Esas mujeres pueden desconfiar de los hombres musulmanes en sus países de origen. Es un miedo comprensible. Porque en esos países hombres y mujeres se crían por separado. Y después, en cuanto hay un mínimo contacto social la cosa acaba en violación o asesinato. Una sociedad que separa a hombres y mujeres desde su nacimiento solo puede producir violadores. ¡Pero ese es su problema! ¡Esto es Alemania! ¿Qué hombre alemán consideraría violar a una mujer solo porque se le ve el rostro o el pelo? ¿En qué se diferencia una mujer que se cubre de esta manera de alguien que acude al colegio o a su puesto de trabajo con un chaleco antibalas? ¿Qué pensaría alguien si su vecino se presentase en su casa llevando un chaleco antibalas? Al igual que ese chaleco viene a decir "¡Eres un asesino en potencia! ¡Me das miedo!" esa manera de cubrirse dice "¡Eres un violador en potencia! ¡Me das miedo!" ¡No es alemán quien teme a otro alemán!»

«¡Una comunidad que no ve a las personas LGTB como seres humanos y que asesinan a sus propios hijos por ser homosexuales no tiene ningún lugar en Alemania! ¡Y en cuanto a esto, acusar a los amigos LGTB de nuestro partido de homonacionalismo no es más que otro producto de la discriminación homofóbica!»

«¡Expulsar a los turcos de este país es un acto de autodefensa! ¡La autodefensa no es nacionalismo! ¡La autodefensa no es fascismo! ¡La autodefensa es una lucha por la supervivencia! ¡Y para sobrevivir, Alemania debe deshacerse de una vez por todas de los turcos, la mayor comunidad musulmana en su territorio, y así purificarse!»

«¡No puedes vivir con personas que te odian a ti y a tu estilo de vida! ¡Los turcos nos odian! ¿Acaso no se opusieron durante generaciones a que sus hijos se casaran con alemanes? Nunca nos aceptaron como somos. ¿Por qué debemos aceptarlos nosotros a ellos? ¿Cuántas más humillaciones hemos de recibir por ser quiénes somos? ¿Cómo podemos convivir con personas que nos llaman cerdos, inmorales y que llaman prostitutas a nuestras mujeres? ¡La relación entre Alemania y los turcos es tóxica! ¡Tenemos que ponerle fin de inmediato!»

«Queremos dirigirnos a los solicitantes de asilo que dicen que su vida o su libertad estarán bajo amenaza si regresan a Turquía: ¡El lugar de un activista político es el país que quiere transformar! ¡Ve y lucha por Turquía! ¡Alemania es la patria de los que han pagado un precio por sus ideas, no de los cobardes! ¡Si no estás dispuesto a pagar un precio por tus ideas es que no valen nada!»

«Estamos dispuestos a dar algún paso que muestre hasta qué punto somos sensibles en cuanto a los valores culturales e históricos: un turco de Pérgamo será uno de los guardias de seguridad que trabajará en el Museo de Pérgamo de Berlín y podrá quedarse en Alemania con su familia todo el tiempo que quiera.»

«Les queremos decir algo a esos que se llaman a sí mismos alemanes y que opinan que los turcos son una parte indispensable de la sociedad alemana y vamos a decírselo en un idioma que puedan entender: *¡Yallah Türkiye'ye!*»[4]

Como se deduce de estas palabras, Alemania se había embarcado en un viaje sin retorno. Y ya hacía mucho tiempo que había comenzado. Pero los turcos se habían dicho durante años, «¡Imposible! ¡Eso no pasará nunca en un país civilizado como Alemania!». En ningún momento llegaron a creer que podrían ser expulsados y, de hecho, reaccionaron con hostilidad hacia quienes quisieron advertirles de que era algo que sucedería tarde o temprano. Sin embargo, si hubiesen prestado más atención a lo que sucedía a su alrededor, se habrían dado cuenta de que ya los habían expulsado mucho

[4] Algo así como «¡Váyase con Dios a Turquía!».

tiempo atrás... al menos en sus mentes. Porque eran millones ya los alemanes que llevaban mucho tiempo evitando subir con ellos en los ascensores, o que cerraban los ojos en el metro y fingían dormir para no tener que intercambiar miradas con ellos y, por supuesto, cambiaban de acera por la calle para no tener que cruzarse con ellos. Sí, puede que ya no hubiese, como en el pasado, neonazis lanzando cócteles molotov a las casas de los turcos y quemándolos vivos, pero esta vez se trataba de un movimiento mucho más peligroso que el simple racismo. «Hemos intentado vivir juntos pero no ha funcionado», decía una mayoría que nunca se había considerado racista. Y, por tanto, negaban que les animasen prejuicios o afán discriminatorio. Según ellos, solicitar la cancelación de un proyecto social que una vez puesto en práctica se había descubierto fallido era una decisión lógica, no emocional. Al organismo llamado Alemania se le había sometido a un trasplante de órganos, pero se había producido un rechazo. Y la incompatibilidad de tejidos era una cuestión técnica que requería una solución técnica. Pero nadie quería adelantarse y levantar la liebre, lo que conllevaría ser acusado de racismo. Todos aguardaban la llegada del *zeitgeist*. La llegada del día en que la expulsión de los turcos de Alemania ya no se vería como racismo. Y ese día llegó. Aunque los turcos nunca creyeron que llegaría, a pesar de tratarse de un tren que se había ido acercando de manera lenta, inexorable y a la vista de todos desde dos mil kilómetros de distancia. De hecho, era comprensible que los turcos no hubiesen visto ese convoy que acabaría por arrollarlos. Porque ninguna comunidad que, a lo largo de la historia, hubiera sufrido expulsiones o exilios forzosos había sido capaz de preverlo. Al llegar a este punto, por pura necesidad, confluyen diversos factores para conseguir cegar y ensordecer a la gente:

El primero, esa droga dura llamada esperanza. Es entonces cuando el individuo que cumple con todas sus obligaciones cívicas se siente estúpidamente seguro, precisamente, porque cumple con todas sus obligaciones cívicas.

Y al final, la extrañísima creencia de que los seres humanos no pueden llegar a ser tan crueles.

Quizá los turcos tuviesen sus razones para ser optimistas. Porque en un primer momento hubo otras posibles soluciones en la agenda. A fin de cuentas, sí que hubo políticos que consideraron que expulsar a millones de personas sería un acto de extremismo e incluso ofrecieron otra solución más humana: establecer campamentos de asimilación como habían hecho los chinos con los turcos uigures en el pasado. Este plan preveía encerrar a todas las personas de origen turco en estos campos y no habrían de ser liberadas hasta que se convirtiesen en culturalmente alemanes. Aunque fue una propuesta de inicio bien recibida pronto hubo quien recordó el concepto de *taqiya*[5] en el Islam y argumentaron que no se podía confiar en gente que creía que era «aceptable mentir si te encontrabas bajo amenaza». Los que habían hecho la propuesta de los campos argumentaron que era imposible sobrevivir en ellos mintiendo durante años. Esta afirmación se refutó recurriendo a recordar a los seguidores de la congregación de los Fetullahçi, que habían conseguido llegar incluso al rango de generales en el ejército turco, conocido en aquella época por su fuerte identidad laica, al recurrir a ejercer la *taqiya* en toda ocasión y momento. Este plan se descartó, al considerar que no podría encontrarse ningún programa de asimilación que superase a una educación militar desde edad temprana y a los muchos años que dura la carrera de oficial.

Llegado el momento, Alemania les dijo a parlamentarios, médicos, maestros, bailarinas o mafiosos, a los nietos de aque-

[5]La *taqiya* es un principio en el Islam, refutado por muchas autoridades religiosas, que permite a los musulmanes fingir su desapego del Islam si su vida o la de su familia corre peligro.

llos que un día consideró meros trabajadores: «Misión cumplida. ¡Gracias por vuestros servicios! Ya os podéis volver a vuestras casas».

Los recursos contra la ley ante el Tribunal Constitucional Federal no prosperaron. Porque la máxima autoridad judicial del país había ido cayendo con el paso de los años bajo la influencia del Gobierno federal y su dictamen final fue: «La presencia de ciudadanos alemanes de origen turco en Alemania se ha convertido en un problema de seguridad pública. Por lo tanto, la suspensión puntual de los derechos individuales en favor del orden público se considera una medida precautoria admisible».

Por su parte, el Tribunal de Derechos Humanos de la Unión Europea, en respuesta a los numerosos recursos que había recibido, anunció su dictamen por el que se declaraba la anulación inmediata de la ley de deportación forzosa, pero el Estado alemán hizo caso omiso y declaró que «pagarían cualquier multa que se les impusiese».

Se hacía preciso admitir que la decisión que había tomado el Estado alemán inauguraba una nueva era en Europa, ya que dejaba la vía libre para otros Estados que hasta el momento habían ocultado su odio hacia los musulmanes. Así que todos los que habían soñado con limpiar el continente de musulmanes se mostraron ilusionados y expectantes. Por fin podrían, como siempre habían querido, vivir en paz compartiendo una civilización común o incluso iniciar otra guerra mundial como tenían por costumbre y matarse unos a otros con tranquilidad.

De acuerdo con esta Ley de Despedida, todos los ciudadanos de origen alemán serían primero privados de la ciudadanía alemana y después deportados. El primer paso sería determinar quién tenía un origen familiar turco. Para ello se recurriría a pruebas genéticas y así saldrían a la luz todos aquellos provenientes de Turquía, en especial los turcos. Los kurdos y quienes tenían también ancestros de otros orígenes étnicos, que se habían sentido en principio a salvo durante la redacción inicial de la ley, se llevaron una gran sorpresa tras el debate parlamentario cuando, en el último momento, se incluyó un nuevo artículo en la ley: «Cualquiera que sea su origen étnico, todas las personas originarias de Turquía regresarán a Turquía».

Un portavoz del Gobierno federal dio la siguiente explicación para este artículo:

—Hemos repetido hasta la saciedad que no somos racistas. Por ello, nos negamos a hacer distinciones entre los deportados por razones étnicas. Es más, es por este motivo que decidimos cambiar en el artículo la expresión «de origen turco» por la de «originarios de Turquía».

En la misma comparecencia se admitió tan solo una pregunta y fue sobre las familias de religión ortodoxa originarias de Turquía que en primera instancia se habían considerado excluidas del decreto. El portavoz gubernamental respondió que estas familias podrían, como es natural, permanecer en Alemania pero que, si se descubría que alguien se convertía al cristianismo con el único fin de beneficiarse de esta excepción, sería condenado a penas de cárcel por perjurio y, al final, deportado.

Quedaba por definir el destino de las personas de origen turco casadas con ciudadanos alemanes y los hijos de estas familias. La opinión del Gobierno alemán sobre estos individuos era muy clara: «¡Por supuesto que se irán también!». Su opinión sobre los cónyuges era todavía más clara: «¿Puede haber sitio en Alemania para una persona alemana que ame a un turco? No».

En ese momento había en Alemania cinco millones de personas de origen turco. No era viable subirlos en trenes y aviones y deportarlos de un día para otro. Para llevar a cabo esa descomunal operación fue necesario construir campamentos para reunir a toda esa gente. Decidieron crear cien campos en diferentes localizaciones de Alemania, cada uno con capacidad para cinco mil personas, lo que permitiría reunir en ellos a quinientas mil personas. La cuestión de a dónde y cómo se deportarían se dilucidaría tras una exhaustiva planificación que incluiría negociaciones con Turquía. Y otras quinientas mil personas ocuparían de nuevo los campos.

Hasta que Alemania volviese a ser *alemana.*

El Gobierno federal expuso este plan a la opinión pública con un exagerado alarde de transparencia. Se informó sobre los procedimientos que habría para determinar las genealogías, cómo se efectuarían las pruebas de ADN, incluso sobre el uniforme que lucirían los miembros de la recién creada unidad policial que se encargaría de rastrear y detener a los prófugos. La razón que subyacía en todo esto era crear un ambiente de temor que hiciese que muchos abandonasen el país por sí mismos cuanto antes. Así se reduciría el número de fugitivos con los que tendrían que lidiar la Policía y también los costes. El portavoz del Gobierno llegó a hacer la siguiente declaración al respecto:

—Sabemos que la prudencia es un rasgo de la población de origen turco, así que muchos elegirán marcharse del país antes de que los echen. También sabemos que son gente orgullosa. ¡Estoy convencido de que ni un solo turco se quedará allí donde no es bienvenido!

La verdad es que no me apetecía permanecer en aquel campamento ni un segundo más pero no había nada que pudiera hacer al respecto. Porque en ese momento me tocaba escuchar a Hermann. Para ser más preciso, me tocaba esperar a que decidiera rematar su emocionada explicación del piso de cemento que pisábamos, de las líneas blancas y de los aros como si estuviésemos en la primera cancha de baloncesto construida en el mundo. Porque estaba deseando hacer una pregunta. Por fin se calló.

—¿Y quiénes serán los guardias?

—Acompañantes. Les llamamos acompañantes, no guardias.

—¡Lo que tú quieras!

—Si te soy sincero, no queremos que sea algo que se convierta en una fuente más de tensiones. Por lo tanto, esos acompañantes no serán alemanes. Hemos decidido traer de Turquía personal que se ocupará de esa tarea. De hecho, nuestra embajada en Ankara ya ha comenzado a trabajar en ello. Allí se realizará el reclutamiento. Después, los candidatos que resulten elegibles...

No pude evitar interrumpirlo:

—Solo que la mitad de las personas que vais a encerrar aquí no hablan turco.

—Sí, claro. Por eso esto es lo que haremos: como sabe, hay departamentos de filología y traducción alemanas en muchas universidades de Turquía. La idea es reclutar a graduados de esos departamentos. Después recibirán formación específica y...

Una vez me vi obligado a interrumpirlo:

—Es algo que ya habéis hecho antes.

—¿Cómo?

—También en su día pusisteis *kapos* judíos a cargo de prisioneros judíos.

¿Podría decirse que acababa de reventar la conversación al equiparar todo lo que estaban haciendo con lo que ya habían hecho los nazis en el pasado? Seguro. Pero no me importaba. Porque, en mi opinión no podía haber mejor momento ni mejor lugar para realizar una *reductio ad hitlerum*. Al decir «¡Como los nazis!» no tenía ante mí a un estricto profesor o a un patrón que sigue las normas, sino a un funcionario de un Gobierno dispuesto a expulsar a millones de personas de sus hogares. Un Gobierno que, además, había armado toda la estructura ideológica de esta operación sobre el concepto del *lebensraum*, una de las raíces del nazismo. Y qué casualidad que este concepto, traducible por «espacio vital», resurgiese justo a finales de siglo. Una mina antipersona que había plantado el Segundo Reich en la historia del pensamiento cuando soñaba con expandir sus fronteras. La política que se desarrolló sobre la base del *lebensraum* preconizaba la colonización de territorios por alemanes, de manera que el Espacio Vital Germano se expandiese de forma exponencial. Y ahora, de nuevo en un momento finisecular, incluso milenarista, el Estado alemán buscaba ampliar su espacio vital. La diferencia es que ahora estaba intentando hacerlo dentro de sus fronteras, no fuera. Y estaba dispuesto a cualquier cosa con tal de recuperar ese espacio vital que creía haber perdido. Primero implementarían la Ley de Despedida y después celebrarían las grandes esperanzas de futuro que traía el nuevo milenio. Alemania no estaba sola en esto. Muchos otros Estados se dedicaban a generar y poner en marcha decisiones radicales, que siempre vinculaban a la llegada del nuevo milenio. A fin de cuentas, quien había creado el concepto de Estado había sido un ser extraño que cada fin de año se empeñaba en hacer cambios en su vida. Quizá necesitaba nuevos comienzos porque siempre se equivocaba. Y no hay mejor comienzo para el ser humano que el Año Nuevo. Solo que el ser humano y los Estados envejecen a ritmos diferentes. Al igual que un perro de un año equivale a una persona de siete, un Estado de un año equivale a una persona de setenta. No en términos de madurez, claro, porque los Estados, a diferencia de los perros, nunca aprenden una mierda —y si lo hacen rápido lo olvidan— y tan solo envejecen. Y de ahí que todos los planes que los Estados buscaban poner en marcha para el nuevo milenio fuesen absolutamente estúpidos. Además, no se trataba solo de un nuevo siglo sino de un nuevo milenio también. Estaban tan emocionados por ese cambio en el calendario, uno que pocas generaciones podían vivir, que las decisiones que se estaban tomando eran difícilmente igualables en estupidez. Más que un nuevo comienzo, lo que buscaban era un renacimiento. ¡Eran como esos criminales que sueñan con operaciones de cirugía estética y una nueva identidad que les permitan comenzar una nueva vida! Y por eso, mientras el común de los mortales tomaba decisiones como dejar de fumar, hacer deporte, comer mejor y llevar una vida más disciplinada en general, los Estados proferían juramentos del tipo: «¡Ya todo me da igual! ¡A partir de ahora solo voy a pensar en mí mismo! ¡Voy a vivir solo para mí!».

Si esto se lo dijese a sus hijos una mujer que hubiese sido madre adolescente y los acusase de haber destrozado sus sueños, o incluso un padre en plena andropausia, las consecuencias no serían tan dramáticas. Pero cuando era un Estado quien se hacía tales promesas el resultado era el *Ideal de Inglaterra* o algo similar a lo que habían hecho los nazis en el pasado.

Por supuesto, Hermann no estaba de acuerdo:

—Mira, como ya ha señalado nuestro Gobierno, estos campos no tienen nada que ver con los de concentración del pasado. Todo está a la vista. En realidad, todo esto no es más que una gran sala de espera, nada más. Aquí nadie se verá obligado a trabajar. La gente vendrá, se alojará unos meses y después será deportada. Hacer esa comparación es muy ofensivo y nosotros nunca...

Una vez más, no pude soportarlo y tuve que interrumpirlo:

—¡Enfrentaréis a las personas entre sí!

—¡No, no! Al contrario, nuestro objetivo es facilitar la vida de las personas. Créeme, ese es nuestro único propósito. Venga, continuemos por aquí. —Ya no me preocupé más por interrumpir a Hermann. Qué importaba lo que dijese—. Por cierto, olvidé decírtelo. Ya hemos hecho preparativos en caso de que nuestros invitados lleguen antes de lo previsto y tengan que pasar aquí la

Nochevieja. Vamos a decorarlo todo, el patio y el comedor. A los niños les va a encantar.

La verdad es que Hermann estaba tentando mucho a la suerte. Aun así, estaba decidido a mantenerme callado.

—Y como se puede ver, tenemos incluso un campo de fútbol. ¿Tú juegas al fútbol? ¡A mí me encanta! Es más...

Y no paraba de hablar. Fingía escucharlo, pero en realidad había desconectado. Creo que en algún momento me dijo que era fan del Schalke 04. Su voz estaba ya en modo silencio para mí y yo andaba en mi mundo cuando sonó el teléfono. Eso me hizo regresar a una realidad en la que había campos de concentración. No sabía quién me llamaba. En momentos así no solía contestar, pero en esta ocasión me alejé un poco y contesté por puro aburrimiento. Era un hombre que hablaba turco.

—¡Sal de ahí ahora mismo!

Mirando a Hermann, que fingía no prestarme atención, pregunté:

—¿A quién estoy mirando?

No hubo respuesta y habían colgado. Quien fuese que había llamado sabía que estaba deseando salir de allí de inmediato. Por un instante no pude evitar pensar si no me habría llamado a mí mismo. ¿De verdad me había llamado a mí mismo? ¿Acababa de estar hablando conmigo mismo por teléfono? ¿Habría todo sido una ensoñación? ¡Por supuesto que no! Porque allí estaba Hermann plantado delante de mí, sin dejar de sonreír.

—Ya es suficiente —le dije mientras caminaba hacia él—. Me llega con lo que he visto.

—Bueno, esto... —dijo—. ¿Ya sabes qué vas a escribir en tu informe?

Estaba a punto de decirle que escribiría que él y todos los diputados que habían votado a favor de esa ley y todos los que habían votado por esos diputados eran unos hijos de puta cuando el suelo tembló bajo nuestros pies. Vi cómo en la pared del pabellón dormitorio, a la distancia de una cancha de baloncesto de donde nos encontrábamos, se abría un enorme boquete acompañado de un estruendo. Las ventanas de hicieron añicos y los cristales se desparramaron sobre el suelo de cemento como una cascada cristalina. No sabía por qué, pero el sonido de la bomba se me hacía familiar. Quizá porque, quizá no, era el sonido de una bomba casera.

Hermann se había agachado allí mismo y me miraba horrorizado. Permanecí inmóvil durante la explosión. Y es que mis pensamientos estaban en otro lado. Se me había ocurrido que debería haber un programa de formación para evitar el uso de palabrotas sexistas. Pero después deseché la idea. Decidí que era mejor esperar a que todas las lenguas que hablaba evolucionasen por sí mismas hacia la eliminación del lenguaje sexista. Me sonó el teléfono. Ya imaginaba quién era. Quien quiera que fuese debía de estar preocupado de que su advertencia hubiese llegado demasiado tarde. Contesté. En esta ocasión me adelanté para ser el primero en hablar:

—Tranquilo, no me he muerto.

Debió de escuchar lo que quería oír porque colgó al momento. Hermann tenía lágrimas en los ojos y hacía pucheros. Era la ocasión perfecta para soltar una risotada, pero sin duda no era el momento de reírse. Una nube gris de polvo se elevaba desde el lugar de la explosión y avanzaba hacia nosotros. En cuestión de segundos la cara se me cubriría de polvo, al igual que todo lo que nos rodeaba. No me quedaba más remedio que cerrar los ojos. Y con ellos cerrados no se podía observar así que, técnicamente, mi mierda de misión allí habría concluido. Me sentía tan feliz que estuve a punto de llamar a mi cirujano para agradecerle que hubiese conseguido que tuviese párpados que se pudiesen cerrar.

El teléfono volvió a sonar. Pero no podía taparme la cara con las manos y contestar al mismo tiempo. Pensé que tampoco estaba mal poder escuchar con más calma la canción que salía ahora del bolsillo interior de la chaqueta. Incluso me gustaba la idea de que quien llamaba fuese alguien desesperado por hablar conmigo. Así que no dejaría de llamar una y otra vez hasta poder escuchar mi voz y mientras tanto yo podría disfrutar de la canción. Desde hace dos años tengo de tono de llamada en mi teléfono una canción que se llamaba *Black Sabbath*. Me pareció que quedaría bien como tono de llamada de un teléfono. Sobre todo del mío. Al fin y al cabo, las noticias que recibía por ese teléfono y las conversaciones que mantenía eran del mismo tenor que la canción así que, cada vez que sonaba, me anticipaba ya lo que iba a escuchar. Por ejemplo, ahora mismo *Black Sabbath* era el acompañamiento perfecto para verme enterrado en una nube de polvo. No sabía quién cantaba la canción. Supongo que era de un grupo antiguo. A lo mejor esa había sido su única canción, quién sabe. Mientras las partículas de polvo perforaban como agujas oxidadas todos mis poros expuestos no podía evitar pensar en cuál sería el nombre del grupo que había compuesto esa canción, porque en ese momento no quería pensar en ninguna otra cosa. Pero la onda expansiva de la explosión me alcanzó el estómago como un puñetazo y no me quedó más remedio que ceder a las náuseas y abrir la boca. Como le había dicho a Mónica, de Lagos, mi informe sobre el campamento podría haberse reducido a: «Vine, vi y vomité».

JENNA Y EL SUICIDIO

Jacinta de Olot, estaba en una sala de reuniones de la planta de gerencia de un hospital privado de Estambul. Se encontraba sentada frente a Jenna, de San Diego, recién llegada de Nueva York, pero su mente se hallaba en El-Aman. La dirección de ALL FOR ALL la había hecho venir a Estambul para encargarse tanto del ingreso de Zamir en ese hospital como para participar en las labores de relaciones públicas que estaban a punto de comenzar. Porque la publicación en todo el mundo de la foto de Zamir con Derek Haley lo había convertido en una mina de oro. Jenna era quien se encargaría de extraer el oro de esa mina así que, a pesar del cansancio del viaje, se sentía muy emocionada y hablaba a toda velocidad, como hacen todos los idiotas creyendo que eso los muestra persuasivos:

—¡Hemos recibido un aluvión de llamadas! Desde Japón, Canadá, de todas partes... ¡Incluso de Gobiernos! Todos preguntan qué pueden hacer por Zamir. Algunos se ofrecen a hacerse cargo del bebé y asumir su tratamiento y sus cuidados y a correr con todos los gastos. Incluso hay quien ofrece ya becas para su educación universitaria. Estamos en un momento crucial. Tenemos que hacer lo que sea mejor para Zamir, ¿entiendes?

—Sí, claro —dijo Jacinta—. ¿Y has tomado ya una decisión? ¿Qué vas a hacer?

—Estamos poniendo en marcha una campaña en exclusiva para bebés.

—¿Para niños?

—No, no. Ya hay muchas campañas para niños. Hay demasiada competencia en ese campo.

«¿Competencia? ¿Competencia para qué?», estuvo a punto de preguntar Jacinta, pero no lo hizo, atribuyéndolo a un lapsus. Jenna continuó hablando.

—Queremos centrarnos en ayudar a los bebés heridos en la guerra de Siria. Cualquiera menor de dos años. Intentaremos recaudar el máximo dinero posible, que usaremos para sacar a los bebés de las zonas de guerra y asegurarnos de que crecen en un entorno seguro y reciben una buena educación.

—¿Y las familias? —preguntó Jacinta.

—¿Cómo?

—¿Qué pasará con las familias de los bebés?

—Nuestra prioridad serán los niños sin familia.

—Pero tendrán familiares. No puedes coger a los bebés y llevártelos sin más.

Jacinta se dijo que Jenna desconocía por completo la realidad siria y necesitaba que se la explicasen: en Siria los niños no estaban tirados por las calles como neumáticos viejos esperando a que alguien los recogiese y se los llevase a Viena o a Washington. Pero, sin duda, a Jenna no le interesaba pensar en esos términos.

—A ver Jacinta, no pensemos ahora en eso. Esas son cuestiones técnicas... Centrémonos en los bebés. O mejor dicho, en la campaña en favor de los bebés que vamos a comenzar.

—Vale, ¿y qué quieres de mí? —preguntó Jacinta.

—Queremos que acompañes a Zamir durante la campaña. Vendrán periodistas, televisiones... Concederás entrevistas. Les hablarás de la explosión en el campo. Les contarás cómo Zamir sobrevivió a la operación en el hospital de campaña. Y entonces...

Jacinta interrumpió a Jenna.

—¿Y cuánto tiempo llevará todo eso?

—Un mes, como mucho.

—Imposible. Tengo que regresar. La gente me está esperando.

—Por supuesto que regresarás. Pero ahora te necesitamos aquí.

—¡Creo que no me he explicado bien! ¡Tengo que volver cuanto antes a mi campamento! Es para eso que...

Jenna también tenía su prisa, así que cortó a Jacinta con tono profesional.

—No es tu campamento, Jacinta. Pertenece a la fundación ALL FOR ALL. Aclaremos esto ahora mismo. Entiendo que tienes una responsabilidad con esa gente. Pero ellos no son los que te pagan el sueldo. Tu principal responsabilidad es para con la fundación. Por eso ALL FOR ALL te pide que te quedes aquí y nos apoyes mientras te necesitemos.

Jacinta permaneció en silencio, impotente ante las bofetadas de realidad que estaba recibiendo. Jenna preguntó:

—¿Estás dispuesta a ayudarnos?

—Sí —murmuró Jacinta.

—Gracias... entonces vamos con los detalles. En las entrevistas no puedes decir que el bebé estaba en el campo.

—¿Por qué?

Jenna ignoró la pregunta.

—Dirás que encontramos al bebé entre los escombros de una vivienda en una zona de conflicto cercana al campamento. De hecho, creemos que los acontecimientos se desarrollaron así: como he dicho, se produjo un incidente en las inmediaciones del campo y tú y tu gente os acercasteis a la zona por si era necesario prestar ayuda a alguien. Y allí encontraste al bebé casi de milagro. ¿Vale? Pienso que así está bien. ¿De acuerdo? Espero que no lo olvides, ¿ok?

Jacinta no pudo evitar levantar la voz. Los efectos de las bofetadas recién recibidas ya se habían esfumado.

—¿Me estás pidiendo que mienta?

Jenna, que no conocía los antecedentes de Jacinta, le preguntó sin saber lo que hacía:

—¿Te resulta un problema?

—¡Por supuesto!

Jenna se quedó mirando a Jacinta durante un momento. Después se inclinó sobre la carpeta que tenía ante ella y comenzó a hojear unas páginas. Jacinta no supo al principio cómo interpretar el comportamiento de la mujer, pero tras unos segundos de silencio pensó que quizá su breve respuesta de dos palabras había sido suficiente para zanjar el asunto. Tal vez Jenna se sentía ahora avergonzada por haberle propuesto mentir. Por eso no era capaz de mirarle a la cara y fingía estar enfrascada en el documento que tenía delante. Justo cuando se encontraba en medio de estos pensamientos Jenna empujó el documento hacia ella mientras señalaba una página.

—Este es tu contrato y, de acuerdo con él, podemos finiquitar tu relación con ALL FOR ALL hoy mismo. Hago una llamada a Nueva York, se hacen unos trámites y este contrato es historia. Claro que podrías marcharte de aquí para ir al campo, pero solo entrarías como visitante. Si es que te conceden el permiso... cosa que dudo. Porque, como bien sabes, ahora mismo hay mucho lío en el campo y no están como para recibir visitas.

Jacinta no dejaba de mirar el contrato que tenía delante mientras Jenna hablaba, pero no era capaz de leer ni una sola línea porque había quedado conmocionada ya con la primera frase que había oído. Recordaba todas las intimidaciones recibidas en su vida hasta aquel día. Habían sido decenas de amenazas de muerte cuando se encargaba de temas de derechos humanos. Incluso hubo quien la había estado llamando a diario para amenazarla con violarla, quemar su casa o mutilar a su madre. Pero nunca había recibido una de un cliente a quien estuviese intentado ayudar. De haberlo hecho, se hubiera sentido como se sentía ahora: traicionada. Jenna levantó la voz al volver a hablar y eso levantó la niebla ante sus ojos y le permitió ver el mundo de nuevo.

—¡Pero no es eso lo que queremos, Jacinta! ¡Queremos trabajar contigo! ¡Sabes que hay una gran diferencia entre un bebé abandonado en un campo y un bebé rescatado de un conflicto o de entre los escombros de un edificio! ¿Te das cuenta de que esa diferencia es la que nos va a permitir recibir donaciones de la gente? ¡Y piensa en Zamir! ¡Y en todos los bebés a los que podríamos ayudar gracias a Zamir! Y, a fin de cuentas, técnicamente ni siquiera es una mentira, ¿o acaso no hay una guerra en ese país? Dentro o fuera del campamento, ¿importa mucho? ¿A ti te importa?

Jenna ni siquiera le dio a Jacinta la oportunidad de replicar. Porque el secreto para ser un exitoso profesional de las relaciones públicas estriba en no comprometerse con nadie. Se les podía hacer preguntas, pero eso no implicaba prestar atención a las respuestas. Así que Jenna se respondió a su propia pregunta.

—¡Claro que no importa! Pero sí que les importa a los donantes. Porque a esa gente les gustan las historias sencillas, ¿entiendes? Y la de un bebé abandonado en un campo de ALL FOR ALL nada más nacer es un poco confusa, ¿no crees? Yo lo veo así. Por eso hay que presentar una historia más sencilla. Ahora bien, si tú no estás dispuesta a hacerlo ya encontraremos mañana quien lo haga. Alguien que estoy segura de que hará todo lo necesario para ayudar a Zamir y los otros bebés. Alguien que, de hecho, habiendo tantos bebés en peligro de muerte, no dudaría ni un momento en introducir ese pequeño cambio en la historia. Y si dudase tampoco me lo diría, porque tendría miedo de que no la entendiese.

»¡Tendría miedo de que pensase que le preocupaban más sus principios que esos bebés! ¿Sabes qué me diría? ¿Qué más puedo hacer, Jenna? ¿Qué más puedo hacer por esos bebés? Eso es lo que me diría.

Jacinta no supo qué decir. Porque se había dado cuenta de que, al final, la elección de Jenna de la palabra competencia no había sido en absoluto un lapsus. Fue como si ese coche marca *Organización sin Ánimo de Lucro*, en el que había viajado como copiloto durante siete años, se hubiese estrellado contra un muro. Descubrir a esas alturas que las organizaciones benéficas eran como cualquier otra empresa había sido como si le reventara el airbag en plena cara, dejándole doloridos la nariz y el pecho y haciendo que le faltase el aire. Porque el hecho de que una organización se declarase sin ánimo de lucro era tanto como declarar que antes o después tendría que recurrir a todo tipo de fraudes para mantenerse a flote. Y lo que más aumentaba con ello no eran los ingresos, sino los niveles de deshonestidad. Jacinta acababa de entenderlo todo y cuanto más lo entendía más le dolía y no podía dejar de mirar con decepción a Jenna, que era quien en verdad pilotaba el coche en el que estaba. Nunca hasta ese día se había tenido que enfrentar a esta realidad de las organizaciones humanitarias. Porque nunca había ocupado antes un puesto directivo hasta que llegó a dirigir El-Aman. Años después, Jacinta describió con estas palabras cómo se había sentido: «¡Como una mierda!».

Jenna se ganaba la vida fingiendo que se preocupaba por la gente y repitiendo la palabra «cuidados» tanto como era posible. Debió de percatarse de la decepción que se traslucía en la mirada de Jacinta porque continuó diciendo:

—Sé que ahora mismo te sientes enfadada conmigo. Pero con el tiempo lo acabarás entendiendo. Un día te darás cuenta de lo que de verdad importa en este negocio. Nos esforzamos por hacer frente a todo tipo de catástrofes. Terremotos, guerras, sequías... Tú misma eres consciente de lo arduo de esta lucha. ¡Vives en ella! Pero tú estás del lado de los que gastan el dinero. Yo del que lo recauda... y para ello necesito tu ayuda. Además ¿tú crees que todo esto le va a importar mucho a Zamir en el futuro? ¿Crees que le importará lo más mínimo dónde lo encontraron? ¿O nos agradecerá sin reservas que le hubiésemos salvado la vida? Jacinta, lo importante es ayudar a la gente. Créeme que te lo digo por experiencia. Cómo consigas hacerlo es lo de menos. Deja que te cuente una historia.

Tomó el vaso de cartón de medio litro que tenía delante y le dio un sorbo al café frío antes de hablar.

—Sabes lo del ataque a Pearl Harbour, ¿no?

Jacinta asintió, cada vez más confusa. ¿Qué relación podría haber entre Zamir y Pearl Harbour?

—En ese ataque murieron unas dos mil quinientas personas. Más de mil resultaron heridas. La Cruz Roja estadounidense actuó de inmediato y lanzó una campaña para establecer un banco de sangre. Como es natural, la gente formó largas colas para donar sangre. ¿Pero sabes lo que hizo la Cruz Roja? No aceptó sangre de los negros. Sí... así eran las cosas, por desgracia. Pero pronto se dieron cuenta de que los soldados negros también necesitaban sangre. En esta ocasión sí que aceptaron sangre negra. Pero, claro, separaron las dos sangres: la negra y la blanca. ¿Te lo imaginas? Y esa discriminación la llevó a cabo la Cruz Roja de Estados Unidos, un país que luchaba contra Hitler y su ideología de la superioridad de la raza aria. Pero la cuestión es la siguiente: ¿crees que la Cruz Roja separó la sangre blanca de la negra porque era una institución racista? ¿O era tal el racismo que había en Estados Unidos que era imposible que la Cruz Roja actuase de otra manera? A cualquiera que le preguntes hoy en día culpará a la Cruz Roja. Incluso dicen que es una mancha en la historia de la institución. Pero yo en realidad no lo veo así. Porque sé que la dirección de la Cruz Roja no tenía otra opción. Su prioridad era ayudar a los heridos cuanto antes. Y por ello lo arriesgaron todo. Si tenían que aparecer como racistas para salvar vidas, ¡claro que lo harían! ¿Qué es el racismo comparado con la vida humana, no crees? ¿No te parece una menudencia? —Jenna se inclinó sobre la mesa y dijo—: Si piensas dedicarte a esto el resto de tu vida será mejor que te acostumbres a estas cosas cuanto antes. El trabajo de una organización benéfica no es juzgar a los donantes sino distribuir el dinero que recauda con las donaciones entre quienes lo necesitan. Nunca olvides esto.

En esta ocasión Jacinta no negó con la cabeza, sino que asintió. Esta reacción silenciosa fue suficiente para Jenna, que volvió a poner el dosier ante ella y cerró la portada. Después sonrió. Ya no murmuraba.

—¡Entonces estamos de acuerdo!

Jacinta levantó la cabeza. Jenna no era la única persona en aquella sala de reuniones que conocía la historia de la Cruz Roja estadounidense.

—Claro, ¿y sabes lo que hizo la Cruz Roja durante la Gran Depresión? ¡Nada! ¡Millones de personas perdieron sus empleos! Hubo gente que murió de hambre, pero la Cruz Roja no ayudó a nadie. ¿Sabes por qué? Porque dijeron que era una crisis económica, no un terremoto o una inundación. ¡No era una catástrofe enviada por Dios! ¡Se trataba de un desastre que el mismo ser humano había provocado! Por eso dijeron que no intervendrían.

—¿En serio? No lo sabía —dijo Jenna, pero con tal despreocupación que Jacinta se dio cuenta de que era inútil seguir con el tema.

—¿Y qué hay de Zamir? —preguntó—. Dijiste que nuestra obligación era hacer lo que fuese mejor para él.

—Y así será —dijo Jenna—. ¡Zamir va a ser el rostro de esta campaña!

A diferencia de las bandas criminales que cegaban o mutilaban a niños huérfanos para hacerlos mendigar por las calles, la fundación no tenía que hacer pasar a Zamir por eso. De eso ya se habían encargado los que se dedican a la fabricación de artefactos explosivos caseros. Así que la fundación ALL FOR ALL ya solo tenía que pasearlo por ahí y mendigar por él.

Solo por un tiempo. Ya llegaría el día en que Zamir sería mayor y mendigaría por sí mismo.

Quizá Jenna tuviese razón. Lo mejor que le podía pasar a un bebé sin rostro era convertirse en imagen de una campaña de recaudación de fondos. A fin de cuentas, Jenna era estadounidense y la vida le había dado un limón llamado Zamir. La primera vez que apareció aquella famosa frase de que había que hacer limonada con el limón fue en una esquela en Estados Unidos, en el obituario escrito por Elbert Hubbard para su amigo, el comediante neoyorquino Marshall P. Wilder, un enano jorobado que había hecho reír a miles de personas durante una vida en los escenarios. La tarea del Zamir sin rostro era más sencilla. Tan solo tenía que hacer llorar a miles de personas.

—¿Qué? ¿No te parece una gran idea? —preguntó Jenna.

Ahora sí que la experta en relaciones públicas esperaba una respuesta de su público. Pero lo único que consiguió fue una bocanada de humo en toda la cara. Haciendo caso omiso de la mirada horrorizada de Jenna, Jacinta había encendido un cigarrillo. Justo cuando Jenna estaba a punto de expresar su incomodidad recurriendo a una tos falsa, recibió un mensaje en el teléfono. Miró el teléfono en un acto reflejo y después a Jacinta y, sin poder ocultar su sorpresa, dijo:

—Derek Haley se ha suicidado.

La mente de Jacinta estaba en El-Aman. Cuando habló salía humo de su boca.

—¿Quién es Derek Haley?

Años más tarde, Jacinta declaró: «Al poco tiempo recordé quién era, claro».

25 DE DICIEMBRE

La verdad es que durante los últimos trece años me he visto en tantas situaciones que requerían vendarse los ojos que he acabado por desarrollar ciertas preferencias al respecto. Por ejemplo, siempre he odiado la cinta adhesiva Pattex, porque está claro que no la han hecho para pegarla a la cara de nadie. Es una cinta plateada y gruesa, resistente al agua y de gran adherencia. Al despegarla sientes que con ella te arrancan también la piel. De hecho, si la persona en cuestión sigue viva en ese momento, vería restos de sus cejas en la cinta y sentiría la necesidad imperiosa de mirarse en un espejo. Los antifaces para dormir no están mal, pero después de varias horas te aprietan hasta hacerte doler la cabeza, por no hablar de la marca de las gomas que se te queda durante largo rato. A menos, claro, que uses gafas. En ese caso, las marcas en las sienes indicarían que la persona en cuestión ha sido secuestrada, que el hecho ha tenido lugar en algún lugar cercano y si las gafas han quedado inutilizadas será, con toda probabilidad, porque el sujeto se ha resistido. Al igual que la marca del anillo de boda en los dedos de quienes engañan a sus cónyuges, las marcas de las patillas de las gafas en las sienes indican que algo se ha roto en su pasado.

Personalmente, prefiero los sacos pequeños y negros, menos los cosidos con hilo de lino. Porque eso no es ni cuerda, es un alambre de púas que te irrita la piel como si fuese papel de lija.

Los de nailon y las bolsas de plástico hacen muy difícil respirar. Las utilizan sobre todo los inmigrantes ilegales que se suben a los camiones que cruzan en ferry de Pas-de-Calais a Dover. Intentan pasar de Fracia a Inglaterra con esas bolsas en la cabeza y aguantando la respiración para que no los descubran los policías de aduanas, que usan detectores de dióxido de carbono para buscar cualquier ser vivo escondido. En realidad, me parecía mucho a ellos porque llevaba mi propia bolsa ya. Era un saco de tela negra de algodón 100% hecho a medida de mi cabeza y que siempre lavaba con suavizante de aroma de lavanda. Para los meses de verano tenía otro saco de tela fina y apretada. Había sido un regalo de Cêngaver y aún no me había deshecho de él, a pesar de que ya estaba algo gastado. A quienes querían privarme de la visión durante cierto tiempo y que no supiese dónde estaba o qué ocurría a mi alrededor, yo mismo les ofrecía uno de estos sacos en función de la época del año. Los más experimentados en estas lides solían probarlo antes de dejarme usarlo para convencerse de que no me permitía ver. Pero, si se trataba de un aficionado o un paranoico recién llegado a este mundillo, tendía a no fiarse de sus cualidades cegadoras porque había salido de mi propio bolsillo.

Y esa era la situación en que me volvía a encontrar otra vez. Los idiotas con pasamontañas que había conocido media hora antes a la entrada del bosque no aceptaban mi saco negro de invierno. Por el contrario, habían escogido otro material para cubrirme los ojos: la cinta adhesiva *power tape* marca Pattex que, por alguna razón, siempre está a la venta en esas grandes cestas que siempre te encuentras junto a las cajas registradoras de las tiendas de bricolaje. ¡Y sorprendentemente siempre de oferta! Está claro que quienes deciden la ubicación de los productos en los diferentes pasillos de la tienda con el objetivo de optimizar las ventas volvieron a lograr su objetivo, porque estos bobos compraron la primera cinta que encontraron. Y a pesar de mis objeciones plantaron una tira de la cinta sobre mis ojos con fuerza suficiente como para reparar un barco. Tuve la esperanza de que no me quedase la cara muy dolorida para no tener que explicarle el por qué a mi médico. Porque en tal caso, ¿qué le iba a decir?

¿Qué me habían tapado los ojos para poder acceder a un campamento de ubicación secreta en medio la Selva Negra alemana? Al fin y al cabo, mi médico era una de las millones de personas que creían que el camino hacia la paz pasaba por cómodas salas de reuniones con grandes mesas de madera, sillones de cuero y platos llenos de bocadillitos con banderitas ensartadas. Y no es que me importara que pensase eso. Tan solo estaba enfadado conmigo mismo porque ya debería haber previsto que sería así. A fin de cuentas, las personas que estaba a punto de conocer se habían pasado ya al lado oscuro del mundo. Estaba convencido de que los maleteros de sus coches estaban llenos de cosas que no deberían estar ahí. Por eso había pensado en comprar en la farmacia de al lado un spray a base de disolventes diseñado para despegar ese tipo de cintas, pero entonces sonó el teléfono y me enfrasqué en una larga conversación con Calhoun y terminé por olvidarme. Cuando le dije que me iba a reunir con quienes habían puesto la bomba en el campo de Friburgo lo que me dijo fue esto:

—Por favor, no descuides Togo. Esa es tu misión principal.

Como ya me esperaba, dejó en suspenso la cuestión de la falsa lista de servicios públicos de Inglaterra. Que Calhoun dejase en suspenso un expediente significaba dos cosas: o ese expediente se perdía para siempre en un agujero negro o regresaba a mi vida después de diez minutos. Cuando me preguntó sobre mi opinión le había dicho que lo mejor era no revelar que había sido manipulado. No es que lo hubiese hecho para evitar que los manifestantes se mataran unos a otros. Lo que buscaba era disminuir mi carga de trabajo, porque Inglaterra estaba en mi zona de trabajo y lo último que quería era verme intentando detener allí una guerra civil. Antes que lidiar con un nuevo expediente prefería que ningún marroquí o peruano que viviese en Inglaterra tuviese ni un hijo más.

Cuando le dije que aún no habíamos podido abrir un hueco en la pared de la celda de Chasta, el Lakota, me dijo que «lo intentarían hasta el último momento». No hablamos del plebiscito en Turquía porque todavía no había entrado en el área de interés de la fundación. La cuestión de los palestinos desaparecidos en Cisjordania era más apremiante.

—Vamos a esperar y ver qué pasa.

Y con la misma colgamos.

De repente recordé algo que podría usar para despegar con más facilidad la cinta.

—¿Hay alcohol en el campamento? —pregunté.

Los dos hombres que me flanqueaban y me ayudaban a caminar agarrándome cada uno de un brazo se echaron a reír y el que estaba a mi derecha dijo:

—¡Qué va a haber! ¡Lo que hay es rakı![6]

Material equivocado, en especial para una organización novata que había cometido su primer atentado tan solo un día antes. Que pensasen en rakı cuando se les mencionaba el alcohol indicaba que ni siquiera se habían preocupado de tener un botiquín de primeros auxilios. En fin, la historia de las organizaciones armadas ilegales está repleta de ejemplos de militantes que, aburridos al no saber qué hacer en los campamentos, se daban al alcohol y las drogas y acababan detenidos o muertos mientras dormían la borrachera.

Seguimos caminando. La Selva Negra, que una vez estuvo llena de joviales excursionistas, era ahora el hogar de gentes

[6] El rakı es una bebida alcohólica de fuerte sabor anisado muy popular entre los turcos.

muy diversas. En sus primeros años en el poder, el Gobierno que ahora expulsaba a los turcos había puesto en marcha una política de ciudades *limpias* por la que las personas sin hogar se vieron forzadas a abandonar el centro de las ciudades y muchos encontraron refugio en la Selva Negra. Lo que al principio fueron solo unas cuantas tiendas de campaña acabó convertido en algo muy parecido a *La Jungle* en Pas-de-Calais. Así fue como la Selva Negra se convirtió en punto de reunión de adictos al crack, inmigrantes ilegales y personas sin hogar, lo que llevó a los turistas incómodos con estas personas a buscar otros lugares para sus caminatas campestres. Con el tiempo, las empresas dedicadas al turismo de la zona comenzaron a cerrar una a una y la Selva Negra volvió a convertirse en el espacio solitario que había sido escenario de las truculentas historias de los hermanos Grimm. Pero en esta ocasión Hansel y Gretel no habían dejado un rastro de miguitas; más bien había bombillas rotas de las que se usan para fumar metanfetaminas, ropa interior ensangrentada y zapatos desparejados. Al final, el Gobierno encerró en los bosques a quienes no quería ver en las ciudades y retiró de allí a la Policía. Nada más lógico, por lo tanto, que instalar el campamento de una organización armada en la Selva Negra, donde ya solo regía la ley de la jungla.

Llegamos al campamento tras media hora de caminata acompañados por el murmullo del viento, el susurro de las hojas, el canto de los pájaros y los gruñidos que producían las narices congestionadas de los hombres que me flanqueaban ya sin pasamontañas, supuse, para estar más cómodos. Poco después me encontraba estudiando con atención la cinta que me acababan de quitar de la cara. Como era de esperar, allí estaban mis cejas.

—Lo siento...

Miré al embozado que tenía ante mí. Así que el número de tipos con pasamontañas era ya de tres.

—Llegamos algo tarde a recogerte.

Al igual que los demás, vestía ropas de cazador. De hecho, me pareció que se había pasado un poco. Era como si hubiese entrado en una tienda de artículos para cazadores y hubiese ido cogiendo y poniéndose todo lo que había en los estantes.

—Lo importante es que me avisaste a tiempo —le dije—. Y gracias por llamar, por cierto.

—De nada —dijo tendiéndome la mano—. Soy Celal.

Yo, por mi parte, no tuve necesidad de presentarme porque era evidente que ya sabían bien cómo me llamaba y dónde me encontraba en cada momento.

—Encantado —dije.

Estreché la mano de Celal y mantuvimos el apretón durante un buen rato. Estaba claro que ese no era su nombre real y que deseaba prolongar el momento de estrechar las manos. Esta situación resultaría incómoda para casi cualquiera, pero no así para mí. Porque a lo largo de los años me había ido dando cuenta de que me resultaba más fácil comunicarme con personas que llevaban pasamontañas y a las que solo veía los ojos. El rostro de una persona era como el ecualizador de un equipo de música antiguo, como un panel de la Bolsa o como un mapa meteorológico, en virtud del cual toda palabra tenía un significado mímico, aparte de su significado en el diccionario. Es decir, uno que le añade el rostro de la persona que la pronuncia... Lo que ocurre es que el significado mímico está abierto a la interpretación. Sin olvidar que todos esos ecualizadores, paneles y gráficos solían ser en su mayoría indicaciones falsas. El rostro humano es como un barómetro defectuoso de nacimiento. A fin de cuentas, el ser humano es una criatura que al nacer lo primero que hace es llorar a pleno pulmón. Si ese llanto desesperado se tomase más en serio acabarían por sacrificar a los recién nacidos para ahorrarles sufrimiento.

Pero al hablar con alguien que se oculta tras un pasamontañas las palabras se limitan a su significado en el diccionario. Por ejemplo, dos personas hablando con pasamontañas asumirían siempre dejar la ironía fuera de la conversación porque, de no ser así, el resultado podría ser sangriento. Por eso creo que lo que queda de una conversación, tras eliminar la ironía, es pura comunicación. Tal vez una de las razones por las que me entendía tan bien con esa gente era el hecho de compartir algo importante. Tampoco había expresión en mi rostro, así que no perdíamos el tiempo intentando interpretar lo que el otro nos estaba queriendo decir, como hacen las personas con rostros expresivos. Al contrario, intentábamos descubrir cuánto había de mentira en lo que decía el otro.

Todo esto se me pasó por la cabeza durante el tiempo que duró el apretón de manos con Celal. Había durado tanto que dio para ello. Al soltarme la mano, Celal dijo:

—Te vieron nuestros compañeros. Te vieron cuando entraste con ese cabrón de Hermann.

Por ejemplo, no necesitaba ver el rostro de Celal para saber que mentía. Sí, entré en el campo con Hermann en su coche oficial, pero nadie me podía haber visto porque el coche tenía las ventanillas tintadas y eran impenetrables como un muro.

—Te reconocieron al momento, claro, y decidieron llamarte al momento para ponerte sobre aviso.

—¿De dónde sacaron mi número?

—En fin, gracias a Dios te avisaron a tiempo y no te pasó nada.

Deduje que no iba a enterarme de cómo habían conseguido mi número de teléfono. Por supuesto que no iba a insistir. Uno de los hombres con la nariz congestionada gritó:

—¡Jefe, la mesa está puesta!

Un poco más adelante, entre dos tiendas de campaña, había una mesa con dos sillas. Las tiendas eran prácticamente invisibles desde el aire, debido a la densidad del follaje y al estampado de camuflaje. Mientras caminaba tras Celal hacia la mesa eché un vistazo a mi alrededor con la esperanza de poder ver algún tipo de arma. Porque esta puede decir mucho de las conexiones de su portador. Podría decirme de dónde o de quién se había obtenido y eso me podía indicar la gravedad de la situación. Pero no había una sola arma a la vista. En vez de ello, lo que había era una mesa con rakı en medio del bosque.

—Nos tomamos un rakı, ¿no? —dijo Celal.

—Por desgracia no puedo beber —le dije—. Estoy medicándome.

El otro tipo con pasamontañas, que no había abierto la boca hasta ese momento, dijo:

—Mientras veníamos de camino preguntaste si había alcohol.

Esa había sido la voz que me había avisado por teléfono el día anterior. Cuando me disponía a contestar se escuchó un grito masculino que venía de la tienda a mi derecha. Los tres hombres con pasamontañas y yo miramos hacia la tienda durante unos segundos. Como era obvio que se suponía que teníamos que fingir que no lo habíamos oído, Celal dijo «venga» y nos sentamos el uno frente al otro, Celal se subió el pasamontañas hasta la nariz para dejar descubierta la boca —como era de esperar, lucía bigote—, levantó el vaso de té lleno de rakı y me miró.

—¿Puede alguien abandonar su casa y marcharse sin más? —Yo sabía que no era a mí a quien le dirigía la pregunta—. ¡Claro que no! Por eso no vamos a ir a ninguna parte. Tenemos dos patrias. Una es Turquía y la otra está aquí. No vamos a abandonar este país. Resistiremos. Lucharemos. Pero estamos tan solo al principio del camino. Y, por supuesto, no queremos que nadie salga herido...

De la tienda surgió otro grito. Una vez más, fingimos que no lo habíamos oído.

—Tú mismo lo has visto. Quisimos que fuese una bomba de baja intensidad. Tan solo una advertencia.

Estaban torturando a alguien en esa tienda, pero quien fuese que lo estuviese haciendo usaba un método realmente silencioso. Con toda probabilidad, un cuchillo.

—No buscamos causar una masacre. Por eso queríamos hablar contigo.

Como solo gritaba, estaba claro que aquello no era para hacerle hablar. O ya no.

—No sé cómo enfocas estos asuntos.

Por lo tanto, no lo estaban interrogando; lo estaban castigando.

—Pongamos que vas a ver a unos de esos cabrones del BfV[7], que le dices que se ha creado una organización. Supongamos que ves el interés creciente en su mirada y que le dices que tienen que renunciar a sus planes, porque de lo contrario habrá derramamiento de sangre.

—¿Creéis que los servicios de inteligencia alemanes no saben ya de vuestras actividades?

—Por supuesto que sí. Pero saben solo lo que nosotros queremos que sepan.

—¿Estás seguro?

Celal se rio.

—Déjanos eso a nosotros.

—Vale —le dije—. ¿Y cómo se llama?

—¿El qué?

—Tu organización.

Celal lo pensó durante un momento y entonces llamó dirigiéndose a la tienda.

—¡Mirza! Ven, hijo mío.

[7] BfV (Bundesamt für Verfassungsschutz) Oficina Federal para la Protección de la Constitución.

Aguardamos. Se suponía que la respuesta a mi pregunta tenía venir de aquella tienda. En efecto, poco después salió de la tienda un hombre con el pecho desnudo, vestido solo con unos pantalones de camuflaje y un pasamontañas. Había manchas de sangre fresca en su pecho y brazos. Quienquiera que fuese a quien estuviese torturando, lo había dejado perdido de sangre. Su musculatura era la de un boxeador, cincelada como la de un profesional. Y por fin pude ver lo que había estado esperando. Portaba un AK-101. Debía de ser mi día de suerte, porque en realidad estaba viendo dos armas en una: también llevaba, montado bajo el cañón, un lanzagranadas GP-30.

—Muéstranos el hombro —dijo Celal.

El hombre se me acercó y se inclinó un poco para dejarme ver el hombro. Allí tenía grabado el nombre de su organización. Me costó un rato descifrarlo. No porque estuviese en alemán sino por lo largo que era. «Movimiento por la Unidad, la Justicia y la Libertad para los Germano-Turcos». Muy bien pensado. De hecho, el nombre estaba tan bien diseñado que podría haber sido creado por un servicio de inteligencia. Porque «Unidad, Justicia y Libertad» era el nombre del himno alemán y su primer verso. Así, las personas dispuestas a luchar por permanecer en Alemania con dificultad podrían ser acusadas de nacionalistas turcos. Por el contrario, como germano-turcos debían considerarse parte integrante de Alemania. Al elegir este nombre estaban expresando hasta qué punto se consideraban a sí mismos alemanes, aunque difícilmente aprobarían el examen para la obtención de la nacionalidad alemana, la Prueba de Lealtad que incluía, solo para los musulmanes, preguntas como «¿cuál sería su reacción si su hija quisiera casarse con un no musulmán?». Aun así, me pareció que necesitaba una pequeña corrección.

—Deberíais haberlo llamado «partido» en vez de «movimiento».

—¿Por qué? —dijo Celal.

—Porque llegará un día en que habrá víctimas civiles como resultado de una de vuestras acciones. Es solo cuestión de tiempo que ocurra. Por supuesto, no la reivindicaréis e incluso podréis negar la autoría de esa acción. Alegaréis que no sois un grupo terrorista, sino un movimiento político que nunca atacaría a civiles. Ya solo por esto merecería la pena que la primera palabra de vuestro nombre fuese partido. Y, si un día cambian las circunstancias, incluso podríais concurrir a unas elecciones bajo esas siglas. ¿No te he dicho ya que no podréis evitar que acaben muriendo civiles? Para llevar a cabo esas acciones será necesario crear otra organización. Por supuesto, una organización ficticia que haría todo aquello que tú no harías. Y vosotros, como movimiento político, cada vez que actúe ese grupo emitiréis un comunicado condenando a esa organización; diréis que no tenéis nada que ver con ellos. Pero el nombre de esa organización no debe sonar tan oficial. Debería ser más contundente. Incluso agresivo. Un nombre que debería contener palabras como venganza o ataque. O nombres de animales. No sé, lobos, halcones... ¿Lo entiendes?

Claro que lo entendía. Celal lo entendió a la perfección mientras me escuchaba en silencio. Incluso asintió con la cabeza un par de veces, lo que implicaba que le gustaba mi enfoque. Al boxeador que seguía a mi lado era a quien no le gustaba. No le gustaba nada. Y no necesitaba verle la cara para saberlo. Porque si Celal, o quien quiera que fuese su líder, aceptase mi propuesta sería él quien tendría que reescribir lo que llevaba ya en el hombro. Pero mi obligación era ofrecer sugerencias. Porque quería que confiasen en mí. Me hubiera gustado incluso poner la mano sobre sus hombros y decirles, con una mirada que expresase amabilidad y comprensión: «Podéis contarme cualquier cosa, chicos. Ya lo sabéis, ¿no?». Pero aún tenía que esperar a que me arreglasen por completo el rostro antes de poder expresar amabilidad y comprensión. Así que, en vez de eso, decidí actuar como un planificador de bodas sin prejuicios, ofreciendo diferentes colores y perspectivas. Con el tiempo había llegado a entender que existían muchas similitudes entre los grupos armados de reciente formación y las novias que preparan sus bodas. Ambos quieren que todo salga perfecto. Porque el romanticismo anula su capacidad para el razonamiento lógico y los induce a creer que todo puede ser maravilloso. Las novias, claro está, se despiertan de esta ensoñación el mismo día de la boda o, como mucho, a la mañana siguiente, mientras que las organizaciones armadas tardan un poco más. A veces no despiertan y todos acaban muertos. Sin embargo, tanto las novias que preparan el que creen que será el día más importante de su vida como los miembros de una organización armada que sienten que han hecho lo mejor que pueden hacer con sus vidas, ambos temen en secreto que todo pueda salir mal, así que se sienten desasosegados y necesitan alguien en quien confiar. Y yo tenía la intención de ser esa persona. ¡Un organizador de bodas ante quien todos se rendirían! Así podría estar al tanto de los siguientes pasos de Celal y los suyos y anticipar a qué tipo de conflicto me iba a enfrentar. Le dije:

—No creo que sea muy práctico marcar a los miembros. Más bien hay que ocultar sus identidades. ¡Si no quieres que acaben en la cárcel tendrás que ocultarlos!

—No van a acabar en la cárcel —dijo Celal.

—Entiendo —dije.

—¡Entonces no hay problema!

Celal continuó hablando con la emoción de un esposo en ciernes, haciendo bueno el dicho que reza «la guerra es la boda del turco».

—¡No acabarán en la cárcel porque acabarán muertos! A partir de ahora ya solo dejaremos Alemania con los pies por delante.

Cuéntale eso también a esos tipos. No hay vuelta atrás. Ya hemos empezado a enviar a nuestros hijos y mujeres a Turquía; solo los hombres permanecerán aquí. Y después que sea lo que Dios quiera...

Celal le dio un sorbo a su rakı y después prosiguió:

—Y diles también a esos tipos que hemos trabajamos como cabrones para levantar Alemania... y que igual que la levantamos la destruiremos.

—Entendido —dije—. Dame una semana. Voy a tocar un par de puertas. Después me llamas y hablamos. Pero esta semana no hagáis nada. Espera hasta haber hablado conmigo, ¿de acuerdo!

En vez de contestar, Celal se volvió al boxeador, señaló la tienda y le dijo:

—Trae a ese. —Luego se dirigió a mí—: ¿Has oído las noticias? El Tribunal Constitucional de Turquía ha rechazado el recurso.

—Lo he oído —dije.

—Pero, ¡cómo se pueden atrever a preguntar en un plebiscito si hay un Dios! ¡Qué vergüenza! ¿Qué clase de hombres son?

Podía entender la frustración de Celal. A fin de cuentas, ellos eran los únicos en este mundo que aún se hacían ilusiones con Turquía. Los orientalistas de esta época ya no eran pintores o poetas europeos, sino aquellos que llaman *expats*.

—Pero tampoco creas que me ha sorprendido, ¿sabes? —dijo Celal—. Son capaces de cualquier cosa. De cualquier manera...

La salida de la tienda de un hombre con las manos atadas a la espalda interrumpió su frase. De hecho, más que salir apareció de un salto. El boxeador le había hecho saltar como si estuviese jugando a los bolos. Dio unos cuantos pasos inseguros y cayó de bruces. Al momento intentó ponerse de rodillas mientras gemía. Celal señaló en su dirección y dijo:

—Lo reconoces, ¿verdad?

—Sí —contesté.

A pesar de tener el rostro cubierto de sangre pude reconocerlo al momento. Se llamaba Feridun y era el presidente de la Asociación para la Hermandad Turco-Alemana. Era el enlace entre el Gobierno turco y la mafia turca en Alemania. La verdad es que me había sorprendido ver a Feridun en ese estado. Si habían sido capaces de secuestrar a este hombre que siempre circulaba por las calles de Berlín en compañía de un pequeño ejército es que Celal y sus partidarios eran algo más que una organización de novatos cabreados. Estos tipos no eran simples dueños de un kebab o mecánicos de automóviles que habían tomado las armas para evitar su salida de Alemania. Su catálogo de operaciones ya incluía poner una bomba en un campo de concentración y secuestrar a alguien que siempre gozaba de protección.

—¿Sabes qué nos han dicho? —preguntó Celal—. ¿Sabes qué nos ha dicho el Estado alemán? Lo que vino de Turquía que se vuelva a Turquía. ¿Y nuestro Gobierno? Que no, hermano, que no podemos aceptar a tanta gente. Y no reconocen la doble nacionalidad, ¡para ellos somos todos legalmente alemanes! Entonces, ¿por qué me cuestionas? ¿Por qué debería aceptarlo? Nos han dado tantas excusas como esa. Yo creía que nuestro Gobierno velaría por nosotros. Su política se mueve en la dirección de no dejarnos salir de aquí. Claro que entonces los alemanes les dijeron: ¡Pero en el pasado vosotros aceptasteis a millones de refugiados sirios! ¿No vais a acoger ahora a estas personas? Y además, son vuestra propia gente. Eso es diferente, dijeron los nuestros. La situación era diferente. Los alemanes lo entendieron rápidamente. Ya lo arreglaremos, se dijeron. Han llegado ya al punto de regatear. El Gobierno turco pedía cuatro mil por cabeza. El Gobierno alemán ofrecía dos mil. En otras palabras, si el Gobierno dice hoy mismo que sí, se llevará a cinco millones de personas y el Gobierno alemán le pagará diez mil millones de euros. ¡Así es la historia! Arriesgamos nuestra vida para seguir viviendo aquí. Nuestro propio Estado pretende jugar con nosotros. ¡En lugar de presionar al Estado alemán para conseguir que nos quedemos aquí se ponen a regatear con ellos!

Celal estaba hecho una furia. Miró a Feridun y escupió en el suelo antes de volverse hacia mí.

—¡Resulta que este cabrón también andaba metido en el trato! Los alemanes formaron un equipo, cuya misión era presionar al Gobierno turco para que bajase el precio. A este también lo metieron en el equipo. ¡No me extraña! ¿Qué otro se prestaría? ¿Hay un cabrón mayor? ¿Sabías que van a formar un comité en Inglaterra? Para decidir los cupos por nacionalidades...

—¿En serio?

—¡Este tío sería el turco en ese comité! ¡También le mandamos recado a la esposa de ese profesor! No, le dijimos, ¡no aceptes ese encargo! ¡No te metas en ese comité por nada del mundo! ¡No merece ni el aire que respira! ¡Son todos unos vendidos! ¡Todos unos traidores!

Una vez que me ya me habían mostrado a quien estaban torturando, como diplomático civil me tocaba hacer el intento:

—Si ya has terminado con él puedes dejármelo a mí. Haré que lo lleven a su casa.

—No —dijo Celal—. ¡Este canalla no se irá a su casa! ¿No acabas de decir que era mejor que no hiciésemos nada? Por eso te lo he dejado ver. Si dices que debemos esperar una semana, eso es lo que haremos. Pero si no hay noticias de los alemanes... ¡lo mataremos y lo dejaremos tirado a la puerta del *Bundestag*! Díselo a esos cabrones.

—No creo que sea una buena idea —dije—. Aún estáis comenzando. Si queréis llegar a algo no conviene comenzar amenazando con matar a un rehén.

—Tienes razón —dijo Celal. Al momento sacó una pistola de la cintura—. Entonces mejor no amenazar a nadie.

Apuntó directamente a Feridun y gritó:

—¡Matemos de una vez a este cabrón!

—¡Para! ¡No lo hagas! ¡Escúchame!

Celal, que ya estaba presto a apretar el gatillo, me miró.

La suya era la tercera arma que veía, una Glock Atomic 6. Feridun, tirado en el suelo, levantó la cabeza intentando establecer contacto visual conmigo. Seguro que se preguntaba qué podría decir yo para salvarle la vida.

—¿Acaso vais a ir al consulado a votar en el plebiscito? Vamos, ¡deja ir a Feridun! Y después, quien sea que hable en nombre de la parte turca que diga: si el Estado turco no hace todo lo que esté en su mano para lograr que os quedéis aquí, esa negociación se hará pública. Y mañana mismo se iniciará una campaña desde aquí mismo. Millones de personas residentes en Alemania y con pasaporte turco votarán no a la pregunta de si Dios existe. Y lo mismo harán sus familiares en Turquía.

No es que me importara demasiado que Celal aceptase o no mi propuesta. Me bastaba con confundirlo. No podía consentir que se cometiese un asesinato en mi presencia, así que continué:

—¡En absoluto ese voto negativo significaría que Dios no exista! Será un voto de protesta. Le estarás diciendo al Gobierno: si estáis dispuestos a vender por dinero a vuestros hermanos turcos, a vuestros hermanos musulmanes... ¡está claro que no tenéis ningún Dios! ¿Lo entiendes?

Celal aún no había bajado la pistola pero, al menos, había retirado el dedo del gatillo. Con eso me bastaba.

—Piénsalo —dije, y me puse en pie. Me giré hacia los hombres que me habían traído al campamento caminando por el bosque—. ¡No se os ocurra volver a usar esa cinta para vendarle los ojos a nadie! Y ahora, si me disculpáis...

Saqué mi propio saco negro del bolsillo y me lo puse, al tiempo que me arreglaba la corbata. Durante esos segundos de oscuridad esperé escuchar el sonido de un disparo. En vez de eso, lo que escuché fue la voz de Feridun:

—Zamir, estos tíos...

La frase quedó inconclusa. Uno de los hombres con pasamontañas debía de haberle tapado la boca. Con la mano o contra el suelo.

—Señores —dije—. ¿Podemos darnos prisa? Tengo una cita a la que acudir.

Aunque fue con ocho minutos de retraso, pude llegar a mi cita en París gracias al tren de alta velocidad. Durante el viaje le había dado muchas vueltas a quién podría haber fundado esa organización y lo hice sin parar de caminar. Era una costumbre que tenía desde la infancia. Cada vez que subía a un tren me ponía a caminar por los pasillos observando los rostros de las personas con las que me cruzaba. Caminaba hasta que encontraba la persona que más me agradaba. Luego volvía a mi asiento, cerraba los ojos y me imaginaba que la cara que acababa de ver era la mía.

Pero esta vez me dediqué a deambular por los pasillos durante largo rato tan solo para poder pensar. Miraba todos aquellos rostros porque me ayudaban a pensar. Algunos prefieren pensar sentados a la orilla de un lago, otros optan por contemplar el horizonte. Lo mío era zambullirme en un río humano. Porque esa era la impresión que tenía siempre al pasar a prisa entre aquellas hileras de asientos ocupados. Y, claro, nadaba a contracorriente en esa corriente porque siempre caminaba hacia el vagón de cola. Necesitaba que fuese así para poder ver todas aquellas caras. Tanto los asientos dobles como los individuales a cada lado del pasillo podían ser planetas completamente diferentes. Iba mirando a uno y a otro lado. Si en uno de esos planetas había una pareja besándose, en otro lloraba un niño, o un hombre rezando y pasando las cuentas del rosario frente a una mujer que se quitaba las uñas postizas. Contemplaba esos planetas desde lo alto, como un astronauta, pero como nunca encontraba rastros de vida continuaba caminando.

Así que también caminé en aquel tren a París. De paso iba pensando en quién podría haber fundado esa organización llamada «Movimiento por la Unidad, la Justicia y la Libertad para los Germano-Turcos». Justo cuando pasaba junto a un niño que empezaba a toser por meterse en la boca un trozo de chocolate más grande de lo que podía masticar se me vinieron a la cabeza los servicios de inteligencia turcos. Quizá fuese obra suya. ¡Si realmente estaba en ese mercadeo con Alemania, bien podría Turquía estar usando a esa organización para permitirse pedir cinco mil euros por cabeza! El Estado alemán ya había hecho algo parecido en el pasado al apoyar en secreto al PKK, a pesar de haberlo declarado grupo terrorista. Y, aunque había criticado en público el encarcelamiento de periodistas en Turquía, no había dudado en conceder asilo político a fiscales seguidores de la secta de Fethullah Gülen responsables de enviar a la cárcel a muchos de esos periodistas. A fin de cuentas, *realpolitik* era una palabra alemana. Y según esa *realpolitik* el Estado turco podría estar dando armas y dinero a quien estuviese dispuesto a derramar sangre en suelo alemán. De hecho, esa medida estaría en perfecta consonancia con el principio de *reciprocidad* en las relaciones internacionales.

Al pasar junto a dos hombres borrachos que se salpicaban el uno al otro de cerveza mientras se reían con estruendosas carcajadas me puse a pensar en los servicios de inteligencia alemanes, el BND. Quizá fueran ellos los creadores de la organización. Eso les permitiría, después de algunas acciones violentas, aprobar sin dificultades una ley parecida a la Patriot Act de Estados Unidos, en virtud de la cual se pudieron crear centros de tortura como Abu Graib. O incluso aprobar una ley más práctica, como hizo el

Estado turco, autorizando la detención de personas que no fuesen miembros de una organización terrorista bajo la acusación de facilitarle ayuda. En cualquier caso, eso les permitiría declarar terroristas a millones de personas de origen turco y confiscar de forma legal sus propiedades en Alemania. A fin de cuentas, todavía no se había solucionado el tema de los bienes inmuebles propiedad de los deportados. Aunque, ¿era realista esperar que un Gobierno que ardía en deseos de cometer crímenes contra la humanidad tuviese interés en actuar de manera meticulosa y legítima en un asunto menor como la confiscación de bienes? Por supuesto, porque todo es posible en este mundo. Años atrás asistí al juicio a un soldado angoleño acusado de la violación y asesinato de una mujer durante la guerra. Según el informe forense, el soldado, cuya culpabilidad en el delito de violación era evidente, se defendió diciendo:

—¡Pero yo no la maté! ¡Ya estaba muerta cuando la encontré!

Al igual que ese soldado, que prefirió pasar por necrófilo que por asesino, también el Estado alemán podría querer decir:

—No confiscamos ninguna vivienda por la fuerza. Ya estaban vacías cuando las encontramos.

Mientras pensaba en esto también los asientos junto a los que pasaba en ese momento estaban desocupados. Ya en el vagón de cola se me vino Feridun al pensamiento. Estaba intentando decirme algo cuando le cortaron la frase. «Zamir, estos tíos...» ¿Cuál sería el final de la frase? Técnicamente, fueron las últimas palabras de su vida. Porque seguro que estaba convencido de que lo iban a matar y uno no suele mentir en su lecho de muerte. Así que el secreto sobre la creación de la organización podría esconderse en esa frase inacabada.

De cualquier forma, me tocaba congelar ese tema en mi mente y centrarme en el siguiente informe lo antes posible. No tenía elección, porque ya me había bajado del tren y me encontraba tras una cortina de terciopelo, sentado a la única mesa de un reservado del Fin de Siècle, uno de los restaurantes más antiguos de París. Y lo más importante era que el general Dadjo, de la etnia Dewe que gobierna la zona de Lomé, la capital de Togo, estaba allí también de pie, mirándome con curiosidad.

El general había venido a la ciudad para reunirse con los traficantes de armas. Cuando le dije que necesitaba verlo urgentemente accedió a quedar para cenar. Podía ser muy amable y comprensivo cuando quería y, a los pocos días, organizar el reparto de machetes por las plazas de los pueblos del sur de Togo y comenzar una guerra civil. Nos conocíamos desde había mucho tiempo. Recuerdo cuando todavía era capitán. Incluso recuerdo el día que ascendió de capitán a general tras un golpe de Estado en Togo. Debido a mi trabajo, fui uno de los primeros en felicitarlo. A decir verdad, no me resultó difícil felicitar a alguien que acababa de tomar el poder en una noche asesinando a miles de personas porque, por aquel entonces, yo era como aquel soldado congoleño. Yo no he matado al mundo, solía pensar... ya estaba muerto cuando nací.

—¡Querido Zamir! —dijo el general—. ¡Ese rostro te queda muy bien!

—Gracias. Usted también tiene buen aspecto.

El general comenzó riendo pero pronto se puso a comer. Le gustaba la carne muy poco hecha, sangrante. Aunque traté de evitarlo, la mente me volvía una y otra vez a la frase «Zamir, estos tíos...» porque el bistec que se estaba comiendo el general me recordaba a la cara de Feridun. Aquello que tenía delante de mí era un rostro ensangrentado. Quizá Feridun había dejado aquella frase sin terminar de manera deliberada, para demostrar que era más grande que todos los grandes pensadores que habían dejado postreras palabras para la historia. A fin de cuentas, la vida es algo inconcluso...

LA MÁSCARA Y EL ROSTRO

Jacinta odiaba Estambul. Odiaba los edificios amontonados, que comparaba con una manada de animales aplastándose unos a otros, y los coches que congestionaban el tráfico, y los peatones estrujándose entre ellos en las aceras, que le parecían una estampida de animales arrollando las calles. También odiaba los pasillos de todos los museos que había visitado durante sus primeros meses de estancia en la ciudad, y los rebaños de turistas que inundaban el Gran Bazar. También odiaba a los americanos y europeos que se hacían llamar *expats* y que, para Jacinta, no eran más que animales desbocados que organizaban fiestas de sesenta personas en pisos de sesenta metros cuadrados en el barrio de Cihangir, donde se pisaban y se gritaban. Tan solo oír pronunciar la palabra *expat* era suficiente para enojarla. Porque si un oriental iba a Occidente siempre se le llamaba inmigrante, mientras que los occidentales que vivían en Oriente se reservaban el título de *expats*. Según Jacinta, esta palabra, que significa «fuera de la patria», tenía también un significado oculto: persona que abandonaba voluntariamente el país donde había nacido y crecido. Quien se definía como *expat* buscaba, en realidad, enfatizar este aspecto. Así se distinguía de los inmigrantes que se veían forzados a abandonar sus lugares de nacimiento por las circunstancias y se decía: «¡Estoy en la otra punta del mundo porque me da la gana!». De este modo uno podía ser un *expat* canadiense de espíritu nómada en Goa, mientras que un médico indio trabajando en Montreal era un inmigrante. Este punto de vista le recordaba a Jacinta otra palabra que comenzaba por ex: ¡Excepcionalismo! Recordó esa teoría de la excepcionalidad occidental, que viene a decir que Occidente tiene una posición diferenciada y una identidad excepcional respecto al resto de culturas y sociedades. A Jacinta le enfurecía encontrar rastros de esta teoría en el subconsciente de la mayoría de las personas que conocía. También odiaba a los españoles del Instituto Cervantes porque aunque hablasen el mismo idioma era imposible que se llevasen bien, especialmente en cuanto al tema de Estambul. Porque a ellos les encantaba la ciudad. Así que, cuando tenía que ir al Instituto, Jacinta solo hablaba catalán. En su opinión, todos los *expats* de Estambul, a excepción de ella misma, eran tan ignorantes y estúpidos como quienes llamaron a ese famoso cuadro de Parmigianino *La esclava turca* porque el tocado de la mujer recordaba a un turbante turco.

Jacinta siempre se sentía inquieta en esa ciudad llamada Estambul, que parecía dos montones de basura arrojados a cada orilla del Bósforo —estas fueron las palabras exactas que usó al hablar con su madre por teléfono— y donde siempre le parecía que estaba a punto de producirse una explosión de metano. Ni siquiera los millones de personas llegadas de Anatolia huyendo de la miseria de sus ciudades de origen para acabar en una miseria aún más profunda en los barrios pobres de la gran ciudad odiaban tanto Estambul como la propia Jacinta. Ella lo explicaba así:

> «¡Porque esta ciudad es una droga! ¡Los que llegan aquí acaban tan atontados que ya no se dan cuenta del infierno en el que están viviendo! ¡Lo que tú llamas un estambulí es en realidad un adicto! ¡Un desgraciado que se vende a diario solo para poder vivir en Estambul!»

Cuando oían estas palabras, los *expatriados* encontraban la manera de mantenerse alejados de Jacinta la de Olot a pesar del reducido espacio del apartamento donde se celebraba la fiesta para sesenta personas. Porque nadie quería perder el tiempo con alguien tan infeliz y amargada como ella. Pero como Jacinta tampoco quería maltratar sus ojos contemplando Estambul, se arriesgó a vivir lejos de su trabajo en el barrio de Levent y alquiló un apartamento en la costa de Suadiye, todo con tal de no ver la ciudad. Desde las ventanas de su casa, que daba la espalda a la ciudad, solo podía ver la carretera de la costa, el Mar de Mármara y las Islas del Príncipe. Pero ahora tenía miedo de que Estambul le disparase por la espalda. Años más tarde, Jacinta describiría así este sentimiento:

> «Todo el mundo hablaba del gran terremoto que podría ocurrir en Estambul. Incluso se decía que, en caso de un terremoto de gran intensidad, podría producirse un tsunami en el Mar de Mármara. Pero yo esperaba la llegada de ese tsunami desde otro lugar... ¡De ese mar de cemento detrás de mí! Sentía que esos edificios podían elevarse y caer sobre mí para engullirme como una ola gigante en cualquier momento. ¡Y ni siquiera haría falta un terremoto! Tan solo por el gusto de engullirme. ¡O porque sabía cuánto la odiaba!»

En realidad, el odio de Jacinta radicaba en algo muy simple: no estaba donde quería estar ni estaba haciendo lo que quería hacer. Así que el asunto nada tenía que ver con Estambul. Hubiera sido igual si estuviese viviendo en cualquier otra ciudad del mundo. Incluso, siendo católica, podría haber muerto y hallarse en el cielo y sería igual. Acabaría odiando cualquier sitio donde se encontrase.

Porque su mente siempre estaba en otro lugar. ¡Y para Jacinta, que cuerpo y mente no se hallasen en las mismas coordenadas era un desastre! Es decir, que si la mente de una persona permaneciese en este mundo, hasta el cielo parecería un infierno. De hecho, su visión de las personas que muertas y felices habitaban ese cielo era la de una manada de animales pisoteándose unos a otros y tan solo una lobotomía, o el Dios que había creado al hombre que había creado la lobotomía, podría cambiar ese pensamiento. En consecuencia, Jacinta estaba convencida de que la única manera de superar esa situación sería si le hiciesen una trepanación en el cráneo o si Dios existiese. Porque vivía en Estambul cuando lo que quería era estar en El-Aman y trabajaba en un despacho en Levent cuando lo que ansiaba era ayudar a la gente sobre el terreno.

La campaña a favor de los niños heridos en la guerra civil siria que se había puesto en marcha aprovechando la notoriedad de Zamir recaudó millones de dólares en muy poco tiempo. Eso hizo que el consejo de administración de la fundación ALL FOR ALL se reuniese de inmediato y acordase la apertura de una oficina en Estambul. Al fin y al cabo, Estambul era un punto logístico clave. Además, la ciudad llevaba mucho tiempo siendo un centro del turismo médico. Muchos hospitales prestaban servicios siguiendo los estándares de la Unión Europea y mucho más barato que los hospitales europeos. Todo ello justificaba sacar de Siria a los bebés heridos y llevarlos a esta ciudad para sus tratamientos. De hecho, la oficina podría seguir funcionando en el futuro incluso si la guerra siria terminase. Porque era bien sabido que cuando terminaba una guerra en Oriente Medio otra empezaba, lo que implicaba que la fundación ALL FOR ALL nunca tendría problemas para encontrar bebés heridos.

A la decisión de abrir la oficina de Estambul le siguió la pregunta de quién la dirigiría y Jenna propuso a Jacinta para esta tarea. Oída la opinión favorable del responsable de relaciones públicas de la fundación, el consejo de administración tomó la decisión que tuvo como resultado poner en el puesto a una mujer que odiaba Estambul las veinticuatro horas del día. Aunque cuando se le comunicó la decisión expresó reiteradamente su deseo de permanecer en El-Aman, no hubo nada que hacer. De hecho, la última frase de la prolija respuesta que recibió Jacinta del presidente fue:

—¡Estoy seguro de que Estambul te va a encantar!

Por supuesto, Jacinta podría haber rechazado el puesto y dimitido de inmediato. Pero no lo hizo. Años después, esto fue lo que dijo Jacinta al respecto:

«Si tu trabajo es ayudar a la gente, si procuras hacerlo con profesionalidad, nunca personalizas las situaciones. Pongamos que te encuentras repartiendo alimentos a los niños de un pueblo. Si comienzas a mirarles a los ojos o... no sé, comienzas a aprenderte sus nombres, es decir, si de verdad empiezas a verlos y ser consciente de ellos, entonces nunca te marcharás de ese pueblo. Incluso acabarás dedicándote a ellos hasta tu último aliento. ¡Y después ya no podrás ir a otros pueblos! ¡Ya no distribuirás comida entre otros niños! Por eso siempre debes establecer una distancia con las personas a las que ayudas. ¿Sabes cómo hacen al lanzar paquetes de ayuda desde aviones con paracaídas? ¡Pues es la misma distancia que debes poner emocionalmente! Cuanto más lejos del suelo vuele el avión, mayor la distancia de las personas. ¡Porque tu trabajo es hacer esa distribución! Hacer la entrega. Como un cartero. Eso es todo. Das lo que tengas, lo que lleves contigo. ¡No te pones a escribir cartas solo para hacer feliz a la gente! ¡Porque si empiezas a entregar cartas descuidas tu trabajo principal! ¿Lo entiendes? Por eso sé que cometí un error. Crucé una línea que nunca debí traspasar.

Estaba en el hospital con Zamir el día que me ofrecieron ese puesto de oficina. Estaba a punto de colgarles el teléfono cuando me encontré mirando a Zamir. Qué bebé más silencioso, pensé. Entonces se me dio por pensar que nunca lloraría. Eso era que lo que habían dicho los médicos. Y entonces fui yo la que se echó a llorar. No podía parar. ¿Sabes por qué lloraba? ¡Porque Zamir no podría hacerlo en toda su vida! ¡Era lo único en lo que podía pensar en aquel momento! No podía pensar en nada más. Recuerdo que se me cayó el móvil de las manos. Comencé a temblar de la cabeza a los pies y después... nada. Sufrí un ataque de nervios. Eso me dijeron.
¡Me moría de vergüenza!
Porque no me había desmayado en mi vida ni mucho menos había sufrido un ataque de nervios. Entonces vino un psiquiatra. Me preguntó si me había ocurrido algo recientemente. Si había experimentado alguna situación traumática. Le dije que no. Me preguntó si estaba segura. Le contesté que sí, que estaba segura. Entonces me quedé helada. ¡Me había olvidado por completo de la explosión en el campamento! No habían pasado más de tres semanas y ya no conseguía recordarlo. Se había borrado de mi memoria. ¡Como si nunca hubiese existido! ¿Cómo se puede olvidar algo así? ¿Cómo es posible? En cualquier caso, al día siguiente llamé a Nueva York para decirles que aceptaba el puesto. Porque sabía que ya no podría abandonar a Zamir. No podía dejarlo allí. Quizá temiese volver a sufrir otra crisis nerviosa si me marchaba. Quién sabe. Pero más tarde me di cuenta de algo. De que ya no estaba sola. Y resultó que no había sido la única en perder la cabeza por Zamir.
Años después recibí una carta de Asbjörn, el médico que había salvado la vida de Zamir. Había desparecido del campo. ¡Incluso llegamos a pensar que había sido secuestrado por el Ejército de los Mártires! Sin embargo, se había ido por propia decisión. Por eso había escrito la carta. Para disculparse conmigo. Porque estaba

en un grupo de terapia. Algo parecido a Alcohólicos Anónimos. Escriben ese tipo de cartas para disculparse con gente a la que han herido en el pasado. Me lo contaba todo en esa carta, por qué se había marchado, por qué había abandonado el ejercicio de la medicina... ¡Porque ese bebé había sido para él la gota que había colmado el vaso! Ese bebé le había puesto la vida patas arriba. ¡Resulta que Asbjórn se había sentido igual que yo! Por lo menos, hay que reconocerlo, pudo ponerlo todo por escrito y admitirlo. ¡Yo no había sido capaz! Quizá por eso había sufrido mi primera y última crisis nerviosa en aquel hospital. Porque no había podido ser honesta ni siquiera conmigo misma. Pero ahora todo lo veía muy claro. Habíamos soportado hasta entonces todo lo que la guerra nos había mostrado, pero Zamir había sido demasiado. Claro que no era el primer niño herido que habíamos visto. Pero Zamir había sido diferente a todos ellos: su silencio. Que nunca hubiese llorado. Nos habíamos acostumbrado al ruido. Gritos, alaridos, sollozos de niños que buscaban a sus madres... Y entonces apareció aquel bebé ante nosotros.

¡Zamir había sido tan silencioso como ruidosa era la guerra! Normalmente te despiertas cuando oyes un ruido, ¿no? Eso lo sabemos todos. Pero con la guerra no había sido así. Al parecer esos sonidos nos hacían dormir. Y así fue como me di cuenta: ¡El silencio de Zamir era lo que nos había despertado! ¡Y cuando desperté pude ver al fin dónde nos encontrábamos! ¡La barbarie en la que nos revolcábamos! Y también caí en la cuenta de que la responsable de la seguridad en El-Aman era yo. ¡Y alguien había introducido esa bomba en el campo! Y me culpaba de ello.

No dejaba de decirme que el Estado en que se encontraba Zamir era por mi culpa. Y fue entonces cuando todo el asunto acabó convertido en algo personal. Pero debo admitir que siempre había tenido una relación peculiar con Zamir. ¡Me había quedado en Estambul

por él y, al mismo tiempo, no soportaba su cercanía! Porque verlo me causaba un enorme sufrimiento...
Un momento, por favor. ¿Puedes parar un momento la grabación?
Gracias.
No quiero que Zamir escuche esto último que he dicho. Y tampoco quiero que sepa lo de la carta de Asbjörn... Por favor, borra esas partes. Porque si se entera se pondrá muy triste. Y después se culpará a sí mismo. Ya era así de niño. Siempre se sentía culpable por todo. Incluso cuando lo secuestraron se culpó a sí mismo. ¿Puedes creértelo? ¡Un niño que se siente culpable por haber sido secuestrado! Por eso Zamir no debe enterarse nunca de esto, ¿vale? A ver, ¿qué estaba diciendo? ¿Dónde estábamos? Ah, sí. Te estaba contando cuánto odiaba Estambul... En fin... y después vino lo del secuestro. Si no recuerdo mal, Zamir tenía siete años. Ah no, siete no...»

Zamir tenía seis años y llevaba el mismo tiempo viviendo con Jacinta. En su breve vida ya llevaba doce operaciones y ocho cuidadoras diferentes. Como es obvio, las operaciones habían sido necesarias dada su frágil salud pero que sus cuidadoras cambiaran constantemente había sido decisión de Jacinta. Ella siempre encontraba la manera de acabar discutiendo con las cuidadoras, todas enfermeras de cuidados intensivos, y acababa por despedirlas para luego, cuando se calmaba, entrar en pánico y contratar otra nueva. Las acusaciones que les dirigía a las cuidadoras eran las mismas que en su día había dirigido contra sus amantes. O no eran lo bastante diligentes, o eran demasiado lentas o simplemente le cantaban las verdades a la cara. Años más tarde, Jacinta dijo al respecto:

«¡Tonterías! ¡No tenía nada que ver con lo que me dijeran! ¡Tuve que despedirlas a todas porque eran idiotas!»

A pesar de todo eso, Zamir se llevaba muy bien con sus cuidadoras. Porque tampoco había nadie más con quien llevarse bien. Estaba muy atareado para un niño de seis años. Había un programa diario que seguir. De acuerdo con este programa, siendo el rostro de una campaña promocional en favor de bebés heridos participaba en cortos promocionales, concedía entrevistas de tres frases y repetía maquinalmente las mismas palabras una y otra vez en escenarios improvisados en salones de hotel. Con ello se conseguía que todo el mundo se compadeciera de Zamir. Con la excepción de sus compañeros. Zamir les caía fatal. Porque, cuando no querían terminar la comida que tenían delante o pedían un juguete demasiado caro, siempre escuchaban las mismas palabras:

—¡Deberíais estar agradecidos! ¡Mirad por lo que ha pasado Zamir!

Sin embargo, al contrario que aquellos niños, los cantantes o actores que estaban a punto de lanzar un nuevo disco o una nueva película adoraban a Zamir. Hubo quienes llegaron a viajar miles de kilómetros para sacarse una foto con él para sus redes sociales. Algunos apoyaban la mano en el hombro de Zamir con mucha naturalidad, pero otros dudaban a la hora de tocarlo y tan solo se plantaban a su lado y sonreían. Zamir, por su parte, mucho más famoso que las celebridades que se le acercaban, miraba al objetivo de la cámara como un pequeño Andy Warhol y sacaba la misma foto una y otra vez.

Jacinta no tenía ni idea de cómo criar a un niño. Por ello mismo fue que comenzó a tratar a Zamir como si fuese un ordenador y dedicaba todo el tiempo que le dejaban sus otras actividades en cargar nueva información en su cerebro infantil. Lo primero era solucionar la cuestión lingüística. Lo prioritario era que hablase inglés, para poder atender a los requerimientos para contar su historia que le llegaban desde televisiones de todo el mundo. Por eso Jacinta siempre le habló en inglés desde el principio y jamás le contó una sola mentira. Así que las primeras palabras que entendió Zamir en su vida fueron:

—*No, I'm not your mother. Call me Jacinta.*

Además, como catalana cuya lengua materna había estado prohibida en un momento oscuro de la historia, le interesaba en especial que Zamir, a quien consideraba sirio, aprendiese las lenguas que se hablaban en su tierra natal. Por ello, Zamir llevaba ya un año aprendiendo dialectos kurdos y árabes, amén de hablar en turco con sus cuidadoras. Así fue que Jacinta se aseguró de que Zamir, aun sin ser consciente de ello, hablase como un auténtico nativo de Palaz. A fin de cuentas, en Palaz se empezaba una frase en kurdo kurmanche, se continuaba en árabe y se terminaba en turco. Zamir hablaba como correspondía a alguien con una madre kurda, un padre turcomano y una partera árabe. Con seis años, su cerebro era como una esponja y absorbió todos estos idiomas en un aprendizaje de lo más natural, hasta el punto que creyó que todos los niños de la calle hablaban los mismos idiomas que él. Sin embargo, había momentos en que se hacía complicado cambiar de un idioma a otro. Como cuando, rodeado de cámaras, el ministro de Familia y Políticas Sociales le hizo entrega de la nacionalidad de la República de Turquía y Zamir, que solo contaba cuatro años, se lo agradeció primero en inglés, después en árabe y finalmente en turco. A pesar de que millones de niños refugiados no eran capaces de obtener tan siquiera una tarjeta identificativa de la Agencia para los Refugiados de la ONU, Zamir obtuvo también el pasaporte suizo y el estadounidense. Así fue que Zamir obtuvo tres nacionalidades y, por supuesto, para ello había necesitado un apellido.

Al comprobar que a Jacinta se le hacía complicado elegir un apellido, Jenna, en su línea, vio en ello una oportunidad y no la desaprovechó. Porque el apellido correcto podría hacer a Zamir aún más valioso. Debería ser un apellido que, solo con oírlo, le recordase a todos el sufrimiento de Zamir y les hiciese verter lágrimas. Jenna no tardó mucho en encontrar el apellido que buscaba. De hecho, la primera palabra que se le vino a la mente resultó ser la más apropiada. A fin de cuentas, allí había comenzado la historia de Zamir: El-Aman. Y, como Jenna le había enseñado, Zamir comenzaba siempre todos sus discursos con la misma frase:

—Mi nombre es Zamir Aman.

El único niño con quien hablaba Zamir, que rara vez se reunía con sus compañeros debido a la vida que llevaba al servicio de la institución, era Esma, una niña de ocho años que padecía leucemia. A veces coincidían en el plató de alguna televisión y, en otras ocasiones, compartían la visita de periodistas por los pasillos del hospital. Al igual que el propio Zamir, Esma era el rostro de una campaña promocional. Cada campaña de promoción debía tener asociado un rostro, porque era la única manera de que la gente abriese la cartera. Un buen ejemplo era una hambruna que estuviese matando a millones de personas. Por mucho que fuese un hecho sabido, para recoger donaciones se hacía necesario traer a alguien de ese lugar y exhibirlo. Porque no se podía establecer un vínculo emocional simultáneo con millones de personas. Una persona podía no conectar con millones de personas muriendo de hambre, pero millones de personas sí podían entender el hambre de una sola.

Esma recaudaba fondos para niños con leucemia. Siempre que se encontraban a solas examinaba el rostro de Zamir como si fuese un extraterrestre y luego le decía:

—¿Sabes? Me voy a morir.

Aunque al principio Zamir se entristecía al oír esto, con el tiempo llegó a ignorarlo e incluso comenzó a envidiar a la cría. No porque fuese a morir, sino porque siempre llevaba una máscara. Porque ahora ya captaba esa mirada huidiza en todos los que veían su rostro, incluidos quienes se fotografiaban con él. Y cada vez que lo captaba, algo se rompía en su interior.

Sin embargo, como le dijo a Jacinta una Jenna plenamente consciente de todo esto, Zamir recaudaba dinero mostrando el rostro, por lo que no podía acudir a los actos luciendo una máscara. Por el contrario, a Esma no le permitieron quitársela a pesar de lo cansada que estaba de ella. Y no por los virus que pudiese haber en el aire sino porque, en realidad, era esa máscara lo que la ayudaba a recaudar donaciones. Un día en que se volvieron a encontrar a solas, esta vez mientras aguardaban su turno en el vestíbulo de un fotógrafo para una sesión de fotos para la confección de carteles, Zamir le dijo a Esma:

—¡Ojalá un día pasase algo que hiciese que todo el mundo llevase máscara! ¡Así yo también podría llevar una!

Esma se rio y dijo:

—¡Pero eso imposible! ¿Cómo va a tener todo el mundo leucemia?

En ese momento el asistente del fotógrafo llamó a Esma, y Zamir se quedó solo en el vestíbulo. Jacinta había salido del edificio para fumar un pitillo pero, al coger la cajetilla que llevaba en el bolso, se dio cuenta de que estaba vacía y decidió acercarse a un quiosco cercano para comprar otra. Cuando Zamir se encontraba pensando en qué tipo de catástrofe tendría que ocurrir para que todo el mundo tuviese que llevar una máscara entró un hombre. Cuando vio a Zamir ni apartó la mirada ni giró la cabeza. Al contrario, le miro a los ojos. Años después esto es lo que diría aquel hombre:

—No, no me arrepiento. ¡En absoluto! Secuestré a ese niño para poder encontrar a mi hijo. ¿No lo entiendes? ¡Ellos se habían llevado a mi hijo y yo me llevé a Zamir!

26 DE DICIEMBRE

Togo era un estrecho rectángulo encajonado entre Ghana al oeste y Benín al este. Con Burkina Faso al norte y el océano Atlántico al sur, el Gobierno central tan solo controlaba la capital Lomé y alrededores, mientras que el resto de Togo era escenario de interminables conflictos étnicos. A pesar de ello, durante mucho tiempo estos conflictos no habían llegado a alcanzar niveles preocupantes. Pero el general Dadjo preparaba un movimiento que vendría a alterar todos los equilibrios del país. Planeaba atacar el centro de ese rectángulo llamado Togo, es decir, Sodoké y sus alrededores, con el objetivo de apoderarse de las minas de oro y diamantes de la zona. Pero, obviamente, no podía decirlo de forma explícita y, como había hecho Estados Unidos cuando invadió Irak por su petróleo, necesitaba encontrar una excusa. Como no podía decir aquello de «¡Traemos la democracia!» decidió que lo más lógico era iniciar una guerra religiosa, porque la minoría musulmana Kotoko vivía en la región de Sodoké, donde planeaba atacar. Si conseguía incitar a los cristianos de su propia región costera, es decir, la capital Lomé y alrededores, así como a las tribus del norte, podría iniciar ese conflicto religioso. Al fin y al cabo, la mitad de la población de Togo era cristiana y, dejando al lado a los musulmanes, el resto de los togoleses creían en el vudú. Además, también al norte de las zonas musulmanas había poblaciones cristianas. Casi todos ellos de la tribu Kabiye. Y a ellos, como a la tribu

Ewe a la que pertenecía el general Dadjo, no les desagradaba la desaparición de los musulmanes.

Como resultado, cerca de un millón de musulmanes se vieron rodeados por cristianos y seguidores del vudú. Pero los musulmanes también estaban dispuestos a luchar. Boko Haram, que en cuestión de décadas se había extendido desde Nigeria hasta los rincones más remotos de África y había sobrevivido a sus coetáneos del Isis, hizo lo imposible por armar a los Kotoko y lo consiguió. Porque el mayor anhelo de Boko Haram era implicarse en una guerra religiosa, porque ese tipo de conflictos, como las venganzas de sangre, siempre se eternizan y permiten a los contrincantes sobrevivir durante generaciones. Un pequeño conflicto entre cristianos podía añadirle a Boko Haram cuarenta años de vida.

Así que todos en Togo estaban deseando comenzar el derramamiento de sangre. Y ahí era donde entraba yo. Detener una guerra que conviene a ambas partes es muy difícil y requiere medidas extraordinarias. No me quedó más remedio que compartir con el General Dadjo en aquel restaurante un secreto conocido por muy pocos. Al terminar me recosté en mi asiento y miré al general a los ojos, que descubrí muy abiertos por la sorpresa. Y la boca, por añadidura, también lo estaba.

—¿Hablas en serio?

—Sí.

—Me van a convocar, ¿verdad?

—Sí, general. Le están aguardando.

—Así que dijeron que estaban esperando al general Dadjo, ¿no? ¿Han oído hablar de mí? ¿Me conocen?

—Sí. Dijeron que estarían encantados de conocerle.

—¡Lo sabía! Claro que lo sabía... Ya lo decía yo, aunque nadie me creía. ¡Pero yo sabía que eran reales!

—Sí, general.

—¿Cuántos años hace que nos conocemos? ¿Cómo es que no me lo habías contado antes?

—Supongo que se da cuenta de que este es el mayor secreto del mundo, así que...

—Claro, claro... Así que son ellos los que gobiernan el mundo, ¿verdad?

—Como le he dicho, podemos ir mañana mismo si así lo desea.

—¡Claro que sí! Por supuesto que vamos a ir. ¡Esto es increíble!

—Sí —dije—. ¡Increíble!

El general Dadjo levantó la mirada hacía el techo adornado con frescos de ángeles y, en su mundo de fantasía, dijo como para sí:

—Las doce familias que gobiernan el mundo... ¡Y las voy a conocer!

—En realidad conocerá solo a una de ellas.

Ni siquiera me escuchaba.

—¡Extraordinario! ¡Magnífico! —dijo para luego detenerse de pronto y preguntarme con gran curiosidad—: ¿Y por qué quieren reunirse conmigo?

—No tengo ni idea.

—Me pregunto cómo es esa gente...

—Pues, como ya verá, son gente muy sencilla.

—¿Crees que debería llevarles un regalo? —preguntó. Y al momento se contestó a sí mismo con otra pregunta—: ¿Y qué le das a quien lo tiene todo?

—Su palabra.

Esto le hizo reír. Porque se conocía a sí mismo. O mejor dicho, era consciente de la idea que se tenía en el continente. Siendo como era uno de los mayores estafadores de África sabía bien que su palabra no valía nada para nadie. Una vez dejó de reírse continuamos la conversación. Cuando llegamos al tema de nuestros planes para Nochevieja, ambos mentimos, diciendo que nuestro plan era dar la bienvenida al nuevo milenio con nuestros seres queridos. Dadjo tenía en mente llevar a cabo un genocidio en Nochevieja. Al igual que yo, no tenía seres queridos. Pasamos la noche en nuestros hoteles respectivos y a la mañana siguiente nos subimos al avión presidencial para volar a Ámsterdam. Acabábamos de abandonar el espacio aéreo francés y el general Dadjo roncaba. Aunque se sentaba algo apartado de mí no podía dejar de oír sus ronquidos. Hubo un tiempo en que había envidiado a una niña con leucemia porque llevaba una máscara. Ahora me celaba de que alguien como Dadjo, un demonio que merecería figurar en las *Puertas del Infierno* de Rodin, pudiese conciliar el sueño con tanta facilidad. Había asesinado ya a decenas de miles de persona y planeaba aumentar esa cifra a un millón en pocas semanas y ahí estaba, durmiendo como un crío que hace la siesta. Aunque, en fin, los niños también son capaces de conciliar el sueño tras haber quemado vivo a un bicho o después de haberle arrancado las alas a una mosca.

Hay muchos tipos de dictador. Con los años los he acabado conociendo a todos. Los dictadores de Asia Central, por ejemplo, tienen la seriedad de un Politburó soviético momificado. Podían tener el aspecto de un modesto funcionario y ser parco en palabras como un frío oficial de inteligencia y después, de improviso, hacían erigir estatuas de cuarenta metros de alto con su efigie en medio de la capital o escribían prólogos para cada uno de los libros que permitían publicar en el país. Para ser más exactos, hacían que otros los escribiesen por ellos y después los firmaban.

Los dictadores de América Central y del Sur eran mucho más amistosos. Se podía beber ron o hablar de fútbol con ellos e, incluso, bailar tango con ellos codo con codo en los salones de sus palacios. Hablaban como el Che Guevara y se comportaban como Pablo Escobar. Tanto es así que se consideraba *un imperativo revo-*

lucionario dárselos a comer a sus propios tigres. También recitaban poesía en sus mítines y siempre citaban a «mi poeta favorito». De hecho, el mejor poema de Sudamérica, en mi opinión, lo escribió uno de estos poetas en su nota de suicidio. El poema se llama: «Ser el poeta favorito de un dictador».

Los dictadores de Oriente Medio y del Golfo siempre han sido los de mejor trato. No juegan al ajedrez como sus homólogos de Asia Central ni coleccionan discos como los de Sudamérica. A diferencia de otros dictadores que dedican la jornada laboral a amasar riqueza y poder, esto para ellos también ocupa su tiempo de ocio, por lo que ese es el punto de vista desde el que otean el mundo y se puede negociar con ellos sobre cualquier cosa. Si llegasen a un acuerdo sobre el precio de las tierras que gobernaban no dudarían en venderlas en unas pocas horas y después acudirían al Sukuk, el mercado de inversiones halal de la bolsa de Londres, para duplicar su dinero. Siempre son los más consistentes, tan planos y predecibles como los desiertos en los que viven.

¡Nada que ver con los dictadores africanos! Todos y cada uno de ellos son la encarnación de la inconsistencia y la inestabilidad. Hablan rápido, se pelean rápido y se reconcilian rápido. Porque son conscientes de que nunca podrán controlar totalmente los territorios que gobiernan y que en cualquier momento puede llegar el golpe de Estado que los derroque. Es algo que los acaba convirtiendo en paranoicos que viven al día. Que los dictadores son criminales universales se entiende muy bien al mirarles a los ojos. En ellos hay un miedo constante a ser atrapado, un temor que intentan aplacar con todo lo que tienen a su alcance. A veces la cocaína, a veces el sexo. Pero lo que más los tranquiliza es instigar el miedo en los demás. Y el general Dadjo no era ninguna excepción.

Ningún otro dictador que yo conociese tenía en su casa una *máquina de corte por chorro de agua* como la del general Dadjo.

Esta máquina, usada en la industria aeroespacial, estaba en el gimnasio del Palacio Presidencial de Lomé. Tan ancha y alta como la mesa de ping pong que tenía al lado. Constaba de ocho grifos, llamados cabezales, alineados en un puente que podía desplazarse hacia adelante y hacia atrás sobre un banco de trabajo. Estos grifos generaban chorros de agua a ochocientos metros por segundo, auténticas cuchillas capaces de cortar cualquier cosa, desde el granito hasta el acero. Aunque lo que interesaba al general Dadjo, por supuesto, era cortar carne humana. La persona que tocaba seccionar se ponía sobre el banco de trabajo sujeta de manos y pies y el puente con los grifos se desplazaba lentamente sobre su cuerpo. El resultado eran siete trozos de carne humana perfectamente seccionados. Cuando alguien le preguntaba al general por qué no usaba una sierra convencional para esta labor, él alternaba entre dos posibles respuestas, lo que dependía de su estado de ánimo en ese día: «¡Porque la vida empieza y termina en el agua!» o «¡Todo en este mundo es un arma si sabes cómo usarla!». Pero yo creo que la verdadera razón por la que la usaba era la pregunta con la que solía amenazar a la gente: «¿Quieres agua?». Al final, todo se reducía a poder hacer esa pregunta mientras sonreía como un niño...

Pero el infantilismo de Dadjo no terminaba ahí. Había ordenado hacer consoladores que eran una réplica exacta del bien más precioso que poseía, su pene, y organizaba ceremonias en el palacio donde los entregaba a quienes elegía de entre su círculo de allegados.

De hecho, la idea se le ocurrió durante una conversación en una tarde bastante concurrida en su palacio en la que estuve presente. Se había dedicado durante varios minutos a elogiar al Ministro del Interior, que se hallaba sentado a su lado, explicando la exitosa represión de la oposición en la ciudad que había realizado. De hecho, todos los opositores a Dadjo se habían mantenido en silencio y el miedo no les había permitido salir de sus casas.

En un momento dado, el general se volvió hacia su ministro y le dijo con gran emoción:

—¡Todo es gracias a ti! ¡Me he follado a esos brutos gracias a ti!

Tras un breve silencio pronunció la frase que acabó pasando a la historia de la cultura del dictador:

—¡Está claro que eres mi polla!

Algunos comensales no pudieron evitar reírse pero pronto se arrepintieron cuando se dieron cuenta de que el general hablaba muy en serio.

—¡Sí, sí! ¡Eso es exactamente lo que eres! ¡Porque me he follado a esos traidores a través de ti! Querido ministro, ¡eres mi polla!

En ese momento el ministro no supo cómo reaccionar y permaneció en silencio y, avergonzado, agachó la cabeza. Dadjo nos miró y dijo:

—Este es el mayor cumplido que le puedo hacer a cualquiera que sea un hombre.

Ante semejante afirmación, todos aplaudimos al ministro y lo felicitamos por el gran elogio que acababa de recibir de Dadjo. Los que antes se habían reído ahora aplaudían en pie.

Unas semanas después de esa noche, Dadjo organizó una ceremonia en la que le entregó al ministro un consolador que replicaba su pene. Si eligió un consolador de silicona y no una figura de bronce fue debido a una broma mía.

—¡Si se trata de una escultura el ministro no podrá usarla!

Pero el general se lo tomó en serio.

—¿Usarla? Pues no había pensado en ello... Entonces, ¿qué debo hacer?

No me quedó más remedio que dar una respuesta:

—Quizá si fuese un consolador.

—¡Sí! —dijo. Y de inmediato comenzó a soñar. Si fabricase un consolador que replicase su pene, este no dejaría de sacar y meter ni cuando él durmiese, lo cual constituiría toda una hazaña hasta para un dictador. ¡Sin olvidar que el consolador con toda seguridad reforzaría el vínculo con sus seguidores! Porque, según Dadjo, todas las mujeres estaban enamoradas de él y todos los hombres ansiaban imitarlo en todo. Con este consolador podría entrar en todos los dormitorios y formar parte de los momentos más íntimos de aquellos que estaban bajo su gobierno y, así, no habría un solo ámbito de la vida cotidiana en el que no se inmiscuyera. Ya no se trataba solo del Ministro del Interior. Debería haber uno para todo el que lo mereciera. ¡Si Francia tenía la Legión de Honor, Dadjo tendría una polla!

—Es una gran idea! —dijo, y después preguntó quién podría hacer un consolador que fuese una réplica de su pene y dónde. Por desgracia, también sobre eso tuve una idea.

Y así fue como se fabricaron los consoladores y Dadjo comenzó a distribuirlos, primero a su Ministro del Interior y después a otros. Los que habían sido premiados con consoladores por sus servicios al Estado y su lealtad al general pensaron al principio que era una broma de mal gusto pero, cuando descubrieron las puertas que se les abrían, comenzaron a tomar la cosa en serio. Pronto ser la polla de Dadjo se convirtió en el más alto honor de la región y los que recibían su consolador pasaron a constituir la élite de Lomé. Quien recibía un consolador veía cómo su vida cambiaba por completo y comenzaba a gozar de una inmunidad total. Las licitaciones estatales y las concesiones mineras solo se les entregaban a ellos y, además, controlaban todos los medios de comunicación. Sin embargo, si cometían el más mínimo error, Dadjo les arrebataba el consolador, lo que se consideraba la mayor de las humillaciones. A menudo, el general les cambiaba el consolador por una pistola y les decía:

—¡Ahora márchate a casa y pégate un tiro! ¡No mancilles mi palacio!

Así que todo el mundo se esforzaba al máximo por evitar que les arrebatasen su dildo.

El pene de silicona de Dadjo se exhibía como una insignia en un lugar de honor en las casas más pudientes o se guardaba en cajas de seguridad como un tesoro. A fin de cuentas, no dejaba de ser el legado más valioso que alguien les podía dejar a sus hijos. Naturalmente, también fue motivo de celos entre las familias más prominentes de Lomé. Organizaban cenas en sus mansiones para anunciar que se les había concedido el consolador de Dadjo. Los que aún no había sido favorecidos con la polla de Dadjo se mordían los labios de ira. Fue tal el impacto que incluso se llegaron a fabricar falsificaciones, que se usaban para poder obtener pequeños privilegios en la vida diaria. Por ejemplo, para saltarse un control policial, obtener un modesto préstamo bancario o rescatar un familiar que estaba siendo torturado en una comisaría. Al fin y al cabo, qué policía o director de banco osaría coger aquel consolador y llamar a la puerta de Dadjo para comprobar su autenticidad comparándolo con su pene. Pero sí hubo una persona que fue sorprendida intentando obtener favores gracias a un consolador falso. Un policía sospechó de una mancha rosada en el consolador que le mostraron y, después de raspar un poco alrededor de la mancha, se dio cuenta de que lo habían ennegrecido con betún de zapatos. ¡El consolador no solo era falso sino también de otra raza! Su portador fue arrestado, interrogado y torturado como un espía.

—¿De quién es esta polla? —le preguntaron—. ¿De qué hombre blanco es esta polla?

Obviamente, el hombre fue incapaz de contestar a estas preguntas. Tan solo pudo decir:

—Me lo traje de contrabando desde Ghana. Solo lo quería para no tener que sobornar a la Policía de Tráfico. ¡Te juro que no sabía que era la polla de un cabrón blanco!

De nada sirvieron todas sus explicaciones y lo llevaron ante Dadjo, quien le preguntó con su sonrisa infantil:

—¿Quieres agua?

De hecho, creo que aun ahora sigue sonriendo. Estoy convencido de que sonríe incluso dormido ante la perspectiva de conocer a una de las doce familias que gobernaban el mundo.

Durante todo el viaje hasta el aeropuerto de Schiphol mantuve la vista sobre el estuche del chelo que tenía a mi lado y me imaginé tocando el instrumento que había en su interior. Por desgracia, mi mente estaba tan colapsada que ni siquiera era capaz de tocarlo con mi imaginación. Sonó mi teléfono mientras bajaba las escaleras del avión. Era Federico, de Palermo. Se expresaba como si el mundo se le hubiese venido encima.

—Lo siento, Zamir, te he fallado. No he conseguido que se abriese ese agujero... Sacaron a Chasta de la celda esta mañana.

—No te preocupes —le dije—. Has hecho todo lo que has podido."

—¿Y qué va a pasar ahora?

—No lo sé, Federico. Parece que las figuritas de indios cabreados van a volver a ser muy populares.

Mientras caminábamos hacia las limusinas que nos aguardaban, el teléfono sonó de nuevo. El que llamaba era Yossi, de Belén. Se expresaba como si el sol se hubiese apagado.

—Esta vez han desparecido más de cien personas, Zamir. Desaparecieron ayer por la noche. El ejército israelí acaba de hacer una declaración. Han dicho que de palestinos desparecidos nada, que toda esa gente simplemente había cruzado la frontera hacia Jordania. ¡Pero eso es mentira! ¡Nadie sabe dónde está esa gente! ¡El número de desparecidos supera ya los dos mil! ¿Y qué va a pasar ahora? ¿Qué vamos a hacer?

—No lo sé, Yossi.

Colgué el teléfono.

—Vamos a la zona de Flevoland —le dije al chófer de la limusina. Íbamos a la cabeza de un convoy de cuatro vehículos. Dadjo iba en la limusina que nos seguía, con sus dos amantes, su secretaria y dos guardaespaldas. Yo viajaba con el médico y la enfermera de Dadjo y con Kona: hechicera, curandera y adivina, era la persona del círculo de Dadjo con quien yo más congeniaba. Cuidábamos el uno del otro y nos apoyábamos cuando era necesario. Porque teníamos algo que nos unía. Los dos mentíamos a Dadjo a todas horas.

Las otras limusinas transportaban más secretarias y guardaespaldas.

—¿Me dice la dirección? —preguntó el conductor.

—No, todavía no —respondí.

El coche arrancó y volvió a sonarme el teléfono. Era Grace, de Londres. Se expresaba como si estuviese a punto de expirar.

—Lo han robado, Zamir. Se han llevado una copia del informe del índice de productividad con las cifras reales. No está claro quién ha sido. Ya solo es cuestión de tiempo que alguien lo saque a la luz.

—Si eso ocurre, no serán solo tazas de té lo que se rompa en Picadilly...

—¿Qué vamos a hacer?

—No lo sé, Grace...

La verdad es que a esas alturas ya no sabía nada de nada. O mejor dicho, no quería saberlo. Que lo sepan otros, me dije. Otros. Los demás enlaces. Y en ese momento se me vino a la mente Christelle, de Knokke, una de los tres enlaces de la Global Humanitarian Society. Como Cengâver ya no vivía, era ella quien ostentaba el título de mejor enlace. Si alguien sabía algo tenía que ser ella.

Llamé a Christelle.

—¿Estás disponible?

—Hola, Zamir. ¡Estoy bien, gracias! ¿Tú qué tal?

—¡Es urgente, Christelle! Es por lo de Israel...

—¿Los palestinos desaparecidos?

—Sí. ¡Y por favor, no me digas que no sabes nada!

—Claro que no. Porque sé muchas cosas. Por ejemplo, sé que tú tienes el libro.

Podría haber intentado preguntar «¿qué libro?».

—Cierto, lo tengo.

Pero hablar con Christelle de Knokke, la omnisciente, era así.

—Si traes el libro hablamos. Puede que incluso descubras qué está pasando en Palestina.

Cerré el teléfono y miré a Kona, que se sentaba delante de mí.

—Trabajas demasiado, Zamir.

—Sí, Kona. Por desgracia, así es.

—Para mí que no dejas de correr en círculos. De todas formas, no puedes salvar al mundo.

—Quizá el mundo me salve a mí. —Se rio y me observó durante unos kilómetros mientras reflexionaba. Algo tenía en mente. Al final, no pudo evitar preguntar—: ¿Cúal es tu religión, Zamir?

—Ni idea —dije—. Nunca he pensado en ello.

Y ya no volvimos a hablar.

Tras cincuenta minutos de viaje, le indiqué al conductor que abandonase la autopista. Media hora después le señalé el camino rural por el que debía meterse. Los campos se extendían a nuestro alrededor hasta donde alcanzaba la vista. En comparación con otros países, la cantidad de tierra cultivable en Países Bajos era exigua pero continuaba siendo el mayor exportador mundial de productos agrícolas. También puede que fuese el primero en cuanto al uso de la bicicleta. El Estado había fomentado su uso durante una crisis del petróleo mucho tiempo atrás y ahora era el principal medio de transporte, dominando con creces el tráfico.

En los pueblos y aldeas de los llamados países del Tercer Mundo solía ver mecánicos de bicicletas sentados sin hacer nada ante sus chozas improvisadas, rodeados de ruedas rotas. Habían elegido esa profesión en un tiempo en que no faltaba trabajo en la zona. Pero ya no se veía una sola bicicleta en la zona. Porque en esos pueblos y aldeas las bicicletas ya solo les interesaban a los niños, así que no se puede decir que perseveraran en ese oficio por dinero. Pienso que lo hacían por amor. Porque aman la bicicleta como objeto. Era entonces cuando me imaginaba que secuestraba a una de estas personas que vivían en lo que había sido en su día una colonia neerlandesa y que nunca había salido de su pueblo y lo llevaba a ese paraíso para cualquier mecánico de bicicletas que es Países Bajos y le destapaban los ojos, por ejemplo, en medio de Utretch. ¿Qué sentiría al ver pasar a todos aquellos ciclistas a la vez? ¿Acaso podría yo encontrar también un lugar en el mundo donde sentirme así? ¿Habría alguien por ahí que pudiera ofrecerme un sueño semejante? Un sueño en que alguien me secuestrase y me llevase a algún lugar donde también yo pudiera sentirme así de feliz. No lo creía. Porque ya me habían secuestrado cuando tenía seis años y recuerdo a la perfección qué me encontré cuando abrí los ojos. ¡Y no había sido precisamente un paraíso!

—¡Para detrás de ese coche! —le dije al conductor.

Caminé hacia la limusina que se había detenido detrás de la nuestra, que era la de Dadjo, quien bajó la ventanilla.

—Puede salir, general. A partir de aquí seguiremos en ese coche —le dije al tiempo que señalaba el viejo Land Rover aparcado en el arcén. Sus guardaespaldas ya se disponían a bajar también del vehículo cuando le dije—: Pero solo tú y yo.

—¡Pero qué tontería! —dijo Dadjo.

—Estas son las reglas, general. Pero no tiene por qué preocuparse. —Y le señalé el cielo—. Estamos siendo observados en todo momento. Créame, no hay un lugar más seguro en el mundo.

—Un momento —dijo Dadjo. Entonces se bajó de la limusina llevando una pequeña bolsa y, sin dejar de discutir con sus guardaespaldas, en un tono cada vez más airado.

—No puede llevar armas.

—No es un arma —dijo Dadjo sonriendo—. ¡Es un regalo!

¿Habría un consolador en la bolsa? ¿Sería capaz de regalarle uno de sus dildos a una de las doce familias que gobiernan el mundo? La verdad es que no me hubiera sorprendido. ¡Porque así era Dadjo!

Las limusinas llevarían a la comitiva de Dadjo al pueblo, a diez kilómetros de allí, y allí esperarían hasta el remate de la reunión.

El Land Rover tenía la llave puesta. Llevado por la costumbre, Dadjo se dirigió a la parte de atrás del coche.

—General, siéntese a mi lado, por favor.

—¿Es otra de las reglas?

—Sí, así es —dije y encendí el auto. Conduje un poco más hasta internarnos en el estrecho camino flanqueado por los campos. Dadjo miraba a su alrededor sorprendido. Estaba claro que nada estaba saliendo como él había anticipado. No había palacios tipo Taj Mahal ni hombres armados. Solo campos de cultivo y granjeros trabajando en la distancia... no quería que Dadjo se hiciese muchas más preguntas—. La historia de estas doce familias comienza con la Revolución Industrial. Primero fueron medrando en diferentes sectores y después alcanzaron a monopolizarlos. Esa fue la época en que hicieron sus primeras fortunas. A partir de ese momento no dejaron de aprovechar ninguna oportunidad. Han estado involucrados en todos los negocios que se pueda uno imaginar, desde el comercio de esclavos hasta los primeros acuerdos petrolíferos que se firmaron en Oriente Medio y desde la fabricación de armas hasta la creación de los bancos centrales estatales. En realidad, al principio no eran solo doce familias, había más y siempre en competencia unas con otras. En ocasiones dos o tres se han unido para derribar a otra. A veces acaban jodiéndose los negocios entre ellas. Se han sucedido innumerables conflictos de ese tipo, lo que ha llevado a la desaparición de algunas familias y que, al final, solo quedasen doce. Entonces decidieron hacer un pacto entre caballeros que implicaría que no trabajarían más a espaldas unos de otros.

»Evidentemente, lo que siguió es resolver la cuestión de qué hacer con todo ese poder. La primera opción fue dedicarse a la política, pero pronto se dieron cuenta de que se trataba de un error Porque dedicarse a la política implica estar siempre en el centro de toda la atención y ser cuestionado en todo momento. Pronto se dieron cuenta de que la mejor manera de intervenir en política es comprando Gobiernos. También descubrieron otra cosa: cuanto más visibles sean, más les costará retener el poder. Así que decidieron desparecer. Comenzaron por eliminar sus apellidos de los nombres de sus empresas. Más tarde comenzaron a montar filiales sin figurar nunca como los dueños. ¡Si eres invisible no puedes ser objetivo de nadie! Pero los problemas no acababan ahí; con el tiempo, toda esa riqueza y poder ilimitados empezaron a pasar factura a las familias.

»La cuarta y quinta generaciones estaban tan perdidas que algunas de las familias se hallaban al borde del colapso. Los miembros más jóvenes, acusaban la comodidad de tenerlo todo y vagaban sin objetivo. O incluso comenzaron a cuestionar la fortaleza de sus familias. Algunos no pudieron superar el conflicto entre la riqueza de sus familias y la desigualdad y pobreza en el mundo y terminaron por suicidarse. Las doce familias se reunieron para discutir el asunto. Tuvieron que pensar en encontrar la manera de salvar a las siguientes generaciones. Porque sus hijos lo tenían todo pero no eran felices. Fue entonces cuando el líder de una de las familias introdujo el concepto de esfuerzo, afirmando que la mayor felicidad en esta vida era trabajar duro para alcanzar un objetivo. Pero no es eso lo que estamos haciendo, dice. Ganamos dinero gracias al dinero. Somos comisionistas. Esto es algo que está enloqueciendo a nuestros hijos. Le sigue otro líder familiar, ofreciendo la vida de los campesinos como modelo de existencia sencilla pero feliz. Les habla de cómo los agricultores se esfuerzan por obtener un producto y de la felicidad que obtienen cuando lo consiguen. En esa reunión se adopta una decisión que cambiará sus vidas: las doce familias se dedicarán a la agricultura.

»Es más, las nuevas generaciones no sabrán que sus familias gobiernan el mundo. Las familias vivirán todas en la misma zona con el objetivo de apoyarse y vigilarse unas a otras. Cada familia escogerá a dos miembros de entre ellos, que serán los encargados de administrar el poder y la riqueza de las familias. Se les conocerá como los *gestores familiares*. Se les seleccionaría a edades muy tempranas y se les formaría para su misión. Solo ellos conocerán la verdad de sus familias y gobernarán sus imperios en el mundo exterior. Los demás miembros de la familia no sabrán nada y vivirán como agricultores. Esa gente vive en las casas que tiene ahí delante, general. Son felices precisamente porque no saben quiénes son. Tiene usted que entender que esto es lo que se compró con la mayor fortuna del mundo: ignorancia. En breve nos reuniremos con un gestor familiar. Su nombre es Nathan. Él es quien pidió conocerle.

Dadjo había escuchado todo sin dejar de mirar las granjas que se esparcían en la distancia. Durante un rato se mantuvo en silencio. Me di cuenta de que la historia que acababa de escuchar se hallaba tan lejana de su propia experiencia vital que, con toda probabilidad, estaba encontrado problemas para entenderla. Porque, mientras esta gente caminaba por caminos embarrados calzando botas de goma, en el palacio de Dadjo los grifos eran de oro. Pero, al fin y al cabo, Dadjo era Dadjo y se le daba bien fingir que entendía algo aunque no se hubiese enterado de nada.

—¡Claro! —dijo—. Lo entiendo... A fin de cuentas, ser tan rico y poderoso no deja de ser una maldición. Creo que encontraron la mejor solución.

Nos detuvimos ante una gran casa de dos plantas, en cuyo patio se veía un tractor. El único aspecto destacable de la casa era su tejado de paja, elaborado según la cuidadosa tradición de la zona. Ante la puerta se encontraba un hombre de pie que nos miraba y sonreía. Un inglés de pelo blanco y unos sesenta años.

—Este es Nathan —le dije a Dadjo, cuya frente estaba comenzando a perlarse de sudor. Estaba realmente emocionado. Apagué el motor y salí del coche. Entonces me di cuenta de que Nathan había alargado la mano para un apretón de manos pero que seguía en el aire porque Dadjo, nada más bajar del coche, se había cuadrado en un saludo militar. ¡A fin de cuentas no dejaba de ser un general! Pero al momento se arrepintió y su mano descendió desde su frente hasta la mano de Nathan.

—¡Bienvenidos! —dijo Nathan en su lengua materna. Después hizo un gesto hacia la puerta abierta y nos invitó a pasar.

El interior de la casa era tan simple como el exterior. Se trataba de una auténtica casa de pueblo, con vigas de madera centenarias en los techos y ventanas pequeñas. Por eso era algo sombría. Entramos en una habitación con tres de sus cuatro paredes cubiertas de libros. En la pared restante había una chimenea donde ardía un fuego al que le acaban de añadir unos leños. Frente a esta había una mesa de centro flanqueada por tres sillas.

—Acomódense, por favor —dijo Nathan, y nos sentamos. En esta ocasión habló en francés. Dadjo sostenía la bolsa en la mano, sin saber muy bien qué hacer con ella. Nathan sonrió y se recostó en su asiento—. General, si no le importa, me gustaría ir al grano.

—Claro, como no —dijo Dadjo.

Nathan ya no sonreía.

—Va a caer un meteorito sobre Togo.

Esta vez Dadjo no fue capaz de fingir que lo había entendido.

—¿Cómo? ¡No entiendo!

—Según la información que recibimos de la NASA ayer por la mañana, un meteorito va a impactar contra Togo dentro de seis días. Y, desgraciadamente, no es de los pequeños. Es lo bastante grande como para destruir unos diez mil kilómetros cuadrados. Así que una quinta parte de Togo va a desaparecer.

Dadjo seguía siendo incapaz de entender lo que estaba oyendo.

—¿Cómo es eso? —dijo—. ¿Cómo que va a desaparecer?

—Lo sé —dijo Nathan—. Es algo difícil de digerir. Por ahora nadie más lo sabe. Quise que usted fuera el primero. Por eso tuve que convocarle con urgencia a través de mi buen amigo Zamir. Ahora, lo que debo pedirle...

—¡Pero nadie me ha dicho nada! —le cortó Dadjo en pleno ataque de pánico—. ¿Cómo es que no lo he sabido? ¿Cómo? —Se giró hacia mí, interrogándome con la mirada—. ¿Por qué? ¿Por qué no se ma ha dicho nada?

—Cálmese, general, por favor —dijo Nathan—. La NASA no le dijo nada porque querían comunicárselo en persona. Mire, mi familia y otras estamos al servicio de Togo. Puede contar con nosotros para evacuar el área en peligro. Podemos movilizar todos nuestros recursos y solucionar el asunto en veinticuatro horas. Por supuesto necesitaremos también su ayuda.

—¡No puedo creerlo! —dijo Dadjo—. ¿Cómo puede pasar algo así?

Nathan, sin embargo, siguió hablando con el mismo tono de tranquilidad.

—El meteorito caerá en la zona central de Togo. Sokodé, ¿no?

Dadjo ni siquiera le escuchaba. Se balanceaba adelante y detrás en su silla, con la cabeza gacha y murmurando para sí.

—¡Kona lo predijo! ¡Dijo que los espíritus malignos acechan a Togo! Parece que... —De pronto se detuvo y miró a Nathan—. ¿Sokodé?

—Sí —dijo Nathan—. Así que la evacuación debe realizarse de inmediato.

De repente todas aquellas emociones que se habían reflejado en el rostro de Dadjo, el pánico, la ansiedad, el miedo... todo desapareció transmutado en una gran sonrisa.

—¡Sokodé! Entonces, ¿caerá en Sokodé? ¿En serio?

Ahora su sonrisa se había convertido ya en carcajada. Nathan y yo nos miramos.

—Por supuesto, entiendo que esto ha sido un shock terrible para usted —dijo el inglés—. Es natural que reaccione así...

—No, no —dijo Dadjo sin parar de reír—. ¡Si no me río del shock! ¡Me río de verdad! ¡La van a palmar! ¡No va a quedar ni uno! ¡No pueden llegar a Lomé! ¡No pueden ni poner un pie en ella! ¡Que se queden por allá y se mueran!

—Sé que tiene desacuerdos con la población musulmana de la zona. general, pero nos hallamos en una situación diferente. Se trata de una cuestión de humanidad.

—¡No, no es una cuestión de humanidad! ¡Es una cuestión sagrada! ¡Es la voluntad de Dios! ¡Esto es obra de Dios!

—Por favor, piense en todos esos niños, mujeres, bebés...

—¿Y qué quiere usted que haga? ¿Acaso puedo oponerme a los designios divinos?

—Creo que debería pensárselo —dijo Nathan—. Esta noche será mi invitado. Ya hablaremos de nuevo por la mañana. Además, sigue llegando información desde la NASA. Nos han dicho que mañana recibiremos nuevos datos. Si se queda aquí nos será más fácil compartir esa información con usted.

Aunque afirmó que no cambiaría de opinión, Dadjo estaba tan contento que aceptó la invitación que le permitiría conocer más datos sobre el asteroide que arrasaría Sokodé y de paso se bebió esa noche una botella de whisky. ¡Incluso comenzó por beber a morro de la botella! Solo estábamos él y yo y un joven que Nathan había dejado para que se ocupara de nosotros. Dadjo se sintió somnoliento. Mucho. Además, se le trababa la lengua y no era capaz de encontrar las palabras para expresarse pero seguía parloteando.

—¡Este tío es idiota! ¡Lo que podría hacer yo si estuviese en su lugar! Este tío es un moñas. ¡Todo el rato dando las gracias, pidiendo disculpas, pidiendo cosas...! Así no se consigue el respeto, ¿entiendes, Zamir? Ese tal Nathan es como una mujercita. Ni siquiera pienso darle el regalo que le he traído. ¡De ninguna manera!

—Tiene toda la razón —dije—. ¡Regalos para qué!

Entonces cogí la botella de whisky que estaba junto a Dadjo, vertí en una copa lo que quedaba y se la tendí. Dadjo me lo agradeció con un gesto y bebió un trago. Y con el vaso aún en los labios se quedó petrificado. Porque en el fondo del vaso de cristal había un retrato sonriente de Nathan que le miraba directamente a los ojos. Dadjo señaló el vaso y dijo:

—¡Qué gran idea! ¡Voy a encargar unos iguales!

—Claro —dije—, debería hacerlo.

Desperté a Dadjo al mediodía del día siguiente, aunque él quería seguir durmiendo.

—¡Lárgate! —me gritaba. Pero me era imposible. Porque todo había cambiado.

—¡General, tiene que levantarse ahora mismo! ¡Ha ocurrido una catástrofe! ¡General, despierte!

—¿Cómo? ¿Qué ha pasado? —dijo sentándose en la cama. Comenzó a presionarse las sienes con ambas manos y dijo—: Me duele mucho la cabeza.

—Tiene que vestirse ahora mismo y salir. Nathan le está esperando.

Dadjo, aun no del todo recuperado, hizo su entrada tambaleante en la sala de la chimenea.

—Siéntese, general, por favor —dijo Nathan.

—Lo suyo hubiera sido desayunar antes —dijo Dadjo, desplomándose en el sillón vacío.

—¡General, por favor, escúcheme con atención! Acabo de hablar con la NASA. Ha habido un error de cálculo. El meteorito caerá sobre ustedes. ¡Caerá sobre Lomé!

Dadjo se recompuso al momento. Incluso se incorporó de un salto.

—¿Qué es eso de que caerá en Lomé? ¡No, caerá en Sokodé! ¡No puede caer en Lomé!

—Lo siento mucho, general, pero creo que es preciso planear la evacuación urgente de la ciudad.

—A lo mejor es un error, ¿verdad, Zamir?

—No, general —dijo Nathan—. No hay ningún error. Definitivamente caerá en su zona. Acabo de hablar con Sheikh Hadid...

—¡Ese hijo de puta! —dijo Dadjo. No pudo contenerse al oír el nombre de su enemigo.

—Le he explicado la situación. Pero me ha dado la misma respuesta que usted. Dice que no aceptará a los suyos en la zona musulmana. Como es lógico, insistí. «Es una cuestión de humanidad», le dije. Pero él replicó: «Es la voluntad de Dios. Yo no pienso interferir». También dijo que si usted se adentraba en su territorio, atacaría. Por lo que he podido saber, Shaikh Hadid cuenta con el apoyo de Boko Haram. Como es obvio, es poco probable que pueda usted mantener una guerra así desde el punto de vista logístico tras la caída de un meteorito en su territorio.

Dadjo era consciente de ello. Tenía que encontrar una solución cuanto antes. Y la encontró:

—Me llevaré mi gente a Ghana! ¡Huiremos todos a allí! ¿Verdad, Zamir? ¡Es lo mejor!

—Aunque está lo de las minas... —dije.

—¿Qué minas?

—Las que puso usted. En la frontera con Ghana... También en la frontera con Benim... ¿No lo recuerda? Aquel conflicto fronterizo de hace ocho años...

—¡Vale, sí, lo recuerdo! —gritó Dadjo.

Y fue entonces cuando comenzó a darse cuenta de que estaba atrapado. Minas a ambos lados y el Océano Atlántico al frente. A excepción de la región de Sokodé controlada por Sheikh Hadid, la tribu Ewe no tenía dónde refugiarse. Dadjo se desplomó en el sillón por segunda vez aquella mañana. Se quedó con la vista puesta en la alfombra y dijo:

—¿Qué voy a hacer? —Después me miró y dijo—: ¿Y si hablas tú con ese cabrón? A ti puede que te escuche.

—Por supuesto que lo haré. Pero no creo que pueda convencer a Sheikh Hadid. A menos que...

—¿A menos qué?

—Tal vez si le ofrecemos algo. Algo que lo pueda convencer. ¿Cuál es el mayor temor de Sheikh Hadid? Ser destruido. Quizá eso no sirva. Podemos ofrecerle un trato. Un tratado que confirme que a partir de ahora la población musulmana de Togo estará a salvo. De esta forma también estaremos asestando un golpe terrible a Boko Haram. Nada les puede hacer más daño que un tratado de paz entre musulmanes y cristianos. Eso les privará de cualquier motivo para actuar en Togo. Además, ¡imagine el recibimiento cuando visite la ONU tras la firma de un tratado así! ¡Se pondrán en pie para ovacionarlo! Y, por supuesto, el mundo entero ayudará a reconstruir Lomé tras la caída del meteorito. Mi consejo es que convierta esta crisis en una oportunidad. Usted es un héroe de guerra. Eso es algo bien sabido en toda África. ¡Ahora puede ser un héroe de la paz!

Dadjo me había escuchado con gran atención.

—Pero todo el mundo sabrá la verdad —dijo.

—¿Cuál?

—Que habría firmado el acuerdo con los musulmanes únicamente para escapar del meteorito...

—Eso tiene fácil solución —dije—. Cambiamos la fecha de la firma del acuerdo. La fechamos seis meses antes. Decimos que se tardó en hacerlo público porque las negociaciones habían sido secretas. Esto es lo que vamos a hacer: primero, Sheikh Hadid hace unas declaraciones para anunciar que se había firmado un acuerdo de paz secreto seis meses antes y para desmentir los rumores que llevaban meses circulando y que hablaban de que usted estaba a punto de atacar la zona musulmana. Usted a su vez hace una declaración que lo confirme. Al día siguiente la NASA anuncia la noticia del meteorito. A continuación, Sheikh Hadid anuncia públicamente ante la comunidad internacional que ofrece refugio al pueblo amigo Ewe en su propio territorio. Incluso he pensado en el nombre del tratado: *La paz del nuevo milenio.* Si acepta, podemos ponerlo todo en marcha ahora mismo, ¿verdad, Nathan?

—¡Por supuesto! Las doce familias apoyamos al pueblo de Togo. No tenga duda de ello, general.

Dadjo permaneció en silencio durante un rato. Después se levantó y salió de la habitación. Nathan y yo nos miramos y, justo cuando me disponía a incorporarme y salir tras él, Dadjo regresó. Llevaba una pequeña bolsa en la mano. Se acercó a Nathan y se la tendió.

—Le doy las gracias en nombre del pueblo de Togo. Por favor, acepte este obsequio.

Nathan se levantó y tomó el regalo con la seriedad que la gravedad del momento requería.

—Gracias, general.

—En realidad, estoy convencido de que ya lo tiene pero... no sabía qué otra cosa podía regalarle a alguien como usted. Es lo más preciado que tengo.

En cuanto oí estas palabras me convencí de que de la bolsa saldría un consolador.

—Por favor, ábralo —dijo Dadjo.

Nathan abrió la bolsa e introdujo la mano en ella. En vez de un consolador, lo que salió de la bolsa fue una caja del tamaño de un estuche de gafas. Nathan dejó la bolsa a un lado y abrió la caja. Primero se esforzó por entender lo que tenía ante sí y por fin preguntó:

—¿Qué es esto?

—Un *bicho de invisibilidad.* Ese es su nombre. Lo llamaron así porque recuerda a los dispositivos de escucha antiguos.[8]

—Es la primera vez que lo veo. Muchas gracias.

La infinita arrogancia de Dadjo debió de hacerse presente porque le había bastado sorprender con su regalo a uno de los gobernantes del mundo para que se le olvidara que un meteorito estaba a punto de caer sobre su palacio. Solo eso explica que comenzase a enumerar los detalles del dispositivo.

—Es una tecnología desarrollada para el ejército chino. Incluso se enfrentaron a los rusos por ella. Porque los rusos habían robado el prototipo.

---

[8] Por el inglés «bugging device» (dispositivo de escucha), siendo que la palabra «bug» se traduce comúnmente por «bicho» o «insecto», aunque la razón de su uso para este tipo de dispositivos no tiene nada que ver con esa acepción de la palabra inglesa.

Ahora me tocaba a mí sorprenderme. Así que ese había sido el motivo de aquella misteriosa guerra que había durado tan solo nueve días.

—Pero, de alguna manera, acabaron entendiéndose. Ahora rusos y chinos colaboran para seguir desarrollando este dispositivo.

—Entonces, ¿cómo llegó a sus manos? —preguntó Nathan.

—Nos lo dio el Gobierno chino. Si ocurriera algún contratiempo...

—Como una guerra, por ejemplo —dije.

—Sí, en ese caso podría hacerme invisible y permanecer a salvo. Ya sabes, las relaciones entre Togo y China siempre han sido muy buenas.

De hecho, eso lo había propiciado el propio Dadjo al vender casi todo Togo a China. Todos los recursos naturales, por encima o por debajo de la superficie, estaban bajo control chino. Eso hacía comprensible que China quisiese proteger a toda costa a un truhán como Dadjo mediante la tecnología más avanzada. A fin de cuentas, tan solo veinticuatro horas antes se mostraba dispuesto a iniciar una guerra. Aunque ahora creyese que ya no lo necesitaría, que Dadjo le ofreciese un *bicho de invisibilidad* a Nathan era un acto de enorme vanidad. También pudiera ser que, de repente, comenzase a respetar a Nathan una vez que el lugar de impacto del meteorito había cambiado.

—Muchas gracias —dijo Nathan—. La verdad es que es un regalo excepcional. ¿Cómo se usa?

—Déjeme que se lo muestre —dijo Dadjo, y sacó de la caja un pequeño disco negro del tamaño de una pila de reloj—. Esto se lo pega a aquello que quiera hacer desaparecer. —Y entonces sacó de la caja un pequeño control remoto con dos botones—. Este botón es para encender el dispositivo, y este para ajustar el tamaño del área que quieres hacer invisible. Entonces, pongamos por caso que quieres hacer desaparecer un apartamento...

—¿Un apartamento?

—Sí —dijo Dadjo—. ¡Un apartamento entero de tres plantas despareció ante mis ojos! ¿Se lo imagina? ¡Puede funcionar con algo así de grande! Porque funciona como una especie de ilusión óptica. O algo así. Cuando miras algo ya no ves los átomos que lo componen, si no el espacio entre ellos. Sea como fuere, también tenemos esto. —Y sacó de la caja una lente que venía en un estuche transparente—. ¡Esto es lo más genial! Porque esta lente te permite ver lo que se ha convertido en invisible. ¡Pero solo tú puedes verlo!

—Realmente extraordinario —dijo Nathan—. ¿Y funciona? ¿Lo ha probado?

—Sí —dijo Dadjo—. Funciona. Pero para que pueda usarlo tengo que informar a los chinos de que ahora lo tiene usted, porque en cuanto lo encienda lo detectarán desde un satélite. Y pueden apagarlo a distancia en tan solo diez segundos si se trata de un uso no aprobado.

—No es necesario —dijo Nathan—. No hace falta que informe a nadie. No creo que lo use.

A Dadjo no le gustó nada oír esto.

—¿Por qué?

—Puede haber efectos secundarios. Todavía no sabemos qué tipo de daños podría causar a la salud humana, ¿no es cierto? De todas formas, muchas gracias, general. Lo guardaré como un recuerdo suyo.

Las palabras de Nathan fueron como una puñalada para Dadjo. El producto de la tecnología más avanzada del mundo reducido a la categoría de *souvenir*. Pero ya no era posible recuperarlo. De repente se giró hacia mí y dijo:

—Nos vamos. Finiquetemos lo del tratado cuanto antes.

—Claro —dije—. ¡Ahora mismo!

Dadjo salió de la habitación mientras Nathan y yo nos quedamos e intercambiamos una mirada. Estaba claro que Nathan quería quedarse con el *bicho de invisibilidad* pero la mirada que le lancé fue tan elocuente que me entregó la caja al momento. Se rio mientras metía la caja en el bolsillo interior de mi maleta, imaginando que yo también me reía. El plan, que se me había ocurrido observando una lluvia de meteoritos desde una terraza en Luxemburgo, parecía haber funcionado. Estaba claro que había tenido mucha suerte al contar con Nathan, un embaucador nato que cuando no estaba dirigiendo el mundo lo estaba engañando. Y lo conseguía simplemente afirmando que dirigía el mundo. A fin de cuentas, todos querían conocer a la persona que dirigía el mundo por la sencilla razón de que querían creer que tal persona existía.

Así era como millones de personas, generación tras generación, ladrillo a ladrillo, habían llegado a construir el infierno en la tierra. Quizá por eso también alguien como Dadjo podía dormir como un niño, roncando plácidamente mientras imaginaba a esas doce familias que gobernaban y a quien podía culpar de todos los males. La canción de cuna de aquellos que no creían en lo que veían, porque todo era invisible. Y es que, al final, era inevitable que aquellos tan dispuestos a creer en las teorías conspirativas acabasen ellos mismos siendo víctimas de una conspiración. Porque nadie era más fácil de engañar. Como creían que nada era lo que parecía, acaban por creer en cualquier cosa menos en lo que parecía. De hecho, esta paranoia de masas comenzó en el mundo moderno gracias a guerras basadas en mentiras. A fin de cuentas, eso que llamamos guerra solo puede ocurrir cuando la ciudadanía acepta sacrificar su vida al concordar con las razones aportadas por el Estado. Enviar a los individuos a la guerra era el supremo ejercicio de autoridad que este podía realizar, algo que solo podía suceder cuando el individuo le otorgaba la máxima confianza. Pero, con el paso del tiempo, el individuo se había sentido engañado ya tantas veces que había perdido la confianza; si el Estado era capaz de engañar en un asunto de vida o muerte, podía hacerlo sobre cualquier cosa. Confrontado por esta posibilidad, el individuo se debatía por descifrar qué era real y acababa creyendo que nada lo era. Al verse traicionado por el Estado precisamente en aquello en lo que más confiaba, terminaba por enloquecer y el veneno de esa locura se había extendido por todas partes, envenenando también a alguien como Dadjo.

El resultado es que nos acabamos encontrando con gente que ya no creía que la Tierra fuese redonda, porque alguien había decidido invadir Irak bajo el pretexto falso de la existencia de armas de destrucción masiva y con ello había causado la muerte de un millón de personas. Y no se equivocaban, porque un mundo en el que se podía masacrar a tantas personas con tan solo una mentira tenía que ser necesariamente un círculo plano y sangriento. ¡Como un anfiteatro! Y por eso el ser humano llevaba desde sus mismos orígenes matando a otros seres humanos con una brutalidad que no tenía más espectador que las estrellas y que nunca terminaría.

LAS TIJERAS Y EL PELO

El interior de aquel local del barrio de Esenyurt de Estambul, con el rótulo sobre la puerta que decía Salón de Belleza Nisa, era invisible desde la calle, porque la cristalera estaba cubierta de fotografías que anunciaban arreglos de uñas y cortes de cabello. Era un local amplio, con un almacén en el sótano. Muy adecuado para un salón de belleza, solo que no lo era. Era una clínica ilegal dirigida por una pareja siria y que atendía principalmente a mujeres sirias. No era coincidencia que se ubicase en Esenyurt, porque ese era el barrio de la ciudad con la mayor concentración de población siria. Los matrimonios precoces entre inmigrantes sirios, por cierto, eran bastante comunes. Pero el hecho de que una chica menor de edad acudiese a un hospital para dar a luz podía tener repercusiones legales en Turquía. Una de ellas era el encarcelamiento del futuro padre. Como solución a esto se abrieron clínicas ilegales como el Salón de Belleza Nisa.

En ellas se practicaban abortos a quienes quedaban embarazadas a consecuencia de una violación y no querían que transcendiese. La mayoría de ellas estaban atendidas por matronas que no tenían más formación que su experiencia, y el resto por ginecólogos a los que se les había retirado la licencia. A diferencia de sus homólogos, en el Salón de Belleza Nisa también se practicaban himenoplastias. Vamos, que reconstruían el himen de las chicas. De hecho, esta clínica tenía más clientas para himenoplastias que por partos ilegales. Por eso era que siempre había una mujer plantada en la acera de enfrente, vigilando las entradas y salidas de las chicas de la mañana a la noche. Trataba de dilucidar cuáles de ellas habían entrado para informarse sobre la himenoplastia y salían sin hacérsela debido al precio. Cuando lo descubría, seguía a esas chicas que caminaban con la cabeza gacha y, a la menor oportunidad, las abordaba y les susurraba algo al oído. Intentaba venderles himen artificial fabricado en China, que era mucho más barato que una himenoplastia.

En resumen, el Salón de Belleza Nisa era un negocio que ganaba dinero gracias a unas costumbres y tradiciones que hacían del mundo una cárcel para mujeres. En otras palabras, su volumen de negocio diario se debía a una moral basada en la sexualidad femenina. Y Zamir, el niño de seis años que entró aquella tarde en brazos de un hombre llamado Hamza, no sabía nada de estas cosas.

O mejor dicho, aún no.

Hamza era pariente de la pareja siria que regentaba el negocio. Su casa en Hama había resultado destruida por los bombardeos y su bebé de siete meses había quedado sepultado bajo los escombros. Todo había sido exactamente como en la mentira que Jenna había obligado a contar a Jacinta a contar: Hamza había conseguido rescatar a su bebé de los escombros y lo había llevado a la clínica que la fundación ALL FOR ALL tenía en el centro de la ciudad. Allí había recibido los primeros auxilios pero le dijeron que habría que llevar al niño a Estambul para su tratamiento. Sin embargo, Hamza no podía dejar Hama porque todavía tenía a su mujer y a otros hijos bajo los escombros. Tenía que encontrarlos antes de ir a cualquier sitio.

—No te preocupes —le dijeron—. Enviaremos a tu hijo a Estambul para que lo traten allí y cuando mejore te lo traeremos de vuelta.

Entonces le pusieron delante una serie de documentos, pero Hamza les dijo que no sabía leer. Así que bastó con que pusiera su huella aquí y allá. Después besó a su bebé y regresó a la ruina que era ahora su hogar. Pero habían pasado ya tres meses desde aquel día y aun no le había traído a su hijo de vuelta. Llevaba semanas yendo y viniendo a la clínica de la fundación ALL FOR ALL y en cada ocasión le habían dado una respuesta diferente. En unas ocasiones le decían que no constaba ningún registro del bebé y en otras le habían prometido que lo traerían de vuelta la semana siguiente. Hamza estaba ya a punto de volverse loco. No solo por no poder recuperar a su bebé, sino también porque había sacado con sus propias manos los cuerpos de su mujer y sus otros dos hijos de debajo de los escombros.

Un día en que se encontraba frente al mostrador de información de la clínica en busca de información sobre su hijo, sus ojos se posaron en el televisor de la pared. En la pantalla se proyectaba un vídeo promocional de ALL FOR ALL. Zamir era quien hacía el papel de narrador y hablaba sobre la oficina de la fundación en Estambul, al tiempo que se mostraban las familias que habían entregado a sus hijos a los empleados de la fundación ALL FOR ALL y los recuperaban con salud. En las imágenes todos sonreían excepto Zamir. ¡Como si se estuviesen burlando de Hamza! Cuando vio aquel vídeo se decidió a ir a Estambul. Encontraría la manera de llegar allí y, si era necesario, tiraría abajo las oficinas centrales de la fundación con tal de encontrar a su hijo. Años después esto fue lo que dijo al respecto:

> «Incluso tuve que robar. ¡Por primera vez en mi vida! Robé una furgoneta y la vendí. ¡Con el dinero que saqué me eché a los caminos y conseguí llegar a Estambul!»

La primera parada de Hamza fue el Salón de Belleza Nisa. Un familiar de la pareja propietaria le ayudó a encontrar las oficinas de la fundación en Levent y allí entró. Pasó a la carrera por delante de la secretaria y abrió la puerta de Jacinta. Primero dijo su nombre y después gritó:

—¿Dónde está mi hijo?

Jacinta trató de calmar a Hamza. Primero se sentó frente a él y le habló durante unos momentos y rebuscó entre los documentos que había sacado del archivador. Pronto encontró lo que buscaba. Según los documentos que tenía delante, el bebé de Hamza había sido dado de alta del hospital tres semanas después de su llegada a Estambul y lo habían subido a un avión en Hatay para llevarlo de vuelta a Siria con una acompañante. Al parecer había sido entregado a su padre en el paso fronterizo de Cilvegözü. Jacinta señaló la huella dactilar al pie del documento.

—Sí —dijo Hamza—. ¡Ese dedo es mío! ¡Pero nadie me entregó a mi hijo! ¿Dónde está quien lo acompañó? ¡Pregúntele! ¿A quién le entregó mi hijo?

Aunque el traductor que hacía las veces de intérprete le pidió que hablase más despacio, Hamza no fue capaz de detenerse. Mientras seguía hablando, Jacinta llamó a la acompañante. La joven se echó a llorar y juró que le había entregado el bebé a su padre. Jacinta le pidió que describiera al hombre que había acudido a la entrega. La descripción que pudo dar la acompañante no concordaba con Hamza. Jacinta colgó y se quedó petrificada.

No sabía qué decirle al furioso Hamza. Aun así, consiguió murmurar algo:

—Se lo prometo... haré todo lo que esté a mi alcance para encontrar a su hijo.

La realidad es que no tenía ni idea de qué hacer. Después de conseguir que Hamza saliera del despacho, llamó a Jenna y le explicó la situación sin ocultar su desesperación. A diferencia de Jacinta, Jenna estaba tranquila. Incluso demasiado...

—No hay nada que hacer. Si quiere puede ir al juzgado. De todas formas, tenemos los documentos que prueban que el bebé le fue entregado. No te preocupes, estas cosas pasan.

Dos semanas después de esta llamada, Hamza secuestró a Zamir. Y allí estaban los dos, sentados sobre un arcón en el almacén del Salón de Belleza Nisa, contemplando cómo se desangraba sobre una camilla una chica de catorce años. Para ser más exactos, estaban contemplando a la pareja corretear alrededor de la camilla en pánico. Mientras corrían tropezaron con una bolsa que había tirada en el suelo. Era una manga pastelera y dentro había un recién nacido muerto.

Llamaron una y otra vez al ginecólogo que cobraba por aquel caso y con quien llevaban años trabajando, pero no contestaba. Tenía el teléfono apagado porque había sido detenido en una redada policial en la otra punta de la ciudad mientras practicaba un aborto en otra clínica ilegal. El rostro de la chica de la camilla palidecía por momentos. El hombre y la mujer se gritaban mientras sustituían entre las delgadas piernas de la muchacha las toallas empapadas de sangre por otras limpias. Hamza fumaba un cigarrillo tras otro y Zamir miraba horrorizado.

—¡Hay que llamar a una ambulancia! —dijo el hombre.

—¡No! —dijo la mujer—. ¡Eso sería la ruina! ¡Acabaríamos en la cárcel!

—¡Pero se va a morir! ¿Qué vamos a hacer?

—¡Lo hubieras pensado mejor antes de abrirle la puerta! ¿Por qué la dejaste pasar? ¡Debería haber dado a luz en otro lugar!

—¿Cómo iba a saber lo que pasaría? —dijo el hombre.

Mientras la pareja gritaba, Zamir se orinó encima. Nadie se dio cuenta. Y fue entonces cuando la chica murió. Se hizo el silencio.

Uno que pareció interminable. Solo se oían las gotas de orina que caían de los pantalones de Zamir. Pero eso tampoco lo oyó nadie a excepción de él mismo.

El hombre la cubrió con una sábana. Luego se volvió hacia Zamir y Hamza y dijo:

—Levantaos.

Se levantaron y solo entonces se vio la mancha de humedad en la tapa del arcón.

—¿Qué mierda es eso? —preguntó la mujer.

—Se me escapó —dijo Zamir.

Estaba a punto de echarse sobre el niño cuando el hombre la detuvo. La mujer se giró hacia Hamza y dijo:

—¡Vamos! ¡Rápido! ¡Vacía el arcón!

—¿Por qué?

—¿Cómo que por qué? Vamos a meter ahí a la chica. ¡Vamos!

—¿Y después qué?

—¡Nos la llevamos a algún sitio!

—¡De eso nada!

—La buscarán durante un par de días y después dirán que se ha fugado. Lo dejarán correr. ¿Sabes cuántas chicas desaparecen por aquí cada día? ¿Qué quieres que hagamos? ¿Quieres que se la entreguemos a su familia? ¿Y después que nos metan en la cárcel? ¿Es eso lo que quieres? ¡Y no me mires con esa cara de tonto! ¡Vamos, vacíalo!

¿Le quedaba otra opción a Hamza? Quizás. Pero escogió hacer caso a la mujer. Porque recordó la contestación que le habían dado en la clínica la primera vez que preguntó por su hijo.

—¡A lo mejor se ha muerto!

Hamza casi pierde la cabeza.

—¡Muerto! ¡Mi hijo perdido! —dijo llorando. Entonces pensó en la familia de la chica. Se dijo que era mejor que no supieran que había muerto. Era preferible que creyesen que se había fugado y había desaparecido. Porque él mismo se encontraba atravesando esa fase, la de mantener aún la esperanza de encontrar a su hijo perdido. Era mejor un hijo perdido que uno muerto...

Años después cambió de opinión y diría:

—¡Que me dejen por lo menos encontrar su cuerpo! —Y se diría que un hijo muerto era preferible a un hijo perdido. De lo que se deduce que si el hijo de Hamza llevase treinta años desaparecido en lugar de tres meses no se le hubiese ocurrido volcar aquel arcón para vaciarlo.

—¡Para! —gritó el hombre—. ¡Hay botellas de suero dentro! ¡Que no se rompan! ¡Sácalas una a una!

Hamza levantó la tapa del arcón y comenzó a sacar las botellas. La mujer apareció con una caja vacía y miró a Zamir.

—¡Ven aquí, haz algo!

Zamir obedeció y se acercó a la mujer, que estaba de rodillas. Cogían las botellas que iba sacando Hamza y las iban metiendo en la caja. Todos guardaban silencio. A fin de cuentas, no había ninguna necesidad ya de gritar. En un momento dado, la mujer se quedó mirando a Zamir a los ojos y le susurró:

—¡Pobre desgraciado! ¡La chica se ha muerto por tu culpa! ¡Se ha muerto por esa cara de demonio que tienes!

Zamir no dijo nada. Alargó el brazo para coger una de las botellas pero no fue capaz de ponerla en la caja porque le temblaba demasiado la mano. La botella de suero se le escurrió de la mano. No oyó cómo se rompía porque le zumbaban los oídos. Esa fue la primera ocasión en su vida en que Zamir lamentó estar vivo.

Alguien comenzó a aporrear la puerta en el piso de arriba en el mismo instante en que la botella se hacía añicos contra el suelo.

—¡Abran! ¡Policía! —se oyó gritar.

El ginecólogo detenido le había dado a la Policía las direcciones de todas las clínicas ilegales en las que trabajaba, porque estaba harto de aquel trabajo en el que se había metido únicamente debido a su ludopatía. Años después así se expresó sobre el asunto:

> «A ver... me dieron una buena paliza en la comisaría. ¡Eso también influyó, claro!»

Cuando el ginecólogo se enteró de que gracias a su acción habían podido rescatar a un niño que estaba secuestrado, lo interpretó como una señal divina y dio un vuelco total a su vida... durante dos meses. Después volvió a las andadas en las apuestas y de nuevo volvió a perder dinero. Pero todas las clínicas ilegales habían sido clausuradas, así que no pudo encontrar dónde trabajar. Hasta que una mujer que vendía himen artificial en la calle, en la acera enfrente del Salón de Belleza Isa, abrió su propia clínica. Otra mujer, a su vez, comenzó a pararse ante su clínica. Vendía esas membranas artificiales hechas en China.

Zamir tuvo mucha suerte. Todo el mundo coincidió en esto. Bastante suerte para ser un niño sin rostro, claro. A fin de cuentas, consiguió salvarse el mismo día en que lo habían secuestrado. La última vez que vio a Hamza, la Policía se lo llevaba de un brazo y él no dejaba de hablarles de su hijo desparecido, pero nadie le escuchaba

Cuando Jacinta vio a Zamir en la comisaría corrió a abrazarlo. Lloraba y hablaba a un tiempo:

—¡Se ha acabado, todo se ha acabado! ¡Estoy contigo!

—Ha sido todo por mi culpa —dijo Zamir.

—No, tú no tienes la culpa de nada. ¡No eres culpable de nada!

Zamir se refería a la muerte de la chica en la clínica, pero Jacinta no lo sabía. Nunca lo supo.

La desaparición de Zamir, aunque no había durado ni un día, había afectado muchísimo a Jacinta. También había otro asunto sobre el que no podía dejar de pensar: el bebé de Hamza. Después de acostar a Zamir, al final de aquella jornada, abrió una botella de vino mientras contemplaba las luces de Büyükada. Se prometió a sí misma que encontraría a ese bebé. Al día siguiente llamó a El-Aman. Les pidió a sus antiguos colaboradores en el campo que buscasen a más niños desaparecidos. Pero les pidió que no informasen a las oficinas centrales de Nueva York.

Unos días después le informaron de que había más niños desparecidos además del de Hamza. La razón por la que no había trascendido era porque las familias se habían separado por culpa de la guerra. El número de bebés desaparecidos era nueve. Pero eso no era lo más interesante: el número de niños que habían recibido tratamiento y habían sido devueltos a sus familias en aquellos seis años ascendía a cerca de mil. Eso hacía aún más extraña la desaparición de aquellos nueve.

Jacinta se volvió a reunir con la acompañante que había entregado los bebés a sus familias en el paso fronterizo de Cilvegöz. Según refirió la mujer, la documentación de las personas que habían recogido a los bebés ahora desparecidos era correcta. De acuerdo con sus papeles, aquellos parecían ser los padres de los bebés. Jacinta había alcanzado un punto muerto. Entonces llamó a Barcelona. Se reunió con amigos periodistas de su etapa como abogada. Pero no funcionó. Nadie quería ponerse a hacer acusaciones a una fundación de renombre como ALL FOR ALL sin pruebas suficientes y después tener que enfrentarse a demandas de compensación. Además, ¡a estos bebés no los buscaban ni sus propias familias! Solo Hamza había buscado a su hijo y, como resultado, había terminado en la cárcel. Años más tarde, así se expresó Jacinta sobre el asunto:

«Después pensé en Zamir. Todo el mundo lo conocía. Podría usarlo a él. Y así lo hice.»

Primero, Jacinta hizo que Zamir memorizara unas cuantas frases. Cuando creyó que ya estaba listo, llamó a un canal internacional de noticias que llevaba tiempo queriendo entrevistar a Zamir. La única condición que puso Jacinta fue que el programa se emitiese en directo. Llegó a un acuerdo con el canal y Zamir apareció en pantalla. Antes de que el periodista tuviese tiempo de hacer alguna pregunta, Zamir comenzó a hablar:

—Quiero hacer un anuncio muy importante. Nueve bebés sirios que fueron entregados por sus familias a la fundación ALL FOR ALL para su tratamiento han desaparecido. Si tiene alguna información sobre estos bebés, comuníquese con las oficinas de esta fundación en Estambul.

Tan pronto como terminó el programa sonó el teléfono de Jacinta. Obviamente era Jenna.

—Mañana Zamir volverá al mismo programa y dirá que todo ha sido un malentendido. Explicará que esos bebés no están desaparecidos y que fueron entregados a sus familias. ¿Entendido, Jacinta? ¡Si mañana Zamir no está en ese programa considérate despedida! ¡No pienses que te vas a salir con la tuya! ¡Te van a llover tantas demandas que no vas a saber ni de dónde te vienen!

A Jenna le temblaba la voz de pura ira. Jacinta, por el contrario, estaba muy tranquila. Mucho.

—Zamir está conmigo ahora mismo. He encendido el altavoz, así que ha podido oírte perfectamente... Mira, Jenna, Zamir y yo hemos hecho un trato. No volverá a hablar mientras no aparezcan esos bebés. Eso de que hable mañana no va a ocurrir. Pero, por supuesto, puedes despedirme cuando quieras. No puedo impedírtelo. Pero si me voy, perderás también a Zamir. Procura no olvidarlo, ¿vale?

La voz de Jenna ya no temblaba. Años después, esto es lo que dijo sobre el asunto:

> «Me di cuenta de lo estúpida que era Jacinta en cuanto la conocí. ¡Si es que era como una caricatura! Es el tipo de persona que siempre parece estar pensando solo en los demás cuando en realidad es todo arrogancia. Actúan en todo momento como si se hubiesen embarcado en una misión sagrada. ¡Siempre les anima un propósito elevado! En realidad, por eso es tan fácil manejar a esta gente. ¡Basta con que sientan que la salvación del mundo está en sus manos! ¡Entonces no hay nada que no puedan hacer! Francamente, esa es la razón por la que insistí en que fuese ella quien dirigiese la oficina de Estambul. Todo fue bien durante seis años. Pero, claro, eso no era suficiente para Jacinta. ¡No le bastaba con salvar a la Humanidad, además tenía que salvar a aquellos bebés! Pero había tantas cosas que no sabía. O, para ser más exactos, que no veía. En fin, como ya dije antes, ni siquiera me escuchó cuando la llamé por teléfono. Incluso se permitió amenazarme. Amenazarme con Zamir. Porque lo tenía a su merced. Eso había sido culpa mía, en realidad. Haber dejado a Zamir con ella. Habían acabado demasiado unidos.»

En efecto, sin Jacinta no había Zamir. Jenna ya no pudo contenerse por más tiempo y le soltó toda la verdad sin contemplaciones al final de aquella conversación:

—¡Eso bebés se encontraban bien y perfectamente sanos! Ahora están todos en Suiza, ¿vale? ¿Contenta? ¡Pues ahora ya lo sabes!

—¡Haré que los traigan aquí de inmediato! —exclamó Jacinta—. ¡Mañana mismo estarán todos en Estambul!

—¿Y entonces qué? ¿Los llevarás a Siria? ¿Los vas a llevar a esa ruina y dejarlos allí? ¡Ni siquiera hay rastro de sus familias! A lo mejor encuentras a una tía paterna que tiene ya diez hijos y se los entregas. O a una tía materna que todavía es una niña... ¡O una abuela que ni siquiera es capaz de cuidarse a sí misma! Hola, aquí tiene. Este bebé es pariente suyo. ¿Y después qué? ¿Cómo crees que van a vivir en esa miseria? ¿Alguna vez has pensado en eso? Ahora mismo te mando unas fotos de los lugares donde están viviendo. Échales un buen vistazo...

Y esas fotos empezaron a llegar al teléfono de Jacinta una por una. En cada una de ellas aparecía una pareja sonriendo a la cámara con un bebé en brazos. Algunas de las fotos habían sido tomadas en habitaciones infantiles decoradas hasta el más mínimo detalle, otras en exuberantes jardines de viviendas unifamiliares con piscina y columpios e incluso algunas en los pasillos algo extravagantes de aquellas casas. Mientras Jacinta y Zamir miraban las fotos regresó la voz de Jenna:

—¡Tienen de todo! Y lo más importante, ¡tienen futuro! Además, son muy queridos. ¿Vas a robarles ahora esa vida? ¿De verdad es eso lo que quieres? Jacinta, lo sabes muy bien. Si esos bebés regresan a Siria... ¡no quiero ni pensarlo! Por no mencionar que yo misma escogí a esos bebés. ¿Te enteras? ¡Los elegí gracias a las fotos de tus archivos! ¡Se me hizo insoportable contemplar sus cicatrices! ¡Tanto que casi pierdo el sentido! ¡Hice cosas que no había hecho en mi vida! Cometí delitos para salvar a esos niños, ¿lo entiendes? ¡Incluso me arriesgué a ir a la cárcel! ¡Falsifiqué documentos! ¡Contraté a hombres para que recogieran los bebés en la frontera! ¡Y solo me arrepiento de una cosa: ojalá hubiese podido salvar a novecientos bebés en vez de a nueve! ¡Ojalá nunca hubiésemos llevado de vuelta a Siria a esos mil niños! ¡Ojalá hubiese podido salvarlos a todos! ¡Ojalá...!

Jacinta no dejó de llorar y mirar las fotos durante todo el tiempo que duró el discurso de Jenna. Zamir tomó su mano y se miraron. Jacinta quiso colgar pero le temblaban demasiado las manos. Zamir tocó la pantalla y la voz de Jenna se apagó. Y así fue como permitieron que aquellos nueve bebés se quedaran en uno de los países más ricos del mundo. Jacinta no pudo evitar acordarse de Hamza. Por su parte, Zamir, en la chica que había muerto en la clínica. Y en el bebé en la bolsa... pero en esta ocasión no era el único que se sentía culpable. Por ser incapaz de cumplir su palabra. Por haber olvidado cómo funcionaba el mundo cuando se hizo aquella promesa...

La noche siguiente, Zamir volvió a aparecer en el mismo canal de televisión a la misma hora.

—Ha habido un malentendido —comenzó diciendo, como Jacinta le había hecho memorizar. Esa fue la primera mentira consciente y planificada que contó en su corta vida de tan solo seis años. Había tenido suerte. Se puso colorado pero casi no se notó. Años después, Jacinta se refirió así a este asunto:

> «¡Acabó resultando que la asquerosa de Jenna había aceptado dinero de aquellas familias! Claro que de eso no nos enteramos hasta mucho más tarde. Aun así, supongo que no le faltaba parte de razón. O no, no lo sé... ¿qué hubiese sido lo más correcto? ¿Sacar a aquellos niños de Suiza y llevarlos de vuelta a Siria? Dime tú, si hubieses estado en mi lugar, ¿qué habrías hecho?»

Jacinta les había hecho la misma pregunta a distintas personas en diferentes momentos, con la esperanza de que las respuestas que escuchase ayudarían a aliviar su conciencia, pero no había sido así. El impacto emocional había sido tan grande que algo dentro de ella se había quebrado dañando aquel idealismo que había sido su columna vertebral. A partir de entonces comenzó a apoyarse en dos muletas para seguir adelante: aceptación y adaptación. Después de un tiempo soltó esos bastones y abrazó la indiferencia, de cuya mano caminó hacia su nueva vida. Ahora era otra mujer. Tenía que serlo, porque la antigua Jacinta no hubiera sido capaz de chantajear a nadie. Ni siquiera se le hubiese ocurrido amenazar a nadie. Pero no dudó en ir a por Jenna. Ni siquiera se le hizo difícil decir que revelaría todo a la prensa si no la relevaban de su puesto en Estambul y le ofrecían otro destino. Tanto había cambiado Jacinta que ni siquiera quería ya volver a El-Aman. Lo único que quería era marcharse. Y bien lejos. Por supuesto, Jenna aceptó al momento el chantaje de Jacinta porque, en el mundo de los criminales, la amenaza es una mera forma de comunicación. Incluso se sintió próxima a Jacinta por primera vez. Porque aquella mujer que hasta ese día había sido un modelo de principios había quebrantado las reglas para su propio beneficio, lo que le decía que podrían volver a ser cómplices en futuros delitos. Al menos así lo creía Jenna y por ello quiso tener a Jacinta cerca.

Unas semanas más tarde, Jacinta cedió sin dilación su oficina estambulí a otra persona y se plantó en Nueva York con Zamir de la mano. Ahora vivirían en Mahattan y verían a Jenna mucho más a menudo. Primera se mudaron a un piso de dos habitaciones que les había alquilado la fundación en Chelsea. Después se procedió a una gran campaña de recaudación de fondos que incluía el anuncio de que el Principito llamado Zamir había llegado a la ciudad. A partir de ese día simplemente retomaron el espectáculo donde lo habían dejado, así que poco cambiaron las cosas para Zamir. Como de costumbre, se trataba de mostrar su rostro inexistente con el objetivo de obtener donaciones, mintiendo si era necesario. Cada vez le molestaba menos, hasta que llegó un día en que ya no sentía nada cada vez que contaba una mentira. Tanto era así que llegó a ser capaz de mantener sus constantes fisiológicas inalterables ya contase una mentira o dijese la verdad.

A la edad de ocho años ya hubiera sido capaz de derrotar a un detector de mentiras. Los embustes que contaba con frecuencia tenían que ver con supuestas conversaciones que había mantenido con niños destrozados por la guerra. Pero nunca había hablado con nadie. Pronto aprendió que esos niños no existían, lo que no le impedía presentarse en los salones de baile de los hoteles de Manhattan y ponerse a recitar sin remilgos ante un millar de personas las conversaciones imaginarias que había memorizado. Estos relatos los redactaba Jenna y tenían como objetivo matar de tristeza a quienes los escuchasen. Y quienes los escuchaban se ponían a rellenar cheques para evitar esa muerte.

A los nueve años Zamir ya era un actor consumado y comenzó a salirse del guion e improvisar. Jenna se había mostrado en principio en contra pero, al ver la soltura de Zamir, decidió dejarle hacer. Y fueron surgiendo relatos como el siguiente:

«Kadir tiene siete años. Ayer mismo hablamos por teléfono. Una bomba explotó en su casa de Alepo mientras jugaba con su madre. Ella murió. Kadir se encuentra ahora en un hospital de Estambul. Tiene una herida enorme en la cabeza. Los médicos extrajeron dos largos mechones de cabello de esa herida. Después los médicos le preguntaron a Kadir cómo era el pelo de su madre. Se lo dijo y ellos entendieron que se trataba de cabello de su madre. Kadir los oyó comentarlo y les pidió que por favor no los tirasen. Que se los diesen. Ahora Kadir está pendiente de otra operación muy costosa.

Se trata de que recupere la vista, porque sus ojos también resultaron afectados. ¿Saben lo que me dijo? Quiero ver el pelo de mi madre. Es todo lo que quiero. Nunca se separa de esos dos mechones de cabello. Así que le dije que no se preocupase, que aquí hay tanta gente buena que volvería a ver el pelo de su madre.»

Como se desprende de esta historia que él mismo se había inventado, hacer llorar a la gente se había convertido en un juego para Zamir. Cuanto más dolorosa era la historia que contaba, más se divertía. Algunas personas llegaban a llorar delante de él, pero eso no le importaba lo más mínimo. Incluso se sentía orgulloso si veía lágrimas en los ojos de la gente al final de una de sus historias. Zamir creció en esos salones convirtiéndose en un pedigüeño extraordinario.

¡Extraordinario porque ni siquiera pedía para sí mismo!

Hay que reconocer que se encontraba en el lugar perfecto para actuar como pedigüeño. Nueva York, la ciudad en la que aquellos que siempre evitaban pagar impuestos lavaban su conciencia haciendo donaciones... donde los que se oponen a la existencia de un sistema de seguridad social con el argumento de que «¡mis impuestos no van a financiar el tratamiento contra el cáncer de los fumadores!» competían entre sí por ofrecer la mayor donación durante las veladas organizadas por las asociaciones de lucha contra el cáncer. Además, se podían encontrar organizaciones para todos los gustos, porque hablamos de donantes que sabían muy bien discriminar a la hora de hacer donaciones de acuerdo a su propia cosmovisión.

Todos, desde los más liberales hasta los más conservadores, podían encontrar la fundación o asociación adecuada a la que hacer donaciones que les ayudarían a final de año a deducir impuestos.

La ciudad en la que la Coca-Cola se vendía en decenas de sabores diferentes también era rica en sociedades benéficas, al gusto de la sociedad de consumo. Por ejemplo, los liberales donaban a organizaciones relacionadas con el aborto, mientras que los conservadores financiaban programas educativos destinados a convertir a los homosexuales en heterosexuales. Por otra parte, el número de entidades benéficas de una ciudad también sirve para medir el nivel de explotación. En consecuencia, Nueva York, la capital del capitalismo, también era el gran centro del sector de la caridad. Al fin y al cabo, este es un sector que solo puede prosperar allí donde no hay una justa distribución de la riqueza. Las áreas geográficas en las que los individuos no se encuentran bajo la protección de un Estado social son las ideales para este trabajo. Porque son lugares donde el Estado se ha batido en retirada dejando a los pobres a merced de los ricos. Nueva York era el mejor ejemplo de todo esto.

La filantropía de los ricachones de Mahattan tenía mucho que ver con el sentido de la filantropía de la mafia. Eran conscientes de que su fabulosa riqueza tenía que estar asociada por fuerza a algún delito y por ello se esforzaban por olvidarlo e incluso por hacer que todo el mundo lo olvidase en general. El mal necesita justificación para ser sostenible. Es por ello que, más adelante, Zamir se referiría a las buenas acciones de otras personas como bondad negra o bondad sucia. Porque, al igual que el llamado dinero negro, la fuente de estas bondades era también el crimen. No se diferenciaban en realidad de los hospitales o escuelas construidos por cárteles de la cocaína con el objetivo de blanquear su imagen a ojos de la sociedad. A fin de cuentas, la cultura del Robin Hood también era un producto de la sociedad anglosajona. Aunque, si el legendario arquero estuviese vivo hoy en día, ¡con toda probabilidad saquearía Inglaterra y entregaría el botín a sus antiguas colonias!

En resumidas cuentas, las organizaciones benéficas funcionaban como un amortiguador entre ricos y pobres. Los primeros podían ayudar a los segundos sin necesidad de verse con ellos y así volver a sus casas con la ropa impoluta. Por supuesto, que esto ocurriese en Estados Unidos era del todo normal, ya que la caridad era una de las herramientas de la política exterior del país. Por ejemplo, Estados Unidos imponía un embargo económico sobre Venezuela y, como consecuencia, el país perdía 20.000 millones de dólares al año y el hambre asolaba el país. Pero claro, el Capitán América no puede soportar tanto sufrimiento y decide enviar 20 millones de dólares de ayuda a Venezuela porque no consigue conciliar el sueño mientras su vecino pasa hambre. El problema fue que el embargo había sido causante de convulsiones sociales que hicieron necesario garantizar la seguridad del material que se enviaba y que llegase a quienes lo necesitaban, lo que siguió fue una mera cuestión matemática: si hacían falta dos soldados estadounidenses para cargar un saco de harina, ¿cuántos sacos de harina eran necesarios para invadir Venezuela?

A fin de cuentas, eran los Estados Unidos quienes había inventado el programa Oil for Food para robar el crudo iraquí. O, como le diría Zamir al Secretario de Estado años después, la política de su país podría resumirse de la siguiente manera: «Sangre por petróleo. Petróleo por comida. Comida por sangre».

El estadista fulminó a Zamir con la mirada pero no le dio importancia, sabiéndose autor del método de asesinato llamado *Good Luck*. En cualquier caso, Cengâver intervino con rapidez y cambió de tema. Como siempre. En todo momento había permanecido al lado de Zamir y lo había protegido contra el mundo entero. De hecho, Cengâver había sido el único amigo de Zamir en sus cuarenta años de vida. Aparte de él, Zamir nunca había aceptado a nadie a su lado, ni siquiera a Jacinta. Siempre había visto a las personas como meros objetos a los que usar como impusiera cada situación. Tanto es así que ya había comenzado a usar a las personas a los nueve años. Porque ya a esa edad se había dado cuenta de que los voluntarios eran el colectivo más explotado por las organizaciones benéficas. Así que todo lo que hizo fue imitar el funcionamiento corporativo de la fundación ALL FOR ALL. Si la fundación trataba a los voluntarios como a la mierda, lo más lógico era que él hiciese lo mismo. Y así lo hizo. Estas personas, semejantes a la Jacinta de años atrás, dedicaban todo su tiempo y energía a un ideal y se esforzaban al máximo sin pedir nada a cambio. Las fundaciones se erigían sobre los hombros de esta gente, que eran los primeros en ser explotados. Nadie los tomaba en serio, se los podía despedir al más mínimo error y se los trataba como esclavos. Así que fueron muchos los voluntarios a los que Zamir llevó a desistir o incluso a llorar por su comportamiento caprichoso de niño consentido. Pero ni uno de ellos le había soltado una mala palabra a aquel monstruo de nueve años. Eso sí, su infinita indulgencia sirvió para mostrarle a Zamir cuál era su lugar en la sociedad. Podía ser tan revoltoso e inaguantable como quisiese y aun así nadie lo castigaría. ¡Porque nadie había sufrido como él! ¡Lo llevaba escrito en el rostro! ¡Como víctima era imbatible!

En cuanto Zamir se hizo consciente de ello se convirtió en un pequeño tirano sin piedad para nadie. Quizá no había recogido tanta sangre como la Cruz Roja tras el atentado de la Torres Gemelas pero desde luego había hecho sudar sangre a todo el mundo. Era un niño con tan mal humor que nadie quería ni acercársele. Porque era del todo imprevisible. Podía estar tranquilo y ponerse a chillar sin previo aviso y hacerlo durante horas hasta que se cumpliesen sus caprichos. Y, por supuesto, ni hablar de buenos modales. Zamir, que había sido un niño muy educado en Estambul, se había convertido en un grosero en Nueva York. Si tan solo se le hubiese dado por decir palabrotas la cosa no habría sido para tanto, pero lo peor fue su forma de hablar condescendiente y sarcástica. Y era algo que se le daba muy bien. Así como conseguía poner a todo el mundo a lagrimear en un salón de baile en tan solo diez minutos, le bastaba ese mismo tiempo para volver loco a cualquiera en su vida cotidiana.

Era muy hábil en el arte de la provocación; comenzaba por hablar con voz tranquila y monocorde y se ponía a enumerar todos los defectos reales e imaginarios de quien tenía delante, para después hacer que se sintiese como un inútil. A sus ojos, cualquiera que tuviese un poco de sobrepeso era un gordo, cualquiera que derramara un poco de agua del vaso que llevaba en la mano era un idiota y cualquiera que no cumpliese al momento sus deseos era un cabrón desalmado o un hijo de puta. Jugaba con sus emociones como lo haría un malabarista hasta que llevaba a un ataque de nervios a quien tuviese cerca. También hubo quien no fue capaz de reprimirse y llegó a cruzarle la cara de un tortazo. De hecho, eso era exactamente lo que quería Zamir. Que perdieran el control. Que hiciesen algo de lo que tuvieran que arrepentirse.

Encontraba reconfortante hacer que brotase violencia de personas normales que nunca hasta entonces habían sido groseros con nadie. Eso confirmaba la realidad imaginaria que había creado en su mente: dentro de cada ser humano de este mundo anida un monstruo despiadado. Y todos intentan esconderlo, lo que convierte a todos y cada uno de los habitantes de este mundo en mentirosos hipócritas. Años después, esto es lo que diría Jacinta sobre la situación de Zamir:

«¡Fue por todos aquellos bebés! ¡Estoy segura de ello! Nunca conseguimos olvidarlos. Caí en una depresión. ¡Y Zamir se entregó a la ira! Atacaba a cualquiera que se interpusiese en su camino como un animal salvaje. ¡Albergaba tanto dolor que quería que todos sufriesen como él!»

Cierto era que Jacinta se sentía deprimida en Nueva York pero aquellos nueve bebés no eran el único motivo de la ira de Zamir. La verdadera razón era el modo en que se había iniciado su vida. ¿Podía evitar comportarse como un demonio alguien que había nacido en el infierno? Tal vez sí. Pero a Zamir no le costó ningún esfuerzo convertirse en un demonio. A fin de cuentas, como había dicho la mujer del Salón de Belleza Nisa, tenía una cara que era un horror. Horrible como la de un demonio. El hecho de que Jacinta, tantos años después, aún no fuese consciente de ello daba la medida de lo replegada sobre sí misma que estaba en aquella época. Sin embargo, había vivido en Estambul y había continuado haciendo un trabajo que no le gustaba unicamente por estar con Zamir. Pero entre ellos ya solo existía una relación laboral. Estas dos personas, que hasta dos años atrás se habían aferrado la una a la otra, vivían ahora separadas aunque compartiesen vivienda. Aunque no quisiese admitirlo ni ante sí misma, Jacinta ansiaba una vida sin Zamir. O al menos así lo percibía Zamir. Y de este modo ambos se zambulleron en sus propios problemas y en ellos se ahogaron. A pesar de ello, Jacinta todavía recordaba algunas cosas de aquellos días airados de Zamir. Años más tarde relató la siguiente historia:

«Había una chica muy dulce... se llamaba Amy. Era una de las voluntarias. Creo que estábamos en el Hilton. Era una de esas veladas organizadas para recaudar fondos. Había una pequeña habitación junto al salón donde esperaba Zamir. Amy entró para decirle a Zamir que era su turno para subir al escenario. Zamir estaba enredando con

algo. Amy le volvió a decir que era su turno para subir al escenario pero Zamir ni se dignó mirarla. Ella piensa que lo que ocurre es que no la ha oído y vuelve a repetirlo. Pero Zamir sigue sin responder. Entonces la chica se le acerca para hablar con él y Zamir se da la vuelta por sorpresa y le clava unas tijeras en la pierna. ¡Lógicamente fue todo un impacto! ¡Nos quedamos en shock! Nos llevamos a Amy al hospital de inmediato. Pero no queríamos que aquello transcendiese, así que dijimos que había sido un accidente.
Amy era tan buena chica que nos dijo: "No te preocupes, no diré nada". Nunca lo olvidaré. Incluso cuando la estaban subiendo a la ambulancia me dijo: "Por favor, no te enfades con Zamir, es solo un niño". Finalmente, Zamir subió al escenario y dio su discurso como si no hubiese pasado nada. Cuando finalizó el evento le dije: "¿Pero qué has hecho? ¿Cómo se te ha ocurrido hacer algo así?".
No dijo una palabra. Se limitó a mirarme.
"¿De dónde has sacado las tijeras?", le pregunté.
Resulta que estaba haciéndose una máscara con un trozo de cartón. Le había pedido las tijeras a Amy y ella misma había buscado unas y se las había dado. En ese momento tuve claro que se trataba de algo que yo no era capaz de manejar. Era un tema que me superaba. Luego vinieron las terapias, la medicación... Luchamos con la ira de Zamir durante años. Obviamente, la cosa empeoró cuando se hizo mayor, porque entonces comenzó a pegar a la gente y a meterse en peleas. ¡Fue una pesadilla! ¡Siempre con miedo de que matase a alguien!».

Pero los temores de Jacinta eran infundados. Zamir nunca mató a nadie mientras estuvo bajo su custodia. Hizo lo correcto, es decir, esperar a estar trabajando para una fundación en pro de la paz para cometer un asesinato.

28 DE DICIEMBRE

En esta ocasión Dadjo y yo compartíamos limusina. El día anterior habíamos transitado por la misma autopista con la parsimonia de un paseo dominical. Ahora circulábamos en la dirección contraria veloces como una bala, como si regresáramos de robar un banco, incluso como si hubiésemos disparado a alguien en el atraco. Y todo porque a Dadjo lo devoraba la prisa por subirse a su avión y despegar rumbo a Togo. No le importaba la gente en absoluto, pero sí muchas cosas que quería salvar. Especialmente en su palacio. Al tiempo que revisaba la lista de objetos que quería que su secretario embalase con urgencia y se llevase a su mansión de París, repasaba el texto del acuerdo que yo le había redactado. No era muy distinto del Tratado de Kadesh, el más antiguo del mundo, conocido como el *tratado eterno*, y cuya copia cuelga de una pared de la sede de Naciones Unidas. Aunque no es que yo fuese tan arrogante; me contentaba conque el mío estuviese en vigor durante unos cuantos años. De hecho, los dos primeros artículos resumían todo el tratado:

1.- El derecho a la vida de la población musulmana de Togo cuenta con la garantía del Gobierno encabezado por el general Dadjo.

2.- Para garantizar la seguridad de la población musulmana, cualquier ataque a cualquiera de sus comunidades sería considerado como un ataque al mismísimo general Dadjo.

—Pues bueno... —dijo Dadjo—. Está bien, lo veo correcto.

Sin embargo, quedaba un último punto que me preocupaba.

—General, tengo una petición que hacerle. Que nadie sepa nada de este acuerdo hasta que Sheikh Hadid lo anuncie. Especialmente, nadie de su círculo de palacio.

—Está bien —dijo al principio. Pero después de unos segundos ya no pudo aguantarse y preguntó—: ¿Por qué?

—Como sabe, las disputas sangrientas abundan en la región. La mayoría entre cristianos y musulmanes. Ahora bien, si se corre la voz sobre este tratado, todos los bandos se van a movilizar. Por desgracia siempre ha sido así. Cuando se anuncia que se va a declarar la paz en una zona de guerra, el número de muertes aumenta. De hecho, en la Corte Penal Internacional de La Haya hubo un caso famoso; un comandante había tomado una localidad con su batallón en el último día de la guerra. Al principio no parece haber ningún problema, dado que la guerra no había concluido de forma oficial. Pero después se descubre que el comandante estaba informado de antemano de que se iba a firmar el acuerdo de paz. Por eso se había apresurado a tomar aquel pueblo que en circunstancias normales hubiera ignorado. Obviamente, el comandante fue llevado a juicio.

—¿Había entrado en la localidad para saquear?

—Sí, general.

—Claro, es lo normal.

—Pero el comandante no fue juzgado por saqueo, sino por realizar un acto de guerra innecesario, sabiendo que el acuerdo de paz era inminente. El tribunal dictaminó que era un crimen de guerra.

—¡Qué tontería! —dijo Dadjo—. ¿Cómo va a ser eso un crimen de guerra?

En realidad es así como creo que debería haber sido pero no lo fue. Porque nunca se había dado un caso así. Pero sí que se habían conocido casos en los que los soldados, al enterarse de que la paz era inminente, habían arrasado poblaciones, saqueado viviendas y violado a mujeres. En definitiva, ¡habían hecho todo lo posible por aprovechar sus últimas horas de guerra y saldar sus cuentas pendientes! ¡Que no eran pocas! De hecho, se formaban colas a la puerta de esa tienda de la barbarie llamada guerra y la gente corría de aquí para allá bayoneta en mano para completar su colección de orejas cortadas. ¡La última oportunidad para la venganza o la traición! ¡La última ocasión de asesinar para aquellos que se habían pasado toda la guerra sin matar a nadie! Porque pronto todo eso sería declarado ilegal. De hecho, hasta ese momento, negarse a meterle una bala en la cabeza a alguien se consideraba un acto de traición, pero a partir de ese momento, ¡intentar cumplir esa orden sería un acto criminal! Era una situación en la que todos querían decir la última palabra antes de que sonase el gong.

Por eso que no me quedó más remedio que inventarme este caso de La Haya. Porque el mayor temor de los tipos como Dadjo era verse como acusados ante la Corte Penal Internacional cuando los equilibrios de poder se tornasen en su contra. Además, la gente como Dadjo solo cambia de idea ante la recompensa o el castigo. Así que, después de pensárselo un momento le dijo a su secretario:

—Ya lo has oído, ¿no? ¡Nadie debe enterarse de lo del acuerdo!

Ya solo restaba llamar a Sheikh Hadid y explicarle la situación. Estaba convencido de que el anciano lloraría de alegría. Porque, como a la mayoría de los líderes religiosos que conocía, le encantaba llorar; sobre todo cuando formulaba una sentencia de muerte. Aunque hablaba de misericordia de la mañana a la noche, no dejaba de formular sus buenas diez sentencias a muerte por mes. ¡Así era, por desgracia! Las emitía muy a pesar suyo, sacrificando la bondad de su alma por el bien del pueblo y sin dejar de llorar. De hecho, cuando subía a la elevada tarima de la única plaza de Sokodé, no solo lloraba sino que también elevaba los brazos al cielo y, extasiado, se ponía a implorar:

—Oh Allah, te lo ruego, ¡toma mi vida! ¡Toma mi alma y sálvame! Concédeme morir aquí y ahora. ¡Quítame la vida para que no tenga que ordenar la ejecución de estos hipócritas!

Pronunciaba estas palabras con tanta sinceridad que incluso algunos familiares de quienes estaban prestos a ser ejecutados llegaban a olvidarlo y se apiadaban de Sheikh Hadid. Cuando él decía «¡Muera yo!» la multitud gritaba «¡Tú no, que mueran ellos!». Y así era. Cada vez que Hadid imploraba morir, eso significaba que serían otros los que perecerían.

Sorprendentemente, Allah nunca escuchaba la súplica de Hadid y siempre eran los condenados los que acababan muriendo. Los llantos de Hadid servían de diversión a los miembros del servicio de inteligencia francés destacados en la zona y para quienes él era su anfitrión. Eran funcionarios que conseguían mantener el control sobre la región gracias a los sobornos con los que compraban a Hadid. Este lo ignoraba, pero esos sobornos siempre llegaban en maletas Lacoste, aunque se trataba de una broma que no le hacía justicia a los cocodrilos. Porque no había cocodrilo que pudiese competir con Sheikh Hadid en lo de derramar lágrimas. Creo que no hay cocodrilo que pudiese como él, por ejemplo, ejecutar en la plaza del pueblo a veintisiete personas, seis de ellas mujeres y cuatro niños, y terminar llorando más fuerte que los propios familiares de las víctimas obligados a presenciar la ejecución.

En resumen, estaba convencido de que Sheikh Hadid estaría encantado de participar en mi pequeña obra de teatro. Así conseguiría no solo salvar a su pueblo de la guerra sino también mantener a Boko Haram, con quienes rivalizaba en autoridad religiosa, alejados de su tierra. ¡Sin olvidar que joder a Dadjo era un sueño para cualquier africano!

Tan solo necesitaba solventar algunos trámites burocráticos y podría cerrar el caso de Togo e informar a Calhoun, de Edimburgo.

—Vale, Zamir, ¿y qué pasará cuando el meteorito ese no caiga?

Dejé a Dadjo a la entrada del aeropuerto y alquilé un coche.

—¿Me lo puedes aclarar?

Dejaba Ámsterdam para dirigirme a Bruselas.

—¿Qué hará Dadjo entonces?

Iba hablando con Calhoun por teléfono. O, para ser más exactos, estaba esperando a que terminase de hacer todas sus preguntas para poder hablar.

—Cuando Hadid anuncie el acuerdo, Dadjo hará una declaración confirmándolo. A partir de ahí ya no es asunto nuestro.

—¿Cómo que ya no es asunto nuestro?

—Puedo decir que el meteorito se ha desintegrado al entrar en contacto con la atmósfera. O que ha cambiado de dirección...

—¿Y crees que Dadjo se lo tragará?

—Se trata de alguien que viaja siempre acompañado de una bruja vudú así que, técnicamente, está preparado para creerse cualquier cosa. Pero a nosotros nos da igual si lo cree o no. Porque ese acuerdo no lo anunciará solo Hadid, Dadjo también...

—¿Y tú crees que un hombre como Dadjo cumplirá con su palabra solo por haber hecho una declaración pública?

—Creo que sí, porque le vendrá bien, aunque solo sea por un tiempo, a su imagen de estadista que busca la paz para su país. Pero si empieza a poner dificultades pondremos en marcha la auténtica jugada. Porque lo de las doce familias y lo del meteorito ha sido tan solo una distracción. La idea era conseguir pillar a solas a alguien como Dadjo, que siempre viaja acompañado. Tan solo era necesario un segundo...

Le envié una foto a Calhoun.

Al principio se hizo el silencio. Después...

—Lo entiendo— dijo Calhoun.

—Vino, Rohypnol y un chico blanco... ¡Tres cosas que nunca deberían aparecer juntas en la vida de un dictador africano!

La foto mostraba al joven que Nathan había dejado para atendernos y a Dadjo con los ojos apenas abiertos gracias al Rohypnol en el vino. Todo lo que se necesitaba para un escándalo sexual a la antigua usanza...

La admiración que sentía Dadjo por Estados Unidos fue la razón por la que elegí el Rohypnol de entre todas las drogas capaces de producir los mismos efectos. Esta fascinación comenzó con un grupo de mujeres de Carolina del Norte que había llegado a su aldea. Para ser más exacto, con las camisetas que estas voluntarias de una organización benéfica evangélica se pusieron a repartir por el lugar. Dadjo tenía por aquel entonces doce años y, como los demás niños del pueblo, a veces andaba por ahí desnudo o, como mucho, con una tela *kenté* enrollada en la cintura. Pero todo había cambiado con aquella camiseta que lucía la bandera estadounidense en el pecho y el logo de la organización y una cruz en la espalda. Tan pronto como se puso aquella camiseta que le quedaba grande, Dadjo comenzó a odiar la vestimenta tradicional de su tribu. Incluso despreciaba el *dashiki,* que solo usaban los adultos en ocasiones especiales. Es por eso que no dejó de ponérsela ni un solo día en años, a pesar de lo descolorida y agujereada que estaba. Como el *kenté* que había llevado anteriormente ahora le parecía un trapo primitivo, llegó al extremo de andar por ahí sin nada debajo. La tienda más cercana donde se podían encontrar pantalones cortos estaba a doscientos sesenta kilómetros, en el vestíbulo del hotel Marriot, el único edificio de varias plantas de Lomé. Pero claro, era imposible que Dadjo accediese a aquel hotel rodeado de un muro de seis metros para evitar robos, porque no sabía ni que existía y, además, no tenía dinero para comprar los pantalones cortos. Por eso andaba por ahí con el dobladillo de la camiseta a la altura de las rodillas y nada más. Lo que le avergonzaba no era la semidesnudez, por otra parte tan normal en su tierra natal, sino el carecer de *algo occidental* que ponerse por debajo. Y fue entonces cuando se tomó aquella famosa fotografía de Dadjo.

El fotógrafo británico William Jr. Joyce, que viajaba por la región con el objetivo de documentar la pobreza y el hambre en África Occidental, había llegado al pueblo de Dadjo y lo había visto con su primo, que se le parecía mucho, junto a unas chozas de adobe. El primo de Dadjo llevaba una lanza en una mano, un collar de huesos de animales alrededor del cuello y una cuerda alrededor de la cintura de la que colgaba una piel de serpiente a modo de taparrabos. William les había pedido a los niños, a los que creyó gemelos, que miraran a la cámara, había apretado el botón del obturador y con ello había creado la imagen que sería causa de gran controversia en Inglaterra. Bajo la fotografía que mostraba a Dadjo y a su primo había escrito: «¿Cuál es el pobre?». ¿Dadjo, que llevaba una camiseta hecha trizas sin nada debajo, o su primo? Y aunque Dadjo llevaba más ropa encima, su primo, que en esa foto salía casi completamente desnudo, no parecía pobre en absoluto. Al contrario, en sus ojos se veía el orgullo de quien se sentía dueño del mundo. Sin embargo, al mirar a Dadjo ataviado con aquel trozo de tela hecho jirones con la bandera estadounidense, fabricada en China, lo que veían era a una África primero empobrecida por la explotación y más tarde dependiente de los explotadores. William había resumido en una sola imagen la historia del continente. Todas las riquezas de África expoliadas a cambio de aquella camiseta. Así que no había niño africano desnudo que pareciese más pobre que Dadjo con aquella camiseta.

Años después, al enterarse de lo famosa que era aquella fotografía, Dadjo negó ser el niño de la foto, aunque su primo me lo había contado todo. Pero África no había sido el único sitio donde se lo habían arrebatado todo a una sociedad a cambio de una camiseta. Los neerlandeses habían sido los primeros en pisar las tierras hoy conocidas como Estados Unidos y les habían comprado a los indios sus valles y sus montañas a cambio de meras cuentas de colores, demostrando ser unos joyeros de primera. De hecho, no era imposible pensar que aquella compraventa increíblemente rentable hubiese inaugurado esa tradición tan americana de sumir a alguien en el sopor con el fin de aprovecharse. De no ser así, ¿habría hoy en día tantas *violaciones químicas* en las universidades americanas?

Ya que Dadjo siempre decía que «vivía el sueño americano en África», insistí en que se le drogara con Rohypnol, la droga más usada para las violaciones en esas universidades. Se me ocurrió que, si algún día llegaba a enterarse de lo que le había ocurrido en aquella casa neerlandesa, a lo mejor ese detalle americano le serviría de consuelo. Aunque también se me ocurrieron otras ideas. Cosas bastante más oscuras como, por ejemplo, violar a alguien con su propio pene. Porque, como era fácil suponer, me había traído a casa uno de los consoladores de Dadjo. Aunque las fotos no las había hecho yo. Para ese trabajo había venido un grupo especial de Berlín. Trabajaban en la industria del porno y sabían perfectamente qué había que fotografiar y desde qué ángulo. Fue por eso que, al día siguiente, a Dadjo lo único que le dolía era la cabeza. Porque, en realidad, la pornografía es un arte basado en la ilusión. La imagen pornográfica no era más que una mera cuestión de encuadre. Una parte del cuerpo podía estar realizando su tarea pornográfica mientras que el resto podía estar consultando el correo electrónico en el teléfono. Así que trabajar con especialistas facilitó mucho las cosas. Ellos habían sido también los que habían diseñado el molde del pene de Dadjo años antes y quienes habían encargado fabricar los dildos en China. Y también eran a quienes había visto en la Selva Negra para enterarme de dónde habían sacado sus armas los turco-alemanes. Tengo que admitir que vivimos en un mundo extraño. O quizá debiera decir más bien que no tenía nada de extraordinario en este extraño mundo que las mismas personas fuesen especialistas en consoladores y en armas.

—Si el asunto es usar estas fotos...

—¡No te preocupes! —interrumpí a Calhoun—. No llegaremos a eso. Pero si fuera necesario usarlas, será Nathan quien efectúe el chantaje. De hecho, podría darse el caso de que fuese yo mismo la víctima de ese chantaje. De todas formas, ni Nathan ni yo jugamos aquí el papel principal. ¡Ese papel les pertenece a toda esa gente que en el siglo que vivimos todavía se interesa por la vida sexual ajena! Sin ellas, estas fotos no servirían para nada. Érase una vez una clínica ilegal en Estambul a donde iban las mujeres para que les reconstituyeran el himen. ¿Eres consciente de la cultura que obligaba a las mujeres a llegar a ese extremo? ¿Te das cuenta de cuánta gente se ha esforzado por transmitir esa cultura de generación en generación? ¿Cuántas personas han pensado como ellas? ¡Pues es todo gracias a ellos! ¡Sin ellos ni se nos hubiera pasado por la cabeza amenazar a Dadjo con algo así en estos tiempos! ¡Acuérdate de los misioneros que llevaron el cristianismo a África! Son los primeros a quienes se lo debemos agradecer. ¡Por haberle enseñado a todo un continente que la desnudez es pecado! Esto es lo que puedo afirmar sobre este tema: ¡Los verdaderos héroes aquí, los auténticos artífices de la paz en Togo, han sido todos esos fanáticos hijos de puta del mundo entero! ¡Esperemos que no se les dé por cambiar de opinión de repente! ¿Y si mañana se despiertan y se dicen «¿qué me importa a mí quién se folla a quién?». ¿Qué haríamos entonces? ¡Sería nuestra ruina!

De hecho, estas fotografías podrían no funcionar en absoluto en otras culturas. Pero es que la homosexualidad seguía siendo ilegal en unos treinta países africanos y dictadores como Dadjo incluso habían declarado la guerra a las comunidades LGTB de sus respectivos países. Veían a estas personas como insectos que había que destruir y, a pesar de las presiones de la comunidad internacional, continuaban considerando la homosexualidad como un delito castigado con penas de cárcel. Por eso me había interesado tanto que en la fotografía apareciese un hombre al lado de Dadjo y no una mujer. Calhoun, que no había dejado de reírse durante mi relato, de repente se puso serio y dijo:

—¡Por favor, Zamir, no me gusta nada que uses estas expresiones sexistas! Creo que deberías aprovechar este Fin de Año para hacer una promesa. Que en el nuevo milenio...

Colgué y pisé el acelerador. Estaba a una hora de Bruselas. Pero llegué en treinta y cinco minutos. Circulé por las estrechas calles del centro de la ciudad hasta un edificio de dos plantas sin ventanas. Era como el hermano pequeño del edificio de AT&T en Manhattan, un rascacielos en Thomas Street construido como una especie de búnker en superficie, uno de los ejemplos más impactantes de la arquitectura brutalista. En aquel edificio de veintinueve plantas no había ni una sola ventana. Ese rascacielos, cuyo nombre en clave es Titanpoint, era el lugar desde el que la Agencia Nacional de Seguridad espiaba a todo Mahattan y donde ocultaba todo lo que escuchaba y yo usaba el edificio que tenía ante mí con un propósito similar.

Porque se trataba de una caja fuerte gigante.

Para atravesar su portalón, que parecía la entrada a un garaje, se necesitaba una prueba de ADN, tras lo cual se podía descender a un gran espacio subterráneo. En este espacio, que también recordaba a un aparcamiento, había puertas contiguas en cada una de sus cuatro paredes, lo bastante anchas como para que pudiese atravesarlas un coche. Cada puerta daba acceso a una cámara acorazada de doce metros cuadrados. Los dueños de estas cámaras acorazadas llegaban en coches, incluso minibuses, y aparcaban ante ellas, a veces dando marcha atrás. Entonces se bajaban y desplegaban las cortinas metálicas de fuelle que había a cada lado de la puerta. Así, el vehículo quedaba fuera de la vista de los propietarios de otras cámaras. Después se introducía la clave de la cámara acorazada en el panel digital y se esperaba a que se levantase la puerta. Ya solo restaba meter en la cámara acorazada lo que se descargaba del vehículo.

Estas cámaras con aspecto de plazas de garaje se habían construido para algunas de las personas más peligrosas del mundo. No bastaba con pagar el alquiler. Se necesitaban también referencias de otros clientes, así que, en cierto sentido, se trataba de un club social. Un club de personas con secretos que pesaban varias toneladas. De una manera u otra, todos se conocían pero la regla no escrita del club dictaba que siempre fingirían no conocerse entre sí. Porque nadie quiere saludar a quien está trasladando cien kilos de oro robado o doscientos de cocaína. Por no mencionar que se podría estar saludando al legítimo dueño de ese oro o esa cocaína. Así que lo más habitual era que los dueños de las cámaras simplemente mantuviesen la mirada al frente. Algunos incluso llegaban a usar pasamontañas para evitar ser reconocidos. De todo esto se deduce que era un mundo bastante diferente al de las cámaras acorazadas de los bancos, donde era imposible que alguien franquease sus puertas sin poner en alerta a los guardias de seguridad y aquí, sin embargo, era de lo más normal. Porque esta era la cámara acorazada de los que habían robado la del banco. Por eso aquel edificio de dos plantas carecía de cualquier rótulo. Para los clientes de los restaurantes de la zona y para los turistas que se dirigían a la Grande Place no era más que un feo bloque de hormigón. Una caja negra desconocida. En realidad, ese el nombre de aquel lugar:

Black Box. Pero eso no tenía por qué saberlo nadie. Al fin y al cabo, y como dijo Carlo, de Zúrich, el propietario de Black Box, las cajas negras no existían.

—¡Así es! —diría—. ¡Esas grabadoras son de un naranja brillante! Si el avión se estrella eso facilitará encontrarlas. Así que, técnicamente, las cajas negras no existen. No hay traza de ellas. ¡Porque Black Box en realidad no existe!

Carlo el de Zúrich tenía razón. Porque a ojos del Estado belga, estas cámaras no existían. O por lo menos convenía fingir que no existían con el fin de mantener el estatus de seguridad y neutralidad de Bruselas. Allí donde se guardaba el secreto no había delito y nadie se metía a fisgonear. Además, quien era custodio de los secretos siempre tenía una ventaja estratégica. Por eso el Estado belga había permitido que un buen número de dictadores guardasen sus ensangrentados tesoros en pleno centro de la capital, por ejemplo. A fin de cuentas, Bélgica, que también alberga muchos casinos, siempre lo ha tenido muy claro: ¡La banca siempre gana!

Que Black Box estuviese ubicada en el centro de la ciudad era, en realidad, una medida de seguridad. En caso de robo, ni un coche conseguiría huir velozmente ni un helicóptero encontraría dónde aterrizar. Eran los elevados edificios que la rodeaban y el tráfico de la ciudad quienes protegían a Black Box. Y yo, que acababa de desplazarme entre ese tráfico y había entrado en ese ataúd de hormigón, me encontraba contemplando cómo se abría lentamente la puerta de la cámara que había alquilado años atrás.

Como siempre hacía, inspiré con fuerza al entrar. Porque en estas cámaras había un problema de olores que no se había conseguido resolver. Aunque también podía ser que esas cámaras guardasen tantas cosas sucias que inevitablemente tenían que apestar. Pulsé el interruptor de la pared y la puerta volvió a cerrarse. Justo al lado de ese interruptor había un intercomunicador para ponerse en contacto con los guardias de seguridad en caso de emergencia. Encima de ambos estaba el interruptor de la luz. Como no me gustaba el tipo de luz que provenía de los focos que había en el techo, los apagué y encendí la lámpara de marfil que me había regalado Dadjo. La lámpara se hallaba sobre el antiguo escritorio de caoba cubierto de cuero verde que en su día había pertenecido a Cengavêr. Según este, el escritorio procedía del Palacio de Cecilienhof, donde había tenido lugar la Conferencia de Postdam al término de la Segunda Guerra Mundial y había sido utilizado primero por Churchill y después por Stalin. Yo creo que fue al revés, porque se podían apreciar varias quemaduras en el cuero. A Stalin nunca se lo hubiesen presentado en ese estado, así que el último en usarlo debió de ser Churchill, que se encargó de hacerle todas esas quemaduras al escritorio con la ceniza del puro que nunca se sacaba de la boca.

En el suelo, junto al escritorio, había una caja que, esta vez sí, era negra. Más concretamente, se trataba de un armarito. Un armario hermético en el que se podía regular la temperatura y la humedad y que era el favorito de los contrabandistas de antigüedades que buscaban preservar todo tipo de manuscritos antiguos, desde papel de algodón hasta pergamino, del deterioro causado por la acidificación o la proliferación de hongos. Además, era bastante ligero, ya que estaba hecho en fibra de carbono. En otras palabras, era posible tanto huir como perseguir llevando este armario bajo el brazo. La temperatura interior se mantenía a 18º y la humedad al 45%. Aunque no es posible saber qué tiempo hará en el paraíso, en el mundillo de los contrabandistas a este armarito se lo conocía como el *Paraíso*. De hecho, el término se emplea para referirse al coñac con el que se brinda al cerrar la venta de un artículo especialmente raro. En concreto, al modo de hacer ese coñac. Cuando el brandy que se había dejado añejar en barricas de roble estaba ya lo bastante maduro, se trasvasaba a unas garrafas de cristal herméticas que se dejaban en una bodega oscura para que rematase el proceso de maduración. A esta bodega, donde el tiempo se detenía, se le llamaba *paraíso* en la profesión. No sé quién tuvo la idea de ponerle ese nombre al armarito, pero seguro que no fue a primera vista.

Cuando abrí la tapa, todo el equilibrio de temperatura y humedad del *Paraíso* se alteró, pero no me importó. Porque, en cuanto sacase de su interior el legajo antiguo de catorce páginas, quedaría vacío. Coloqué una por una sobre el escritorio de Churchill las catorce páginas de papel de Samarkanda hechas a partir de corteza de morera para echarles un último vistazo: eran catorce miniaturas realizadas con pigmentos azul, rojo y marrón extraídos de raíces. Se habían descubierto en una cueva en Bujará, dentro de una bolsa confeccionada con piel de cabra. Aunque no las acompañaba ningún texto, estaba claro que las imágenes narraban una historia que había tenido lugar en Bujará.

Bajo el mando del califa omeya Walid bin Abdulmalik, Qutayba bin Muslim entró en Bujará con su ejército e intentó de varias formas, desde las más sangrientas hasta las más diplomáticas, convertir a la población turca mayoritaria en musulmana. Una de las ideas que probó fue instalar árabes musulmanes en las casas de los turcos. Según Kutayba, los turcos aprenderían el Islam de estas personas a través de la convivencia y, como resultado de esta iluminación, se librarían del paganismo y encontrarían el camino correcto. Sin embargo, como era de esperar, los turcos no estaban demasiado ansiosos por ser iluminados. En esa época, en Bujará había muchas creencias diferentes con sus propios lugares de adoración, desde el zoroastrismo hasta el budismo. Los ídolos se exhibían y vendían en el mercado llamado Mah-ı Rûz dos veces al año y todos, desde chamanes hasta adoradores del fuego, se reunían allí. El ilustrador turco de las miniaturas que tenía ante mí había sido uno de los que realizaban esos ídolos. A juzgar por la finura de sus pinturas y la técnica de sombreado, muy adelantada a su tiempo, estoy seguro de que era un gran escultor. Además, nació en el lugar y momento adecuados para ser escultor. Después de todo, había gente que adoraba las esculturas que él hacía. Pero también vivió en el lugar y tiempo equivocados para ser pagano. Porque Kutayba quería destrozar las esculturas que hacía. De hecho, incluso si dejara Bukhara y se fuera, por ejemplo, a Occidente, seguiría enfrentándose a una presión similar. Incluso si hubiera tallado estatuas de Jesús en lugar de ídolos, su destino no habría cambiado. Porque, a lo sumo, quince años después se iniciaría en el Imperio Bizantino el período iconoclasta. Después de todo, el conflicto entre las religiones monoteístas y los ídolos se remonta a la antigüedad. Este conflicto fue tan feroz que Moisés hizo fundir el Becerro de Oro, un ídolo hecho de oro, como su nombre indica, lo mezcló con agua, ¡y obligó a los israelitas que lo habían adorado a beberlo!

Al final, aquel miniaturista turco también se vio atrapado en Bujará, donde la adoración de ídolos y, por supuesto, su fabricación pasaron a convertirse en crímenes penados con la muerte. Como es lógico, la fobia a los ídolos en esos días no era muy diferente de la islamofobia de hoy en día. Por lo tanto, la historia que había dibujado el miniaturista turco comenzaba con los soldados de Kutaybe destruyendo los ídolos que se exhibían en el mercado Mah-ı Rûz. Entonces el turco corrió a su casa y se encontró a su nuevo y forzoso compañero de vivienda, el árabe musulmán, esperándolo en la puerta. A juzgar por la daga que lucía en el cinturón, aquel hombre era yemení. Las dos familias estaban comenzando su convivencia y los turcos tenían mucho miedo de los yemeníes. Porque, claro, los yemeníes no habían llegado solo para enseñar su religión. Eran también una especie de policía religiosa. Pero a diferencia de los *mutawwa*, que patrullan las calles de la actual Arabia Saudí, el yemení vivía en la casa de la persona a la que supervisaba, lo que implicaba una vigilancia constante las veinticuatro horas. Una de las miniaturas describía el día a día de la vida doméstica: mientras el turco intentaba realizar la manera de orar recién aprendida sin cometer errores, el yemení lo observaba desde la puerta. Estoy convencido de que en ese momento el turco tan solo fingía creer en el Islam para salvaguardar la seguridad de su familia y la suya misma. Porque unas ilustraciones después, el yemení encontraba dos ídolos enterrados en el jardín de la casa y los destrozaba con rabia para después azotar al turco hasta que se pusiera el sol. Sin embargo, después de esta pequeña crisis ocurrió un desastre inesperado cuando el hijo del yemení, de unos nueve o diez años, enfermó y murió de improviso. A partir de esa escena, el yemení se replegaba sobre sí mismo, perdía interés en la conversión del turco en musulmán e incluso dejaba él mismo de rezar. El yemení, que parecía haber cortado los lazos con el mundo, estaba sumido en el duelo por su hijo y el turco lo observaba a distancia con tristeza. En esa parte se me ocurría que el turco estaba manipulando la verdad de la historia para presentarse como una persona virtuosa. Después de todo, había estado viviendo como un esclavo en su propia casa durante mucho tiempo. Además, considerando toda la tiranía que había tenido que soportar hasta ese día, tenía muchas razones para odiar al yemení. A pesar de ello, intentó consolarlo en vano. Entonces, una noche, el turco sacó algunas de las herramientas que había escondido en su casa, se encerró en el granero y trabajó hasta la salida del sol. Las últimas tres escenas de la colección de miniaturas eran:

1.- El turco esculpe la imagen del niño fallecido y se la muestra al yemení. El yemení, que al principio piensa que se trata de un ídolo, desenvaina su espada y ataca al turco.

2.- La espada del yemení se detiene en el aire al ver el rostro de barro de su hijo.

3.- En una casa de Bujará, donde está terminantemente prohibido esculpir, un yemení llora y abraza esa estatua mientras el turco lo observa desde la puerta.

Estas catorce páginas fueron un obsequio de Igor, de Moscú, porque entre nosotros sucedió algo similar a esta historia. Sin embargo, yo no esculpí el busto de su hijo; le salvé la vida. Su hijo, que en ese momento solo tenía dieciocho años, había tratado de impresionar a Igor, uno de los líderes de la mafia rusa, y había secuestrado junto a sus amigos un transbordador lleno de viajeros. Era un ferry privado que partía del puerto de Trabzon y se dirigía a Sochi. Lo que lo hacía especial es que sus pasajeros eran solo hombres. Iban a Sochi a pasar el fin de semana de *turismo sexual*. Por supuesto, sus cónyuges y familias no sabían nada. Así que, sobre el papel, resultaba una opción lógica para un secuestro. Te aproximabas al ferry con una lancha rápida, lo abordabas pistola en mano y aquellos hombres, que tenían todo el interés en que nadie supiese de este viaje, pagarían al momento lo que les pidiesen. Sin embargo, las cosas no salieron como esperaba el hijo de Igor y fue él quien terminó retenido como rehén. Porque entre los pasajeros había cuatro militantes del Ejército Shahadat Turco. Su objetivo era secuestrar el ferry e informar primero a la prensa y luego, si era necesario, matar a todos, incluidos a sí mismos. ¡Con esta acción castigarían a los adúlteros y a partir de entonces a nadie se le ocurriría ya viajar de Turquía a Georgia o Rusia solo para pecar!

Ese ferry en particular había tenido la mala suerte de ser atacado simultáneamente por dos grupos diferentes. ¡En todo aquello hubo algo ominoso! Impío, incluso... Justo cuando los militantes del Ejército de los Mártires estaban a punto de entrar en acción se encontraron cara a cara con el hijo de Igor y sus amigos, que acababan de abordar la nave. Pero los terroristas estaban mejor entrenados que los aspirantes a mafiosos y los neutralizaron a todos sin mayor problema. Al hijo de Igor solo se le ocurrió preguntar:

—¿Sabéis quién es mi padre?

En ese momento, los demás pasajeros debían de estar pasando los peores momentos de sus vidas y se juraron que nunca más engañarían a sus mujeres. Mi teléfono sonó justo en ese momento. Era Igor llamando. Cuando supo que los militantes llevaban explosivos encima comenzó a preocuparse seriamente y no solo trataba de salvar a su hijo de ese barco sino también de la prisión. Porque, tan pronto como se conociese el incidente, también culparían a su hijo. Era necesario que alguien imparcial se desplazase al lugar y gestionase todo aquello cuanto antes. Unas horas más tarde me encontraba en la cubierta del barco con dos grandes bolsas de dinero. Tuve una breve charla con los terroristas, el mayor de los cuales tenía tan solo veinticinco años. Mi plan era que se centraran en esto: el dinero que obtendrían haría más por su causa, por la que estaban dispuestos a morir, que volar por los aires un barco lleno de herejes. Bastó con que comenzase a hacer el recuento de las armas que podrían comprar con el dinero de las bolsas para que se convencieran. Mientras procedían a hacer el segundo recuento del dinero nos entregaron a Igor y a sus amigos y abandonamos el barco. Pero no tuvieron ocasión de gastarlo porque una semana después Igor mandó matar a los cuatro. Las bolsas jamás se encontraron.

Unos días más tarde, al sentarnos a conversar en su casa de Moscú, la conversación derivó hacia las creencias religiosas, el fanatismo religioso e incluso el período de transición de los turcos al Islam. En ese momento, Igor mostró las miniaturas que había sacado del Paraíso y le explicó que se habían hallado en una cueva en Bujará. Habían sido datados y autentificados como originales. Igor también tenía una caja fuerte en la Black Box. Por supuesto, no le pregunté cómo había conseguido las páginas, ya que nos regíamos por las mismas reglas de cortesía. Sin embargo, me dio una pista:

—No te preocupes, nadie murió por esto. Por favor, acéptalo como un regalo de mi parte...

Años más tarde me enteré de que en la misma cueva se había encontrado el busto del niño de la historia que contaban las miniaturas, que por supuesto tenía Igor. Tal vez lo guardó para sí porque sentía afinidad con el yemení. Al fin y al cabo, aquella estatua contaba la historia de un hombre que se había traicionado a sí mismo por amor a su hijo. Como Igor; hasta ese día nadie había conseguido extorsionarlo para sacarle dinero. Nunca había pagado un rescate ni rendido tributo a nadie. Pero por el bien de su hijo, había roto esta regla, se había traicionado a sí mismo e incluso había ido en contra de su fe. Igor adoraba el dinero. Pero no era tan diferente del yemení. Porque sean cuales sean las creencias de cada uno, las historias entre *Padre, Hijo y Espíritu Santo* nunca cambian.

Estas eran las páginas del libro que Christelle, de Knokke, me había pedido por teléfono. En ese momento quise hacerle un favor a Christelle, así que recogí las miniaturas que estaban sobre la mesa y las metí de nuevo en el Paraíso, para que al menos ella no tuviera que preocuparse de encontrar su propio Paraíso.

Mientras la puerta de mi cámara acorazada se cerraba, subí al coche. Me dirigía hacia la salida cuando, de repente, apareció ante mí un bebé elefante. Nos miramos durante unos segundos y luego el elefante se alejó con rapidez. Mientras intentaba averiguar en qué dirección iba, vi a dos hombres con pasamontañas corriendo tras él. Realmente vivíamos en un mundo extraño. O quizá debería decir: no tenía nada de extraordinario que en este extraño mundo alguien quisiese encerrar a un bebé elefante en una cámara acorazada de Bruselas y, al hacerlo, lo dejaran escapar y tuvieran que correr tras él.

Salí de la Caja Negra y me incorporé al tráfico. Había vivido y asistido a la universidad cuatro años allí, en Bruselas, pero lo que recordaba no tenía nada que ver con aquellos días. De hecho, no recordaba nada de la universidad, porque me había pasado esos cuatro años borracho y me habían expulsado de la universidad en mi segundo curso. Así que tuve más tiempo para beber y dediqué los otros dos años a perfeccionarme.

Hoy en día en las botellas se pueden leer cosas como: el alcohol no es tu amigo. Lo cual era cierto, porque el alcohol era más bien mi amante en aquella época. Como una amante, me hizo soñar y me arrastró. Y de nuevo, como una amante, me dio muchos dolores de cabeza y me provocó náuseas. Aunque intenté dejarlo muchas veces, siempre volvía a él. Bebí con odio y con amor. Bebí con violencia y con amabilidad. A veces riendo, a veces llorando... el alcohol fue mi primer amor. Tal vez porque no tenía un rostro con el que plantarme delante de una mujer, o porque las mujeres no se me acercaban porque no tenía rostro, pero fuera cual fuese la razón, nunca había amado tanto a una mujer como al alcohol y ninguna mujer me había amado a mí. Y todo lo que quedaba era un intercambio mecánico de fluidos: el sexo. Por dinero, claro. ¿Quién si no se acostaría con un bicho raro como yo? ¿Gente con fetichismo por los monstruos? Sí, había conocido a algunas así. Había visto de cerca cómo mi rostro, demasiado deformado para aparecer en las fotografías de Witkin o Arbus, les excitaba. Me miraban con ojos brillantes y me tocaban la cara con manos temblorosas de emoción. Admiraban lo que estaba roto o distorsionado, venían a mi cama en pos de esa admiración y, a la mañana siguiente, llamaban a sus terapeutas e intentaban concertar una cita mientras huían avergonzadas.

—¿Por qué soy así? ¿Qué me pasa? —le preguntaban.

Pero si me preguntasen a mí, se lo diría gratis:

—¿Sabes lo que te pasa? ¡Todo! Ese es el problema.

Por supuesto, este no era el tipo de cosas que recordaba mientras atravesaba las calles de la ciudad y me incorporaba a la carretera de circunvalación. Aunque pasé cuatro años recorriendo sus plazas borracho, ¡mi tiempo sobrio en Bruselas fue mucho más aventurero! Sí, Nueva York tenía la sede de la ONU, pero aquí tenían la de la Unión Europea y la de la OTAN. Por tanto, Bruselas era una ciudad donde se mentía e incluso se cometían tantos asesinatos como en Nueva York. Fue el lugar donde se desarrolló el método de asesinato conocido hoy en un estrecho círculo como *Good Luck*. En mi opinión, se trataba del método más interesante del mundo.

¡Así lo creía porque yo mismo lo había inventado!

El entonces presidente de Corea del Norte había viajado al extranjero por primera vez en su vida y había venido a Bruselas por un único día para reunirse con el presidente estadounidense. Lo que había planeado la política exterior americana, sin embargo, no era que hablase con nadie sino que muriese de inmediato. El presidente de Estados Unidos no tenía ningún problema con hacer matar a alguien a quien acababa de estrechar la mano, pero la CIA no sabía cómo hacerlo. Su muerte no podía relacionarse con la visita a Bruselas. No podía abatirlo un francotirador saliendo de su hotel ni podía volar por los aires con una bomba mientras comía en un restaurante. Tal vez podrían envenenarlo con una jeringa clavada en la pierna entre la multitud, como hacía el servicio secreto ruso, pero nadie se le podía acercar tanto. Todo lo que quedaba era usar el veneno XC, que había sido desarrollado por los austriacos y se extendía por el cuerpo a través del contacto con la piel. Sin embargo, el presidente de Corea del Norte no tocaba nada porque era un Dios vivo. Había llegado a Bruselas por la mañana y se iría antes de la tarde. Pasaban las horas y los de la CIA se estaban poniendo cada vez más nerviosos. En ese momento mantuve una larga conversación telefónica con Calhoun.

—Sé cómo matarlo —le dije—. Pero es obvio que no lo voy a decir.

En aquel momento, sospechábamos que había un túnel que pasaba por debajo de la DMZ, la zona desmilitarizada entre ambas Coreas. Hasta ese momento, Corea del Norte habían intentado hasta tres veces excavar un túnel y las tres veces los habían descubierto. Y ahora seguro que lo estaba intentando de nuevo. Si tenía éxito, conduciría un ejército a través de ese túnel y atacaría Corea del Sur. Este plan no había sido la primera idea estrafalaria de los norcoreanos. Ya antes habían construido una ciudad al otro lado de la frontera. Una pequeña ciudad con chalés pintados de azul que se levantaban unos junto a otros, parecidos a los de un barrio residencial estadounidense y visibles a simple vista desde Corea del Sur. Se llamaba Kij ng-dong, y el Norte la llamaba *Peace City*. Cualquiera que viera este lugar podría pensar realmente que todo el mundo en Corea del Norte vivía en casas como aquellas. Y esa era la idea. Era un lugar construido para la propaganda. En realidad, aquellas casas estaban vacías y nadie vivía allí. Ciudad de la Paz era, haciendo honor a su nombre, una ciudad fantasma. Los norcoreanos, embriagados por su propia ideología, estaban convencidos de que el engaño nunca se descubriría pero, por supuesto, se equivocaron. Estaba seguro de que esta vez harían todo lo posible por no ser descubiertos. De hecho, tenían la capacidad de construir ese túnel. Y después, por supuesto, habría una guerra que duraría décadas. Pero si su jefe de Estado muriese todo se cancelaría de inmediato. Porque los norcoreanos llorarían a su dios durante al menos un año. Mientras tanto, el túnel sería localizado e intervenido. Entonces Calhoun me hizo una pregunta a la que me he enfrentado muchas veces más a lo largo de mi carrera:

—¿Qué preferirías? ¿Que muera una persona o que mueran millones?

Esta pregunta siempre se hacía exagerando las cifras. En lugar de decenas de miles, siempre eran millones, y una persona era siempre la única. Para que el número uno sea lo más reducido y cercano a cero posible en la mente de la persona que responde... pero no había mil respuestas a esa pregunta.

Dije:

—Everard t'Serclaes.

—¿Qué es eso? —dijo Calhoun.

Aunque la pregunta debiera haber sido: «¿Quién es?». Se trataba de un señor feudal que había liderado la liberación de Bruselas de la ocupación del Conde de Flandes en la Edad Media y que había muerto en esa batalla. En el punto donde la calle Charles Buls desemboca en la Grande Place, hay un monumento que lleva su nombre. En este monumento, junto a otras figuras que relatan la historia de Bruselas, había una estatua de t'Serclaes en su lecho de muerte. Se creía que acariciar el brazo de esta estatua traía buena suerte. Aunque hay docenas de historias sobre el origen de esta creencia, yo prefiero la siguiente explicación: en la Bruselas ocupada por los alemanes durante la Primera Guerra Mundial, la gente sufría una terrible opresión, pero no podía hacer nada para alzar la voz y expresar su anhelo de independencia. No se podía llevar a cabo ni una protesta, ni una reunión de ningún tipo. Así que encontraron un método de rebelión que los soldados alemanes no pudieran reconocer: acariciar el brazo de un héroe de la independencia como t'Serclaes. Así que acariciar el brazo de esa estatua se convirtió en un acto de solidaridad, incluso un acto secreto de protesta. Y más tarde, con el paso del tiempo, se creyó que traía buena suerte. Sí, esta era la posibilidad que yo prefería. Porque me satisfacía pensar que, incluso bajo la opresión más severa, uno siempre podía encontrar la manera de expresarse. Y porque necesitaba pensamientos como ese, que me ayudaran a sanar de lo enfermo que me ponía el llamado ser humano. Aunque no curaran la *enfermedad*, al menos detendrían las náuseas y eliminarían los síntomas durante un tiempo. ¡Y este pensamiento no era un *placebo*! En efecto, siempre se puede encontrar la manera de gritar allí donde está prohibido hablar. He sido testigo de ello muchas veces. He visto a masas de gente apagar y encender las luces de sus casas a determinadas horas de la noche, y he visto a individuos inmóviles en el centro de una plaza. Por eso no ha habido ningún régimen represivo del mundo que haya sido capaz acabar con las protestas.

Pero, eso sí, siempre podían sacarle los ojos al manifestante, o incluso matarlo. Porque un día, incluso parpadear a ciertos intervalos o simplemente respirar por la boca podría convertirse en un acto de protesta. Por eso me pareció lógico que, siglos atrás, algunos oprimidos se hubiesen rebelado en silencio acariciando el brazo de una estatua. Aunque se rumorea que este comportamiento, que hoy se cree que trae *buena suerte*, ¡lo inventaron los comerciantes de la plaza para atraer clientes! Debo admitir que hubo momentos en los que, debido a *mi enfermedad*, llegué a pensar que esa era la verdad.

Tras esa conversación telefónica con Calhoun, y a petición de los estadounidenses, el primer ministro belga llevó al presidente norcoreano a dar una pequeña vuelta por la ciudad. Antes de subir a su avión y volar de vuelta a casa visitarían algunos monumentos históricos de Bruselas y, por supuesto, se detendrían en la Grande Place. El primer ministro belga, que no sabía nada del plan, hizo lo que se le pidió e hizo de guía y amable anfitrión lo mejor que pudo. Los periodistas seguían a la delegación tras un cordón policial, haciendo fotografías de ambos y siguiéndoles con sus cámaras. El Primer Ministro llevó al líder norcoreano al monumento de Everard t'Serclaes, como habían solicitado expresamente los estadounidenses. El lugar se había asegurado y despejado de antemano. Sonreía mientras explicaba que acariciar el brazo de la estatua daba buena suerte y que todos los turistas de Bruselas se fotografiaban haciéndolo. Pero había alguien más sonriendo con él. El embajador americano en Bruselas. Fue él quien impidió que el primer ministro belga acariciara la estatua para mostrársela al líder norcoreano. Lo hizo como solo un diplomático sabe hacerlo y nadie se dio cuenta, salvo unos pocos. Yo fui uno de los que se dio cuenta. Con dos dedos, apretó el codo del Primer Ministro durante dos segundos y luego lo soltó. A continuación, el presidente norcoreano se acercó a la estatua y le acarició el brazo varias veces, riendo y posando para las cámaras. Esas cámaras acababan de grabar allí mismo un asesinato y nadie se había dado cuenta.

El dios de Corea del Norte contrajo una misteriosa enfermedad dos semanas después de regresar a su país y en un mes ya había muerto. Así cometí mi primer asesinato, aunque indirectamente. De hecho, este fue el primer eslabón de una larga cadena de asesinatos. Porque la CIA quedó muy satisfecha con el resultado. Usó muchas veces a lo largo del tiempo esta técnica de asesinato, a la que llamó *Good Luck*, y había matado a más personas de las que yo pudiera contar. Para hacerlo usó todos aquellos lugares del mundo asociados a la creencia de que tocarlos traía buena suerte o hacían realidad un deseo, desde la Columna Rezumante de Santa Sofía hasta la Bocca della Verità de Roma. De hecho, estaba seguro de que la CIA había sido la inventora de puntos similares que han surgido recientemente en los Estados Unidos, solo para usarlos en los asesinatos de tipo *Good Luck*. Quién sabe qué historias se contarán las generaciones futuras para justificar su origen.

La distancia entre Bruselas y Knokke-Heist era de 114 kilómetros y la lluvia, que había comenzado a caer en los primeros kilómetros, me había seguido hasta aquella ciudad en la costa del Mar del Norte. Una especie de Saint-Tropez sin Mediterráneo. Al menos, eso creían los habitantes de esta ciudad. Aunque las villas más alejadas de la orilla reflejaban una cierta estética, los edificios de apartamentos de varios pisos en la carretera costera eran tan feos como los rascacielos costeros de Antalya. Si en Turquía se disponían a confirmar la existencia de Dios a través de un plebiscito, aquí se había tomado una decisión económica por unanimidad. A lo largo de los años se había aceptado democráticamente que estos apartamentos, casi tan informes como Titanpoint, eran valiosos. En el lenguaje de la economía, el equivalente de la democracia era la relación entre la oferta y la demanda. Si había suficiente demanda, todo valía la pena, incluidos los apartamentos de mierda de Knokke, que daban a un mar color hierro y frío como el acero. Christelle, la mejor enlace del mundo, vivía en uno de esos apartamentos. Pero, a diferencia de otros enlaces, ella no se pasaba la vida corriendo de un punto de conflicto a otro con la maleta en la mano, porque eran los demás los que acudían a Knokke a ver a Christelle. Tenía noventa y cuatro años, pero no aparentaba más de setenta. Había tantos rumores sobre ello que era inútil intentar dilucidar cuáles eran ciertos porque, tratándose de Christelle, todos podrían serlo al mismo tiempo. En otras palabras, su incapacidad para envejecer podría deberse tanto a la ingesta de fetos o a beber sangre de bebés como al uso de medicamentos regeneradores de células aún sin comercializar. Eso o que no había envejecido ni un solo día durante sus veinticuatro años de relación con Cengâver. Estaban tan enamorados que lo más probable es que fuera cierto. Al menos eso pensaba yo. Como en el caso del nacimiento de la creencia de que tocar el brazo de la estatua de

Bruselas traía buena suerte, elegí la razón que menos me repugnaba. Quería creer que el amor podía detener el tiempo, aunque no lo hubiera experimentado personalmente. Necesitaba creerlo como solo alguien que siempre ha transitado de un odio a otro podía hacerlo. Si el odio podía envejecer cuarenta años a niños de seis que huyen de la guerra por una ruta migratoria, lo contrario también tenía que ser cierto.

De hecho, Cengâver, que era dieciocho años más joven que Christelle, me dijo un día:

—No hay otra persona en este mundo con cuya humanidad pueda empatizar. De hecho, ella es el único vínculo entre este mundo y yo. Es como si me hubiera caído por un precipicio y Christelle me hubiese cogido de la mano en el último momento. Quizá nunca pueda levantarme, pero nunca me suelta la mano. Gracias a esa mujer, no caigo al vacío que se abre a mis pies. Christelle me mantiene vivo... —Luego se rio y añadió—: ¡Y yo la mantengo joven a ella!

El amor, por tanto, bien podría ser un paraíso similar al cofre negro que llevaba bajo el brazo. Un armarito en el que nadie envejece, pero cuando sales de él, te sientes como si tuvieras mil años. Por qué no, pensaba. Mientras tanto, observaba mi rostro en el espejo del ascensor que llevaba al apartamento de Christelle.

Primero se abrieron las puertas del ascensor y luego las del piso. Me encontré con un mayordomo que parecía recién retirado del palacio de Buckingham. Era la primera vez que lo veía. ¡No debía de haberse jubilado hacía mucho!

—La señora le está esperando.

Crucé el vestíbulo y entré en el salón del tamaño de una casa. Tres paredes eran azules y una gris. Esta pared gris era el Mar del Norte y el cielo del mismo color, que cubría los grandes ventanales que se extendían del suelo al techo.

El horizonte no sería visible hasta la primavera.

Christelle, que estaba sentada frente a la ventana, se giró ligeramente, me miró y, por supuesto, se echó a reír. Porque estaba viendo mi nueva cara por primera vez. O que por fin tenía una cara...

—¡Me encanta!

—Gracias.

—¡Ven aquí, dame un beso

—¡Aún no está cicatrizado!

—¡No seas tonto! ¡Si puedes hablar, puedes besarme!

Me incliné y la besé en la mejilla. Señaló el asiento a su lado y dijo:

—Siéntate. —Luego llamó al mayordomo de Buckingham—: Blake, ¿podrías quitarle esa cosa de la mano al caballero, por favor?

Entregué el pequeño armarito negro al mayordomo y me senté. Christelle seguía ocupada examinándome el rostro. Incluso hizo una seña hacia la cara y preguntó:

—¿Cómo se llamaba?

—Derek Haley.

—Sí, sí, sí... Lo recuerdo. ¡Era muy buen actor! Creo que vi una obra suya en el West End, o en Broadway...

—¡Probablemente Off-Off-Broadway!

—De todos modos, tenía mucho talento.

—Bueno, pues debió de dedicarse a desperdiciarlo. Porque sus películas son una porquería.

—¿Por qué?

—¡Son todas estúpidas películas de aventuras!

—¿No es así la vida, una aventura tonta?

—Tal vez, pero una cosa es segura. Todavía hay quien ve esas películas. Me paran por la calle y me preguntan: ¿No era que estaba usted muerto? Hasta me piden autógrafos.

Christelle se rio.

—¡Qué bien! ¡Y tú estás acostumbrado a ser famoso! Todo el mundo te reconocía cuando eras niño, ¿no?

—¡Por desgracia, sí!

—¡Y deberías agradecérselo a Derek Haley! Qué tipo tan considerado. Nunca te olvidó.

—¿Cómo podría, Christelle? ¡Se suicidó por mi culpa!

—Sí, ¿verdad?

—¡Por supuesto! ¡Bastó que se asustase como un acto reflejo al ver mi rostro para que lo humillasen en el mundo entero! Encontré los periódicos de la época, programas de televisión, todo. ¡Si supieras lo que dicen! Le arruinaron la vida. ¡Hasta quitaron su estrella de Hollywood Boulevard! ¡Imagínatelo! Por supuesto que se derrumbó. En su testamento dejó todo su dinero a ALL FOR ALL, y me escribió una carta en la que se disculpa y me ruega que aceptase su cara...

—¿Qué edad tenía cuando murió?

—Treinta y nueve. Tras su muerte, un laboratorio se encargó de extraerle el rostro y congelarlo. Me llamaron. Y luego vinieron con un abogado. Me dijeron: Derek Haley te ha legado su rostro. Al principio no me lo podía creer. Entonces dije: «No lo quiero. No quiero la cara de nadie».

—Lo recuerdo. Cengâver solía preguntarte a veces... ¿No considerarías un trasplante de cara? Pero siempre decías que no.

—¿Sabes cuándo me llamaron por primera vez? Tenía veinticinco años...

—¿Hablas en serio?

—¡Sí! ¡Pero entonces no lo quería! ¡Porque no podía ni mirarme a mí mismo! ¡Ni siquiera me miraba en el espejo! ¡No me importaba! ¡Yo no quería saber nada de este rostro! Ellos sí.

—¿Quiénes son ellos?

—¿Quién va a ser? ¡La gente! ¡Yo lo que quería era que todos vieran este rostro que habían destrozado! ¡Que lo viesen todos! ¡Mientras yo viviese, ninguno de ellos podría olvidar esta cara!

—¿Y qué pasó? ¿Por qué cambiaste de opinión después de todos esos años?

—Había un cirujano en El-Aman. Asbjörn... Me salvó la vida. El año pasado, en diciembre, descubrí dónde vivía. Así que fui a su encuentro. Primero me miró a la cara, después lloró... ¿Y sabes lo que dijo? «Ojalá no te hubiese salvado la vida. ¡Ojalá hubieses muerto para no tener que sufrir así!»

—¿Está loco?

—¡No, estaba borracho! Por eso decía la verdad. Tenía razón. Así que decidí morir. ¡Primero moriría y luego resucitaría! ¡El viejo Zamir moriría y renacería con un nuevo rostro! Los abogados de Derek Haley dijeron: «Este rostro es tuyo de por vida». Así que les llamé y les dije: «Vale. ¡Quiero esa cara!». Entonces me hospitalizaron en Zúrich para operarme. Pasé la última Nochevieja en aquella habitación de hospital. Estaba tan emocionado que incluso olvidé lo solo que estaba. Después me quitaron las vendas. ¡Pensaba que cuando me mirase al espejo y viese mi nueva cara todo cambiaría! Ese sufrimiento... Un sufrimiento horrible. No dejaba de roerme la mente... ¡Pensé que desaparecería! Tendría una cara nueva y todo quedaría en el pasado. Pero no... ¡Nada de eso desapareció! Me miré en el espejo y no sentí nada. No sirvió de nada resucitar. ¡Sí, ahora tengo un rostro! Y un nombre. ¡Pero eso es todo! No tengo ni idea de quién soy. Por ahora, sigo interpretando el papel del viejo Zamir con la cara de un viejo actor. Porque aún no sé qué hacer con esta nueva vida. ¡No tengo ni idea! ¡Lo único que sé es que algo va muy mal en todo lo que hago! Porque no existe la paz en la naturaleza. Todo ser vivo lucha por sobrevivir. Todo el tiempo. ¡La vida es una guerra! ¡Por eso no tiene cabida en este mundo nada de lo que hacemos! ¡Intentar evitar que la gente se mate entre sí no es más que negar la humanidad! ¡Mira cómo ha progresado la humanidad! Todo su desarrollo tecnológico se basa en la guerra. ¡Toda su economía! Su cultura, su lengua, sus pensamientos, ¡todo! ¡Porque el ser humano existe para luchar! ¿Y qué es lo que hacemos nosotros?

No podía contenerme. No podía controlar ese torrente de palabras que salían de mi boca. Caían como dientes podridos. Era el momento perfecto para llorar, pero no era yo quien lloraba. Era Christelle quien tenía lágrimas en los ojos. Estaba convencido de que en ese momento era Cengâver quien ocupaba sus pensamientos. Seguro que él también hablaba así en sus últimos días. Antes de pegarse un tiro en mayo del año pasado. Christelle lo entendía todo, aunque no sabía que viajaba con un violonchelo para evitar el suicidio. De no ser así, no me habría hecho la pregunta:

—¿Cuándo fue la última vez que dormiste?

Cengâver tampoco podía dormir.

—No lo sé —dije.

—Esta noche la vas a pasar aquí.

Giré la cabeza y observé la pared gris. El Mar del Norte, que es un mar aunque parezca un pantano.

—«Ni un río, ni una llanura, ni una montaña... Ni un árbol, ni una nube. Nada como el mar explica la libertad. Ni siquiera la propia libertad».

—No vas a ir a ningún sitio —dijo Christelle.

—No lo digo yo, lo dice Malaparte.

—¿Sabes qué más dice ese Malaparte? ¡Los tiranos más terribles de este mundo son las ancianas! Así que no me hagas enfadar y ahora levántate y vete al cuarto de invitados. Métete en cama. ¡Y no te levantes hasta que hayas dormido! ¿Entendido?

—Vale —dije, me incorporé, di unos pasos y me detuve—. Christelle... ¿qué pasó con aquellos palestinos desaparecidos?

—No te preocupes, no están muertos.

—¿Pero dónde están?

—Hace años Cengâver me llevó a Capadocia. Allí visitamos una ciudad subterránea. Se llamaba Derinkuyu. Hace mucho tiempo, la gente estaba tan asustada que excavaron la roca y construyeron una ciudad bajo tierra. Vivieron durante años sin ver el sol. Únicamente para sentirse seguros... Eso es lo que están haciendo esos palestinos perdidos. Siguen en Palestina. Pero no en la superficie, sino bajo tierra. Hay cuevas cerca de Ramala. Se esconden allí. Quizá sea lo mejor por ahora. Si Israel y Palestina no pueden convivir, que unos vivan arriba y otros abajo.

No podía creer lo que estaba oyendo.

—¿De quién fue la idea? ¿Tuya?

—No, de Cengâver. Se le ocurrió en Capadocia. Me dio su palabra de que no compartiría esa posibilidad con nadie. Por desgracia, se lo contó a alguien que convenció a los palestinos. Aceptaron pasar a la clandestinidad antes que abandonar sus tierras. ¿Qué otra opción tienen?

—¿Lo saben los israelíes?

—No lo creo. Si lo supieran, no se lo permitirían.

—Tienes razón —dije. Y me fui al cuarto de invitados.

Sabra y Chatila me esperaban en Berlín. Íbamos a encontrarnos allí. Pensé en cómo darles la noticia. Me tumbé en la cama y cerré los ojos. Quizá lo mejor sería decirles: «¡No os preocupéis, ninguno está muerto! Solo están enterrados en vida».

Tal vez sería mejor comprar *El diario de Ana Frank* en una librería, regalárselo y dejar que adivinasen por sí mismos qué había pasado con los palestinos desaparecidos. Pero al pensar en el final del libro, deseché la idea.

Así que hice lo que hago siempre que me atenaza la desesperanza: me evado de la realidad. Me he pasado años huyendo en la misma dirección. Hacia un sueño. Uno en el que me enfrentaba a Caín justo cuando estaba a punto de matar a Abel. Primero conseguía calmar la ira del primogénito con mis palabras, y después aseguraba la paz eterna entre ambos hermanos. Sin embargo, el verdadero sueño era el resultado de aquello. Porque era el sueño más difícil: ¿cómo sería el mundo hoy si Caín no hubiese matado a Abel?

EJAZ Y LA MARIONETA

Ese día se produjeron en Ginebra dos acontecimientos que pertenecían a mundos diferentes; tanto que era como si hubiese dos Ginebras en el mundo. Uno fue la reunión sobre migraciones masivas en el Palacio de las Naciones de la ONU, el otro un festival de música a orillas del lago Leman. Entonces, ¿a cuál de ellas pensaba asistir Zamir, un adolescente de diecisiete años? A la reunión de las Naciones Unidas, por supuesto. Llevaba toda la mañana sentado en primera fila en el Salón de la Asamblea, la sala principal, mirando fijamente el escenario. Pero estaba tan aburrido que no oía ni veía nada. Mientras tanto, un orador tras otro iba subiendo al estrado y no dejaban de aparecer estadísticas y gráficos en la pantalla gigante que tenían detrás. De hecho, la reunión fue más bien un simposio de matemáticas. Como si se estuviese analizando un misterioso problema que llevaba siglos sin resolverse. Era normal, porque en este edificio histórico todo había girado siempre en torno a los números.

Cuando la ONU aún era una organización llamada Sociedad de Naciones ya tenía su sede aquí. Y la construcción del edificio había sido el resultado de intentar resolver un problema matemático. Se trataba de un problema sobre cómo las partes victoriosas de la Primera Guerra Mundial se repartirían el botín de guerra, incluidas las tierras del Imperio Otomano. Para realizar este cálculo se organizó una conferencia en París y allí se sentaron las bases de la Sociedad de Naciones. Por ello, el Palacio de las Naciones, que debía ser el centro de esta sociedad, se estableció en realidad como una oficina de contabilidad. Una vez deducidos los gastos, se calcularía aquí el importe de los beneficios de la guerra y se le facturaría a los Estados derrotados en función del resultado. En este punto cabe destacar el nombre de la conferencia en la que se tomó la decisión de crear la Sociedad de Naciones. Lo suyo hubiera sido llamarla la Conferencia de Recaudación de París. Se llamó Conferencia de Paz de París. Como se deduce de esto, la palabra «paz» puede significar muchas cosas. De hecho, significa de todo menos paz. Igual que la palabra «guerra». Por ejemplo, esta palabra se usó mucho en la reunión sobre inmigración. Sin embargo, dado que la reunión era en realidad un simposio de matemáticas, la palabra «guerra» se utilizó aquí como sustituta de «cero». En otras palabras, el elemento nulo. Esto tampoco era raro, ya que no quedaba nada de lo que se había multiplicado por la guerra.

Ejemplo: 75.000.000 de personas x Segunda Guerra Mundial = 0

La reunión, que había comenzado por la mañana, duraría hasta la noche. Zamir esperó impaciente la pausa para comer. No porque tuviera hambre, sino porque pensaba beberse al menos cinco vasos de vino y fumarse medio paquete de cigarrillos durante la pausa de una hora. Jenna y Jacinta, sentadas en los asientos a su izquierda, se opondrían, por supuesto. Con toda probabilidad, Jacinta le dejaría tomar una copa, pero Jenna se opondría incluso a eso. Pero enfrentarlas entre sí le resultaba a Zamir tan agradable como fumar y beber.

Aunque las dos mujeres ya no se peleaban tanto como antes, a la menor discusión salían a relucir temas de hacía años y ambas aprovechaban cualquier oportunidad para desatar su rabia contenida. Parecían una pareja divorciada con la custodia compartida de sus hijos y no dudaban en utilizar a Zamir como palanca la una contra la otra. Zamir, por su parte, hacía lo que los hijos de padres divorciados saben hacer tan bien: explotar al máximo la falta de comunicación entre las dos mujeres. Después de todo, Jenna y Jacinta pensaban que se conocían. Pero era una ilusión. Ambas afirmaban poder leerse la mente, por lo que ni siquiera sentían la necesidad de hablar para ponerse de acuerdo en algo. Habían asumido que eran incapaces de llegar a un acuerdo y comenzaban las discusiones desde ese punto. Su relación se basaba en sus prejuicios mutuos y aquí es donde entraba en juego Zamir. Llenaba los vacíos de su comunicación. Lo hacía echando leña a la hoguera de los prejuicios. Y así, la brecha entre las dos mujeres se fue haciendo cada vez más grande, sin que ninguna de ellas le preguntara a la otra «¿Quién eres en realidad?» o «¿Qué piensas de esto?».

Para Zamir fue una experiencia muy valiosa observar esta relación de guerra fría entre Jenna y Jacinta, que consistía en acusarse constantemente la una a la otra, e incluso aprendió a dirigirla. Porque años más tarde se convertiría en enlace y se daría cuenta de que los Gobiernos no son diferentes de las personas. Como en el caso de dos personas que se negaban a comunicarse, era fácil hacer que dos Estados en situación de guerra fría creyeran cualquier cosa el uno del otro. La misma facilidad se aplicaba a las sociedades polarizadas. Por ejemplo, unas cuantas cartas anónimas bastaban para que dos vecinos, que por algún motivo habían dejado de hablarse, se agrediesen. En consecuencia, una guerra civil podía estallar en cualquier país mientras hubiese dos partes que ya no sentían la necesidad de comunicarse y, por ello mismo, creían que se conocían. Lo importante aquí era romper los lazos entre los distintos grupos de una misma sociedad, lo que era un juego de niños.

Porque el ser humano no deja de ser un niño estúpido que solo puede confiar en sus padres y en quienes se les parecen. De hecho, pasa toda su vida temiendo u odiando a cualquiera que tenga un aspecto diferente al de sus padres. Al fin y al cabo, el ser humano nunca crece y siempre sigue siendo un niño. Porque la sociedad que ha construido es como una incubadora a la inversa. Todo apunta a que en algún momento se ha detenido el desarrollo de la inteligencia emocional de los seres humanos; incluso sufriendo una regresión. De lo contrario, ¿habría plantado la bandera de su país en la Luna, a la que había viajado con grandes dificultades, utilizando todos los conocimientos humanos, incluida la invención de la rueda? Como un niño estúpido... Esta es en concreto la razón por la que el hombre nunca ha explorado en realidad ningún lugar, sino que se ha limitado a ampliar el campo de batalla. Por lo tanto, la cuestión de cuántos vasos de vino bebería Zamir durante su pausa para comer no era más que otro frente abierto en la guerra fría entre Jenna y Jacinta.

El orador bajó del escenario entre aplausos, pasó junto a Zamir y ocupó el asiento a su derecha. Aún no se conocían, pero todo el mundo había oído hablar de él: Ejaz. Parecía tener la edad de Zamir. Aunque llevaban sentados uno al lado del otro desde por la mañana, no habían intercambiado palabra. Lo único que se sabía de él era que había sido rescatado del mar Egeo hacía seis años, inconsciente y moribundo. Del resto nada porque nada recordaba. Ni de cómo había subido a la desvencijada embarcación que transportaba migrantes de Turquía a Grecia ni si había tenido familia con él. Aunque no llevaba carné de identidad ni pasaporte, estaba claro que era sirio, como los demás pasajeros del barco. Las imágenes del momento de su rescate se habían visto en todo el mundo y se habían convertido en un símbolo de los millones de personas cuyas vidas se ensombrecían en la ruta migratoria. De hecho, en un momento en que esos emigrantes causaban malestar allá donde recalaran, fuesen o no buenas personas, el chaleco salvavidas que llevaban había dado a todos una lección de humanidad. Como no había ningún otro niño en aquel ataúd flotante excepto Ejaz, él era el único que llevaba chaleco salvavidas en el barco. Así que los emigrantes no eran de otro planeta y sabían decir «¡Los niños primero!» como cualquier persona.

Ejaz fue el único que sobrevivió.

Lo encontraron flotando en el agua entre cuarenta y tres cadáveres, muerto de frío, y Grecia esperaba salvar su imagen con Ejaz. Porque el comportamiento del Estado griego con los inmigrantes había sido tan despiadado que podía competir con Hungría. A los que entraban en territorio griego por carretera los desnudaban hasta dejarlos en ropa interior, sobre todo en los meses de invierno, y luego los empujaban de vuelta a Turquía. Los que se aproximaban a Grecia por mar tenían peor suerte. Porque los guardacostas griegos primero cañoneaban sus embarcaciones y después informaban a la parte turca para que los rescatasen. Así, la mayoría de los migrantes que partieran de Turquía se encontrarían en Grecia como en el infierno y, tras pasar por allí, regresarían a Turquía.

El accidente de barco en el que murieron ahogadas cuarenta y tres personas coincidió con un momento en que Grecia era duramente criticada por estas prácticas. Por ello, no tardaron en anunciar a todo el mundo que habían salvado la vida de un niño de entre doce y trece años. Sin embargo, las cosas no salieron como habían esperado. Porque el chico estaba en estado de shock y no podía hablar. Aunque habían pasado semanas desde el accidente, no recuperaba la memoria y no conseguía recobrarse del severo trauma que había sufrido. ¡Así que no pudo dar las gracias al Gobierno griego ante las cámaras! No obstante, todavía podrían utilizarlo como una eficaz herramienta de relaciones públicas, como así fue. El Gobierno transfirió la responsabilidad del niño a una organización benéfica que nunca había aprobado su política migratoria. Al fin y al cabo, Grecia era más que su Gobierno. Los miembros de la FUNDACIÓN SER HUMANO ES SER MIGRANTE eran jóvenes griegos que todas las noches aguardaban en la orilla del mar Egeo con mantas en la mano para asegurarse de que los migrantes desembarcaban sanos y salvos. Y fueron ellos los que bautizaron al niño. Al igual que el poeta de Alepo Youssef Ali, que había vivido en Al-Aman y le había dado a Zamir su nombre, también ellos buscaron una palabra apropiada.

Ejaz significa «milagro» en árabe y encajaba bien con la historia de la salvación del niño. De hecho, todo lo que ocurrió tras su rescate también se podría considerar un milagro. Mientras decenas de miles de personas se encontraban en campos de refugiados en suelo griego esperando *volver a la vida*, a Ejaz lo enviaron a Estocolmo en el primer avión. La sede de la fundación estaba allí y Ejaz lo aprendió todo desde cero en Estocolmo, como lo haría un recién nacido. Al principio solo conseguía comunicarse con simples dibujos y gestos con las manos, más tarde empezó a hablar inglés y después sueco. Además, dibujar para comunicarse con su entorno le fue de gran ayuda a Ejaz, ya que tenía talento y una gran imaginación. Comenzó a pintar cuadros que recordaban a *La balsa de Medusa* de Théodore Géricault. En aquellos óleos, personas de todas las razas del mundo se enfrentaban a olas gigantescas en embarcaciones destartaladas, luchando a vida o muerte en mar abierto. Mientras uno oteaba el horizonte con esperanza, otro se doblaba de miedo, uno tendía la mano a una anciana que había caído al mar y otro rezaba. Aunque el tema de los cuadros era siempre el mismo, todos eran diferentes. Porque daba detalles tan sorprendentes sobre las personas que iban dentro de la embarcación, que cada viaje que pintaba narraba una aventura diferente y parecía real. Como es natural, los cuadros de Ejaz se hicieron mundialmente famosos y se convirtieron en una inteligente herramienta de inversión para quienes querían ganar dinero con el arte. Ejaz, que era ya ciudadano sueco, empezó a donar los ingresos de las ventas de sus cuadros a la fundación que se ocupaba de él y, de este modo, pasó de ser un héroe a convertirse en un semidiós. Porque a los héroes solo se les admiraba. Pero si primero se compadecía a una persona y luego se pasaba a admirarla, esa persona acababa adquiriendo la santidad.

Zamir no llegó ni a héroe ni a semidiós porque la gente solo se compadecía de él. Y eso lo convirtió en una víctima. En el pasado podría haber envidiado a Ejaz, pero ya nada de eso le quitaba el sueño. Lo único que le importaba era conseguir suficiente vino para emborracharse a la hora del almuerzo. Pero también eso le estaba vetado. Porque cuando estaba a punto de entrar en el comedor apareció ante él un guardia. A juzgar por sus auriculares, su traje oscuro y su comportamiento robótico, o era el guardaespaldas de un jefe mafioso o del Papa. O quizá...

—El Primer Ministro quiere conocerle.

Jenna y Jacinta, de pie a ambos lados de Zamir, se miraron. Siempre había sido útil para ALL FOR ALL que Zamir se reuniera con cualquier primer ministro. Pero para un joven de diecisiete años que en esa etapa de su vida no quería más que alcohol, drogas y sexo, la invitación no significaba nada. Fue Jenna la que respondió.

—Por supuesto, Zamir estaría encantado de reunirse con el Primer Ministro. ¿De qué país?

Si Jenna hubiera leído el programa de la mañana con más atención no habría necesitado hacer la pregunta. Porque solo había un Primer Ministro. En su país había más de tres millones de migrantes y muchos, como Ejaz, arriesgaban la vida para llegar a Europa. De eso había tratado su discurso de aquella tarde. Se refería a las condiciones ofrecidas a los migrantes por su Gobierno y a las medidas que deberían tomarse para evitar que la gente perdiese la vida en la ruta migratoria. Al ver el pin de la bandera en la solapa de la chaqueta del guardia, Jacinta respondió a la pregunta de Jenna:

—Turquía.

—Sí —dijo el guardia. Luego se volvió hacia Zamir y señaló el largo pasillo que había junto a ellos—. Por aquí.

Jenna hizo ademán de dirigirse hacia el pasillo, pero el guardia le dijo en tono severo:

—Solo Zamir.

En ese momento ambas mujeres intercambiaron una mirada de preocupación. Pero ya poco más podían hacer por Zamir, tan solo velar por él. Aunque continuaban recogiendo donativos, el comportamiento errático de Zamir las asustaba. Por eso nunca querían dejarlo solo en tales eventos. Porque mientras estuviesen con él, siempre podrían ofrecer una sencilla justificación para el comportamiento agresivo de Zamir: «Por favor, discúlpenlo. Todos los años sufre alguna operación. Está medicado y eso afecta mucho a su psicología.»

La persona concernida se calmaba de inmediato ante esta explicación e incluso lamentaba haberle insultado delante de todos. Porque entonces recordaba que la tolerancia era la única actitud posible ante alguien que tanto había sufrido y decía: «¡Claro, claro! No importa en absoluto. Con todo con lo que ha debido tener que lidiar», y así sucesivamente.

En realidad, dependiendo de la situación, este razonamiento de Jacinta o Jenna no era tan erróneo. Tan solo estaba incompleto. De hecho, Zamir se sometía a menudo a intervenciones quirúrgicas en la cara y tomaba fuertes medicamentos con efectos secundarios neurológicos. Pero también era hijo de Zerre. Así que, aunque nadie lo sabía, la violencia era una tradición familiar. Pero no eran ellos dos quienes iniciaban el ataque. Cuanto más atacaba el mundo a Zamir, más represalias tomaba él, como había hecho su madre.

Al final del largo pasillo por el que caminaba Zamir había una gran puerta con tres guardias más ante ella. Por supuesto, ellos también parecían robots. ¡Quizá fueran todos robots! Por un momento, Zamir llegó a pensar que podría ser el único humano del mundo; de uno en el que todos fuesen robots y el único trabajo del ser humano fuese repararlos. Mientras Zamir pensaba en estas cosas, la puerta frente a él se abrió y el tono de voz que lo recibió era tan alto como el techo de la habitación en la que entró.

—¡Bienvenido, Zamir! Ven y siéntate.

Según las reglas del protocolo, el rango de las personas podía medirse por los decibelios de su voz al hablar en público. Esta vez, sin embargo, Zamir no necesitó medir nada para saber quién era quién. Porque mientras todos los demás en la sala estaban de pie, solo había tres personas sentadas en la mesa de comedor del centro. Y era uno de ellos el que hablaba. Además, el recién elegido primer ministro de Turquía era una figura extremadamente popular. Gracias a los medios de comunicación internacionales, el mundo entero, incluido Zamir, conocía su rostro.

—¡Mira, Ejaz también está aquí!

Cuando Zamir se sentó en la silla que le mostraron, el Primer Ministro preguntó:

—¿Os conocéis?

—No, pero sé quién es Ejaz, por supuesto.

Había una mujer que traducía todas estas conversaciones al inglés y susurraba al oído de Ejaz. Pero no estaba incluida en la mesa. Se sentaba en una silla justo detrás de Ejaz, con un cuaderno en la mano. Cuando terminó de traducir, Ejaz miró a Zamir, sonrió y le saludó con un movimiento de cabeza.

—Pues venga —dijo el Primer Ministro—. Estos críos deben de tener hambre. Que traigan la comida. —Luego le señaló a Zamir el hombre sentado a su derecha—. El Sr. Salim, nuestro Ministro de Asuntos Exteriores.

—Encantado de conocerlo —dijo Zamir.

El Primer Ministro, siempre sonriente, esta vez soltó una carcajada y dijo:

—¡Bravo! Mira, ¿has visto, Salim? ¡Qué bien habla turco! Fabuloso.

—Sí, señor —dijo Salim—. Habla muy bien.

En ese momento, los camareros rodearon la mesa circular y sirvieron la comida. Zamir contempló al resto de la delegación turca que llenaba la sala. Los que permanecían de pie... Todos tenían los ojos puestos en el Primer Ministro. Lo observaban con admiración, dispuestos a interpretar su más mínimo gesto y satisfacer cualquier necesidad que pudiera tener. De hecho, parecían una estrella de rock rodeada por sus *groupies*.

El primer plato que les pusieron delante era una sopa llena de guisantes y helechos. Estaba con la primera cucharada cuando Zamir se dio cuenta de que el Primer Ministro no comía y lo contemplaba. Se miraron a los ojos. El Primer Ministro sonrió como un niño travieso y levantó la mano. En ese momento se oyó un murmullo en la sala y de pronto aparecieron dos hombres, uno a cada lado del Primer Ministro, con marionetas en las manos. Zamir y Ejaz dejaron la sopa y miraron asombrados las marionetas. Era obvio que Zamir también estaba sorprendido, no porque lo dijese su cara, claro, sino por el hecho de que había olvidado llevarse la cuchara a la boca. Por lo demás, no estaba nervioso ni excitado. Sentarse a una mesa así provocaría dolores de estómago y sudores a cualquier joven de su edad, pero a Zamir no le afectó. Porque no era la primera vez que se sentaba a la misma mesa que un primer ministro. Ya había cenado y charlado muchas veces con jefes de Estado y primeros ministros. Pero nunca había visto a uno de ellos llevar dos marionetas a la mesa.

—Por favor, continuad —dijo el Primer Ministro.

Los dos jóvenes volvieron a inclinar la cabeza. Con el rabillo del ojo, sin embargo, vieron al Primer Ministro meter las manos dentro de las marionetas y luego sentarlas una al lado de la otra en su regazo. Acababan de tomar dos cucharadas más de la sopa de guisantes cuando una voz fina sonó en la habitación.

—¡Bienvenidos, niños!

Era la marioneta en la mano izquierda del Primer Ministro. Una anciana con pañuelo en la cabeza y gafas. Su boca se abría y cerraba con cada palabra que decía y el Primer Ministro la miraba con una sonrisa.

—¡Me alegro de que hayáis venido!

—¡Anda, déjalos que coman!

Esta vez fue la marioneta en la mano derecha del Primer Ministro la que habló. Su voz era más gruesa. Un anciano con barba y gafas; debía de ser el marido de la otra marioneta. La mujer respondió a su marido:

—¡Querido, qué pasa! Pueden escucharme y comer a la vez.

—¡Pues yo llevo cuarenta años escuchándote y siempre me levanto de la mesa con hambre!

—¿Por eso tienes esa barriga? Parece un tambor de Ramadán.

—¿Qué tambor? ¡Como mucho una darbuka!

—Pues vamos entonces a aporrearte la barriga a ver si salimos de dudas: ¿es una darbuka o un tambor? ¿Y solo porque tú no puedas hacer dos cosas a la vez crees que estos niños son como tú? Ya ves que los dos están escuchando sin dejar de comer.

El Primer Ministro volvió la cabeza hacia la marioneta que acababa de hablar y miró a su público con expresión desconcertada para dar a entender que estaba atrapado en medio de una pelea entre un marido y su mujer. La delegación turca reía pero Zamir y Ejaz, que escuchaban al traductor, no supieron cómo reaccionar.

La anciana continuó:

—Niños, tengo una idea. También vosotros deberíais tener marionetas y así vuestro tío el Primer Ministro podría dar un discurso con ellas.

El anciano interrumpió a su mujer.

—¡Pero dime, dónde va a dar ese discurso!

—¡Jolines, que te lo estamos diciendo! —Todos rieron de nuevo y la anciana continuó—: Hay una reunión del Consejo de Europa el mes que viene. Vuestro tío el Primer Ministro dará allí un discurso. A vosotros todo el mundo os conoce. Os esforzáis por ser la voz de los niños sirios. Y lo habéis sido durante años. Y yo digo...

—¡Ya estás otra vez! —la interrumpió su marido—. Lo mejor sería que subierais los tres juntos al estrado en esa reunión y que gracias a vosotros el mundo entero recordase el sufrimiento en Siria. ¿Qué os parece?

Al ver que Zamir y Ejaz guardaban silencio, la anciana intervino.

—¡Niños, la gente se ha olvidado de Siria! ¡Incluso se han olvidado de que hay una guerra allí! ¿Y esos millones de personas que han tenido que abandonar sus hogares? No queda ya nadie que piense en ellos, aparte de vosotros y nosotros. Pero Europa también debería hacer algo, ¿no? También ellos tienen que hacer algo. Al menos apoyar a Turquía.

Ejaz estaba confuso.

—¿Vamos a tener que dar un discurso nosotros también?

La anciana rio cuando oyó a la traductora.

—No, no... No tenéis que subir al estrado. Porque allí ya estarán vuestras marionetas. ¿Sabíais que la gente siempre se ríe cuando ve marionetas? Esta vez reirán y llorarán al mismo tiempo. Dejadme que os diga algo: será un discurso tan impactante que pasará a la historia. Entonces, ¿qué os parece?

El mayor problema que tiene una persona que habla con un ventrílocuo es que no sabe dónde mirar. Porque hablar mirando al titiritero es, en cierto modo, estropear el espectáculo. Y hablar con una marioneta te hace sentir estúpido. Entonces Zamir miró a Ejaz y habló.

—¡Creo que es una gran idea!

La razón por la que había reaccionado así, ante la idea más ridícula que había oído en su vida, fue que en realidad le importaba muy poco lo que saliera de todo aquello.

Ejaz miró a Zamir y asintió.

—¡Estoy de acuerdo!

Ejaz probablemente había reaccionado así porque le importaba demasiado. Al menos eso había pensado Zamir en aquel momento. Porque un primer ministro pronunciando un discurso ante el Consejo de Europa con dos marionetas en las manos no era más que un estúpido espectáculo para trivializar el sufrimiento de los migrantes. Y en ese momento a Zamir se le ocurrió otra idea. Esta vez sobre las otras personas que había en la sala. Todos tenían que ser conscientes de lo malísima que era aquella idea. Porque no hacía falta ser un genio para verlo. Pero ninguno de ellos dijo nada. Ninguno de ellos advirtió al Primer Ministro. Ni el Ministro de Asuntos Exteriores, sentado a su lado, ni los que están de pie, lo que significaba que, en el círculo del Primer Ministro, la expresión de la verdadera opinión de uno podía ser causa de variados problemas. Y eso que el Primer Ministro acababa de ser elegido. Solo llevaba cuatro meses en el cargo. Pero incluso en ese corto periodo de tiempo había dejado ya claro su estilo de gobierno. A ojos de todos, debía ser el único con buenas ideas allí donde estuviese presente. Además, debía de percibir la discusión de sus ideas como un insulto, por lo que aquellos que le rodeaban tenían que guardar silencio. Tal vez fuese aquella la verdadera profesión del

Primer Ministro. Después de todo, ¡era una estrella! Y una estrella que llevaba años en el candelero.

Se hizo famoso en una noche. En tres minutos, para ser exactos. Porque eso fue lo que duró su actuación en el programa de televisión en el que participaba. Se trataba de un concurso de talentos y, como maravilloso ventrílocuo que era, aquella noche había cautivado a todo el mundo. Hacía hablar a la marioneta que tenía en la mano con tal naturalidad que parecía un ser vivo y el público no podía dejar de mirar. Como era de esperar, acabó ganando el concurso y su popularidad no hizo más que aumentar, por lo que empezó a organizar espectáculos por todo el país. En estos espectáculos, se subía al escenario con diferentes marionetas y representaba diferentes escenas, una tras otra. Aunque su sentido del humor parecía sencillo, contenía observaciones extraordinariamente sutiles. Sobre todo, hacía bromas sobre clichés o comportamientos estereotipados de la vida cotidiana. A pesar de que el Gobierno, corrupto en todos los ámbitos en aquella época, utilizaba la represión y hasta la tortura para ocultarlo a la opinión pública, él nunca mencionó nada de esto en sus espectáculos. Por lo tanto, sus actuaciones habían sido como un partido de fútbol. Durante al menos noventa minutos, quienes acudían a verlo olvidaban todas las afrentas que habían recibido por parte del Estado y pensaban que su mayor problema era su torpeza en las relaciones entre géneros. Por eso, mientras se prohibían una a tras otra las obras de teatro, las películas o los libros críticos con el Gobierno, a él nadie lo tocaba. De hecho, todos los municipios pertenecientes al partido del Gobierno le abrían sus salas e insistían en que actuara en sus ciudades. Con el tiempo, a los espectáculos escénicos se añadieron anuncios publicitarios. Más tarde, por supuesto, se pasó al cine. Corría de un plató de rodaje a otro con sus marionetas en las manos y todas sus películas se convertían en un gran éxito de taquilla. Incluso grabó un disco en el que cantaba canciones con sus marionetas. Pero su fama no fue lo único que aumentó con los años. Las protestas contra el Gobierno crecían con la misma rapidez. La mayoría de la población quería deshacerse del partido que había gobernado el país durante tres legislaturas consecutivas. Era casi seguro que habría un cambio de gobierno en Turquía en las siguientes elecciones. Así que el espectáculo de marionetas cambió de la noche a la mañana y se llenó de chistes que criticaban al Gobierno. Al final de aquella noche, el hombre que llevaba diez años divirtiendo a todo el país anunció que formaría un partido y se presentaría a las elecciones. Y estas palabras, por supuesto, fueron recibidas con una gran ovación. Nadie se preguntó por qué había guardado silencio contra la política represiva del Gobierno hasta ese día. Poco tiempo después fundó su propio partido y formó organizaciones provinciales por todo el país, convirtiéndose en la fuerza de oposición más popular seis meses antes de las elecciones. Pero había un problema; más concretamente, un misterio. Porque nadie sabía cuáles eran en realidad sus opiniones políticas. Cuando le preguntaban, decía:

—Así como yo he hecho hablar a las marionetas durante años, será la nación quien me haga hablar a mí. Diré lo que ellos quieran. No seré otro títere de potencias extranjeras ni portavoz de conflictos internos. ¡Seré solo marioneta de mi nación! ¡Es la voluntad de la nación quien decide mis opiniones políticas y no al revés!

Los periodistas, que se quedaban perplejos ante esta respuesta, lo presionaban un poco, él se enfadaba y replicaba:

—¿Y qué me decís de esos candidatos que se declaran de derechas o de izquierdas sin pedir la opinión del pueblo? ¿Por qué no vais a hablar con ellos?

Los responsables del partido hacían declaraciones con frases similares y así nació un nuevo discurso político en Turquía. Aunque otros partidos se esforzaron por hacer promesas concretas, este fue el discurso que más caló, por vago y vacío. Por ejemplo, la única promesa del partido recién fundado era: ser la voz de la nación. Una promesa que cualquiera podía cumplir como se quisiera. Y así fue. El ventrílocuo más exitoso de Turquía, aunque no propuso ninguna solución a los arraigados problemas del país, criticó al Gobierno del momento y a otros partidos con tanta eficacia que consiguió obtener el 44% de los votos en las elecciones y gobernar en solitario. Aunque pudiera parecer una hazaña increíble, en realidad era previsible, dada la historia política de Turquía. Una gran parte de la población había renunciado a los partidos tradicionales que llevaban décadas en la escena política. Prefirieron seguir a alguien que les decía: «Yo seré vuestra voz». Porque eran personas que tenían un problema que trascendía las clases sociales y cualquier otra identidad: haber sido completamente ignoradas. Y ahora había un primer ministro que solo prestaba oídos a su nación. Eso sí, la manera en que la nación haría oír su voz era, por supuesto, bastante incierta.

El resultado fue que el pueblo turco, como un enfermo terminal que, habiendo perdido la esperanza en la medicina convencional, recurre a soluciones alternativas, incluso religiosas o metafísicas, eligió a un ventrílocuo como primer ministro. De hecho, no había nada sorprendente en ello. Porque no era la primera vez que un ventrílocuo alcanzaba el poder político. Hubo muchos ejemplos en la historia. En el Antiguo Testamento, la mujer llamada la Bruja de Endor, de la que se dice que trajo noticias del difunto Ismael al rey Talût, era muy probablemente una ventrílocua. Por lo tanto, la voz que se creía procedente del inframundo no venía en realidad de tan lejos. Tampoco en la antigua Grecia la situación era muy diferente. Se pensaba que una voz procedente de alguien que no movía los labios solo podía pertenecer al alma de un muerto. Los ventrílocuos no defraudaron a quienes sostenían dicha creencia y utilizaron su don para actuar como médiums entre los vivos y los muertos. Como aún no tenían marionetas, elegían piedras sagradas de los templos a la que hacían hablar. Por ejemplo, las sacerdotisas del Templo de Hércules, en la ciudad de Tiro, se ponían junto a esas piedras sagradas y, de improviso y sin aparente explicación, esas piedras empezaban a hablar. Sin embargo, el ventrílocuo más famoso de la época fue Euricles de Atenas. Debió de serlo, porque su nombre se menciona en *Los asnos* de Aristófanes e incluso en *El sofista* de Platón. Euricles de Atenas era conocido como *engastrimanteis*. El profeta que hablaba desde su vientre. Hacía profecías sobre el futuro gracias a un ser que vivía en su interior. Solo compartía el misterio de esta habilidad con sus alumnos de élite. Porque, en efecto, había un misterio. La voz del ser que, según Euricles, vivía en su pecho, no procedía de su estómago. El ventrílocuo emitía ese sonido desde su laringe. ¡Ese era el misterio! Así que estaba usando sus cuerdas vocales. Pero en lugar de los labios, movía la lengua. Y lo principal era controlar los músculos faciales mientras se emitía ese sonido. Hablar sin distorsionar la expresión y sin mover los labios, algo que se le daba muy bien al nuevo primer ministro de Turquía.

Cuando hablaba por la garganta, su rostro permanecía inmóvil como un busto y todos observaban la marioneta que tenía en la mano. De hecho, un ventrílocuo es un ilusionista. En las artes tradicionales de los títeres, como el teatro de sombras o la marioneta, los titiriteros se esconden del público durante la representación, mientras que los ventrílocuos permanecen en el escenario ante los ojos de todos. Sin embargo, atraen la atención del público hacia la marioneta y, con la ilusión que crean, desaparecen poco a poco del escenario y se esfuman. Luego regresan y reaparecen a voluntad.

Igual que el Primer Ministro.

Él también podía hacer que sus marionetas dijeran cualquier cosa pero, cuando llegase el día, podría decir «yo no he dicho nada de eso». Sí y no a un tiempo. Era a la vez responsable de todo y no tenía responsabilidad de nada. A fin de cuentas, estaba cortado por el mismo patrón que los demagogos criticados por Aristófanes en la comedia *Las avispas*, que describe la corrupción de la judicatura ateniense. En otras palabras, no solo era el representante de una antigua tradición por su parecido con Euricles, sino también en ese aspecto. En una sociedad a la que habían estado robando durante años diciendo «¡Mirad al malabarista!», ese malabarista se convirtió en primer ministro. A partir de ahora, el malabarista, el ladrón y el que decía «¡Mirad al malabarista!» eran la misma persona. Y así creó para sí mismo un mundo en el que nunca se equivocaba ni nadie podía afirmar que había mentido. Un mundo de *tautología.* Y como acróbata, lo único que quería era que continuara el espectáculo. Y así fue, porque le decía a cada uno lo que quería oír. De este modo ganó todas las elecciones y se mantuvo en el poder durante años. Aunque estableció un sistema represivo aún más sistemático que el Gobierno al que había criticado en su día, no estableció burdas discriminaciones por motivos de identidad étnica o de clase. Al fin y al cabo, llevaba años en el escenario. Mientras compraran la entrada, todos eran iguales a sus ojos. Por lo tanto, según él, las personas solo se dividían en dos categorías: quienes seguían su espectáculo y quienes no. Se trataba de una discriminación mucho más eficaz que en el pasado. Porque era un tema de conflicto que se elevaba por encima de los conflictos sociales existentes.

Y ese era el asunto, dobló la sociedad por la mitad como una hoja de papel y él mismo se convirtió en la línea de pliegue. A partir de ese momento, la población se dividió en dos: quienes creían en él y quienes no. Y tal como querría un hombre de teatro, lo único que estos dos bandos tenían en común era que, tanto sus seguidores como sus detractores, solo hablaban de él. Sin embargo, a medida que las generaciones cambiaban y el espectáculo envejecía, este equilibrio que había establecido se fue rompiendo poco a poco. Ya no era objeto de tanta discusión como antes y no conseguía mantener viva la emoción del público ni de los críticos. Ambas partes de la sociedad estaban cansadas de enfrentarse al mismo adversario en el mismo ring durante años. Alguien que ya había mostrado todos sus trucos ya no generaba interés. Y entonces el Primer Ministro se asustó. Aquella sociedad que él mismo había plegado sobre sí misma, podía volver a abrirse en cualquier momento como las hojas de un block de notas, de manera que todos pudieran ver que siempre se había tratado de la misma frase escrita una y otra vez con distintas palabras. Eso significaría el fin de su poder. Para evitarlo, jugó su mayor baza. Un truco que nadie había visto todavía.

Primero decidió preguntarle al pueblo si Dios existía mediante un plebiscito. Luego se presentó ante las cámaras de televisión para anunciarlo. Primero esperó a que todo el mundo guardara silencio, después adoptó el rostro de un busto escultórico. Como aquellos ventrílocuos que antaño hacían hablar a los muertos o al espíritu de los santos, por primera vez salió la voz de su garganta sin que estuviese sosteniendo una marioneta en la mano. Era un tono de voz que hasta aquel día jamás había utilizado para ninguna de sus marionetas, un tono que aún nadie había oído. Y esa voz, profunda y misteriosa, comenzó a recitar lentamente el Corán. Después ofreció su explicación. Cuando vio que había gente en el público que se emocionaba y lloraba, tuvo la certeza de que su espectáculo sería un éxito y representó el segundo acto en la Gran Asamblea Nacional de Turquía.

Tres días después tomó la palabra ante la Asamblea Nacional y volvió a recitar el Himno Nacional con esa voz que le salía de la garganta. Esta vez, algunos diputados incluso se desmayaron del entusiasmo. Mientras sus colegas intentaban reanimar a esos diputados, el Primer Ministro anunció que se introduciría una enmienda en el código penal. Según él, los ciudadanos llevaban décadas exigiendo aquel cambio. Afirmó que se reinstauraría la pena de muerte, aunque fuera contraria a los tratados internacionales de los que Turquía formaba parte. Ante esto, algunos de los diputados, que acababan de volver en sí se desmayaron otra vez de felicidad.

Sin embargo, sentado ahora frente a Zamir en el Palacio de las Naciones Unidas en Ginebra, ya no sabía si sería capaz de encontrar trucos tan efectivos en el futuro. Porque, como ventrílocuo, aún tenía que desentrañar el secreto del mayor espectáculo de ilusión que podría realizar. Un secreto que consistía en llevar a cabo el espectáculo sin marioneta. Para que la audiencia llegase a la conclusión de que la voz que salía del ventrílocuo era la de algún poder misterioso. Y sin rastro de duda. Porque sin rastro de duda habría entre esos espectadores más de uno que creería que era Dios mismo quien hablaba. Entonces se olvidarían de que el Primer Ministro había sido un famoso ventrílocuo y pensarían que tal vez había un ser misterioso viviendo en su pecho. Sería el mayor espectáculo de todos. Había comenzado su carrera política como titiritero y la continuaría como Euricles de Atenas.

—¿Puedo pedirle algo? —preguntó Zamir.

—Por supuesto, hijo mío —dijo la anciana en la mano del Primer Ministro.

—¿Podría tener yo una marioneta del Primer Ministro?

Un susurro volvió a recorrer de nuevo la habitación. Pero esta vez el susurro había sido un poco más fuerte. El Ministro de Asuntos Exteriores decidió intervenir.

—Zamir, hijo mío, mira...

La anciana interrumpió al ministro:

—¿Y qué quieres hacer con la marioneta del Primer Ministro?

—Será un recuerdo —dijo Zamir—. A lo mejor incluso aprendo ventriloquía como el Primer Ministro. Y entonces podría hacerle hablar.

El Ministro de Asuntos Exteriores volvió a intervenir:

—Por supuesto, eso estaría muy bien, pero no sería apropiado que nuestro Primer Ministro hablase por boca de otra persona. Permíteme que te ofrezcamos otro regalo.

El Primer Ministro y las dos marionetas miraron fijamente a Zamir. Fue el anciano quien habló.

—¡Espere, Sr. Salim! Preguntémosle primero a nuestro hermano Zamir. Supongamos que tienes una marioneta del Primer Ministro. ¿Qué le harías decir?

Estaba claro que el Primer Ministro era un fascista en potencia cuando nadie osaba oponerse a sus estúpidas ideas. Al menos, eso es lo que pensaba Zamir a sus diecisiete años, quien continuó hablando:

—Queridos ciudadanos, sí, puede que yo sea una marioneta, pero la comedia es un asunto muy serio. De hecho, ¡es tan serio que quien no se ría de mí será considerado un traidor! ¡Meteré en la cárcel a todo aquel que no se ría de mí!

Al oír la traducción, Ejaz se echó a reír, mientras que el Primer Ministro entregaba las marionetas a sus *groupies* y ya no sonreía, incluso mostraba el gesto contrariado de un niño. Después de todo, había hecho reír a millones de personas hasta ese día. No necesitaba obligar a nadie a reír. ¡Como mínimo, aquello había sido un insulto a su talento! Había algo que el Primer Ministro no sabía, aunque estaba claro por su mirada furibunda que él no lo creía así. Sin darse cuenta, Zamir había hecho una profecía. Y a diferencia de la mayoría de los ventrílocuos del pasado, que decían ser adivinos y ejercían su influencia sobre los reyes, Zamir sí había acertado. Incluso vislumbraba el futuro mejor que los medios de comunicación europeos y estadounidenses, que se habían volcado con un artista de teatro disidente cuando se enteraron de que iba a entrar en política. Al fin y al cabo, llegar al poder criticando a un Gobierno opresor no implicaba necesariamente ser demócrata.

Como Zamir había predicho, al cabo de unos años el Primer Ministro ejerció una intensa presión sobre todos los disidentes del país y, de hecho, declaró traidor a todo aquel que no se riera de él. Lo primero que perdió fue el apoyo de los medios de comunicación extranjeros, que antes lo elogiaban. Aunque al principio recibió el apoyo de Estados Unidos por ser un autócrata populista al que era muy fácil engañar, al cabo de unos años se enemistó con la Casa Blanca por la misma razón. Porque, como autócrata populista, tenía que ampliar su escenario más allá de las fronteras para ganar elecciones y hacer que se olvidasen los problemas domésticos que no era capaz de resolver. Para ello copió la agresiva política exterior de Estados Unidos, el mayor colonizador de la época, y comenzó a aplicarla en Oriente Próximo. Y lo hizo tan bien que consiguió alterar el equilibrio político del país. Algunos partidos de la oposición que se declaraban de izquierdas, por ejemplo, llegaron a compartir las mismas ideas que los ultraconservadores estadounidenses contrarios al *establishment* que en su día votaron a un tal Trump. Al igual que los estadounidenses que se oponían a las políticas oficiales del Gobierno federal, criticaron casi con las mismas palabras las interminables operaciones militares en el extranjero, la débil seguridad en las fronteras y la presencia de migrantes cruzando esas fronteras. De la misma manera que esos ultraderechistas estadounidenses afirmaban que entre los inmigrantes mexicanos había miembros de la banda MS13, asesinos y violadores, los portavoces de esos partidos en Turquía afirmaban que entre los sirios y afganos que entraban en el país había psicópatas miembros del antiguo Ejército Shahadat o de los talibanes. Sin embargo, este *Sueño Turco* del Primer Ministro no duró mucho. Porque se olvidó de algo. Cuando Estados Unidos invadía un lugar, la ONU lo consideraba una intervención humanitaria, pero si otro Estado hacía lo mismo, se calificaba de crimen contra la humanidad. Así que la opinión pública internacional no aceptó de buen grado que Turquía le hubiese robado el protagonismo a Estados Unidos en Oriente Medio. Y Turquía, que no renunció a su política exterior *a la estadounidense* a pesar de las repetidas advertencias, fue sometida a un embargo económico por segunda vez en su historia tras el desembarco en Chipre. Fue Estados Unidos quien inició el embargo. Al cabo de un tiempo se sumó la Unión Europea. Pero como, a diferencia de los estadounidenses, los europeos afirmaban mecerse en la cuna de la civilización desde tiempos inmemoriales, solo se sumaron al embargo tras declarar que les parecía una medida extrema porque castigaba más al pueblo turco que a su Gobierno. En otras palabras, como *potencia civilizada*, primero se disculparon y después pasaron al ataque.

Turquía entró así en una nueva era. Quizá esa había sido la intención del Primer Ministro desde el principio. Porque le permitía dirigirse a los suyos y decirles: «¿Veis? ¡Ya os lo había dicho! El mundo nos odia». A fin de cuentas, tenía el ejemplo de Irán ahí al lado. Un régimen represivo que tenía en el embargo y en las críticas extranjeras su principal fuente de poder. El Primer Ministro probablemente pensó: «¿Por qué no va a ser Turquía como Irán y vivir felices para siempre?». Como mínimo, merecía la pena intentarlo. Porque no podía permitirse perder el poder. Estaba seguro de que en tal caso sería juzgado y encarcelado. De hecho, a lo largo de los años había construido una gigantesca pirámide Ponzi y había obligado a todo el mundo, desde los jóvenes que querían encontrar trabajo hasta los empresarios que querían una licitación aeroportuaria, a unirse al esquema Ponzi. Como resultado, el número de miembros del partido gobernante aumentó de forma exponencial y la proporción de su número con respecto a la población del país superó incluso a la del Partido Comunista Chino. Mientras que una de cada quince personas en China era miembro del partido, esta proporción en Turquía era de una de cada siete. Para sobrevivir económicamente era esencial apoyar al Primer Ministro. Y en un orden social tan corrupto en el que todos los actores, desde el poder judicial hasta los medios de comunicación, estaban bajo el mando del Primer Ministro, al menos 5 céntimos de cada lira turca acabarían en su bolsillo. El problema es que nadie tenía unos bolsillos lo bastante grandes para tanto dinero, por lo que el Primer Ministro debió de considerar oportuno convertir a Turquía en su propia caja fuerte. Y, por lo tanto, lo más lógico era echar el cerrojo a las ventanas y puertas del país, como había hecho Irán. Por supuesto, el país se quedaría al borde de la asfixia, pero al menos el dinero y el poder del Primer Ministro estarían a salvo. Además, al igual que los iraníes habían sido capaces de resistir el embargo durante tantos años, los turcos bien podrían acostumbrarse a la nueva situación. El Primer Ministro hizo la siguiente declaración al respecto el mismo día que se anunció el embargo:

> «¡Nadie debe preocuparse! Nunca tendremos problemas con el suministro de medicinas y alimentos. Sí, puede que nuestro comercio con el extranjero se vea restringido pero, creedme, tendremos una Turquía mucho más feliz. Porque la oposición ya no luchará contra el Gobierno. La nación permanecerá unida, nos convertiremos en un solo puño. Frente a los enemigos que quieren apartarnos del mundo,

¡nos erguiremos como una montaña! Y entonces todos se darán cuenta de que un mundo sin Turquía es como un escenario vacío y, tarde o temprano, levantarán este embargo. Pero cuando llegue ese momento quizá seremos nosotros los que ya no querremos comerciar con ellos. Quizá seamos nosotros entonces quienes les impongamos un embargo. No lo sé, quién lo sabe. Pero una cosa es cierta: ¡Nos bastamos a nosotros mismos! ¡Somos más que suficiente!».

Años más tarde pronunciaría exactamente esas frases. Incluso diría otras cosas y daría el discurso más largo de su vida política. Pero aquel día, sentado frente a Zamir en aquella sala de techos altos, no se mostraba tan hablador. O mejor dicho, ya no. Porque las palabras de Zamir y la risa de Ejaz al oírlas habían afectado a su delicado ego y el Primer Ministro se había enfurruñado de repente con todo el mundo. De hecho, este comportamiento resultó ser un presagio de cómo sería la futura relación con su público.

Se comportaba como un padre narcisista con el pueblo al que servía en teoría pero oprimía en la práctica, y con los miembros de su Gobierno. Por ejemplo, como un padre con síndrome de Munchausen, que sufre ficticias enfermedades para ser el centro de atención, afirmaba que él siempre se hallaba en peligro y que estaba en el punto de mira, cada día que pasaba más expuesto. Así fue que, con el tiempo, sus allegados comenzaron a decirse unos a otros: «¡Oh, que no se entere el Primer Ministro, que se va a enfadar mucho! ¡Ya estamos pasando por días bastante complicados!» y empezarían a ocultarle algunos acontecimientos negativos. Por si fuese poco, siempre pondría impedimentos al desarrollo de sus hijos con el fin de asegurarse que nunca dejasen de depender de él, es decir, en lugar de reducir el desempleo en el país, aumentaría las ayudas sociales. Después, llegado el momento, restregaba estos beneficios por la cara de la gente diciéndoles cosas como: «¡Si votáis a otro, no os daré mi leche!». Cuando hablaba de la oposición, sonaba como una madre que dice a sus hijos que su padre es malo e incluso les hace temerle. Así la gente siempre mantendría a ese malvado padre fuera de la casa y nunca le votaría. Y, por supuesto, discriminaría entre sus hijos, mostrando un interés excesivo por una parte de la sociedad, mientras criticaba y se mostraba hostil con la otra parte. Era la manera de crear un interminable ambiente de conflicto y competencia en ese país que él llamaba su casa. Al final, aunque él mismo haría todo lo posible por aparecer siempre bien peinado, elegante y rico, nunca se preocuparía de si sus hijos tenían hambre o de si había agua corriente en sus casas. Decenas de millones de personas caerían en ese patrón de comportamiento y acabarían viendo al Primer Ministro como su madre o su padre de manera que la relación entre el Gobierno y el individuo, que debería basarse en la lógica, pasaría a un plano emocional y habría quien no podría votar a la oposición porque sentiría que estaba traicionando a sus padres.

De hecho, el Primer Ministro podría pasar a la historia como un gran escudriñador de la sociedad. Como hombre de teatro que había pasado años observando a la gente y había hecho de esas impresiones el tema de sus espectáculos, se dio cuenta de lo siguiente: la estructura familiar en Turquía producía adultos que seguían siendo niños. De hecho, los adultos que seguían siendo niños constituían la mayoría de la población. Si no, ¿cómo era que llamaban «padre» al Estado en Turquía? Sin embargo, algo faltaba. Aquellos infantes adultos también necesitaban una madre. El Gobierno llenó ese vacío creando un personaje hermafrodita solo para la escena política al que llamaron Madre Gobierno. Así, tanto el Gobierno como el Estado podían actuar como una madre afectuosa o como un padre autoritario, dependiendo de la situación. Pero su mejor arma era el resentimiento. Porque, como narcisista que era, creía que el castigo más eficaz que podía infligir a la gente era privarles de sí mismo y por ello ahora, aunque estaban sentados en la misma mesa, ni siquiera se dignaba a mirar a Zamir. En cualquier caso, no tenía intención de que aquel almuerzo se prolongase más allá de la sopa. Miró a sus *groupies* y dijo:

—¡No los retengamos más! —Y los dos jóvenes firmaron una autorización para que fabricasen sus marionetas y abandonaron la sala.

Cuando iban caminando por el largo pasillo, Ejaz murmuró en inglés:

—¡Este tío está loco!

Zamir asintió y preguntó:

—¿Bebes vino?

Ejaz sacó un paquete de cigarrillos del bolsillo y se lo mostró.

—Primero fumemos un cigarrillo.

—Pero quedan veinte minutos para que termine el descanso. Si salimos del edificio a fumar un cigarrillo, llegaremos tarde a la reunión.

—No te preocupes —dijo Ejaz—. Ven conmigo.

A medida que se acercaban al final del pasillo, el rumor que llegaba del comedor se hacía más fuerte. Al pasar ante la puerta abierta del salón vieron a la gente sentada alrededor de mesas redondas, hablando al unísono. Los que una hora antes hablaban de los muertos de hambre en las zonas de guerra, ahora tironeaban del brazo de los camareros que pasaban a su lado para pedir su segundo postre. Fuera cual fuera el tema, las pausas para comer en esas reuniones que duraban todo el día se desarrollaban siempre igual. Al llegar el mediodía, ya se estuviese hablando de niños soldados o de violaciones masivas en un territorio ocupado, nadie perdía el apetito. Los asistentes abandonaban la sala de reuniones con pasos lentos pero la marcha se aceleraba de camino al comedor y la única cuestión que les rondaba por la cabeza en ese momento era: «¿Es bufé o hay servicio de mesa?». Los primeros en entrar en la sala eran también los primeros en resolver este gran misterio y se desplegaban en consecuencia. Si era bufé, el único objetivo era conseguir un plato lo antes posible y ponerse en primera fila. Sin embargo, si los camareros estaban sirviendo, dedicaban un rato a comprobar quién se sentaba en cada mesa. Entonces hacían el movimiento adecuado en el momento oportuno para estar en la misma mesa con cierta persona, con el fin de entablar amistad o continuar un trato inacabado. Todo esto formaba parte de la política de almuerzo. La base de esta política siempre era la misma: saciarse al máximo, cualquiera que fuese el tema de la reunión. Y cuanto más llenos estaban, más hablaban... «Pero si todos hablan, quién escucha», pensó Zamir. Caminaba junto a Ejaz. Se movían de un pasillo a otro y caminaban rápidamente. Ejaz sabía exactamente a dónde iba, como si estuviera en casa. Sin embargo, dijo, era solo su segunda vez en el Palacio de las Naciones. Ya había dado un discurso en el Salón de Asambleas dos años antes y después había buscado una salida de emergencia cercana para fumar lo antes posible. Ahora estaba guiando a Zamir hacia la puerta que había encontrado entonces.

—¡Felicidades! —dijo Zamir—. ¡Si fuera yo, seguro que no la recordaba!

Ejaz se rió y respondió:

—¡Si he estado en un lugar una vez, nunca lo olvido!

En efecto, después de un rato salieron del laberinto y Ejaz encontró la puerta: «Solo para emergencias». ¿Qué podría ser más urgente que el hábito de fumar de un fumador? Abrieron la puerta y salieron. Justo cuando estaba a punto de cerrarse y bloquearse, Ejaz puso el pie delante de la puerta y le entregó el paquete a Zamir.

¡Eran los buenos tiempos en los que todavía podía fumar! Estaban de pie en un pequeño patio. Un poco más adelante había una estrecha escalera de piedra que se curvaba hacia abajo. Esa escalera debía de conducir a la entrada principal del edificio. Encendieron los cigarrillos y sus miradas se cruzaron tras las primeras caladas. Sopló una ligera brisa y se escuchó un sonido distante de música.

—Hay un festival —dijo Ejaz.

—Sí —dijo Zamir—. Comenzará pronto.

Volvieron a echar unas caladas y hubo un silencio. Ejaz miró en la dirección de donde provenía la música, luego a Zamir.

—Has estado en este negocio desde que naciste, ¿verdad?

—Sí.

Entonces volvieron a guardar silencio. Zamir miró a Ejaz por el rabillo del ojo. No se parecía a nadie que hubiera conocido. En primer lugar, no tenía ningún problema en mirarle directamente a la cara. A fin de cuentas, solo había dos tipos de personas. Los que podían mirar a Zamir y los que no lo soportaban y miraban hacia otro lado. Los médicos y Jacinta estaban en el primer grupo. Pero, por ejemplo, a Jenna la de San Diego todavía le costaba mirarle a la cara, a pesar de haber estado juntos durante años. Incluso había desarrollado el siguiente método: miraba a los ojos de Zamir y procuraba no ver nada de lo que había alrededor. Sin embargo, había momentos en los que se cansaba y su mirada se desviaba al vacío y Zamir siempre captaba esos momentos. En Ejaz, por el contrario, aunque se acababan de conocer no había ni un ápice de tal reflejo. Miraba a Zamir como si tuviera una cara y no le molestara en absoluto lo que veía. Además, su forma de hablar y su relación con su entorno eran diferentes. Tenía un comportamiento mucho más maduro que los compañeros que conocía Zamir. La forma en que fumaba, la manera en que ponía el pie en el marco de la puerta, la forma en que apartaba la mirada en silencio y todo lo que hacía tenía la agudeza de una persona segura de sí misma. Había visto tanta confianza en sí mismo en la forma en que había subido al escenario para dar su discurso o en la manera en que caminaba por los pasillos que parecía ser el dueño del mundo. Más aún, era como alguien de mil años de edad que conociese el mundo entero como la palma de su mano.

En ese momento, Zamir pensó que había resuelto el secreto de cómo podía mirarle a la cara con tanto descaro. Seguro que Ejaz había visto tales cosas que ya no quedaba nada que le hiciera sentir náuseas o lo asustara. Quizá no los recordase, pero los sucesos que había presenciado aquella noche en que regresó de los muertos todavía estaban allí, guardados en algún rincón. Tal vez había visto a su madre ahogarse. Tal vez había buscado a su padre en aguas oscuras. Pero todo lo que había encontrado mientras chapoteaba en el agua habían sido relucientes fosforescencias marinas.

—¿No estás aburrido?

—¿Eh?

Zamir no estaba escuchando a Ejaz porque estaba pensando en Ejaz.

—¿No estás ya cansado de venir a lugares como este?

—¡Estoy harto! De hecho, ¡estoy tan harto que sería capaz de huir de aquí ahora mismo!

—¿Estás seguro?

—¡Y tanto! ¿Tú cómo lo aguantas?

—Dibujo.

—Lo sé... he visto tus famosos dibujos.

—No, no me refiero a esos. Me refiero a los que hago solo para mí. Retrato gemelos idénticos. ¿Verdad que parecen iguales? No es así, en realidad. Siempre hay diferencias en sus caras. ¿Y cómo funcionan los rompecabezas? Necesitas encontrar las diferencias entre las dos imágenes. Esto es lo mismo... Intento encontrar la diferencia entre dos gemelos, pero también me follo a las voluntarias de nuestra fundación. ¿Sabes cómo lo hago? Antes me froto la polla con cocaína, pero no les digo nada.

Zamir se quedó a cuadros.

—¿Por qué lo haces?

—¡La vagina puede absorber la cocaína!

—¿En serio?

—¡Sí! ¡Por eso las mujeres se vuelven locas! Por supuesto, no saben que están tomando cocaína. ¡Creen que todo lo que sienten es por mí! ¡Que sus corazones laten tan rápido porque están teniendo sexo conmigo!

Zamir admiraba a Ejaz y pensaba que era una persona extraordinaria.

Pero la pregunta que le rondaba por la cabeza era vergonzosamente ordinaria:

—¿Por qué no vas a la universidad?

—Porque no me importa en absoluto.

—¿Y qué vas a hacer? ¿Pintar?

—No, no, no. Eso tampoco me importa. Ya te lo he dicho, vine aquí hace dos años y estaba fumando un cigarrillo aquí mismo. Un hombre se me acercó. Me pidió un cigarrillo. Empezamos a hablar. Trabaja para una fundación.

—¿Una organización benéfica?

—No... Una fundación por la paz: La PRIMERA FUNDACIÓN MUNDIAL PARA LA PAZ. Incluso tienen su sede aquí. Me reconoció. Me preguntó si consideraría la posibilidad de trabajar para su fundación en el futuro. Le pregunté a qué se dedicaban. «Evitamos que la gente se mate entre sí...», me dijo.

—Parece un trabajo interesante.

—Sí... Voy a reunirme con él mañana. Quizá empiece a trabajar allí. ¿Tú qué vas a hacer?

—Iré a Bruselas. Voy a empezar la universidad allí.

—¿No quieres quedarte en Nueva York?

—¡De ninguna manera!

—¿Por qué no?

—¡Porque mires donde mires te encuentras una *charity*! ¡Caridad por todas partes! ¡Y ya estoy harto de todo eso! ¿Sabes lo que pone incluso en la peana de la estatua de la libertad? Un poema que comienza con «Dadme a los cansados, a los pobres»... ¡Pero si ni siquiera tienen un sistema de seguridad social decente! ¡Porque Estados Unidos es como una estafa gigante! ¡Dadme a los cansados, a los pobres, y seré rico a su costa! ¡Esta es la historia! ¡Por eso estoy tan aburrido de Nueva York!

—¡Pero eso lo encuentras en todas partes!

—Sí, pero... —Zamir se quedó en silencio por un momento, pensando. Y entonces continuó—: En realidad, puede que tengas razón. No hay a dónde huir. El mundo entero gira como una sola rueda. ¡Porque así es cómo piensa la gente! ¡Incluso se refleja en el idioma que habla! Por ejemplo, en turco hay una palabra llamada caridad[9]. Y esta palabra tiene el mismo origen que otra palabra turca. Esa palabra es fidelidad[10]. ¿Te lo imaginas? Caridad y fidelidad tienen el mismo origen. ¿Por qué crees tú? ¡Pues porque si quieres que alguien te sea fiel, le das limosna! ¡Pero, claro, lo primero que hace falta es que las personas necesiten esa caridad! Es más...

Zamir tuvo que guardar silencio porque sonó el teléfono de Ejaz. Ejaz sacó el teléfono de su bolsillo trasero, miró la pantalla y luego a Zamir. Le tocó a él sostener la puerta y Ejaz comenzó a alejarse sin cerrar el teléfono. Sin embargo, como no había mucho espacio en el pequeño patio, bajó la escalera de piedra y desapa-

[9] Sadaka

[10] Sadakat

reció. Zamir se quedó inmóvil durante varios minutos y se puso a pensar.

«Ojalá hubiera conocido antes a Ejaz», pensó.

Como mínimo, tendría un amigo con quien compartir sus pensamientos y que había caído en la misma trampa que él. Aunque no había congeniado con Esma, la chica con leucemia que había conocido en Estambul cuando era pequeño, sí se había sentía cercano a Ejaz. Ya no quería volver a la sala de reuniones. Lo único que quería era pasar tiempo con Ejaz en Ginebra, donde permanecería durante dos días. Hablarían durante horas, relajándose cómodamente mientras coincidían en que sus vidas eran una mierda. Hablarían de su soledad por sentir que no pertenecían a ningún sitio y compartirían la paz que les aportaría ese raro momento de sinceridad, ya que durante el día mentían sin cesar a su entorno. Desatarían toda la rabia y la frustración acumuladas durante años y, sobre todo, se entenderían. Solo pensar en todas estas posibilidades hizo que Zamir se sintiera bien mientras sujetaba la puerta de la salida de emergencia. Asentía suavemente con la cabeza al ritmo de la música que llegaba de la orilla del lago Léman, y tenía los ojos muy abiertos, imaginando las conversaciones que mantendría con su nuevo amigo. Justo entonces apareció Ejaz, subiendo los escalones de piedra. Se detuvo al final de la escalera y miró a Zamir. Por alguna razón, no se acercó más. Era como si fuera a dar media vuelta y marcharse en cualquier momento. El teléfono seguía en su mano. En ese momento Zamir se dio cuenta de que la persona que tenía delante no se parecía en nada al Ejaz con el que acababa de intimar durante una hora. Aunque parecía el mismo, era una persona diferente. La agudeza de su comportamiento y la confianza en sí mismo que traslucía su rostro se habían desvanecido. Aquel joven maduro había desaparecido y en su lugar había aparecido un niño. Un niño que no sabía qué hacer ni dónde mirar; por eso evitaba ahora mirar a la cara de Zamir al hablar.

—Me voy.

—¿Adónde?

—No sé.

—Pero está a punto de empezar la reunión...

Como Ejaz no contestó, Zamir señaló el teléfono que tenía en la mano y preguntó:

—¿Qué ha pasado? ¿Malas noticias?

Ejaz tampoco respondió esta vez. Se quedó un rato en silencio y luego dijo:

—Venga, nos vemos... —Y empezó a bajar los escalones. Así, paso a paso, desapareció de su vista.

Zamir tenía que subir al estrado por la tarde. Justo antes del Ministro, subiría al estrado y contaría su historia por enésima vez. En aquel momento quería seguir a Ejaz con cada fibra de su ser, pero no podía soltar la puerta de la salida de emergencia. Sí, tal vez hasta ese día había insultado a la gente, se había burlado de ellos, se había peleado con ellos y, sobre todo, había puesto a Jacinta en situaciones muy difíciles sin que le hubiera importado en absoluto. Cuando era niño, ¡incluso había apuñalado en la pierna con unas tijeras a Amy, una voluntaria de la Fundación! Pero nunca huía de la misión que le hubiesen asignado. Por muy perturbador que pudiera ser su comportamiento antes y después, siempre se subía al podio o se ponía delante de las cámaras en nombre de ALL FOR ALL y hacía lo que tenía que hacer. Había sido siempre tan profesional en ese sentido que la fundación no había renunciado a Zamir a pesar de todos sus aspectos negativos. Era como una estrella que aterrorizaba entre bastidores pero que, cuando subía al escenario, fascinaba a todo el mundo. De hecho, esa era la razón por la que se había tolerado el terror que imponía. Por lo tanto, si no asistiese a la reunión y se marchase detrás de Ejaz, todo ese equilibrio se vería alterado. Zamir era consciente de todo ello en ese momento. Podría abrir un poco más la puerta de salida de emergencia y entrar en el edificio y todo continuaría desde el punto en que se había quedado. O, como cualquier niño que quiere huir de casa, podría mandarlo todo a la mierda. Aunque su rostro no lo mostrase, Zamir también era un niño. Y como cualquier niño, necesitaba un compañero de juegos.

Mientras la puerta de salida de emergencia se cerraba a su espalda, corrió hacia la escalera de piedra y gritó:

—¡Espérame! ¡Yo también voy!

Al escuchar a Zamir, Ejaz se detuvo en el jardín que había al final de los escalones y se guardó el teléfono en el bolsillo. Se encontraron y no hablaron. Tan solo echaron a andar. Hacia la música, claro.

29 DE DICIEMBRE

Voy a despertar... Estoy despertando... He despertado...

Por un momento no fui consciente de dónde estaba pero, tras unos parpadeos, recordé a qué edificio de qué ciudad y de qué planeta pertenecía el techo que había sobre mí. Estaba en casa de Christelle, en Knokke-Heist, en un mundo donde la gente se escondía en cuevas por miedo. Incluso recordé algo más: iba a enloquecer si no conseguía dormir.

Solo quedaba averiguar cuánto tiempo había dormido. Giré la cabeza y miré la mesilla de noche. Mi teléfono estaba allí. Lo alcancé pero no funcionaba. La batería estaba agotada. Tuve que levantarme para encontrar una respuesta a la pregunta que tenía en mente. Me había metido en aquella cama un día por la tarde. ¿Ya era la noche que la continuaba? ¿O el día siguiente? Al incorporarme sentí un dolor agudo en la parte baja de la espalda y eso me dio una pista. Había permanecido inmóvil durante mucho tiempo. Además, tenía los labios resecos. Mientras caminaba hacia la amplia ventana, cubierta con cortinas de terciopelo que formaban un grueso muro, temí haber dormido durante días. Tenía mucho trabajo por hacer y muchos sitios a los que ir. Y si llegaba tarde a todo esto por haberme quedado dormido... Me detuve y pensé: «eso espero». De hecho, ¡ojalá fuera así! Mi miedo a llegar tarde a algo se había convertido de repente en un sentimiento completamente distinto. Casi en una esperanza; si me quedase dormido y por ello me perdiese el futuro,

¡sería genial! Entonces el futuro quedaría en el pasado y asunto concluido para mí. Estaría tan concluido que llegaría a casa, me pondría a tocar el violonchelo y ya no haría nada más.

Descorrí las cortinas con ambas manos y me encontré con una vista donde el gris del Mar del Norte se mezclaba con el gris del cielo. El mismo tono que había visto a través de la ventana de la sala cuando entré por primera vez a la casa. Ni más oscuro ni más claro. Era como si no hubiese transcurrido el tiempo. Sin embargo, las noches en las que el paisaje nunca cambiaba y el sol no se ponía se vivían mucho más al norte. Lo que ocurría aquí era diferente. Así como hay un mar amarillo entre China y Corea del Sur, tal como dicta su nombre, y allí el cielo asemeja un desierto, aquí había un cielo como un glaciar sobre un mar gris. Ese glaciar nunca se derretía y el sol nunca aparecía; allí nunca podría funcionar un reloj de sol. Estaba en una parte del mundo donde no había sombra. Por eso todo era como una sombra. En primer lugar, la gente.

Quien no proyectaba sombra se volvía sombra.

Las dos puertas que tenía la habitación estaban cerradas. Una daba al pasillo y la otra al baño. Aunque había estado en aquella casa pocas veces, debería recordar a dónde conducía cada puerta pero no era así. De hecho, en ese momento me di cuenta de que no era capaz de recordar el color de la pared de mi habitación en Estambul. La verdad es que llevaba una temporada en que se me formaban pequeños puntos oscuros en la memoria. Cuando la necesitaba, la información se oscurecía y después, cuando menos lo esperaba, volvía a encenderse. Para que mi médico lo entendiera mejor le decía:

—Se forma un agujero de gusano en mi memoria. ¡La información entra por un lado y desaparece y, más tarde, sale por el otro lado en un momento inesperado!

Pensaba que podía ser un efecto secundario de la cirugía del trasplante de cara. Después de todo, la operación había durado nueve horas. Y todo ese tiempo había permanecido medio muerto. Esas amnesias menores bien podrían deberse a la anestesia. Pero mi médico dijo:

—No es posible. ¡No puede haber ningún efecto secundario de la cirugía!

Si supiera cada mierda con seguridad, entonces podría decir qué puerta conducía al baño. Quizá debería haber llamado a mi médico. O debería haberme calmado e intentar recordar. Sin embargo, fuera lo que fuera lo que iba a hacer, debía tener cuidado porque estaba desnudo. Y en ese estado no quería salir al pasillo en lugar de al baño. Aunque Christelle había llevado a cabo algunas de sus reuniones secretas en una comuna nudista en la primera parte de su carrera como enlace, yo no me veía preparado para un encuentro así. Al explicar por qué eligió esa comuna cerca de Durbuy, en las Ardenas, como su punto de encuentro, Christelle solía decir:

—Si quieres esconderte, debes mezclarte con la gente. ¡Pero si realmente quieres esconderte, debes mezclarte con gente desnuda!

Y después se reía al contar cómo hombres de guerra despiadados de todo el mundo, especialmente los líderes de organizaciones religiosas radicales, se avergonzaban como un niño pequeño y se sentían como pez fuera del agua al encontrarse entre tanta gente desnuda. Tal vez esto es lo que tuvo que cumplir con él para poder sobrevivir. Solo a una mujer como Christelle se le hubiera ocurrido obligar a personas que tenían que reunirse con ella para sobrevivir hacerlo así, de la manera más natural, desnudos. Sin embargo, yo tampoco era muy diferente de aquellos hombres de armas. Desde que era niño me incomodaba la desnudez. Aunque no tenía tantas cicatrices como en mi cara, también me avergonzaba de mi cuerpo y procuraba esconderlo. De hecho, mi relación con mi rostro acabó envenenando también la forma en que miraba mi cuerpo.

Estaba justo pensando en estas cosas cuando se abrió una de las puertas. Así que mis complejos ante la desnudez desaparecieron de mi vida como una tirita que se arranca de golpe de la piel. Al menos, por el momento...

El viejo mayordomo, que entró con una toalla en la mano, no había llamado a la puerta porque estaba en la cúspide de su profesión. Porque, como haría un *valet de pied* medieval, miraba a la persona a la que servía, pero no la veía. Aun así, se apresuró a pasarme la toalla más grande que tenía en la mano.

—Buenos días, señor.

Me apresuré a enrollar la toalla alrededor de mi cintura.

—¡Buenos días!

—La señora le espera para desayunar en una hora.

Así que era por la mañana. ¿Pero de qué día? ¡A lo mejor ya había pasado la Navidad y habíamos entrado en el nuevo milenio! Se lo podía preguntar a Blake, el jubilado de Buckingham.

—¿Qué día es hoy?

—29 de diciembre.

—¿Así que solo he estado durmiendo desde ayer?

—Sí.

—¿Está seguro?

—Aún no soy tan viejo, señor.

Lo cierto es que estaba decepcionado porque ya no me quedaba más remedio que presenciar la inexorable llegada del futuro. Blake había abierto la otra puerta y entró al baño para colocar las toallas. Mientras conectaba mi teléfono al cargador, grité:

—Blake, permítame preguntarle algo.

—Dígame.

—¿Alguna vez ha trabajado en el Palacio de Buckingham?

—No señor. Trabajé en la Casa Blanca.

No estaba tan equivocado en mi suposición. La Casa Blanca solía ser el edificio anexo a Buckingham. O viceversa...

—¿Está jubilado?

—No, señor. Me despidieron.

Si pudiera me hubiera reído.

—¿Por qué?

—Porque derramé vino tinto sobre el presidente mientras le servía.

—¿Le despidieron por eso?

—Sí, porque lo derramé a propósito.

Sería ridículo preguntar por qué; derramar un líquido sanguinolento sobre el presidente de los Estados Unidos era como sacar un pelo de un plato de comida. Solo si no lo hacías te preguntarían el porqué.

—Lástima de vino —le dije.

Blake salió del baño muy serio.

—Estaba borracho en ese momento, señor.

—Entonces sí que fue una verdadera lástima lo del vino. ¡Ojalá te lo hubieras bebido. —Y Blake sonrió por primera vez—. Ojalá —le dije, y lo seguí mientras salía de la habitación—. Pero, por supuesto, podría haber sido peor. Si lo hubieras hecho en el Palacio del Kremlin, no te habrían despedido.

Blake se detuvo en la puerta y volvió a ponerse serio. Incluso tan grave como una ejecución extrajudicial.

—Tiene razón, no me mataron. En vez de eso, me encerraron en una celda en Guantánamo. Pero luego me soltaron cuando se dieron cuenta de que solo era un borracho y no un terrorista.

—¿Y cuánto tardaron en darse cuenta?

—Cuatro años, dos meses y trece días.

Esta vez me tocó a mí ponerme serio. ¿Pero qué respuesta seria podía darle a Blake? Porque cuando la justicia desaparece, se crea un vórtice de absurdidad tan poderoso que se traga como un agujero negro todo sentido y seriedad de cada palabra que quisiésemos oponerle. Por lo tanto, la única respuesta seria que podía ofrecerle a Blake, víctima de cuatro años, dos meses y trece días de injusticia, era el silencio. De hecho, cada vez que conocía a alguien que había sido injustamente encarcelado, me avergonzaba y callaba. Porque ninguna palabra que se le pudiera decir a esas personas podría devolverles el tiempo robado de sus vidas. Aun así, había algo que sí podía hacer por Blake. No sé bien por qué, pero susurré:

—¿Podría hablar con usted un momento?

Blake dio un paso atrás hasta regresar a la habitación, cerré la puerta y continué hablando en un susurro:

—Conozco a un físico. Vive en Turquía... Pasó seis años en la cárcel por criticar la política científica del Gobierno. Ahora ha salido... Trabaja en un proyecto secreto. Es una tecnología totalmente nueva, en realidad, es una máquina del tiempo. Cuando alcance la fase experimental necesitará voluntarios. Y está eligiendo voluntarios entre gente como usted. Es decir, está construyendo esta máquina solo para personas que hayan sido agraviadas y encarceladas durante años. No permitirá que nadie más la use. Si usted quiere puedo ponerle en contacto con él. ¿Qué me dice?

—No le entiendo, señor.

—Querido Blake, ¿le gustaría retroceder en el tiempo cuatro años, dos meses y trece días? ¿A la noche en que derramó el vino?

Una luz brilló en los ojos de Blake y se quedó pensativo durante casi un minuto. Entonces dijo:

—No, gracias.

—Avíseme si cambia de opinión.

—No creo que cambie de opinión. Porque si volviera a esa noche, no cambiaría mucho. Volvería a servir ese vino.

—Ya veo. Entonces le tengo que pedir que mantenga en secreto lo que acabo de decirle.

—Claro —dijo Blake mientras salía de la habitación—. Gracias por su preocupación.

Me había cansado de guardar un silencio impotente ante personas que se hallaban en una situación similar y llevaba tiempo ya contándoles esta mentira. Es cierto que había conocido a un físico que había sido encarcelado durante seis años por delitos de opinión pero, por supuesto, no había ninguna máquina del tiempo en la que estuviera trabajando. Pero había visto de cerca cómo se iluminaban los ojos de la gente cuando oían la sugerencia de retroceder en el tiempo. Curiosamente, mientras que quienes habían sido condenados por un error judicial y habían pasado años en prisión aceptaban de inmediato mi sugerencia, la mayoría de los presos políticos reaccionaban como Blake. En otras palabras, los que habían sido encarcelados por un asesinato que no habían cometido estaban muy dispuestos a retroceder en el tiempo, mientras que los demás rechazaban cortésmente mi sugerencia. Pero también había una luz en sus ojos y sentían el poder que les daba la decisión de no cambiar el pasado cuando podrían hacerlo, de no borrar de su historia personal la injusticia de la que había sido víctimas. Tal vez nadie les había pedido su opinión cuando los metieron en la cárcel, pero ahora podían elegir. E incluso el mero hecho de saber que podían elegir les resultaba beneficioso. Quizá por primera vez se sentían incluso más fuertes que quienes les habían infligido aquella injusticia.

Los que aceptaban mi propuesta, por el contrario, mientras aguardaban su turno para retroceder en el tiempo se llenaban de una esperanza que nunca antes habían tenido y abrazaban la vida como nunca antes lo habían hecho. Solo entonces les decía que había llegado su turno para ser los sujetos de prueba. Y entonces obtenía la respuesta que había previsto y me comunicaban que habían renunciado a abandonar el momento presente y retroceder en el tiempo. Así que el experimento real no consistía en retroceder en el tiempo, sino en el efecto placebo que la idea de retroceder en el tiempo tenía en estas personas. Pero, al fin y al cabo, se trataba de un experimento y hubo ejemplos en los que el resultado fue un fracaso. Como les podía ocurrir a los candidatos a astronauta que perdían la cordura al aplazarse el viaje espacial para el que se habían preparado durante años, hubo quienes enloquecieron mientras esperaban para irse. J.D. Oswald, un hombre negro de Detroit que pasó veintiún años en prisión por violar a una mujer blanca, fue uno de ellos. Pasó la mitad de su vida en prisión por un delito que no había cometido y después murió por causa de una falsa esperanza. O mejor dicho, por mi culpa. Cuando oí la noticia de su suicidio, por alguna razón resonó en mi mente la pregunta de Calhoun, de Edimburgo:

—¿Qué opción prefieres? ¿La muerte de un hombre, o la muerte de millones?

Fue quizá gracias a esta pregunta que pude aceptar la muerte que había causado y pronto traté de olvidar a J.D. Oswald, poniéndolo en uno de los estantes de mi mente como los datos de un experimento fallido. Pero aún recordaba su cara, su nombre, su voz, la marca de cigarrillos que fumaba, la manera en que me abrazó cuando aceptó mi oferta de retroceder en el tiempo.

Fuera como fuese, entré en el cuarto de baño y me metí en la bañera de mármol llena de agua caliente media hora. Durante ese tiempo no pensé en nada y practiqué la técnica de respiración de la tortuga que aprendí de un monje del templo Shaolin para relajarme, ¡no sirvió de nada! Porque yo no vivía en la montaña Song, lejos de todo como aquel monje. O en cualquier montaña. Por ejemplo, si yo viviese en el monte Yudi[11], me habría bastado para hacer mi trabajo y negociar la paz entre dos clanes enfrentados reunirlos alrededor de una mesa bien provista con tres corderos. Por esa comida de paz sacrificaría mil corderos y después me quitaría de en medio. Después sacrificaría otros mil y arreglaría otras rencillas. ¡Mientras no me topase con una tribu vegetariana! Para ser sincero, no era un tema que me preocupase. Porque encontrar el Arca de Noé en el Monte Yudi era mucho más probable que encontrarse con una tribu vegetariana. Y entonces bien podría echarme una siesta de media hora en la bañera al volver del trabajo sin pensar en nada. Pero yo no estaba en ninguna montaña, sino a nivel del mar. No solo eso, ¡estaba al mismo nivel de un mar lleno de naufragios y donde había nacido y se había desarrollado la famosa armada británica y donde todos, desde los romanos hasta la Armada Española y desde Napoleón hasta Hitler, habían luchado hasta la última gota de su sangre!

—Pareces descansado —dijo Christelle. Se estaba tomando su té. Todo lo que había sobre la mesa era de plata, porcelana o cristal, y me resultaba demasiado delicado y frío. Tan delicado y frío como la propia Christelle.

—No lo sé —dije. Y después murmuré—: Ojalá hubiera dormido más.

Christelle se acercó y tomó mi mano.

—Lamento no poder asistir esta noche.

—Olvídalo, no importa. En realidad, ni siquiera me apetece ir... Pero si quieres, puedes conectarte desde el salón y dar un discurso.

—No es necesario. ¡Tú ya hablas por mí!

—Ya lo hago. Quienquiera que me encuentro pregunta por ti. A todos les digo que estás bien, que no se preocupen.

[11] Monte del sudeste de Turquía donde, de acuerdo con la tradición kurda, se posó el arca de Noé.

—Claro, deben de preguntarse cómo es que aún no me he muerto.

—No, nadie dice nada de eso.

—¡Pero lo piensan! De todos modos... sí, estoy esperando.

—¿Qué?

—¡Vamos, haz la pregunta ya!

—Bueno, ¿qué vas a hacer con la *colección de miniaturas*?

—¡Qué manera de hablar es esa! —dijo Christelle—. ¡Qué quieres decir con eso de colección de miniaturas! ¡Es una obra maestra que supera incluso las murakka[12] iraníes! ¡Y es muchos siglos anterior a ellas!

—¡Sí, pero no deja de ser una colección de miniaturas después de todo! ¿Para qué sirve?

—¿Sabes por qué estalló la guerra ruso-china?

Gracias a Dadjo, ahora lo sabía.

—Sí. Fue por el *bicho de invisibilidad.* Rusia le robó el prototipo a China.

—Entonces, ¿estás siguiendo lo que está pasando ahora mismo?

—Por supuesto, hay disturbios.

—No se llaman disturbios, Zamir. Se llama el *Despertar Asiático.*

—Érase una vez que se era diferentes levantamientos llamados *Primavera Árabe.*

Christelle era muy buena ignorando a los demás.

—No queremos que estalle una epidemia de guerras civiles en Asia. Pero para eso, primero es necesario convencer al Gobierno chino. Si continúan reprimiendo este movimiento de libertad como lo hacen ahora, todo empeorará. Todos se atacarán entre sí, primero en China y luego, por supuesto, en Rusia. Si alguien no

---

[12] Historias narradas a través de miniaturas reunidas en la forma de un solo volumen, propias de la tradición persa.

hace algo, habrá mucho derramamiento de sangre. Me senté y pensé. ¿Cómo puedo detener todo esto, al menos por un tiempo? ¡Entonces recordé esa *colección de miniaturas* tuya!

—Igor te lo dijo, ¿no?

—¿Quién más podría ser? Por supuesto que me dijo que tenías el libro. Pero yo ya sabía que ese libro existía; no holgazaneo en mis ratos libres como tú. Más importante aun, conocía la historia que contaba. Sabía que Qutayba estaba describiendo la política de asentamientos en él, que estaba hablando del asentamiento de árabes musulmanes en las casas de los turcos. Porque, mi querido Zamir, ese libro fue subastado de forma clandestina justo después de que se encontrase en Bukhara. Pero, como las circunstancias eran diferentes entonces, no me pareció apropiado ofrecer tanto dinero como el codicioso Igor. De todos modos, el embajador chino vendrá a esta casa mañana, ¿y sabes lo que le diré? Libera a los miembros de la oposición. No te molestes en atraparlos y arrestarlos. En vez de eso mete a alguien en las casas de los que salieron a protestar, como en el libro. A un funcionario público. Que su trabajo sea controlar a los habitantes de la casa. Pero en cuanto a usar el *bicho de invisibilidad*...

No pude evitar terminarle la frase:

—¡Usadlo para convertir a esos inspectores en invisibles!

—¡Exacto!

Los ojos de aquella mujer de noventa y cuatro años brillaban de emoción. Estaba convencido de que esperaba mi enhorabuena por esta extraordinaria idea.

—¡Es una idea horrible!

Sí, lo había soltado. Ya no había vuelta atrás. ¡Eso era lo que acababa de salir de mi boca! Christelle frunció el ceño y me miró como si me viese por primera vez en su vida. En realidad, en cierto modo era así por culpa de mi nueva cara. Pero la razón por la que me miraba de esta manera era muy distinta. Simplemente no podía creerse lo que acababa de oír. ¡Porque no existía algo que pudiésemos llamar la ética del enlace! ¡Porque todos sabíamos que todo era por la paz! ¡Por el alto el fuego! Para que las armas callasen y la gente no muriese. ¡Nadie debía morir! ¡Que todos vivan! No importa cómo, ¡pero que vivan! Christelle me preguntó con expresión preocupada:

—¿Acaso crees que no funcionará?

Si pudiese reír, lo haría. Porque cuando yo había dicho «horrible», ella creyó que me refería a que podría no ser una idea efectiva, no a su crueldad intrínseca. No dejaba de ser normal. ¡Porque la última persona en juzgar a un enlace siempre sería otro servidor! Pero supongo que yo ya no quería seguir siendo enlace.

—Seguro que funciona. ¡Pero es una idea horrible!

A diferencia de mí, Christelle sí podía reír y lo hizo. En esta ocasión debió de pensar que estaba bromeando.

—Sí, tal vez una medida un poco drástica, pero... Al menos no habrá una guerra civil en China. El Gobierno cumplirá con algunas demandas menores de los opositores al régimen y luego, cuando terminen las protestas, colocará un inspector invisible en sus hogares. ¡Creo que es la solución perfecta!

—¿Así que compraste el libro solo para enseñárselo al embajador chino?

—¡No señor! El libro se lo regalaré al Gobierno chino, claro. Ya sabes cuánto les importa la historia a los chinos. Además, el Estado chino está más interesado en la historia turca que los turcos. ¡Por no mencionar que no se trata solo de un libro! ¡También es una prueba de lo bien que funcionó el método de Qutayba! Después de todo, ¿acaso no se convirtieron los turcos en musulmanes?

Christelle rio al decir esto porque, claro, la idea principal de la historia era otra. Aun así, pregunté:

—Conoces el final del libro, ¿no? ¡El método de los inspectores no parece que funcionase muy bien!

—¡Sí! —dijo Christelle—. ¡Por eso es una gran historia! En otras palabras, presenta el método y al mismo tiempo explica sus defectos. ¿Por qué no funcionó el método en aquella ocasión? Porque el propietario de la casa se relaciona con el inspector. Pero si el inspector se vuelve invisible, no habrá comunicación entre ellos.

—Sí... ¡Habrá un fantasma de la Policía del régimen acechando la casa! ¡Espiará todo lo que hagan las veinticuatro horas!

—¡Exacto! Y como, a fin de cuentas, no lo han visto nunca, se olvidarán pronto de su existencia.

—No lo creo.

—Y es mucho más efectivo que una cámara. Digamos que pones una cámara en cada casa. Seguramente la gente encontrará la manera de hackear esas cámaras. Pero, ¿qué podrían hacer contra un inspector invisible? ¡Creo que a los chinos les encantará mi idea!

¿Qué podía replicar?

Nada.

Así que dejé de escuchar a Christelle y me puse a pensar en otras cosas. En concreto, en el niño muerto que llevé a cuestas por el desierto de Gobi, en Mongolia. Tuve que cargar a la espalda con ese pequeño cadáver debido a la guerra ruso-china. Esta había sido causada por esa mierda llamada el *bicho de invisibilidad*, y ahora millones de guardias invisibles iban a convertir en prisiones los hogares de millones de personas. ¿Para eso había cargado con aquel niño a la espalda? ¿Durante horas? Me sentía confundido. No tienen nada que ver, pensé en mi fuero interno. ¡Lo de los guardias invisibles no tiene nada que ver con que yo hubiese cargado con aquel niño! ¡Nada tenía que ver una cosa con la otra! Y no tengo nada que ver con nadie. Ni con el mundo, ni con la gente, ni con aquel niño. Solo intentaba hacer mi trabajo, eso es todo.

«Recuerda», me dije.

¡Y vaya si lo recordaba!

Era el octavo día de la guerra ruso-china. Mongolia estaba atrapada entre los dos gigantes. Rusia al norte y China al sur se disparaban misiles balísticos y todos pasaban por encima de las cabezas mongolas. La neutralidad de Mongolia en esta guerra era una cuestión de vida o muerte para millones de personas. Y el primer ministro mongol, por supuesto, era muy consciente de ello. Estábamos en su despacho del Palacio Gris de Ulán Bator. El Jefe de inteligencia y el Jefe de estado mayor intentaban averiguar por qué había estallado la guerra y el Primer Ministro no dejaba de interrogarme al respecto:

—Desgraciadamente no tenemos ninguna información, señor Primer Ministro. Pero sí sabemos algo. Tarde o temprano, cualquiera de las dos partes invadirá Mongolia.

—¡Disparates! —dijo el Jefe de personal—. ¡Hay una frontera de 4.000 kilómetros entre China y Rusia! ¡Si eso es realmente lo que quieren, cruzarán esa frontera y se atacarán entre ellos! ¿Por qué entrarían en nuestro país?

Yo había respondido con otra pregunta:

—Cuando alguien quiere pelearse, ¿dónde prefiere hacerlo? ¿En su propia casa o en la calle? Por eso entrarán en Mongolia. Porque pueden destrozar este lugar tanto como quieran. A fin de cuentas, Mongolia no es su hogar.

Mientras discutíamos pasó un coronel a la habitación. Traía la noticia de un apagón general en el sur del país. Todos los transformadores en el área cercana a la frontera con China habían fallado misteriosamente y el sur de Mongolia se acababa de quedar a oscuras. Si también se inhabilitasen los medios de comunicación en un país con una densidad de población de dos habitantes por kilómetro cuadrado y con zonas despobladas extraordinariamente grandes se podría convencer a la administración de Ulán Bator de cualquier cosa y forzarla a arrastrarse en cualquier dirección. Era obvio quién podría estar detrás de un ataque tan extenso. Pero en ese momento no me interesaba si era Rusia o China la responsable. Todo lo que quería era ir al sur y ver qué estaba pasando. Miré al Primer Ministro a los ojos y le dije:

—¡Dawa, no confíes en ninguna noticia que recibas a partir de ahora! ¡No confíes en nadie! ¡Está claro que es una trampa! ¡Por favor, envíame al sur!

Lo que me permitía ignorar las reglas del protocolo y hablar con el Primer Ministro de esta manera era haber sido compañeros de clase en el departamento de Ciencias Políticas de la ULB. Se podrían haber llenado varias tinas con la cantidad de vodka que habíamos bebido juntos en los bares de Bruselas. Sin embargo, a diferencia de mí, Dawa fue de los que supieron recuperar la sobriedad. Por eso se graduó en la universidad de la que yo fui expulsado. Sí, Dawa y yo nos conocíamos desde hacía años pero en ese momento pensé que podría preguntarme cosas como «¿Pero tú quién demonios eres?» o «¿En quién se supone que debo confiar?», o podría haberme echado en cara que quién era yo para decirle en quién tenía que confiar. Pero no lo hizo. Porque sabía tan bien como yo que había tres tipos de personas a su alrededor. Y solo un tercio de ellos eran leales a Mongolia. El resto se dividía entre los vendidos a los servicios de inteligencia chinos y a los rusos, por lo que el Palacio Gris se había convertido en un nido de espías. En tales circunstancias no era descabellado que confiase en un mentiroso con el que se había emborrachado más de una vez. Era de noche cuando aterricé en Dalanzadgad, ciudad del sur de Mongolia, en un avión militar que había despegado por orden del Primer Ministro. Para ser sincero, no sabía lo que buscaba. Me encontraba tan a oscuras como la propia ciudad. La frontera china se hallaba a ochenta kilómetros.

Me senté en la cafetería de oficiales de la unidad militar y me tomé un café a la luz de una lámpara de queroseno. Guardaban los generadores para emergencias. Los teléfonos funcionaban de momento, pero quienquiera que hubiera cortado la corriente podía desactivar los enlaces por satélite en cualquier momento. El sur de Mongolia quedaría entonces ciega y sorda, completamente aislada del mundo y flotando en el vacío. Se creía que lo que tuviese que pasar sucedería esa noche y aguardaba la noticia de un ejército surgiendo de aquella oscuridad. Pensé que todo podía ser una táctica de distracción rusa, pero dada la zona en la que se había cortado la electricidad, lo más probable era que fuera un ejército chino el que surgiera de la oscuridad y viniese a por nosotros. No podía quedarme allí por más tiempo y, gracias a una orden de misión especial firmada por Dawa, cogí un viejo jeep ruso del cuartel y conduje siete horas hasta el paso fronterizo de Shivee Khuren. Los camiones que transportaban carbón de Mongolia a China solían cruzar por ese paso fronterizo. No tenía ni idea de por qué iba allí. ¡Pero a veces uno está tan desesperado que está dispuesto a atrapar un misil con la mano! Quizá creyese que podía impedir yo solo que el ejército chino cruzara la frontera, no sé. Lo único que sabía era que mientras conducía por un camino de tierra en la oscuridad vi un grupo de tiendas mongolas, las llamadas *ger*, montadas una al lado de la otra.

Reduje la velocidad y giré el volante en esa dirección. A la luz de los faros vi a aquellas personas tendidas inmóviles en el suelo. Me detuve, bajé del jeep y corrí hacia ellos con una linterna. En ese momento solo había un pensamiento en mi mente: alguien había pasado por allí y había matado a aquellas personas. Pero cuando me acerqué a ellos no vi sangre ni orificios de bala. Entonces oí una voz que venía de una radio que se encontraba allí mismo. Había aprendido mongol de un borracho estando también yo borracho.

Por supuesto había sido Dawa quien me había enseñado. La voz decía que se habían encontrado varios cuerpos en un pueblo cerca de la ciudad de Servei, a media hora de donde yo estaba. Entonces intervino otra voz que afirmaba, según entendí, que el ejército chino podría haber matado a aquellas personas. Incluso fue más allá y habló de armas químicas. Así que tampoco había agujeros de bala en esos cuerpos. Caminaba en la oscuridad con la radio en la mano y pensando que llegaba demasiado tarde. Las tropas chinas debían de haber cruzado la frontera y avanzaban matando a todo el que encontraban a su paso. O las fuerzas especiales rusas estaban efectuando masacres en la región para que se pensara que era así y Mongolia atacara a China.

Justo cuando le daba vueltas a todo esto vi el cadáver de una oveja en el suelo. Avancé un poco más y me encontré con un gran arcón. No había nada escrito pero era una caja de ayuda de emergencia. La habían arrojado desde un avión. Todavía tenía el paracaídas. Había latas dentro. Pero todas las latas estaban deformadas, la mayoría hinchadas. Fue entonces cuando me di cuenta de todo. Aquellas personas habían sido envenenadas. Habían muerto por la comida enlatada de la caja de ayuda de emergencia. Esa debía de haber sido también la causa de las muertes en el otro pueblo. Ya lo había visto antes. También en Etiopía se produjeron muertes por alimentos enlatados en cofres de ayuda similares, lanzados en paracaídas. Estas muertes habían sido causadas por una bacteria llamada *Clostridium Botulinum.* Y una de las organizaciones benéficas que había lanzado esas cajas de ayuda de emergencia era... la fundación ALL FOR ALL, claro, responsable en aquella ocasión de aquellas muertes en Etiopía. ¿Cómo iba a saberlo yo si no?

Tenía que hacer algo y pronto. El Gobierno mongol debía saber que aquella gente no había sido asesinada. De lo contrario, comenzaría una nueva guerra. Por supuesto, me resultaba imposible llamar al Palacio Gris y hablar con el Primer Ministro. Porque en esa parte del desierto de Gobi el teléfono no era más que un trozo de plástico y no servía para nada. De inmediato intenté contactar con alguien por radio pero no hubo respuesta. No me oyeron, continuaron hablando entre ellos. Incluso anunciaban que el ejército mongol se encontraba en estado de alerta. Al oír todo aquello sentí náuseas y una opresión en el corazón. Deambulaba desesperadamente de un lado a otro, tropezando con cadáveres en la oscuridad y preguntándome qué hacer. Justo cuando levantaba la cabeza y empezaba a maldecir las miles de estrellas del cielo, me vino a la mente una solución.

Corrí hacia el arcón de socorro. Cogí una lata y me la metí en el bolsillo. Luego cogí el cadáver que tenía más cerca y lo llevé hasta el jeep. Giré la llave de contacto, pero el motor no arrancaba. Lo intenté una y otra vez, pero nada. ¡Esta vez miré a las estrellas y maldije todo lo que pude! Porque no tenía más remedio que caminar. Si fuera necesario, caminaría hasta Dalanzadgad, pero tenía que llevar un cadáver conmigo. Solo con ese cadáver y la comida enlatada envenenada que llevaba en el bolsillo podría demostrar a los mongoles que el ejército chino o las fuerzas especiales rusas no eran los responsables de aquellas muertes. Miré a mi alrededor en busca del cadáver más ligero. ¡Un cadáver lo bastante liviano como para que pudiese cargar con él! Encontré a una niña de unos tres o cuatro años. Después encontré un chal. Envolví a la niña en él y me lo até a la espalda.

Y empecé a caminar.

No sé cuánto tiempo pasó, pero la batería de la linterna se agotó. En cuanto estuve a oscuras me perdí. La arena sustituyó a la tierra que pisaba. Ahora sí que estaba en el desierto. Caminaba sin parar. Sentía que el frío me cortaba los dedos. Solo mi espalda estaba caliente. El cadáver de una niña me calentaba la espalda. Como si la helada no fuera suficiente, comenzó a soplar un viento fuerte. Estaba ascendiendo una duna de arena cuando oí aquel sonido. Al principio pensé que me zumbaban los oídos. Pero no venía de mi interior, sino de mi alrededor. Sonaba como el ruido de un avión al despegar. ¡Claro que tenía miedo! ¡Mucho! Pero de repente se me ocurrió: tal vez estaba en el lugar que siempre había querido ver. Duut Mankhan. En las dunas cantoras. ¡Sí, allí estaba! Había llegado hasta ellas porque me había perdido en un lugar que nunca había tenido la oportunidad de ver hasta ese día. Era un momento perfecto para llorar, pero no fui capaz. Escuchaba la música que salía de los granos de arena al ser arrastrados por el viento. A cada paso que daba, aquel ruido como de motor de avión se convertía en el timbre grave de un violonchelo, o eso me parecía a mí. Y al cabo de un rato ya solo se oía aquel instrumento, que me ponía los pelos de punta con cada nota y me estremecía desde los dientes hasta los pulmones. Entonces salió el sol. Y oí una carcajada procedente de la radio, que llevaba horas sin emitir sonido alguno. Quienquiera que fuera el dueño de aquella risa, decía: «¡La guerra ha terminado! ¡Rusia y China han declarado un alto el fuego!». Me desplomé en medio del vasto desierto, temblando de agotamiento. Desaté el nudo del chal en mi espalda y deposité con suavidad a la niña en la arena. Entonces me levanté y me puse en marcha. No enterré a la niña y no miré hacia atrás. Lo único que quería era matarme caminando. Pero claro, me quedé con las ganas. ¡Recuerdo bien aquella noche! ¡Recuerdo cada inspiración! Miré el cuchillo plateado que sostenía en la mano. Pensé en apuñalarme la pierna por haber dejado a aquella niña en el desierto. Pero nunca fui capaz de hacer algo así porque soy la persona más cobarde del mundo.

Christelle siguió hablando.

Ni idea de qué estaba diciendo.

—¿Encontraste algo?

—¿Perdón?

—¿No me estás escuchando?

—Lo siento, Christelle, estaba pensando en algo...

—¿Encontraste alguna información sobre tu familia?

Así que ese era el tema al que habíamos llegado.

—Sí.

—¿Por qué no me lo has dicho antes? ¡Es una gran noticia! Entonces, ¿dónde están? ¿Están vivos? ¿Los has visto?

—No. Mi madre mató a mi padre el día que me dio a luz. Luego se suicidó.

—Lo siento mucho —dijo Christelle. Estoy seguro de que tenía cientos de preguntas en mente. Debía de morirse de ganas de averiguar qué otra información tenía sobre mis padres. Después de todo, mi vida era una *soap opera*. Había suficiente drama en mi historia personal para satisfacer el aburrimiento de una anciana que vivía en la parte de la costa de Knokke llamada Le Zoute. Estaba seguro de que escucharme le resultaba más placentero que mirar el Mar del Norte. Pero, por supuesto, Christelle también era diplomática y pasó con rapidez a preguntas de otro estilo.

—¿Cómo te sentiste cuando te enteraste de eso?

—No sé. Supongo que no sentí nada. En realidad, ahora mismo, no quiero hablar de eso. Quizá más adelante...

—Claro —dijo Christelle—. Ya veo. Al menos supiste la verdad. Es mejor que no saber nada. ¿Y quién hizo la investigación? —Sin esperar mi respuesta, continuó—: Quien fuese hizo un gran trabajo. Después de todo, descubrió sucesos que sucedieron hace cuarenta años. ¡Es increíble! ¿Un periodista, supongo? ¿O contrataste a un detective privado?

—Un poeta —dije—. Un poeta de Alepo, su nombre es Yusuf Ali.

Christelle estaba muy sorprendida.

—¿Yusuf Ali? ¿El famoso poeta? Vive en Paris. ¿También lo investigaron a él?

—Sí.

—¿Dónde os conocisteis?

—Es una historia muy larga —dije. Pude haber dicho también que había sido él quien me había puesto el nombre, pero en cambio pregunté—: ¿Por qué terminó la guerra?

—¿La guerra ruso-china?

Asentí.

—Hicieron un trato. Asociación tecnológica para desarrollar el prototipo. Los chinos solo podían hacer invisible a un humano al principio. Pero ahora, por lo que he oído, han alcanzado volúmenes mucho mayores. Estoy segura de que ahora incluso pueden hacer que un tanque se vuelva invisible. Si piensas en cuánto les gusta a los rusos hacerlo todo a lo grande, ¡incluso podrían estar intentado hacer desparecer un avión de combate! En fin, mi reunión de mañana es muy importante. Si logro que al embajador chino le guste mi idea seguro que los rusos también estarán de acuerdo.

—Entonces los disidentes en Rusia también tendrán inspectores invisibles en sus casas.

Christelle sonrió.

—¡Ojalá!

Luego miró el plato del desayuno frente a mí.

—¡No has comido nada, Zamir!

Quizá aquella noche debería haber abierto la lata que llevaba en el bolsillo y comérmela.

—¿Quién cortó la electricidad?

—¿Qué electricidad? —dijo Christelle—. ¿Dónde?

Al darme cuenta de que estaba pensando en voz alta, dije:

—No importa.

Y seguí hablando conmigo mismo: tal vez en realidad había sido un simple fallo de funcionamiento. ¿Qué importaba, de todos modos? A fin de cuentas, al día siguiente todo mejoró y Mongolia siguió con su vida. Quien no pudo continuar fui yo. La electricidad volvió al sur de Mongolia y todo se iluminó. Pero yo permanecí en la oscuridad.

Al salir de casa de Christelle le dije:

—Si te enteras de algún acontecimiento relacionado con los palestinos, házmelo saber.

—Claro —dijo—. No te preocupes.

Primero sonrió y me besó en la mejilla, luego tomó mi rostro entre las manos y habló con una expresión seria:

—Cengâver cometió un error, Zamir. Un error que un enlace jamás debería cometer: Cengâver se creyó un dios. Un dios de paz, todopoderoso y capaz de detener cualquier guerra. Pero no lo fue, claro. Y cuando se dio cuenta, sufrió tanto que... Asumir que solo era humano le dolió tanto que se suicidó. No somos Dios, Zamir. ¡No lo olvides! —Luego sonrió de nuevo y dijo—: Feliz año nuevo.

Había 118 kilómetros entre Knokke-Heist y el aeropuerto de Zaventem. Tardé cincuenta y un minutos en recorrer la distancia que debería haberme llevado una hora y media. Porque mientras miraba el violonchelo en el asiento a mi lado, veía a aquella niña y mientras miraba la carretera frente a mí, veía el desierto de Gobi. Se me dio por pisar el acelerador y buscar algo contra lo que chocar. Pero no lo había. Cuando entré por la puerta del aeropuerto miré las señales para encontrar la zona de fumadores, como de costumbre. Después, en la sala acristalada más cercana, inhalé docenas de cigarrillos mientras observaba a los que seguían a su maleta inteligente. Me sonó el teléfono varias veces, pero no contesté. Ya vería por la noche a todos los que me habían llamado. Lo que quisieran decirme podrían decírmelo a la cara unas horas más tarde. Aunque para ello primero tenía que sentarme en un avión y pasarme una hora y treinta y cinco minutos hablando conmigo mismo hasta llegar a Berlín.

Cuando aterricé en el aeropuerto de Brandenburgo eran las diez y media. Cinco horas más tarde me subiría a otro avión allí mismo. Aunque mi vida profesional y la privada se habían enredado hacía años y se habían convertido en un nudo que ya sería imposible deshacer, no quería acudir a mi entrevista con un estuche de violonchelo. Era como llevar a tu hijo a la oficina. Pero las taquillas del aeropuerto tampoco eran lo bastante grandes. En ese momento me acordé del hotel que había dentro del edificio. Estaba abajo, en la zona de salidas. Primero tomé un ascensor, luego atravesé los pasillos traseros y por fin entré en el hotel. Conseguí una habitación donde dejar el estuche de violonchelo y la maleta. Había un espejo justo al lado de la televisión. Me miré en él e intenté reírme, pero no pude. Mi cara seguía siendo como una máscara de hierro. O al menos eso era lo que sentía. Quizá no conseguía reírme porque no había nada de lo que reírse.

Salí del hotel, metí las manos en los bolsillos y empecé a caminar. Los pasillos que atravesaba estaban cada vez más abarrotados y, finalmente, me encontré en la entrada de un enorme vestíbulo. Si quería salir del aeropuerto tenía que pasar por este vestíbulo, pero había muchos pasajeros saliendo. De pronto sentí un dolor en la frente, como un cuchillo que se clavase entre mis dos cejas, y se extendió por mi cuerpo como cientos de agujas. Cinco días antes, tras el funeral de Asbjörn, ya había sufrido ese dolor. Pero ahora era mucho más intenso. Las dos preguntas entraron y salieron de mi mente como dos balas: ¿Por qué no morí en aquel campo? ¿Por qué sobreviví? ¿Para contemplar esto? No podía quedarme apoyado contra aquella pared para siempre, así que me obligué a mí mismo a caminar hacia todo aquello que me causaba aquel dolor.

Primero caminé entre los resplandecientes abetos que habían instalado para Nochevieja y luego me uní a la multitud. Había docenas de mostradores de facturación uno al lado del otro y largas colas delante de cada uno de ellos. A cada paso que daba, el dolor iba en aumento ante la visión de aquellas decenas de personas que se alineaban en fila, riendo y charlando con la emoción de irse de vacaciones mientras otras, en la otra fila, parecía que se habían muerto de pie. Permanecían inmóviles como esas estatuas antiguas con un brazo o una pierna rotas, mirando pensativamente a lo lejos. Ninguno de ellos reía, bromeaba o hablaba. Solo los bebés y los niños pequeños hacían ruido. Gritaban, se quejaban o lloraban. Debían de estar cansados y aburridos de esperar. Querían que su turno llegara y subirse al avión cuanto antes, quizá por primera vez en su vida. Sin embargo, estaba claro que los adultos no pensaban como los niños porque no caminaban a menos que tuvieran que hacerlo y solo avanzaban si se lo indicaban los encargados. Algunos estaban tan distraídos que olvidaban las maletas. También había quienes derramaban lágrimas en silencio y quienes empleaban unos pañuelos arrugados para intentar secarse unos ojos que, en realidad, ya estaban secos. Las colas en las que se encontraban aquellas personas eran las más lentas y largas. Porque aquellos viajeros no querían ir a ninguna parte, querían volver a casa.

Eran ciudadanos turcos deportados.

Había tantos que la zona en la que me encontraba podría haberse rebautizado como *Sala de los Pasajeros que Marchan y a la vez Regresan*. Hacían cola ante distintos mostradores, viajaban a Turquía con distintas compañías aéreas y se sentían como basura en la Alemania en la que habían nacido y crecido. Estaba seguro de que era así porque estaban a punto de subir a un avión para que los lanzasen por los aires como basura. Los que salían del país por carretera quizá tenían más suerte. Al menos no habían tenido que escuchar las risas procedentes de la fila contigua. Porque toda aquella gente estaba unos al lado de los otros. Sin embargo, los que se iban de vacaciones, a pesar de estar tan próximos, no veían a los deportados. Por supuesto, todo el mundo estaba al tanto de todo. Quién iba a dónde era tan obvio como una herida mortal. Pero Christelle no era la única defensora de la ignorancia. No obstante, algunos alemanes lanzaban miradas furtivas a los turcos que tenían a su lado. Había vergüenza y desesperación en esas miradas. Por eso bajaban la cabeza cuando miraban a un turco. Al fin y al cabo, Alemania no era solo el país de Hitler sino también del Canciller Willy Brandt, que en Varsovia había pedido perdón de rodillas por el Holocausto en nombre de su nación.

Seguí caminando. Mi único deseo era llegar cuanto antes a la puerta de salida y dejar atrás aquella locura, así que me apresuré, disculpándome al pasar entre dos personas que estaban de pie en una de las filas, y después intenté atravesar la otra fila. Oí risas al pasar por el medio de una y sollozos al pasar por el medio de la otra, disculpándome todo el tiempo. La gente me cedía el paso, a veces quejándose y otras en silencio y yo procuraba saltar por encima de sus maletas y seguir adelante.

—Disculpe... Disculpe... Disculpe.

«Ojalá tuviese mi saco negro conmigo», pensé. ¡Ojalá tuviese mi saco negro! Me lo habría sacado del bolsillo, me lo habría puesto sobre la cabeza y no habría tenido que ver nada de todo aquello. ¡Quizá entonces no me dolería! Ni siquiera me disculparía con nadie. Habría caminado como lo hace un ciego, esperando que la gente se apartase de mi camino. Pero no era posible. No llevaba el saco conmigo, ni me quedaba nada más que decirle a aquella gente. Así que me disculpé con todos los que se cruzaron en mi camino y salí por una puerta flanqueada por una figura de Papá Noel. Mi mera existencia me provocaba tal vergüenza que me quedé sin aliento. Me apoyé contra una pared, cerré los ojos y esperé a que el dolor cediese. Intenté concentrarme en otras cosas. Pensé en el rostro que acababa de ver en el espejo de la habitación del hotel. Imaginé mi propio rostro sonriendo, pero no funcionó. Entonces me dije: «Dale tiempo». Ya pasará. O déjaselo al hombre que firma como Z. AMAN. Subí a un taxi y, por costumbre, hablé en turco y le dije al conductor:

—Vamos a Wannsee.

—¿Qué?

Tan solo unos meses atrás, la mitad de los taxis de Berlín los conducían turcos pero ahora un alemán se sentaba al volante y fingía no entender la palabra Wannsee mientras me miraba a la cara. Entonces me limité a decir «¡Wannsee!» y, por un falso milagro, lo entendió y pisó el acelerador. Primero me miré en el espejo retrovisor, luego saqué una botellita del bolsillo interior de mi chaqueta y me eché lágrimas artificiales en los ojos. Mientras aquellas lágrimas rodaban por mis mejillas me sentí más tranquilo.

Obviamente no iba a Wannsee a nadar en el lago. Tampoco iba a beber vino en uno de los clubes náuticos. Sí, iba a una de las mansiones a orillas del lago Wannsee, pero lo que ocurría en aquel edificio no era muy compatible con la vida cotidiana de los esnobs de la zona. Porque esa mansión era la sede y el estudio de una productora cinematográfica. Y lo que era más importante, allí se rodaban películas pornográficas. Quizá aquello no hubiese supuesto un problema para los vecinos más abiertos de mente de los alrededores pero es que las películas pertenecían a un subgénero muy oscuro de la pornografía y creo que eso lo cambiaba todo. Porque se llamaba *hate porn*. Es decir, porno de odio. A diferencia de otros subgéneros, estas películas sí tenían diálogo y argumento. Como su nombre indica, siempre se trataba de delitos de odio. Pero incluso después de la segunda copa de Jägermeister, algunas de las personas más ricas de Wannsee no podrían soportar ver ni un minuto de esas películas. Porque las escenas que se desarrollaban en cada habitación del edificio histórico de cuatro plantas, reconvertido en plató cinematográfico eran muy, muy violentas. Por ejemplo, en una habitación con banderas confederadas en las paredes, hombres estadounidenses blancos con acento sureño violaban a una niña negra, mientras que en otra habitación, cabezas rapadas alemanes con tatuajes de esvásticas humillaban y torturaban a una niña turca durante minutos antes de violarla. Por supuesto, todo era un juego.

Todos en ese edificio interpretaban un papel. Martha y Gunther, la pareja propietaria de la empresa, eran muy meticulosos al respecto. Los que quisieran actuar en esas películas nunca podían ser racistas en la vida real porque ya habían tenido malas experiencias al respecto en los primeros meses tras poner en marcha el negocio. En cuanto se enteraron de los temas de las películas que se iban a rodar, todos los monstruos racistas de Europa Occidental se reunieron en Wannsee y el resultado fue una película *snuff* que solo se pudo detener llamando a la Policía. Gunther y Martha se dieron cuenta enseguida de que no podían trabajar con esa gente y, a partir de entonces, prefirieron solo actores porno BDSM profesionales. Por supuesto, incluso entre ellos hubo algunos que no pudieron soportar el nivel de violencia del tema y abandonaron el rodaje, pero al menos las escenas no alcanzaron un nivel de brutalidad irreversible.

En el fondo, la idea de Martha y Gunther era muy sencilla. En este mundo hay muchos tipos de odio diferentes y el comportamiento resultante de estos odios había sido tipificado como delito de odio en muchos países. Por lo tanto, era ilegal. Pero legislar sobre algo no erradica ese comportamiento de la sociedad. Ahí era donde entraba en juego la pornografía del odio. Vendían fantasías a personas que nunca serían capaces de salir a la calle y atacar al primer desconocido que vieran, pero que fantaseaban con hacerlo. Según Martha, la pornografía del odio tenía incluso un aspecto rehabilitador para el espectador. Ver una escena de violación racista cercana a lo que visualizaban en sus mentes impedía a la mayoría de la gente actuar en la vida real. O por lo menos eso era lo que pensaba Martha. Las películas, además, se basaban, por supuesto, en un fascismo chovinista. Un grupo de hombres acorralaba a otro hombre o una mujer indefensos, primero los insultaban, luego los golpeaban y finalmente los violaban. Y todas las películas terminaban siempre con el Síndrome de Estocolmo, donde las víctimas suplicaban más humillaciones o se convertían en esclavos voluntarios de sus agresores. Este era el final feliz de la pornografía del odio: la ruptura de la voluntad de la víctima. La agresión sexual convertida en un medio de castigo era precisamente el tipo de espectáculo con el que los fascistas chovinistas solo podían soñar.

El nombre de la productora era 120. Gunther le puso ese nombre por la película *Saló o los 120 días de Sodoma* de Passolini. Porque la idea del porno de odio se le había ocurrido viendo esa película. No se equivocó cuando se le ocurrió que entre los que vieron la película, que Passolini había filmado para criticar de la manera más dura al fascismo italiano, podría haber algunos que, en lugar de incomodarse con lo que veían, se habían sentido excitados por las escenas de tortura y violación que se les aplicaban a aquellas víctimas jóvenes. De hecho, la pornografía de odio pronto encontró su clientela e hizo que Martha y Gunther fueran lo bastante ricos como para comprar una mansión en Wannsee. Sí, mucho antes del *hate porn* ya existía un tipo de pornografía llamada *race play* que se basaba únicamente en la discriminación racial. De hecho, la película *Nigga's Revenge* era su ejemplo más señalado.

Pero Gunther y Martha fueron un paso más allá y decidieron no limitar el odio a la discriminación racial. Pensaron que todo tipo de discriminación que hubiese en el mundo podría ser objeto de películas porno y comenzaron una nueva tendencia. Por ejemplo, cuando los conocí estaban rodando esta película: un grupo de hombres texanos antiabortistas secuestraban a una mujer, también de Texas, a la puerta de una clínica abortista y la humillaban, golpeaban y violaban, lo que suponía un escenario muy diferente al de las películas *race play* basadas en la simple discriminación racial. ¡Y fue una gran innovación para la industria! Porque todos estaban seguros de una cosa: este era un mundo en el que a Martha y a Gunther nunca les faltarían temas. El porno de odio tenía una fuente inagotable de inspiración llamada vida real. Pero, como en todo, la experiencia era un grado. En este punto intervine yo, como alguien que había pisado ya todos los infiernos de este mundo. Tan pronto como se desatase un nuevo conflicto o un nuevo episodio de discriminación en cualquier lugar se lo notificaría a Martha. Como resultado, los crímenes de odio también evolucionaron junto con la vida misma, cambiando constantemente de forma y geografía. ¡Por supuesto que también había algunos clásicos que incluían banderas confederadas o cruces gamadas! Pero para mantener las películas actualizadas era necesario no perder de vista los odios de la vida real. Si un grupo de inmigrantes que huían de la guerra o del hambre pasaban a formar parte de una comunidad que hasta entonces se había considerado a sí misma tremendamente humanista y de repente surge el odio hacia ellos en esa región, pues era algo que venía a agregar una nueva mirada a las películas. Además, todos los conflictos políticos existentes, todas las divisiones sociales y tensiones sectarias o étnicas tenían cabida en esas películas. No había polarización demasiado pequeña o grande. Incluso hubo audiencia para una película donde un grupo de hombres, que creían que nunca se había llegado a la Luna, violaban a los actores que habían interpretado a la tripulación del Apolo 11. Y, como era de esperar, ¡al final de la película los astronautas admitían que nunca habían pisado la Luna! Lo importante era que hubiese un odio que se pudiese combinar con la sexualidad. ¡Bastaba que se diese una polarización entre dos grupos humanos que, por el motivo que fuese, se pudiese convertir en odio! Por lo tanto, el secreto del éxito en la industria del *hate porn* era captar lo que era *tendencia* en el mundo en cuanto a los delitos de odio.

Con las ideas que les había proporcionado, Martha y Gunther realizaron más de trescientas películas a lo largo de los años. A cambio de este servicio compartían conmigo la información que obtenían de sus clientes. Porque la mayoría de sus clientes eran del tipo imposible de enmendarse, al contrario de lo que Martha quería creer. Todos ellos iban tras su propia revolución armada y no dudarían en repetir las escenas de aquellas películas en la vida real en cuanto se diese la oportunidad. Es por ello que Gunther, el encargado del servicio al cliente de la compañía, mantenía un registro exhaustivo de cada arma que se compraba, dónde y a quién. Técnicamente, trabajaba en las mismas condiciones que yo. Prestaba servicios a gente que se estrangularía mutuamente. Así como yo me reunía en el mismo día con dos facciones enfrentadas, él podía reunirse por la mañana con racistas y por la tarde con quienes querían vengarse de ellos. Iba de casa en casa como un repartidor, entregando en mano las cintas que grababa en VHS porque no se fiaba de internet. Los espectadores de porno de odio tenían eso en común, aparte de ser propietarios de armas ilegales: todos tenían un reproductor de vídeo.

¡Todo en ellos era primitivo, no solo sus mentalidades!

—¡Bienvenido, Zamir! —dijo Martha. Me sonreía y me hacía señas de pie desde la gran entrada de la casa—. ¡Adelante!

Miré a mi alrededor mientras atravesaba el jardín y entraba en el edificio. Lo cierto es que nadie podría imaginar desde fuera lo que sucedía en el interior de aquella casa. Pero detrás de aquellos muros de ladrillo rojo se rodaba un interminable *Apocalypse Now*. *¡Apocalipsis forever!*

—¡Esto parece un manicomio! —dijo Martha mientras me abrazaba.

—¿Cuántos? —le dije.

—Ahora mismo estamos con tres películas.

Estábamos en el amplio rellano de la planta baja. Desde detrás de puertas cerradas en diferentes pisos me llegaban sonidos amortiguados. Aunque las habitaciones estaban insonorizadas, los gritos encontraban la manera de filtrarse y se mezclaban entre sí en el hueco de la escalera hasta bajar al piso en el que estábamos. Como no había manera de saber de dónde provenía cada grito, la casa misma parecía estar gimiendo. Solo en una ocasión llegué a descifrar algunas palabras. Un hombre gritaba:

—¡He dibujado las fronteras de tu país con esta regla de hierro! Y ahora con esta regla te voy a...

No pude oír el resto, pero lo adiviné.

—¡Siempre tan ocupados! —le dije a Marta.

Pasamos junto a la amplia escalera de madera y nos dirigimos al jardín de invierno, en la parte trasera del edificio.

—¡Sí, y además nos han salido otros trabajos, de un pedido especial!

—¿Qué pedido?

—Hay quienes envían guiones. Nos ofrecen pagar la filmación. Pero ya sabes, ¡nuestro calendario de rodaje ya está tan lleno! Por eso al principio Gunther no quería aceptar. Pero los tipos insistieron tanto que Gunther les pidió unos precios desorbitados solo para deshacerse de ellos. Pero aceptaron, así que tuvimos que hacerlo.

—Tiene su parte buena —le dije—. No te costará trabajo encontrar temas y me podré tomar unas vacaciones.

Martha se rio. Me senté en uno de los sillones antiguos, bajo aquel techo alto, situados frente a una gran cristalera.

—¿Quieres un poco de té?

—Claro —le dije.

Respiré hondo y miré hacia el otro lado mientras Martha se dirigía a la pequeña cocina contigua. Donde terminaba el invernadero, justo tras la ventana, comenzaba un exuberante césped verde que descendía con suavidad hacia el lago. Desde donde estaba sentado podía ver gran parte del lago Wannsee. De hecho, ya estaba todo preparado para el tradicional espectáculo de fuegos artificiales de Nochevieja. Incluso podía ver las plataformas construidas sobre el agua. Unos años atrás, había contemplado el espectáculo desde una torre de ese edificio. Los racimos de luces que se elevaban desde el centro del lago y se abrían como flores en el cielo transformaban la oscuridad de la noche en las coloridas páginas de un libro de cuentos, haciéndole a uno sentirse tan feliz como si estuviera en otro planeta. Nadie que contemplara aquella mágica escena, en la que los brillantes arco iris aparecían uno tras otro mientras el agua bajo ellos cambiaba de color, podría creer que fue a orillas de este lago donde se tomó la decisión de cometer el Holocausto. Pero eso es exactamente lo que ocurrió. En una reunión secreta llamada Conferencia de Wannsee, quince oficiales nazis se reunieron y elaboraron el plan de la *Solución Final* para el exterminio sistemático de los judíos.

Le pregunté a Martha, que colocaba el juego de té que había traído en la mesita que tenía a mi lado:

—Aún no habéis filmado la Conferencia de Wannsee, ¿verdad?

Martha hizo una pausa y pensó. Luego se sentó en su silla y

contestó, sorprendida:

—¡Pues no, no lo hemos hecho! —Se rio y añadió—: ¡Cómo se nos ha podido olvidar! ¡A veces uno no ve lo que tiene justo delante de las narices!

—Es imprescindible que lo hagas —dije—. La escena podría ser algo así: justo cuando los nazis han decidido la Solución Final, un grupo de judíos irrumpe en la sala de reuniones. Vienen del futuro. Están todos desnudos. Solo llevan una kipá en la cabeza. Y los acontecimientos se precipitan.

—Creo que sería genial —dijo Marta—. Además, los temas históricos son muy populares hoy en día. El mes pasado rodamos una historia sobre unos zombis de Hiroshima que asaltaban el Despacho Oval.

—¿Quién es la víctima?

—¡El presidente Truman, por supuesto! No te imaginas lo bien que se vendió la película en Japón. Aunque creo que el título tuvo algo que ver: ¡*Enola Fuckin' Gay*! ¿Qué te parece? Obviamente, se me ocurrió a mí.

Estaba a punto de responder cuando un anciano en uniforme de general y una mujer joven se acercaron a nosotros. Se repetían unas frases entre ellos. Era evidente que estaban memorizando sus textos de la película en la que iban a actuar. Me di cuenta de que hablaban turco, aunque con un acento extraño. La mujer, haciendo lo posible por sonar como una periodista, le preguntaba al general:

—Usted es uno de los generales que dirigió el golpe de Estado del 12 de septiembre. ¿Qué dice ante las acusaciones de que las mujeres detenidas tras el golpe fueron violadas con porras?

Y el general respondió con gusto:

—¡Tonterías! Tenemos chicos jóvenes duros como piedras. Si se va a llevar a cabo una tortura así, ¿qué necesidad hay de una porra?

No me pude contener e interrumpí su ensayo para preguntarle:

—¿Qué pasa después?

—¿En la película? —dijo.

—Sí.

El general soltó una carcajada.

—Resulta que estoy mintiendo. —Señaló a la actriz y continuó—: Porque la verdad es que sí violamos a esta periodista con una porra.

Intercambió una mirada con la mujer y ambos se echaron a reír.

—Muy interesante —dije, y luego me pregunté qué pirado podría haber pedido que rodaran algo así. El general y la mujer salieron del invernadero para continuar su ensayo y caminaron hacia el lago. Mientras tanto, Marta, al ver que me había interesado el tema, dijo que estaban trabajando en otro pedido de Turquía. La historia se situaba de nuevo justo después del golpe de Estado del 12 de septiembre, durante la ley marcial, pero esta vez los acontecimientos se desarrollaban en una prisión. En esta ocasión, la escena recordaba mucho a una similar de la famosa película de Passolini. Los soldados que actuaban como guardias daban de comer heces a los prisioneros y luego les obligaban a orinarse en la boca unos a otros.

—Ya veo —dije—, Prisión de Diyarbakır. Hacían comer heces a los prisioneros kurdos.

—¿No hay un error? —dijo Martha. Entonces cogió su teléfono móvil para echarle un vistazo al guión que le habían enviado—. Aquí dice que los prisioneros son turcos. Incluso se recalca específicamente que los prisioneros hablan turco. Y los que les hacen comer las heces son kurdos.

—¡Claro! Es como esa historia de la que hablabas antes sobre los zombis de Hiroshima atacando a Truman. Han invertido los papeles.

—Oh, ahora lo entiendo: quieren *porno karma.*

—¿*Karma*? ¿Así es como lo llaman ahora?

—Sí, sí... —dijo Martha—. Al principio lo llamábamos *porno venganza* pero luego nos dimos cuenta, por los comentarios de los clientes, de que la palabra *venganza* no era la adecuada.

Si hubiera podido reírme, lo habría hecho. En vez de eso me limité a preguntar:

—¿Cuándo se volvieron tan tiquismiquis los espectadores de porno de odio?

—Créeme, no lo sé. Cuando empezamos este negocio, a nadie le importaba nada. Pero ahora tenemos que llamar *porno karma* incluso a la película de venganza más violenta. A Gunther no le gusta, por supuesto. Ya sabes cuánto odia lo políticamente correcto.

—Después de todo, no es fácil admitir que uno alberga tanto odio. Quizá por eso prefieren la palabra *karma* en lugar de *venganza.* A fin de cuentas, venganza significa *ojo por ojo y diente por diente.* A veces incluso significa *mierda por mierda,* ¡como en esa escena de la cárcel! Debe de ser bastante confuso para el espectador de la película. Si se excita con lo que está viendo ahora, es obligado que se pregunte si no será como sus torturadores del pasado. Por eso se siente menos culpable cuando la palabra *karma* figura en el título de la película. Al fin y al cabo, si hay karma, no hay venganza, ¿verdad? Solo hay actuación, consecuencia y evolución. Lo que significa que quien le ha dado de comer mierda a alguien acaba también comiendo mierda a su vez y luego dice: «¿Pero qué mierda me he comido? Así de sencillo».

Martha se rio y dijo:

—No lo sé. Soy una mujer chapada a la antigua. ¡Para mí, la mejor película sigue siendo una historia clásica de sadomaso! ¿Conoces la canción de Georges de Giafferi?

—¿Por qué no me has avisado, Martha?

Era Gunther. Estaba en el umbral de la puerta del invernadero y parecía muy cansado. Martha respondió:

—Acaba de llegar. Ni siquiera ha tomado el té.

Me levanté y le di la mano a Gunther, que no me la soltó. Aunque nos habíamos conocido ya después de la operación, me examinó la cara como si la viera por primera vez y me preguntó:

—¿Todavía no puedes sonreír?

—No.

Justo cuando Gunther iba a decir algo, sonó mi teléfono. Era Sabra. Dijo que estaba en el jardín con su hermano Chatila. Dudaban si llamar a la puerta. Después de colgar, me volví hacia Martha:

—¿Recuerdas que te hablé de los dos aprendices? Están aquí, en la puerta. ¿Por qué no les dejas entrar mientras hablo con Gunther y les cuentas lo que hacéis aquí? ¿Te parece bien?

—¡Claro! —dijo Martha. Salió del invernadero y desapareció en dirección al salón. Me giré hacia Gunther, que se había sentado en el sillón que Martha había dejado libre, con la intención de hacerle una pregunta pero se me adelantó.

—¿Estás satisfecho con el trabajo de Países Bajos?

Hablaba de la trampa que le habíamos tendido a Dadjo.

—Sí —dije—. Estuvo muy bien. Gracias. —Ahora me tocaba a mí hacerle una pregunta—: ¿De verdad era necesario que viniese hasta aquí?

—Ya te lo dije. No son cosas que se deban hablar por teléfono.

—¡Si supieras de todo lo que he hablado por teléfono!

Gunther permaneció en silencio y miró hacia el lago. Le di toda la información sobre las armas que portaba la organización germano-turca de la Selva Negra. Lo único que tenía que hacer Gunther era averiguar a quién le habían comprado las armas y luego llamarme por teléfono para decírmelo. Pero no lo hizo, insistió en reunirse conmigo cara a cara.

—¿Por qué me has llamado?

Gunther alzó la voz sin darse cuenta:

—¡Porque pensé que no me creerías!

Nunca había visto así a aquel anciano. Pensé que estaría cansado de tanto trabajo pero, en realidad, solo estaba nervioso. Por eso estaba sudando. Y en invierno, en Berlín, ¡en un invernadero!

—Bueno, pues entonces —le dije—, dime lo que tienes que decirme y ya veré si te creo.

Gunther se inclinó hacia mí desde su asiento y susurró:

—Kacper Kaminski.

—¿Eh? ¿Qué pasa con Kacper?

—¡Es él!

—¿Cómo que es él?

—¡Kacper Kaminski fue quien medió en la venta de las armas!

Si pudiera reír, lo hubiera hecho.

—¿Es una broma?

—No.

Conocía a Kacper desde hacía trece años. Incluso conocía a su mujer, a su madre, a sus hijos, a sus amigos y, por supuesto, a todos sus compañeros de trabajo. ¡Porque yo era uno de esos compañeros! Kacper Kaminski era uno de los siete enlaces de la PRIMERA FUNDACIÓN MUNDIAL PARA LA PAZ y Gunther tenía razón. No lo podía creer.

—¡No seas ridículo!

—¡Te lo juro! —dijo Gunther—. Kaminski lo organizó todo. Facilitó todas las armas a la organización, no solo las que visteis en ese campamento.

Por supuesto, seguía sin creerle, pero le pregunté de todos modos:

—¿De quién las consiguió?

—De los serbios.

Me estaba empezando a cabrear.

—¡Hay millones de serbios en este mundo! ¿Cuáles?

—Ziv.

Por un momento pensé que había oído mal.

—Ziv... ¿Zivko?

—Sí.

Todavía quería pensar que había oído mal.

—¿Zivko, el de Pasarovic?

—Sí —dijo Gunther—. Kaminski puso a Ziv en contacto con la organización. En Belgrado... Al principio no se ponían de acuerdo sobre el precio. Pero entonces Kaminski se ofreció a responder por la organización.

—¡Oh, no! —dije—, ¡Kaminski nunca haría algo así! Para empezar, nadie respondería por un loco como Zivko.

Me tocaba a mí tragarme la mierda. Había dejado de cuestionarme el hecho increíble de que Kacper estuviera detrás de la adquisición de armas para la organización. Lo que me había sorprendido es que hubiese avalado el trato con Zivko. Porque Zivko solo pedía dos veces que le pagaran. Primero se lo pedía al comprador y solo acudía al avalista si no lo conseguía de aquel. Si entonces no recibía su dinero, mataba al comprador pero dejaba vivo al avalista. Para que su familia y todos sus conocidos pudieran verle morir.

No sabía qué pensar. Primero dirigí la mirada a Gunther, luego al lago que tenía delante y, por último, al té que tenía en la mesita junto a mí. Y no encontraba qué decir. Solo acertaba a decir que aquello no podía ser verdad. Que ningún enlace haría tal cosa. Porque iba en contra de todo. ¡Todo! ¡Nosotros no llevábamos armas ni hacíamos de intermediarios para que nadie las comprase! Quizá hiciésemos todo tipo de cosas, ¡pero nunca nos metíamos en el negocio de las armas! Podríamos llevar a cabo operaciones de un horror inimaginable, ¡pero nunca tocaríamos un arma! Aparté la mirada del té para dirigirla a Gunther y le pregunté:

—¿Puedes probar algo de esto?

No contestó. En su lugar, sacó una cinta VHS de la bolsa que llevaba en la cintura.

—¿Qué es eso?

—Grabé mi conversación con Ziv; confidencialmente, por supuesto. Todo está aquí. ¿Quieres verlo ahora?

—No —dije—. No, no hace falta.

Entonces me levanté, crucé la puerta de cristal, salí al jardín y comencé a caminar hacia el lago. El general y la mujer seguían ensayando. Cuando me vieron, sonrieron y me saludaron, pero yo volví la cabeza hacia otro lado. Caminé hasta la orilla del lago. Entonces me detuve y empecé a observar mi reflejo en el agua. Mirando mi rostro pensé en la palabra turca *gölge*.[13] Debería significar «reflejo en el lago». Aunque no fuera así, ¡así debería ser! Porque, ¿en qué se diferenciaba el reflejo que veía en este agua cristalina de mi sombra en el suelo? Quizá el exterior de la persona se reflejaba en el agua y el interior en la tierra. ¡Esa era la diferencia! Por eso todas las sombras del mundo eran oscuras. Ahora estaba más tranquilo. Ahora podía pensar en lo que había dicho Gunther. En primer lugar, era obvio que no me había mentido. Así que ahora tenía que aceptar la verdad. Había sido Kacper quien había facilitado las armas a aquellos que llevaban décadas soñando con aterrorizar a Alemania. Y había hecho de garante por la organización. Como no podía poner en peligro a su familia, no existía la posibilidad de que no le pagaran. Por lo tanto, quienquiera que fuese para quien había hecho ese trabajo le garantizaba que le daría el dinero. Quedaba la mayor incógnita: ¿Por qué? ¿Por qué motivo habría hecho Kacper tal cosa?

---

[13] «Sombra». «Göl» significa «lago» en turco.

Saqué mi teléfono para llamar a Calhoun, el de Edimburgo. Pero cuando miré la pantalla vi que faltaba solo una hora y media para mi vuelo. Me di la vuelta y eché a caminar a paso ligero hacia el edificio. Esta vez el general y la mujer no me saludaron. Así se vengaban de mí. ¡Ahora podían relajarse! Porque estoy seguro de que ellos, como todo el mundo, tenían dos deseos para la humanidad. En primer lugar, la paz mundial. Y segundo: ¡que no se derramase la sangre de nadie!

Me reuní con Sabra y Chatila en el jardín delantero. Tenían la mirada apagada. Estaba convencido de que habían reexaminado todo lo que sabían sobre sexualidad mientras recorrían las salas de rodaje bajo la guía de Martha. Gunther y Martha se quedaron a nuestro lado para despedirnos. Cuando llegó el taxi y se detuvo ante nosotros no cogí la cinta que me ofrecía Gunther y le susurré al oído:

—Me disculpo por dudar de tu palabra.

El anciano sonrió. En una ocasión había mandado hacer consoladores solo para mí, réplicas del pene del general Dadjo. Estaba acostumbrado a mis peticiones insensatas y a mis arrebatos repentinos. Incluso más que yo mismo.

—¡Avísame cuando puedas reírte!

—Vale —dije—. ¡No te preocupes!

Luego besé a Marta y subí al taxi con los hermanos palestinos. Mientras el coche se alejaba, pude oír a Gunther diciéndonos:

—¡Feliz Año Nuevo!

Por supuesto, no dijimos palabra en todo el camino. Porque había un extraño en el coche. Al volante iba uno de esos hombres que vivían en el mundo sin enterarse de lo que pasaba en él. ¿De qué podíamos hablar en su presencia? ¿De lo que nos rondaba por la mente? Ni una palabra. Al fin y al cabo, nuestro deber no era otro que ser testigos del colapso de la humanidad. Y como no podíamos hablar de ello, nos limitamos a contemplar el paisaje.

Nada más entrar en el aeropuerto de Brandemburgo nos mezclamos con los turcos deportados, pero esta vez no sentí ningún dolor. Fue el turno de Sabra y Chatila para sentirse asqueados por lo que veían. Sin embargo, sus náuseas tampoco duraron mucho. Porque las puertas que nos llevarían al avión eran todas de primera clase. Mientras los dos hermanos atravesaban esas puertas y se alejaban de la multitud, fui a la habitación del hotel a buscar mi maleta y el maletín del violonchelo. Me miré por última vez en el espejo de la pared e intenté reírme. Pero tampoco entonces funcionó y salí de la habitación. Luego atravesé las puertas de primera clase y subí al avión sin haberme cruzado con ningún turco deportado.

Sabra y Chatila estaban sentados uno al lado del otro en los asientos de primera fila. Yo me encontraba al otro lado del pasillo con el maletín del chelo. Unos minutos antes de que despegase el avión, no pude resistirme y pregunté:

—¿Tenéis familiares en Palestina en este momento?

—No —dijo Chatila—. Todos se marcharon a otros países hace años. No queda nadie en Palestina.

—Bien —dije—. Muy bien.

Así que no tenían parientes entre los escondidos en las cuevas. Así podría mantener aquel puto secreto un poco más, quizá unos días más.

—Por cierto, el ejército israelí ha emitido un comunicado. Dicen que los palestinos desaparecidos han huido a Jordania.

—¿Y tú te lo crees?

Era Sabra quien preguntaba. Le mentí:

—No lo sé.

No quería que supieran la verdad todavía. Después de todo, teníamos una velada privada por delante. Así que no tenía tiempo de lidiar con ningún enfado o rabieta a mi alrededor. Porque iba a estar muy ocupado durante el evento. Era yo quien tenía que entretener a los invitados, aunque había sido la secretaria de Calhoun,

Mónica la de Lagos, quien se había ocupado de todos los detalles. Una pena, porque este evento había sido idea mía. De hecho, todo había empezado en septiembre con una sola frase de Calhoun:

—¡Tenemos que hacer algo!

Todas las fundaciones que discurrían por nuestro mismo carril organizaban veladas especiales, privadas. Pero la Fundación para la Paz en el Primer Mundo, al haberse visto siempre en la cumbre, nunca se había interesado por esas frivolidades. Después de todo, el nuestro era un trabajo extremadamente serio. No habíamos tenido ni tiempo ni necesidad de reunir a un grupo de idiotas en el salón de baile de un hotel y emborracharlos. Pero los tiempos estaban cambiando. Llegaba un nuevo milenio y, claro, ¡todo perdía poco a poco su seriedad! Así que Calhoun había pensado que debíamos organizar una velada y que debía convertirse en una tradición. Y respondí, pensando que no me iba a afectar:

—Por supuesto, cómo no... tenemos que hacerlo.

—Vale, ¿y cómo será? —preguntó Calhoun—. ¡Necesitamos encontrar un tema! La noche debe tener un propósito.

Al haber languidecido en tales eventos hasta los diecisiete años, este sueño de Calhoun me importaba tanto como nada. De hecho, ya me estaba levantando para salir de su despacho lo antes posible.

—¡Espera un minuto! —dijo—. ¡Dame una idea antes de irte!

E hice una broma:

—¡Tú lo has dicho! Ese será el tema: ¡Un minuto!

—¿Qué quieres decir con un minuto?

—¡Paz por un minuto!

—¿Perdón?

Tuve que prolongar la broma porque Calhoun aún no se reía.

—¡Paz por un minuto! ¡Creo que sería genial! Fijamos un día. Y entonces, a cierta hora, durante exactamente un minuto, todos los combates, todas las guerras del mundo se detienen.

Calhoun aún no se había reído. Pensé que quizá, si exageraba, por fin se daría cuenta de que estaba bromeando.

—¡Eso para el primer año! ¡El segundo año sería paz durante dos minutos! El tercer año, tres minutos... Piensa en ello como si fuera una campaña. La duración de la paz mundial aumenta un minuto cada año.

Entonces saqué mi teléfono, hice algunas multiplicaciones y presenté el final de mi broma:

—Así que, después de 525.600 años, ¡habrá paz mundial permanente! Sí, claro que es mucho tiempo, ¡pero es mejor que nada! ¡Al menos tendremos ante nosotros una fecha en perspectiva! ¡Aunque no podamos verlo, sabríamos que esta idiotez llamada *guerra* acabará algún día! ¡Después de 525.600 años, todo el mundo vivirá en paz! ¿Puede haber algo más esperanzador que eso?

Es obvio que alguien está bromeando cuando es el primero en reírse de lo que está diciendo. Pero como no podía reírme, Calhoun pensó que hablaba en serio, o peor aún, se tomó en serio lo que había dicho y replicó:

—¡Fantástico! ¡Es una idea maravillosa! ¡Bravo! ¡Ponte ya con los preparativos de inmediato! Estás a cargo de esto.

Así se sentaron las bases de la campaña que más tarde se conocería como *Un minuto más*. Ese día había sido víctima de mi propia indiscreción y así había acabado en este avión. Por supuesto, el acto se organizaba en Ginebra y allí íbamos. Solo había un problema. Nadie sabía que el 29 de diciembre, a las 22:00 horas, habría paz en la Tierra durante un minuto. Muy especialmente los que sostenían un arma con la que disparar a sus semejantes. Lo primero que se me ocurrió fue llamar a algunos dirigentes de organizaciones armadas que conocía bien. De esas organizaciones que se esconden detrás de cualquier ideología y trafican con drogas. Así que nos teníamos que poner de acuerdo sobre el dinero. Podía establecer una videollamada y retransmitirla desde el salón: aparecerían algunos guerrilleros disparando a diestro y siniestro en el bosque donde se escondían y, de repente, se detendrían durante un momento. Así los invitados podrían ver en directo cómo era un alto el fuego de sesenta segundos. Pero entonces pensé: a la mierda, ya lo harás el año que viene. Después de todo, no tenía prisa. ¡Tenía 525.600 años para lograr la paz mundial!

Nada más bajar del avión subimos al coche que nos esperaba y nos dirigimos al Palacio de las Naciones. El evento especial iba a organizarse allí. El mismo lugar donde había conocido al primer ministro turco y a Ejaz muchos años antes. Hoy ese primer ministro preguntaba a su pueblo «¿Existe Dios?» y yo me dedicaba a vender paz. En realidad, nuestras circunstancias no eran tan diferentes. Ambos estábamos tratando de ganar tiempo. Porque ya no había nada más que ganar en esta vida. Y esa no era mi única preocupación. Pronto iba a sentarme a la misma mesa que Kacper Kaminski y mirarle a los ojos.

Como habíamos acordado, Mónica, la de Lagos, nos recibió en la puerta de personal del edificio. El hombre que estaba a su lado sostenía nuestros esmóquines.

—¡Llegas tarde! ¡Llegas demasiado tarde!

Mónica estaba tan excitada que no se daba cuenta de que estaba gritando.

—Lo sé —dije—. ¡Cálmate!

Entramos en el edificio y avanzamos por los pasillos. Mónica seguía gritando.

—¡La gente está empezando a llegar! Todo el mundo pregunta por ti. No sé qué hacer. ¡Tienes quince minutos para vestirte!

Estábamos delante del baño.

—Vale, tú sube al salón —le dije.

Cogimos los esmóquines y entramos en el baño mientras Mónica se alejaba con pasos rápidos. Luego nos separamos y empezamos a cambiarnos. Me estaba quitando la camisa cuando me di cuenta de lo cansado que estaba. Muy cansado. Pero mucho... y me dolía el cuello. Y la espalda, la cintura, las piernas. Y la cabeza también, claro. Era como si cada parte de mí quisiera seguir su propio camino y empezar una nueva vida en un cuerpo distinto. Por la mañana me había despertado en casa de Christelle en Knokke, por la tarde había discutido con Gunther en Berlín, y ahora intentaba ponerme un esmoquin en un aseo de Ginebra mientras me cabreaba conmigo mismo. Ojalá hubiera elegido otra fecha para el evento. ¡29 de febrero, por ejemplo! ¡Así no tendría que lidiar con esta tontería todos los años! Pero, como un tonto, elegí el 29 de diciembre. Porque era el aniversario de la masacre de Wounded Knee, en la que más de trescientos indios lakota fueron asesinados por el ejército estadounidense. Personas desarmadas, entre ellas mujeres y niños, fueron exterminadas en pocas horas en el campamento en el que vivían. De hecho, podría decirse que todo había empezado con un sueño. Un chamán de la tribu payute llamado Wovoka soñó que todos los pueblos indígenas se liberarían del yugo de Estados Unidos. Entonces eligió la Danza de los Espíritus, un antiguo ritual, como símbolo de aquel sueño. Al igual que acariciar la estatua de Everardt' Serclaes se había convertido en un símbolo de resistencia en Bruselas, pronto la Danza de los Espíritus adquirió el mismo estatus para los indígenas, proporcionándoles esperanza a gentes que vivían como prisioneros en su propia tierra. Pero, como es obvio, los militares estadounidenses no podían tolerar semejante perspectiva.

Y así, un día 29 de diciembre, mientras intentaban detener a un anciano que había iniciado una Danza de los Espíritus en la reserva de Pine Ridge, cerca del río Wounded Knee, trescientas personas terminaron asesinadas. Así murió el sueño de Wovoka y nació el *sueño americano*. Por supuesto, James Truslow Adams no mencionó tales masacres cuando acuñó la frase «sueño americano» en su libro *The Epic of America*. Pero, sin embargo, eso fue lo que ocurrió aquel 29 de diciembre. Porque, mientras Adams explicaba en su libro que en ese nuevo país llamado América todos debían tener las mismas oportunidades, L. Frank Baum, el autor de *El mago de Oz*, al conocer la masacre de Wounded Knee escribió en su periódico: «¿Por qué no exterminar a todos los indios? De todos modos, viven miserablemente. ¡Mejor muertos!».

—¿Señor? —dijo Sabra—. ¿Quién estaría mejor muerto?

Otra vez estaba pensando en voz alta sin darme cuenta. No respondí a su pregunta, claro, sino que dije:

—Rápido, vamos. ¡Vístete!

Y entonces intenté sonreír. Porque, aunque le había dicho a Calhoun que había elegido el 29 de diciembre porque era el aniversario de la masacre de Wounded Knee, la verdad era otra. El 29 de diciembre era el cumpleaños de Pablo Casals. El mejor chelista de todos los tiempos. Como el sonido del chelo que había oído en las dunas del desierto de Gobi nunca se me iba de la cabeza, me pareció lógico organizar un acto por la paz mundial el día del cumpleaños de Casals. Pero, como es obvio, no se lo dije a nadie.

Porque no hacía falta que nadie más supiese lo chiflado que estoy.

Me había puesto ya el esmoquin y me estaba ajustando el cuello de la chaqueta ante el espejo. Luego eché un vistazo a los hermanos palestinos que tenía a cada lado. Los tres estábamos de pie frente al espejo. A ambos lados de mí veía la misma persona. Nunca me había dado cuenta y pregunté:

—¿Sois gemelos?

Ambos se rieron. Entonces Sabra dijo:

—¿Hablas en serio?

En ese momento me di cuenta de que nunca había mirado a la cara a esos dos hermanos a los que conocía desde hacía unos meses. O mejor dicho, había mirado para ellos pero no los había visto. Porque tenía un problema con las caras. Pensaba que todas se parecían. Pero tampoco quería que se dieran cuenta.

—¡Claro que no! No lo podéis ver, ¡pero ahora mismo me estoy riendo!

Salí del baño y le di la ropa que me había quitado al hombre que me esperaba en la puerta. Para ser sincero, ni siquiera sabía quién era. Pero él sí me conocía. Señaló mi ropa y dijo:

—Lo voy a enviar todo a su hotel junto con sus otras pertenencias.

Solo pude asentir, al menos para mostrar que lo entendía. Mientras tanto, Sabra y Chatila habían salido del aseo al pasillo y se alisaban mutuamente las pajaritas.

—¡Vamos! —dije—. ¡Venga!

Y empezamos a caminar, primero por unos pasillos, luego a través de unas puertas y por fin hacia un ascensor. Cuando este subió a la segunda planta, nos miramos y Chatila dijo:

—Bueno, está claro que tenemos muchos amigos.

—¿Perdón?

—Tenemos muchos amigos en Palestina. Todavía están allí...

No tuve tiempo de responder porque la puerta del ascensor se abrió y nos encontramos entre la multitud. ¡Yo lo hice, para ser más exactos! Porque todos se me acercaban. Unos para felicitarme por la campaña, otros porque veían mi nuevo rostro por primera vez y, por supuesto, el poeta Yusuf Ali de Alepo.

Vino a mí y me dijo con su vozarrón:

—¡Yotuel! ¿Cómo estás, hijo mío?

Me había estado llamando Yotuel desde que había aprendido el significado de la palabra turca *zamir*, así que se convirtió en un segundo nombre que solo él utilizaba. Me abrazó con entusiasmo, sin soltarme. Le susurré al oído:

—¡No estoy nada bien, Yusuf Ali!

Tan pronto como escuchó esto se apartó y me puso la mano sobre el pecho con expresión preocupada.

—Déjame ver... —Nos quedamos inmóviles durante unos segundos. Luego dijo con una sonrisa—: ¡Tu corazón está latiendo! ¡Estás vivo!

—Pero no puedo reírme —le dije.

—¡Cierto! ¡Todavía sigues teniendo esa expresión de estar pidiendo cuentas!

EL POZO Y EL GUÍA

Ese día se produjeron en Ginebra dos acontecimientos que pertenecían a mundos diferentes. Tan distintos que era como si hubiera dos Ginebras en el planeta. Y ahora Zamir se encontraba transitando de una Ginebra a otra. Se había escapado de la reunión de la ONU sobre migraciones masivas en el Palacio de las Naciones y caminaba hacia el festival de música a orillas del lago Leman. No se arrepentía en absoluto de haberse ido sin informar a Jacinta y a Jenna. Porque bien sabía que no había forma civilizada de abandonar aquella reunión. Habían venido de Nueva York, como quien dice del otro extremo del mundo, para dar un discurso de media hora sobre un escenario. Así que si hubiera preguntado «¿Puedo irme a callejear con Ejaz en vez de dar el discurso?», Jacinta se habría echado a llorar en el mejor de los casos y a Jenna le habría dado un ataque de nervios. Por otro lado, Zamir sabía que tarde o temprano tendría que contestar a las llamadas que le estaban llegando al teléfono, que no dejaba de sonar. Era Jacinta. La pausa del almuerzo debería haber terminado y la segunda mitad de la reunión ya habría comenzado. Zamir tuvo la certeza de que Jacinta estaría en esos momentos rememorando muchos recuerdos de manera vívida. Años atrás, cuando lo secuestraron en aquel estudio fotográfico, Jacinta se había asustado tanto que llegó a creer que le daría un infarto y moriría en el acto. Zamir no quería que volviese a revivir esa sensación. Si Jenna hubiese sido la única a la que dejara atrás, jamás habría contestado al teléfono.

—¿Zamir? ¿Estás bien?

—No te preocupes, Jacinta, estoy bien.

—¿Dónde estás? Te he buscado por todas partes y no contestas al teléfono. ¡Venga, la reunión ya ha empezado!

—Lo siento, Jacinta.

—No pasa nada, vamos. Estoy en la puerta del pasillo.

—Lo siento.

—Ya te he dicho que no pasa nada.

—No voy a ir.

—¿Cómo que no vienes?

—Se acabó.

—¿Cómo que se acabó? ¿Qué estás diciendo?

—No puedo más. ¡Dimito de ALL FOR ALL!

—¡No digas tonterías, Zamir! ¡Ven aquí rápido!

—No te preocupes por mí. Nos vemos en el hotel.

—¡Zamir! Escúchame...

Pero Zamir no escuchó. Primero cortó la llamada de Jacinta de Olot para después apagar el teléfono. Respiró hondo y miró a Ejaz, que caminaba a su lado. Quizás había sido él quien le había dado las fuerzas necesarias para tomar esa decisión. Puede que Ejaz hubiera sido la gota que había colmado el vaso y lo había puesto todo patas arriba con su llegada. O quizá Zamir se había atrevido de una vez a mirar a los ojos del monstruo llamado destino y pronunciar la frase que cambiaría su vida: «¡Dimito de ALL FOR ALL!». Ejaz, obviamente, lo había oído todo, pero no había reaccionado lo más mínimo. El hecho era que Zamir necesitaba hablar, incluso ser comprendido.

—¡Si hoy me hubiese subido a ese escenario, habría vomitado! —Ejaz no contestó—. ¡Porque ya no lo aguanto más! No soporto pedir dinero a la gente, la forma en que siempre me miran con lástima, no soporto nada de eso. —Ejaz seguía sin contestar—.

Si hubiese subido hoy a ese escenario, me habría suicidado esta misma noche.

Zamir se salió con la suya y Ejaz reaccionó.

—¡Que se vayan la mierda! De todas formas, son todos unos farsantes.

—¡Sí! —dijo Zamir. Pero, en realidad, no entendía lo que Ejaz quería decir exactamente.

—¿Esa fundación vuestra? —continuó Ejaz—. ¡Es el mayor fraude! ¿Sabes lo que hacen en África? ¡Conducir camiones!

—¿Que conducen camiones? ¿Qué significa eso?

—Ponen logotipos de ALL FOR ALL en los camiones y los conducen atravesando los pueblos. Y lo graban en vídeo. Solo por publicidad. ¡Pero los camiones van todos vacíos! ¿Sabes lo que significa que pase por delante de ti un camión de ayuda? ¡Piensa! Te estás muriendo de hambre y a la espera de que alguien te ayude. Entonces aparece un camión, crees que va a parar, ¡pero no lo hace! Y piensas, seguro que va a otro pueblo. ¡Mañana vendrá a nosotros! Entonces te sientas y esperas. Esperas a mañana... Pero ese mañana nunca llega. ¿Lo entiendes?

Zamir había oído hablar de muchas prácticas corruptas de diversas organizaciones de ayuda, pero era la primera vez que oía hablar de la técnica de conducción de camiones. Sin embargo, por alguna razón, no podía creer que la fundación que lo había criado llegase a ser tan cruel y le preguntó:

—¿Estás seguro? Quiero decir, ¿en serio eso lo hace ALL FOR ALL?

Ejaz se rio nerviosamente.

—No sabes nada, ¿verdad?

Zamir no supo cómo responder a aquella pregunta. Era evidente que Ejaz entendía el funcionamiento de las organizaciones de ayuda mucho mejor que él. Pero Zamir no quería parecer un niño ingenuo. Justo cuando el silencio estaba a punto de hacerse demasiado largo, una tienda de comestibles acudió al rescate de Zamir.

—Vamos a comprar unas cervezas —dijo Ejaz.

Y así, varios pasillos y una gran variedad de cervezas se interpusieron entre ellos, de modo que la pregunta de Ejaz se quedó en el aire. Justo donde Zamir quería.

Salieron de la tienda, dieron unos pasos y se detuvieron junto a la primera pared que vieron y abrieron las cervezas. Ejaz echó un trago ansioso como si tuviese prisa. Así bebería Zamir en las calles de Bruselas unos meses después. Como había aprendido de Ejaz. Pero en aquel momento aún no pensaba que la bebida fuese la respuesta para todo, así que se conformó con un sorbo. Estaba a punto de tomar todavía su tercer sorbo cuando Ejaz volvió a entrar a la tienda a por las segundas cervezas. En ese momento Zamir pensó en Jacinta. Se preguntó si ella sabría lo de los camiones que salían de paseo. Se respondió a sí mismo: «¡Por supuesto que no! Jacinta nunca aprobaría algo así». Entonces recordó lo de los bebés robados en Siria y enviados a Suiza. Aun así no, pensó Zamir: «¡No es lo mismo! Si Jacinta supiese algo así, no se quedaría ni un día en la fundación, ¡dimitiría!» En realidad, tampoco de eso estaba muy seguro. Zamir aún no alcanzaba a tener claro lo que cada uno podía llegar a soportar y hasta qué punto se puede uno engañar a sí mismo. Se podía llegar a hacer cualquier cosa por una causa que se creía justa. Aunque todavía no lo sabía, la vida de Zamir transcurriría en un perpetuo jadear por culpa de aquella verdad que le robaría el aliento. Viviría entre gente que legitimaba incluso sus actos más brutales con la cantinela esa de la *causa justa*, e incluso él mismo llegaría a convertirse en uno de ellos.

Ejaz salió del supermercado acompañado por un joven. Cruzaron la acera hasta el parque y estuvieron hablando un rato, después metieron las manos en los bolsillos. Todo sucedió tan rápido que Zamir no pudo ver lo que se intercambiaban. Cuando el chico se alejó, Ejaz miró a Zamir y le hizo una seña para que se uniera a él. Entonces los dos jóvenes entraron en el pequeño parque. Media hora más tarde, Zamir, que fumaba hachís por primera vez en su vida, podía sentir cómo la gravedad disminuía a cada paso que daba. O como si tuviera muelles en las rodillas y pudiera impulsarse muy alto. Al mismo tiempo escuchaba a Ejaz hablar sin parar, casi sin respirar, gesticulando con las manos. A Zamir, Ejaz le recordó a un director de orquesta y pensó que dirigía con las manos las palabras que salían de su boca. Sí, se dijo para sí, ¡Ejaz era como un director de orquesta! ¡Furioso, apasionado, emocionado! De hecho, con cada nueva frase que empezaba, ¡su cabeza se sacudía de un lado a otro y su pelo revoloteaba! Sin duda era un director de orquesta. Incluso tenía una batuta que agitaba en el aire. ¡A saber qué número hacía ya aquella botella de cerveza! Estaba vacía, pero Ejaz no se daba cuenta. Entonces Zamir se miró las manos. Se pregunta si también él llevaba una botella de cerveza. Y se sintió aliviado al ver que sus manos estaban vacías, porque ahora sabía que podía metérselas en el bolsillo todo el tiempo que quisiera. Se alegró de no tener que cargar nada de este mundo con aquellas manos. Pero Ejaz no estaba contento. ¡Para nada! Por eso caminaba y hablaba tan rápido. Conocía todos los trucos de las ONG internacionales y cuanto más hablaba de ello más se enfadaba, y cuanto más se enfadaba, más detalles daba. Zamir escuchó historias sobre ALL FOR ALL y organizaciones similares que nunca antes había oído. Por fin había encontrado a alguien que odiaba a todas aquellas organizaciones benéficas más que él mismo. Ejaz las veía a todas como enemigos. Desde la organización más pequeña hasta la Cruz Roja, ¡todas eran culpables!

—¡Se supone que 93 céntimos de cada dólar que recaudan se destinan a ayudar a la gente! ¡Tonterías! Echa un vistazo al mundo. ¿Dónde te encuentras los mayores fraudes? En los que siempre están recaudando dinero para obras benéficas que siempre acaba desapareciendo. —Cuanto más hablaba Ejaz, más mezclaba las cosas—. Recogen sangre, ¿verdad? Pues al momento crean un laboratorio a través de una empresa falsa para analizar esa sangre. ¡Y de allí es de donde roban el dinero! Por cierto, ¿sabes lo que pasó en Sudán? ¿La guerra civil que dividió el país en dos? Fue entonces cuando sucedió: una banda de Sudán del Norte empezó a secuestrar mujeres de Sudán del Sur para convertirlas en esclavas. Entonces apareció una organización no gubernamental que inició una campaña; recaudaba dinero por todo el mundo para rescatar a aquellas mujeres. Entonces empezó a comprar a las mujeres a los secuestradores. Pero, por supuesto, las recuperó después de pagarles. Podría parecer un acto de buena voluntad. ¡Pero no fue así! Porque alguien de Sudán del Sur hizo un trato con aquella banda del Norte. Ellos mismos les habían llevado a sus mujeres a aquellos norteños. Entonces llamaron a esa ONG y les dijeron que sus mujeres habían sido secuestradas. Y esa organización pagó el rescate y se llevó a las mujeres y se las entregó a sus familias. Y el dinero que pagaban se repartía entre los del Sur y los del Norte. ¿Te lo imaginas? ¡Había gente que hacía eso! Piensa en la gente que hizo aportaciones para aquella campaña. ¡No saben nada! ¡Siguen pensando que han dado dinero para que algunas mujeres del otro lado del mundo puedan ser libres! Pero en realidad, ¡el dinero que dan está provocando el secuestro de otras mujeres! Pero, por supuesto, ¡eso nadie lo sabe! Y nunca está de más donar dinero para una obra benéfica.

»Incluso eso tiene su algoritmo, ¿lo sabías? Un algoritmo para saber qué campañas reciben más donaciones de la gente en cada momento. Porque es como la bolsa, ¡siempre está cambiando! Entonces aparecen los que siguen de cerca esos cambios y empiezan a crear asociaciones y fundaciones y a recaudar dinero para cualquier asunto al que hayan visto que la gente sea sensible en ese momento. Pero al final, ¡hay tantas campañas que la gente no puede seguirlas! Así que anotan cosas como «quien donó para esto también donó para aquello otro» para diseñar los anuncios de las campañas. ¿Entiendes?

Zamir comprendió. Entendía todo lo que oía y quería seguir caminando con Ejaz hacia el lago Léman hasta morir. Cuanto más se acercaban al lago, más fuerte sonaba la música y más gente se encontraban. El enfado de Ejaz iba en aumento mientras que Zamir sentía que estaba a punto de salir volando de felicidad. Porque la conversación telefónica con Jacinta se le venía a la memoria cada cinco minutos. ¡Jamás volvería a subirse a un escenario y nunca más daría un discurso! ¡Ahora era libre! Y Ejaz, caminando a su lado, mientras hablaba le estaba recordando el infierno que había dejado atrás con aquella llamada. Su nueva libertad se iba haciendo más y más valiosa según escuchaba los horrores de las ONG, hasta el punto de que Zamir incluso llegó a olvidar que no tenía rostro.

—No les basta con estafar a los donantes, ¡también estafan a sus propias fundaciones! Malversan dinero todo el tiempo. De hecho, ¡todo empieza por las sucursales locales! Porque es ahí en verdad donde se recauda el dinero. A medida que se recoge, se envía a la central. El robo empieza por los jefes locales. Pero en el fondo solo son pequeños ladrones. ¡Los ladrones de verdad están en la central! Por eso fingen ser más honrados que los demás y piden a las sucursales locales que rindan cuentas de cada dólar. Y entonces te enteras de que han desaparecido dos millones de dólares. ¿Dónde están? Aquí están, dicen, señalando los camiones vacíos que ponen en circulación. He conocido a los directores de todas las grandes fundaciones. ¡Son todos unos dictadores! Ninguno de ellos quiere que las sucursales locales se fortalezcan. ¿Sabes por qué? ¡Porque nadie confía en nadie! Así de sencillo. La gente confía en ellos y les hace donaciones, ¡pero ni ellos se fían de sí mismos! ¡Porque lo saben! ¡Saben lo que son! Además...

Ejaz enmudeció de repente como si le hubieran dado un puñetazo en plena cara y se quedó mirando al hombre que Zamir le había señalado. Era de mediana edad, muy delgado y calvo. Acababa de levantar la tapa de la alcantarilla del pavimento con una palanca y ahora la estaba apartando con ambas manos. Debió de pensar que ya había apartado la tapa de hierro de la boca de alcantarilla lo suficiente porque dejó de tirar. A su lado había una pequeña maleta con la tapa abierta. Zamir había pensado que iba a comenzar un espectáculo callejero y había detenido a Ejaz. Ahora los dos estaban uno al lado del otro, observando a aquel hombre que parecía un mimo. Se hallaban a unos cientos de metros del centro del festival, podían oír con claridad la música procedente del escenario principal. Grupos de personas con distintos disfraces pasaron por delante de ellos, caminando hacia la gran pradera junto al lago. Pero para Zamir, que aún estaba bajo los efectos del hachís, al igual que Ejaz, el tiempo se había detenido. A pesar de que las personas que tenían a su alrededor no parecían muy interesadas, él no podía dejar de mirar al hombrecillo, como hipnotizado. Sacó de su pequeña maleta una lona gris doblada. La puso en el suelo, cerca de la boca de alcantarilla, y la desplegó. En el centro de la lona, que parecía un mantel redondo, había un agujero del ancho de un balón de fútbol. Zamir y Ejaz aún no se habían dado cuenta del espectáculo callejero que estaban a punto de presenciar y esperaban con impaciencia el siguiente movimiento de aquel hombre. Y en ese momento ocurrió algo que no hubieran podido anticipar. El hombre metió una pierna en la alcantarilla. Debía saber que había un escalón dentro y dónde estaba. Así que no era la primera vez que lo hacía. Encontró el escalón que buscaba, lo pisó y metió la otra pierna. Ahora estaba ya metido en la alcantarilla hasta la cintura. Extendió la mano, cogió su pequeña maleta y la colocó sobre la lona con la tapa abierta. Luego empezó a tirar de la lona hacia él. Y bajó un escalón más, hasta encontrarse de lleno dentro del agujero en medio de la acera, quedando solo sus manos fuera, tirando de la lona hacia sí. Pronto la lona cubrió por completo la boca de alcantarilla. Entonces, ante la mirada atónita de Zamir y Ejaz, la cabeza del hombre emergió por el agujero en el centro de la lona. No podían creer lo que estaban viendo. Solo había una cabeza en el pavimento, como una pelota en el suelo, y entonces el hombre acometió el último acto de su espectáculo y cerró los ojos. Zamir empezó a caminar alrededor de aquella lona con una cabeza en el centro. Se detuvo frente a la maleta con la tapa abierta y vio lo que había escrito en el interior: «HELP».

Zamir se lo mostró a Ejaz y dijo:

—¡Ya ves! Esto es lo que yo llamo mendigar.

Entonces la gente empezó a reunirse alrededor de la lona y a mirar aquella cabeza en el suelo. Los que no sabían que allí había una boca de alcantarilla debieron de pensar que aquel hombre se había hundido en el suelo. Algunos miraban con tal asombro que parecía que estaban a punto de levantar la lona en cualquier momento para mirar debajo. Algunos niños incluso lo intentaron, pero sus padres se lo impidieron en el último momento.

—Es fantástico —dijo Zamir—. ¡Maravilloso!

Echó las primeras monedas en la maleta. Luego llegó el resto como la lluvia. Se agolpó tanta gente alrededor de la cabeza en el suelo que Zamir tuvo que alejarse. Había dado unos pasos cuando vio a Ejaz. Tenía los ojos llenos de lágrimas.

—¿Qué ha pasado? —preguntó Zamir.

—Mi padre está muy enfermo —dijo Ejaz.

Estaba seguro de no haber entendido mal, pero le preguntó de todos modos:

—¿Tu padre?

—¿Recuerdas cuando salimos a fumar un cigarrillo, frente a la puerta?

—¿En el Palacio de las Naciones?

—Sí. Cuando me llamaron era de mi casa, mi hermano. Él me lo dijo.

No dejaba de pasar gente a su lado. Zamir no sabía qué pensar, Ejaz no podía contener las lágrimas. Ante ellos había ya una multitud observando aquella cabeza en la acera y a Zamir la suya le empezaba a dar vueltas.

—¿Tu padre está vivo?

—¡Sí, pero está muy enfermo! ¡Tiene cáncer! El médico ha dicho que podría morir en cualquier momento.

Zamir no podía conciliar lo que acababa de oír con lo que sabía de Ejaz; le interesaba más el hecho de que tuviera un padre y una familia que la enfermedad de su padre.

—¿Tienes familia?

Y Ejaz estaba hablando en turco.

—¡Sí, joder, claro que la tengo!

Los ojos de Zamir se abrieron de par en par.

—¿Hablas turco?

—¡Yo tripulaba el bote, joder! ¡Yo!

Zamir no lo entendía.

—¿Qué bote?

Ejaz no contestó y se secó los ojos con el dorso de la mano. Luego se dio la vuelta y se marchó.

Zamir lo siguió con la mirada y acto seguido salió detrás de él. Justo cuando iba a ponerle la mano en el hombro, se detuvo. Porque se dio cuenta de qué bote hablaba. Después de todo, solo había un bote en la historia de Ejaz. Transportaba inmigrantes de Turquía a Grecia. Así que cuando ese barco se hundió, había un niño al timón. Y solo él había sobrevivido al accidente. «Por supuesto», se dijo. ¡Claro! Aquellos dibujos que había hecho... Todos ellos mostraban a migrantes viajando en embarcaciones rotas. Y como había dicho en el Palacio de las Naciones, le bastaba haber estado tan solo una vez en un sitio para no olvidarlo ya jamás. Nunca se había perdido. Porque a Ejaz lo habían entrenado para ser guía. Zamir llamó al chico guía, que le daba la espalda:

—¡Ejaz!

—¿Qué coño quieres?

—¿Cómo te llamas?

29 DE DICIEMBRE

LA MEMORABLE NOCHE DE UN MINUTO MÁS

En el comedor principal del Palacio de las Naciones se había instalado una plataforma y una pantalla de proyección mostraba el vídeo promocional de la campaña de paz *Un minuto más*. Los invitados, sentados en torno a mesas redondas, miraban con atención el vídeo e intentaban comprender de qué iba la campaña. Aunque yo prefería que no entendieran demasiado. Porque la idea de una paz mundial que llegaría en el plazo de 525.600 años se prestaba mucho al ridículo. Pronto terminaría este vídeo y subiría al estrado a pronunciar un discurso. Si conseguía sembrar el desconcierto con mi discurso, Calhoun el de Edimburgo y yo podríamos evitar la desgracia.

Había elegido con días de antelación a las personas que se sentarían a mi mesa: Federico de Palermo, Grace de Londres, Yossi de Belén, Kacper Kaminski y, por supuesto, Yusuf Ali. Aunque el cuerpo me pedía arrancarle la oreja de un mordisco a Kacper, que se sentaba a mi izquierda, intenté mantener la calma y disfrutar de la compañía de Yusuf Ali. Los que se aburrían con el vídeo de la pantalla se dedicaban a mirarlo con admiración. Al fin y al cabo, era uno de los poetas más famosos del mundo. Tras dejar Al-Aman, había viajado a Francia y demostró ser una máquina de poesía. Había descrito la tragedia de Oriente Próximo de tal manera que sus poemas se tradujeron a decenas de idiomas y despertaron tanta admiración como culpa en todos los países donde se publicaron, como debía ser. Pero, obviamente, su poema más conocido era «Ojos en el rebozo». En ese poema describía a un bebé de un campo de refugiados con la cara destrozada por una bomba. Hablaba de los ojos de aquel bebé y de cómo le miraba y el poema terminaba así:

¿Sabes cómo saber si un bebé está vivo?
¡Porque te pedirá cuentas, amigo mío!

Yo tenía once años cuando recibió el premio Guirnalda de Oro en Struga por este poema que me había dedicado. La última vez que Yusuf Ali me había visto fue en El-Aman. Había localizado a Jacinta a través de ALL FOR ALL y luego había viajado a Nueva York solo para conocerme. La primera vez que nos vimos me aburrió mortalmente. No entendía qué quería de mí aquel hombre tan hablador y por qué se le llenaban los ojos de lágrimas cuando me miraba. Después de aquello nunca dejó de escribirme cartas, a pesar de que nunca respondí a ninguna de ellas.

No había sido hasta el año anterior, después de mi operación de trasplante de cara, cuando me di cuenta del lugar que ocupaba Yusuf Ali en mi vida. Todavía tenía la cara vendada cuando hablamos por teléfono.

—Ahora tengo un rostro. Puedo empezar una nueva vida.

—Claro —me dijo—, pero antes de comenzar una página nueva hay que pasar la anterior.

Tenía razón. Pero las primeras líneas en las que se había escrito mi vida estaban en blanco. Tenía que rellenar esas líneas antes de poder pasar página.

—¡Déjamelo a mí! ¡Yo me encargo! —dijo Yusuf Ali.

Y aquel hombre de sesenta y ocho años había organizado un equipo de reporteros independientes para indagar en mi pasado y, después, partió como un intrépido explorador. Se entrevistó con todos los que trabajaban en El-Aman el día en que me encontraron entre dos tiendas y que todavía estaban vivos, pero no fue capaz de descubrir quién me había dejado allí. Justo cuando estaba a punto de tirar la toalla, recordó que había gente que traía suministros al campamento desde el exterior y se puso a buscarlos. Entonces los periodistas encontraron a Raif y el resto vino rodado.

Gracias a Raif, que recordaba todo lo que había vivido con Zerre como si fuera ayer, Yusuf Ali había entrado en Palaz por un extremo de la aldea y había salido por el otro. Había entrevistado a todos los que conocían a Zerre y había grabado todo lo que le habían dicho. Pero no se conformó con eso e incluso encontró al sargento jefe que vivía retirado en Erdek, en el otro extremo de Turquía. Tampoco él había podido olvidar a Zerre, que se había suicidado ante sus ojos. Había encontrado al pobre Hamza, el que me había secuestrado, e incluso al ginecólogo que había denunciado el Salón de Belleza Nisa. Y, por supuesto, había llegado a Asbjörn. En cuanto me enteré de la noticia, fui a verle y me encontré con él. Cuando estaba a punto de salir de casa de Stavanger me encontré en la puerta con la anciana que traía comida para su marido borracho. Cuando supo quién era, me dio la primera de sus bofetadas. También fue en el umbral de aquella puerta que nos abrazamos por primera vez.

—¿Por qué haces esto? —pregunté a Yusuf Ali. No dejaba de preguntárselo porque no me fiaba de nadie—. ¿Por qué te esfuerzas tanto por mí?

Y él siempre decía:

—Porque tienes que ajustar cuentas.

Desde aquella noche en que había escuchado mi respiración y me había mirado a los ojos para cerciorarse de que estaba vivo, había sentido la necesidad de ajustar cuentas. Se sentía tan en deuda con todos los bebés y niños que perdieron la vida o resultaron heridos en la guerra civil siria que cumplió con gran entusiasmo la difícil tarea de investigar mi pasado. ¡A sus ojos yo era todos esos bebés y niños! Pero había descubierto la verdad: no era uno de los bebés heridos en bombardeos en Siria. Pero a Yusuf Ali eso no le importaba, porque había visto algo más en mis heridas. Para él, yo era la prueba viviente de que una guerra que estallaba en cualquier parte del mundo podía dañar incluso a los bebés nacidos en otro lugar.

Pero yo seguía diciéndole:

—Ya has hecho mucho. Has encontrado a mi madre. Déjalo.

Y él replicaba:

—No. Esto me viene bien. Me ayuda a silenciar las voces de mi cabeza.

En abril, cuando estaba a punto de irme a Mongolia, me llamó:

—¿Sabes en qué estoy pensando? En escribir un libro. Escribir tu vida con toda la información que he recopilado. Quiero que todos conozcan la historia del poema «Ojos en el rebozo». ¿Qué me dices?

—Me reiría si pudiera —le dije. Al principio incluso pensé en negarme. Pero entonces me di cuenta de lo valioso que era el regalo que me había hecho Yusuf Ali y dije—: ¡Vale!

A fin de cuentas, me había contado la verdad sobre mi pasado. Esta vez era yo quien estaba en deuda con él. Pero, como es lógico, impuse algunas condiciones. Si iba a contar mi vida en un libro, era esencial para mí mantener algunos puntos en la oscuridad.

Así que esto fue lo que decidimos, en primer lugar tenía que enviarme toda la información y las cintas de las entrevistas que había recopilado para que yo pudiese revisarlas. Entre ellas, por supuesto, estarían las entrevistas a Yusuf Ali en el pasado en las que me había mencionado. Así me enteraría de todo lo que se había escrito o dicho sobre mí. El libro comenzaría con mi nacimiento y terminaría con mi ingreso en la PRIMERA FUNDACIÓN MUNDIAL PARA LA PAZ. Un bebé con el rostro desfigurado por una guerra civil y que años más tarde termina... ¡luchando por la paz mundial! Como historia no estaba nada mal. Pero, no hace falta decirlo, los años que pasé bajo la custodia de Jacinta y los que siguieron se pasarían con rapidez por alto y el hecho de haber sido rehén durante medio día en una clínica clandestina nunca se mencionaría, ni tampoco los entresijos de las organizaciones benéficas y mis opiniones sobre ellas. Tampoco aparecería en esas páginas el día en que apuñalé a una voluntaria en la pierna con unas tijeras en Nueva York ni mucho menos el periodo de borracheras que pasé en Bruselas. Así que solo le contaba a Yusuf Ali lo que necesitaba oír. Por su parte, él ampliaría el alcance de sus entrevistas y hablaría con Jacinta e incluso con Jenna. Cuando hubo terminado, trazó el mapa de mi vida y me envió una copia.

El vídeo que aparecía en la pantalla estaba a punto de terminar. Me acerqué y le susurré a Yusuf Ali al oído:

—Muchas gracias.

—¿Qué he hecho? —dijo Yusuf Ali.

No pude responder porque el vídeo terminó en ese momento. Como nadie se reía, todo iba bien. Incluso aplaudían. Me levanté de mi asiento, caminé entre las mesas, subí a la tarima y me aclaré la garganta. No tenía ni idea de lo que iba a decir. Así que no empecé diciendo «Queridos invitados», ni tan siquiera les di las gracias por estar allí aquella noche. En ese momento mi cerebro se había convertido en una mariposa. Justo cuando iba a salir volando de mi cráneo, la atrapó un cangrejo y se la comió viva. Se estaba cometiendo una masacre en mi mente. Así que dije lo que tenía que decir.

—Los romanos batallaron durante siglos. Un día, bajo el reinado de Augusto, encontraron la paz. Como todos saben, este periodo se llamó Pax Romana. Pero antes de todo esto, Augusto había tenido que resolver un gran problema. Porque los romanos nunca habían vivido en paz hasta ese momento. Tanto es así que solo se definían a sí mismos por las guerras que ganaban o perdían. La guerra se había convertido en su identidad. La guerra era su pasado y su futuro. Pero ahora, un gobernante se presentaba ante ellos y les decía: «¡La guerra ha terminado!» ¡Augusto sabía que los romanos sentirían miedo! ¡Tendrían miedo de la paz! Porque para ellos el sentido de la vida era la guerra. ¿Y la paz? ¿Para qué servía? ¿Habría riqueza en la paz? ¿O héroes para los que se escribirían epopeyas? Para acabar con todas estas dudas, Augusto optó por una vía sencilla. Para propagar la paz utilizó una antigua celebración del calendario romano llamada Ludi Saeculares. En esa fiesta se representaban obras de teatro sobre la paz y se recitaban poemas. Y así fue como los romanos empezaron a convencerse de las bondades de la paz. Por supuesto, nadie más que Augusto podría haber hecho algo semejante. Porque era un auténtico gobernante. ¡Que ninguno de los presentes lo olvide! ¡Que nadie olvide lo que voy a decir! En este mundo... ¡Quien os ofrece la paz es también quien os hace la guerra!

Guardé silencio. No se oía ni el vuelo de una mosca en la sala. Cogí la botella de agua de medio litro que había en el estrado, abrí el tapón y bebí hasta vaciarla. En ese momento, mi cerebro era ya todo él como un cangrejo. Era capaz de oír el sonido de sus pinzas abriéndose y cerrándose. Me limpié la boca con el dorso de la mano y dije mi última frase:

—¡Y sabed que quien os da de comer también es quien os mata de hambre!

Y abandonando el estrado di por terminado mi discurso. Se oyeron algunos aplausos desganados. Solo Yusuf Ali aplaudía con gran entusiasmo. Porque era el único en la sala que estaba de acuerdo con mis últimas palabras. Bajé de la plataforma y me senté a la mesa. Entonces me volví hacia Kacper y le pregunté:

—¿Ahora trabajas para los traficantes de armas?

Esperé alguna respuesta o reacción. Pero Kacper se comportó como un perfecto enlace. Con mucha calma, colocó elegantemente sobre la mesa la servilleta de tela que llevaba en el regazo, dijo «Discúlpame» y se levantó. Antes de que se marchara, volví a probar suerte.

—¡Sé que avalaste a aquellos tíos para comprarle armas a Zivko!

Pero Kacper siguió ignorándome, empujó su silla hacia la mesa y se dirigió hacia el sitio que ocupaba Calhoun. Primero se inclinó y le susurró algo al oído y Calhoun y yo incluso nos miramos a los ojos. Luego se separó de Calhoun y salió de la habitación.

—¿Kacper está en el negocio de las armas?

Era Federico quien hablaba, con los ojos muy abiertos por la sorpresa.

—No importa —dije—. Háblame de Chasta. ¿Dónde está ahora y qué hace?

Federico miró al único de nosotros que no era empleado de la fundación.

—Puedes decírmelo —le dije—. A Yusuf Ali no le importará oírlo.

—Chasta está ahora en Texas. Todo está listo para la acción. Está esperando a Fin de Año.

—¿Conoces su dirección?

—Sí —dijo Federico.

—Si no detenemos a Chasta, habrá una masacre en Estados Unidos.

—Así es... En Texas y California al mismo tiempo.

—No hablo de eso. Hablo de la masacre que seguirá. ¡El Gobierno estadounidense masacrará a los nativos!

—Quizá —dijo Federico.

—Por eso hay que detener a Chasta como sea.

—Sí, ¿pero cómo?

—Dame la dirección, yo me encargo.

—¿Qué vas a hacer?

—Hacer que maten a Chasta, claro.

Yusuf Ali se rio porque pensó que estaba bromeando. Pero a los demás no les hizo ninguna gracia. De hecho, a mí tampoco. Como me había ocurrido durante el discurso, decía lo que me venía a la cabeza. Por alguna razón, ya no había ningún filtro entre mi boca y mi cerebro. Quizá aquel cangrejo lo había hecho trizas. Grace, de Londres, quería cambiar de tema.

—¿Conoce usted a la profesora?

—¿Qué profesora?

—¿Conoce esa junta de Inglaterra, la que fija las cuotas de las minorías? La profesora turca que está a cargo de aquello...

—¿Está aquí?

—Sí, invitémosla a nuestra mesa.

—Claro —dije—. ¡Fantástica idea!

Mientras Grace se levantaba y se alejaba, miré a Yossi, de Belén.

—¿Sabías que esos palestinos desaparecidos se esconden en cuevas?

—No —dijo—. No sabía nada. ¿Qué cuevas? ¿Dónde?

—Cerca de Ramallah. ¡Van a vivir en esas cuevas a partir de ahora! ¡Alguien les ha convencido para hacerlo!

—¿Hablas en serio?

—¡Tienen tanto miedo que, si pudieran, aguantarían la respiración y se esconderían en el fondo del Mar Muerto! ¡En vez de eso han optado por refugiarse en las cuevas!

—Lo investigaré en cuanto vuelva a Israel —dijo Yossi.

En ese momento, recibí un mensaje en mi teléfono móvil. Era de Calhoun: «No tienes buen aspecto. Abandona de inmediato la sala y regresa a tu hotel.»

Miré a mi alrededor y luego a Calhoun. Pero parecía estar hablando con Sabra y Chatila, que estaban sentados a ambos lados de él. Sabra me miraba de vez en cuando, se rascaba la frente como hacía cuando estaba agitado y luego apartaba rápidamente la mirada. Estaba seguro de que hablaban de mí. ¡Así que ellos también estaban en el ajo! Al fin y al cabo llevaban un mes siguiéndome y no era yo quien los había elegido y sabía muy poco de ellos. La primera vez que vi a los dos hermanos fue en la oficina de Calhoun.

—¡Estos dos jóvenes van a ser tus aprendices! Enséñales todo lo que sabes.

Pero no eran mis aprendices, ¡eran inspectores como en el sueño de Christelle! ¡Un par de espías que nunca se apartaban de mi lado e informaban a Calhoun de todo lo que hacía! Años atrás, Ejaz me había dicho que pintaba parejas de cuadros gemelos para relajarse. Tal vez estos dos hermanos eran una de esas parejas. A fin de cuentas, era Ejaz quien me había presentado a Juggernaut. ¡Él también debía de formar parte de este juego! Tenía muy claro que todo estaba conectado de alguna manera. ¡Me perseguían desde que tenía diecisiete años! ¡Quizá desde que nací! ¿Quién me decía que no había sido la Fundación quien había puesto la bomba que explotó en Al-Aman? ¿Quién podía estar seguro de ello? ¡Por fin me daba cuenta de todo! Estaban todos compinchados, jugando a un juego conmigo. Sabían de antemano que habría una explosión en aquel campo de Friburgo, adonde yo había ido a escribir un informe de observación. Estaba seguro de ello. Por eso ese tal Celal, el jefe de la organización germano-turca, me había llamado y me había avisado. Porque Kacper le había dicho dónde me encontraría y a qué hora. ¡Y si habían detonado aquella bomba era porque yo estaba en ese campamento! ¡Igual que en El-Aman! Para que me implicara de forma natural y no sospechara nada.

Sí, ¡así es como debió haber sido!

Está claro que había sido Calhoun quien se lo había ordenado a Kacper. No había otra forma de explicar que hubiese avalado la compra de armas a Zivko. El verdadero garante en esa venta de armas había sido la propia Primera Fundación para la Paz Mundial. Quizás incluso había sido la propia Fundación la que había creado la organización. Desde luego que sí. Temían que Alemania iniciase otra guerra mundial. ¡Estaban avivando otra llama para que aquel fuego no prendiera! ¡Eso es lo que Feridun, cuya cara se había convertido en un filete ensangrentado por la tortura que había sufrido en la Selva Negra, intentaba decirme! «Zamir, estos tipos...», había dicho. Ahora sabía cómo terminaba esa frase: «¡Estos tipos trabajan para tu fundación de mierda!»

¡Estaba claro!

De hecho, cuando le dije que por eso iba a la Selva Negra, Calhoun fingió que no quería que me involucrase con la organización, pero no me lo impidió. ¡Eso formaba parte del juego! Para que pensara que me había puesto en contacto con la organización por voluntad propia y luego me utilizasen como peón. Se suponía que tenía que pensar que estaba mediando entre el Estado alemán y la organización, ¡pero en realidad sería una marioneta de la fundación! Pero, ¿por qué? ¿Por qué me habían metido en aquel juego? ¿Porque tenía una cara nueva? ¡No te ves nada bien, escribió Calhoun! ¡Pero nunca me había visto mejor! ¡Así que ya no confiaban en mí! ¡Quizá pensaron que había enloquecido! ¡Pero no estaba loco! ¡Al contrario! ¡Nunca había estado más en mis cabales!

Una mano se posó en mi hombro. Me sobresalté como si me acabase de despertar de un sueño. De pie detrás de mí, Grace se inclinaba ligeramente hacia mí y hablaba.

—Zamir, permíteme que te presente a la señora Devrim.

Levanté la vista. La mujer que estaba junto a Grace me sonreía, pero no sabía de qué nos conocíamos. Como no reaccioné, Grace siguió hablando:

—Ya te había comentado... En Inglaterra...

Recordé quién era la mujer y me levanté.

—Hola, soy Zamir. —Señalé la silla de al lado—. Siéntese, por favor.

Durante el poco tiempo que permanecí de pie intenté establecer contacto visual con Calhoun, pero él insistía en no mirarme.

Me senté y le pregunté a Devrim:

—¿Cómo lo ha hecho?

—No le entiendo —dijo.

—¿No representaba usted a la población turca en ese comité?

—Sí.

—Pues eso es lo que estoy preguntando. ¿Qué ha hecho para que permaneciese el mayor número posible de turcos en el Reino Unido? ¿Cómo se hace publicidad de una nación? ¿Cómo lo ha hecho?

Devrim se rio.

—En primer lugar, hay muchos criterios que considerar. Criterios sobre cómo una determinada comunidad puede beneficiar al Reino Unido. Entre ellos puede estar todo lo que se te ocurra. Es decir, desde la cultura gastronómica de esa comunidad hasta la media de hijos, todo cuenta. Intenté usar todos esos criterios ante esa comisión para defender a los turcos. Y después, por supuesto...

—¿No perdió usted el sueño mientras lo hacía?

—¿Cómo?

—¿No la abruma tanta responsabilidad?

—Por supuesto que es una carga pesada de llevar, pero...

Le interrumpí porque ya estaba pensando en otra cosa:

—¿Es consciente de que el auténtico informe de la junta se acabará filtrando?

—Sí, lo sé.

—¿Y puede predecir qué ocurrirá entonces?

—Volverá a haber protestas.

—No —dije—. ¡Esta vez habrá derramamiento de sangre!

—No lo creo —dijo Devrim.

Si pudiera reír, lo haría. Creo que estaba gritando, no estoy seguro.

—De todos modos, ¡resolveremos ese asunto de otra manera!

—¿Cómo?

—¡Vamos a iniciar un movimiento militante de hibridación!

—¿Qué es eso?

—¡Nadie podrá casarse con un miembro de su propia raza o etnia! Tengo la intención de promover ese movimiento en Inglaterra en nombre de la Primera Fundación Mundial de la Paz.

Devrim se rio.

—¿Por qué no? —le dije—. Al igual que las personas de distintas religiones no pueden casarse entre sí en Israel, que se dice el único país democrático de Oriente Próximo, ¡las personas de la misma raza tampoco podrán casarse en Inglaterra! Así de sencillo.

Devrim ya no se reía. Entonces le pregunté sin vacilación:

—¿Robaste el informe? ¿Vas a filtrarlo?

—Señor, ¿podría bajar la voz?

—¿Quieres empezar una guerra civil en Inglaterra?

Alguien me sujetaba el brazo derecho. Me di la vuelta.

—¡Yotuel! Hijo, ¿estás bien?

—¡Un momento! —le dije a Yusuf Ali. Entonces tiré con fuerza, liberé el brazo y me volví hacia Devrim—. ¿Te excita que la gente se mate entre sí?

En ese momento estaban sirviendo la sopa. Devrim me respondía airada, pero no podía oír lo que decía. Los camareros pasaban por las mesas con platos en la mano. Pero uno de ellos tenía las manos vacías. Todos en la mesa me miraban y decían algo y el camarero con las manos vacías se acercaba a nosotros. A pesar de la chaquetilla blanca que llevaba, se podía ver lo musculoso que era su cuerpo. Parecía más un boxeador que un camarero. ¡Y entonces recordé a un boxeador! El que había visto en la Selva Negra. Un boxeador que llevaba en el hombro el nombre de su organización. Estaba claro que también él se acordaba de mí porque yo era el único de la mesa a quien miraba. No se detuvo hasta que estuvo junto a Devrim. Entonces se subió el faldón de la chaqueta y sacó una pistola Glock de la cintura con la mano derecha. Una Glock Atomic 6... Y le pegó un tiro en la cabeza a Devrim. Cuando intentaba escabullirse pasando a mi lado, Yusuf Ali alargó la mano y le agarró del brazo. Y el boxeador disparó un tiro más. Acertó a Yusuf Ali en plena frente.

La sangre salpicó ambos lados de mi cara. Era consciente de que la persona que tenía a mi lado estaba muerta, así que no hice un solo movimiento. «Para qué», me dije. Lo hecho, hecho está, el muerto, muerto está. Incluso llegué a cerrar los ojos en ese momento. Había gritos a mi alrededor, pero en mi interior reinaba un profundo silencio. Lo que sentí fue casi como paz. Pero una paz muy oscura. El tipo de paz que sientes cuando te das cuenta de que nada puede ir ya a peor. Lentamente abrí los ojos y observé cómo la gente, presa del pánico, se empujaba para salir de la sala. Personas caían al suelo y eran pisoteadas por aquellas que seguían corriendo. Pero había alguien tan tranquilo como yo: Calhoun, de Edimburgo. Ayudaba a levantarse a las personas que estaban en el suelo y las guiaba con calma hacia la puerta.

¡Claro que estaba tranquilo!

¡Porque sabía lo que iba a pasar!

La velada se había organizado con el único objetivo de matar a la mujer que tenía a mi lado. ¡La organización germano-turca ya la odiaba! Solo faltaba que Calhoun diera órdenes a Kacper, que a su vez se las transmitió a Celal, el boxeador, que había sido el encargado de apretar el gatillo. El plan estaba muy claro: ella muere para que el verdadero informe nunca salga a la luz y evitar un conflicto en Inglaterra. Pero para que todo esto ocurriera, se me había tenido que ocurrir la estúpida idea de organizar una velada llamada One More Minute y ella tenía que ser una de las invitadas. ¡Si le contase a alguien todo esto, pensaría que estaba loco! ¡Pero no! ¡Ellos eran los locos, no yo!

Oí otro disparo, esta vez en la distancia. «Se ha suicidado», pensé. El boxeador había llevado a cabo su hazaña y, cuando se dio cuenta de que no podía escapar, se había suicidado. Volví a cerrar los ojos porque no tenía un saco negro que ponerme en la cabeza. Oí entonces el sonido del chelo en el desierto de Gobi. Nadie iba a venir a sacarme de allí. No le importaba a nadie. ¡Aparte de mí y de los muertos, ya no debía de quedar nadie en el Palacio de las Naciones! El sonido del chelo se mezcló con una canción llamada «*Black Sabbath*». Abrí los ojos y miré a mi alrededor. Efectivamente, ahora era el único que quedaba en la sala. Con la excepción de Christelle. Me limpié la sangre de la oreja con la palma de la mano y dije:

—Hola, Christelle.

—Me temo que tengo malas noticias. ¿Estás disponible?

—¡Por supuesto!

—Fue el Mossad quien condujo a los palestinos a las cuevas. Al parecer, Jabbar les dio la idea.

—Eso parece.

—Pero hay algo peor —dijo Christelle.

Miré primero a Devrim a mi izquierda y luego a Yusuf Ali a mi derecha. En ese momento, una gota de sangre cayó de mis sienes sobre ambos hombros.

—Te escucho.

—Convencer a tanta gente como sea posible para bajar a las cuevas y después...

Cogí el cuchillo de mi plato y le pregunté:

—¿Sellarán las entradas o los matarán con gas venenoso?

Para ser sincero, no llegué a escuchar la respuesta de Christelle. Porque en ese momento, me había encontrado con mi reflejo en la superficie del cuchillo que tenía en la mano y estaba mirando mi propia cara ensangrentada. Tal vez no pude oír a Christelle porque la sangre de Devrim me taponaba los oídos. O quizá escuché mal y malinterpreté todo debido a esa misma sangre. Puede que el Estado israelí no tuviera ese plan de genocidio. Pero luego pensé: «¿Por qué no?». ¿Por qué habrían de carecer de ese privilegio? ¿En qué se diferencian los israelíes de los estadounidenses que habían masacrado a los indios, de los turcos que habían masacrado a los armenios, de los serbios que habían masacrado a los bosnios, de los franceses que habían masacrado a los argelinos, de los alemanes que habían masacrado a los judíos, de los británicos que habían masacrado a los indios, en definitiva, de todos los que habían masacrado a todos? ¿Acaso no eran seres humanos como los demás para no poder masacrar a los palestinos?

Dejé el teléfono sobre la mesa y miré la pantalla de proyección del estrado, en la que se podía leer: «¡La Fundación para la Paz en el Primer Mundo le desea un Feliz Año Nuevo!»

Entonces desapareció el texto y toda la pantalla se cubrió con lo siguiente:

2000

Había sido un año ideal para los fetichistas del calendario. Muchos libros se habían escrito y muchas películas se habían rodado sobre lo que ocurriría en el año 2000, en especial durante la segunda mitad del siglo anterior. En la mayoría de ellos, el ser humano habría logrado convertirse en una nueva forma de vida gracias a los avances de la tecnología. Sin embargo, también se habían escrito historias oscuras sobre el año 2000. Como aquella película protagonizada por Derek Haley. Se había rodado en 1954. En un desierto de Estados Unidos todo el mundo atacaba a los demás para matarlos, pero en toda la película no se explicaba por qué lo hacían. Como en esta pantalla de proyección, el número 2000 aparece solo en la escena final sobre decenas de cadáveres y todo funde a negro. Estas historias se denominaron distopías postapocalípticas. «Qué arrogancia», pensé. ¿Cómo podían considerar parte de una distopía escenas tan cotidianas, que podían verse en cualquier guerra civil de cualquier país africano? ¡Era de vergüenza! ¡Porque en esas historias todas las atrocidades que supuestamente iban a ocurrir en el futuro ya estaban ocurriendo en algún lugar del mundo! De hecho, la historia del mundo está llena de tales atrocidades. ¿En cuál de ellas había un nuevo peligro para la humanidad? Por ejemplo, ¿eran los seres que se temía que vinieran del espacio exterior a destruir a los humanos tan diferentes de los humanos que ya se habían destruido entre sí? Incluso la idea de Christelle de los inspectores invisibles era similar a una técnica antiquísima de opresión y control. ¿De qué distopía se podía hablar cuando la esclavitud era un hecho histórico? Por otra parte, ¿cómo podría datarse en el postapocalipsis lo que en su día ya había ocurrido en Ruanda o Bosnia solo porque ahora sucedía en Norteamérica? ¿Cómo se puede hacer una discriminación tan flagrante? ¡Ignorar todo esto y vender distopías como si perteneciesen al futuro no era más que una artimaña, ni más ni menos! Un fraude que le dice al espectador: «La situación aún no es tan grave, ¡no tengas miedo!». ¡Cuando, en realidad, la situación ya era lo suficientemente mala como para que todos nos echásemos a temblar! Y afirmar que esas historias estaban ambientadas en el futuro constituía el mayor insulto a las personas que hoy viven en países donde todos se atacan u oprimen unos a otros. Por lo tanto, una distopía solo podría ser una historia sobre el pasado. Al fin y al cabo, solo había un sueño para el futuro. Porque era lo único que aún no se había visto en la historia distópica del mundo: ¡La utopía!

Quizá nada de esto se me hubiese venido a la mente en aquel momento si Derek Haley hubiera protagonizado una película utópica ambientada en el año 2000. Ni siquiera habría pensado en esa película. Pero, con un gigantesco 2000 parpadeando en la pantalla de proyección frente a mí, no me era posible pensar en otra cosa. Aun así, me las arreglé para reflexionar. «No estamos en el nuevo milenio», pensé. Porque, técnicamente, el tercer milenio comenzaba en 2001. Pero la gente se había estado engañando a sí misma sin cesar. Desde enero se había estado hablando del milenio, que se acercaba día a día. Pero el año 2000 formaba parte del siglo XX. Sin embargo, el mundo entero fingió que no lo era y esperó con impaciencia un nuevo siglo y un nuevo milenio, aunque fuera mentira. Quizás esta mentira había sido el comienzo de una era de mentiras que vendrían después. A partir de entonces siempre sería así, la gente se mentiría descaradamente a sí misma y a los demás y la verdad ya no importaría nada. Quizá la noche en que entramos en el año 2000 abandonamos la realidad para siempre. Saldríamos por completo de la realidad y pasaríamos a vivir allí para siempre. Pero, para poder hacer todo esto, ¡teníamos que entrar primero en el año 2000! Entonces todo sería perfecto. Un nuevo MILENIO, un nuevo MUNDO, una nueva OPORTUNIDAD... aguardando por todos nosotros. Las décadas del 2000, 2010 y 2020 serían maravillosas. Todo el mundo estaba convencido de ello. Yo era el único que no lo estaba. Ni se me ocurría pensar que el mundo fuese a ser un lugar mejor solo porque cambiase una fecha en el calendario. Así que me levanté de la mesa y me fui. Había tomado una decisión.

Lo que yo iba a cambiar era el mundo, no el tiempo.

LA CONTRADICCIÓN Y LA METRALLA

Conocer a Ejaz y escuchar su historia abrió una nueva puerta en la vida de Zamir, de diecisiete años. Y fue muy consciente de que, detrás de esa puerta, nadie era quien parecía ser. Además, cada uno tenía su propia razón, válida para sí mismo. Una razón válida para no ser lo que parecían. La razón de Ejaz era el miedo. Solo tenía doce años cuando su padre lo puso al timón de un bote lleno de emigrantes y lo envió a Grecia desde una ciudad del Egeo llamada Kandali. Y su trabajo tenía dos reglas: llevar el único chaleco salvavidas del barco y no hablarle a nadie de ese trabajo. Ejaz siguió ambas reglas, de modo que cuando su barco naufragó dos años después, siguió vivo y calladito. Cuando los guardacostas griegos lo encontraron no fue capaz de decir ni una palabra por el miedo, se limitó a guardar silencio. Lo que más temía era que lo considerasen responsable de la muerte de aquellas personas. Así que estaba listo para arrojarse a un abismo de mentiras. Todo lo que tenía que hacer era seguirle la corriente a la gente que lo rodeaba. Fuese lo que fuese que vieron al mirar a Ejaz, ¡todo era verdad! Así que ahora tenía un nuevo nombre, una nueva lengua y una nueva vida. Pero a medida que pasaban los años y crecía, empezó a echar de menos a la familia que veía en sus sueños y un día no pudo soportarlo más y telefoneó a casa. Quizá ese fuese su mayor error. Al menos eso pensaba Zamir mientras escuchaba a Ejaz.

Aquel día deambularon por el recinto del festival hasta la noche, bebiendo cerveza y fumando hachís. También hablaron.

Se perdieron varias veces entre la multitud y otras tantas veces se volvieron a reencontrar y, al final, se tumbaron en el césped del jardín de una iglesia. Su borrachera duró un día y una noche y por la mañana quedaron inconscientes.

Fue esa noche cuando Zamir obtuvo de Ejaz el número de teléfono de Cengâver. Era el hombre que se había acercado a Ejaz hacía un año, cuando fumaba un cigarrillo ante la puerta de salida de emergencia del edificio del Palacio de las Naciones. La idea de una fundación para la paz había captado el interés de Zamir. En especial la idea de reconciliar a la gente. Quizá porque él nunca había llegado a hacer las paces consigo mismo.

Por la mañana, se dieron un abrazo y se separaron. Ejaz siguió su camino, Zamir se fue a su hotel. Ejaz regresó a Turquía... para ver a su padre. Y después desapareció. Entonces la FUNDACIÓN PARA LAS PERSONAS MIGRANTES, para la que había recaudado donativos, aplicó una *damnatio memoriae* y borró a Ejaz del historial de la organización, de modo que fue como si Ejaz nunca hubiera existido.

Pero antes, como él y Ejaz habían acordado, Zamir acudió a la cita con Cengâver. Aunque Cengâver se sorprendió al ver a Zamir cuando esperaba ver a Ejaz, no le importó el cambio. Después de todo, Zamir también tenía los criterios que buscaba para un nuevo candidato a enlace. Y esos criterios eran los siguientes: ser huérfano y haber sido criado por una fundación. Como supo más tarde, Cengâver tenía la siguiente teoría: los niños criados por fundaciones eran la encarnación de una perfecta contradicción; la contradicción perfecta residía tanto en valorar la vida humana como en odiar a los seres humanos. Por lo tanto, la teoría era correcta y Zamir era exactamente la persona que Cengâver estaba buscando.

Pasaron aquel día juntos y Cengâver le dijo a Zamir que le llamase cuando se sintiese preparado. Pero Zamir tardó diez años en sentirse preparado para la PRIMERA FUNDACIÓN MUNDIAL PARA LA PAZ. Durante ese tiempo, Zamir intentó tantas cosas en la vida, fracasando en todas ellas, que finalmente se desesperó y llamó a Cengâver. El día que Eli contestó al teléfono cuando por fin hizo esa llamada, se había convertido en un joven que no sabía qué hacer con su vida ni para qué existía.

—No importa —dijo Cengâver—. Ven a verme a Ginebra. Empezar de nuevo. Eso es lo que vas a hacer. Porque la paz significa un nuevo comienzo. ¡Desde el mismo principio!

¿Cómo rompieron Jacinta y Zamir? ¿O cómo consintieron Jenna y ALL FOR ALL en dejar ir a Zamir? Nada de eso importa. Lo único que importa es lo siguiente: un día, tras trece años como enlace de la PRIMERA FUNDACIÓN MUNDIAL PARA LA PAZ, Zamir tomó una decisión.

—¡Me niego a ser metralla en un mundo donde todo es metralla! —afirmó.

30 DE DICIEMBRE

El ser humano tiene una capacidad natural para otorgar valor intrínseco a otro ser humano. No es ahí donde reside el problema. Sin embargo, el valor que le da varía en función de la distancia que le separe de esa otra persona. Desde que había comenzado a valorar más a quienes tenía más próximos, había dejado de interesarse por los que se encontraban lejos. Por esta razón, cuando esa distancia supera unos determinados kilómetros, las demás personas se convierten a sus ojos en meros estereotipos, o incluso en objetos. Por ejemplo, cuando un portugués habla de un español, no lo llama europeo, sino que se refiere a su nacionalidad, mientras que a un ugandés o a un birmano los califica de africanos o asiáticos, refiriéndose al continente en el que viven. Y, por supuesto, lo contrario también es cierto. De igual manera, a los ojos de ese ugandés o birmano un portugués es solo un europeo. En otras palabras, a medida que aumenta la distancia, se pierden detalles y las personas se perciben como una masa. La misma tendencia se observa en la relación del hombre con el tiempo. A medida que nos alejamos del periodo de tiempo en el que nos encontramos, los días, meses y años pierden su importancia y todos ellos se convierten en siglos. Como si todos los días de un siglo fueran iguales, se crean frases que empiezan por «La gente en el siglo XV...».

Así pues, el problema era que el valor que unas personas les conceden a otras disminuye, o incluso desaparece, a medida que aumenta la distancia entre ellas. Por lo tanto, esto era lo primero a lo que me tenía que enfrentar. Porque si el ser humano pudiese valorar por igual a todos los seres humanos del mundo, no podría matarlos ni soportar ver cómo los matan. Y esa era la base de la paz. Como Cengâver le había dicho a Ejaz muchos años atrás: «el objetivo es evitar que la gente se mate entre sí». Y eso era exactamente lo que iba a hacer. A fin de cuentas, como dijo Asbjorn, yo había muerto ya tres veces y otras tantas había resucitado. Incluso había nacido enamorado de la vida. ¡Así que era la vida lo que tenía que salvar! Si se pudiese evitar que las personas se matasen entre sí, se podría construir toda una nueva civilización sobre esos cimientos. De lo contrario, ningún progreso humano podría ser permanente. Ni derechos humanos, ni libertades, nada. Porque hasta que el derecho a la vida no esté en verdad garantizado, todos los demás derechos y libertades carecen de sentido.

Pensaba en ello mientras el avión privado que había alquilado despegaba de Ginebra. La noche había sido muy ajetreada. Dos personas habían muerto justo a mi lado, por lo que había tenido que prestar declaración a la Policía y luego me había ido al hotel donde me alojaba. Me había duchado y había pasado quizá una hora intentando quitar las manchas de sangre de mi ropa. Luego me había sentado en la cama y me había puesto a pensar. ¿Qué impide que la gente se mate? Esa era la única pregunta que me planteaba. Las leyes o los tratados internacionales habían intentado impedirlo, sí, pero todos los intentos habían sido ineficaces. Porque el hombre no es una criatura racional que calcule las consecuencias de su comportamiento. Por mucho que evolucionase, no era más que un amasijo de emociones. Así que lo único que lo detendría solo podía ser una llamada que apelara a sus emociones, y eso era lo que hacía la religión. Y en todas las religiones la vida humana era sagrada. Pero ni siquiera eso había podido nunca evitar los asesinatos. De hecho, la religión había sido siempre uno de los conceptos más explotados a la hora de establecer discriminaciones. Aun así, mi experiencia me decía que no había mejor herramienta en este mundo para limitar el comportamiento humano que la religión. Por lo tanto, lo que necesitaba era desarrollar una nueva perspectiva de la religión. Quizá más que una perspectiva, una nueva religión.

Tres días antes, en el camino de Ámsterdam a Flevoland, Kona, la maga de Dadjo, me había preguntado:

—¿Cuál es tu religión?

La respuesta a esa pregunta era la clave de todo. Podía sentirlo con todo mi ser. Tenía que hallar una respuesta a esa pregunta de tal manera que la gente dejase de matarse entre sí, ¡con independencia de la distancia que los separara!

En ese momento pensé en Ejaz. Aunque todo el mundo pensaba que era un pobre inmigrante debido a las circunstancias, en realidad era el capitán de aquel barco. Este dato había cambiado toda la historia. Cuando resultó que él había sido el capitán, toda la responsabilidad había pasado a recaer en él. Me paseaba por la habitación del hotel y hablaba solo:

—¡Pero Ejaz no era solo el capitán! Técnicamente, también era un pasajero. Si los pasajeros fuesen las personas y el capitán fuese Dios...

¡Ya lo tenía! ¡Sí! Todas las religiones hasta nuestros días han predicado que está prohibido matar a un ser humano solo porque Dios lo ordena. ¡Y eso nunca ha funcionado! Pero, ¿y si llegase una religión que dijese que el hombre es Dios? ¿O incluso que el hombre es a la vez siervo y Dios, igual que Ejaz es a la vez capitán y viajero? ¿Qué pasaría entonces? Un creyente en una religión así, por supuesto, no podría matar a nadie. Porque a sus ojos, ¡todo ser humano sobre la tierra sería un Dios! Según Christelle, Cengâver se creía Dios.

Se equivocaba.

¡Todos en este mundo eran Dios! Miles de millones de personas que eran a la vez dioses y siervos. Si todos se adorasen unos a otros, ¡nadie permitiría que matasen a nadie! ¡Porque nadie querría que muriese el Dios en el que creía! Además, ¡Dios sería la suma total de todas las personas que vivían en la Tierra! Todos los seres humanos decidirían en conjunto qué camino tomaría la humanidad. Pero ninguno de ellos se daba cuenta del poder que tenían. Pero si alguien viniera y desarrollase una nueva religión... ¡Claro! ¡Esto era crucial! ¡El ser humano ha inventado todo lo que tiene! ¡Que invente también su religión! ¡No solo inventarla sino desarrollarla también! Debería crear una religión que le impidiese matar y convertirla en la base de su existencia. ¡Mientras crea que él y los otros miles de millones de personas son Dios! Es una cuestión de fe. Si cree con suficiente fuerza, ¡se hará realidad! ¿No lo dijo ya William Isaac Thomas? Si uno reconoce una situación como real, sus consecuencias se vuelven reales. No importa si la situación inicial es real o no. ¡Basta con que se crea que es real! ¿Acaso no es eso también lo que está detrás de la pregunta «¿Existe Dios?», que se le va a plantear a la población de Turquía el 1 de enero? Dentro de dos días, cuando decenas de millones de personas voten, puede que no se den cuenta, pero en ese plebiscito lo que estarán diciendo en realidad será: ¡Yo existo! ¡Nosotros existimos! ¿Y qué fue lo que dijo Cengâver?

La paz es volver a empezar.

También lo era una nueva religión. Porque, en primer lugar, implica un nuevo calendario. Así podríamos empezar de cero y escribir una nueva historia y sin matarnos los unos a los otros esta vez. Despuntaba el amanecer cuando se me ocurrió esta idea. Estaba tan emocionado que comencé a visualizar los símbolos de la nueva religión. Basándome en la luna creciente del Islam, la última religión abrahámica, pensé que la luna llena sería un símbolo adecuado. Tal vez fuese porque había luna llena tras las nubes del cielo cuando caminaba por el desierto de Gobi con el cadáver de una niña a la espalda, no lo sé. Me arreglé y me vestí de inmediato. Aunque no tenía ni idea de adónde ir, sí, estaba decidido e iba a iniciar esa religión. ¡Y tenía que darme prisa! No había tiempo que perder. En algún lugar del mundo moría gente cada segundo. ¡Y la locura llamada año 2000 iba a dar comienzo con masacres que usaban a gente como Chasta! Tenía que actuar ya y difundir esta religión que reconocía al hombre como Dios. Como Humanidad. Esta era nuestra única salvación. ¡Todos tenían que comenzar a adorar a todos de inmediato! Pero para eso, ¡primero había que verse! Porque ese era también un gran problema. ¡Nadie miraba a nadie, nadie veía a nadie! Chasta no pudo ver más allá de la pared de su celda durante años. Palestinos e israelíes vivían unos al lado de los otros, pero no se veían. Caminaban por la misma calle pero por aceras diferentes y se torcían la cara al cruzarse. Sin embargo, si pudieran verse, todo cambiaría. Si la gente pudiese ver a la gente, el mundo sería completamente distinto.

¡Porque la naturaleza humana es creer en lo que se ve!

Entonces me detuve de repente y cogí el teléfono. ¡Porque lo había encontrado! Ahora sabía cuál era la acción que anunciaría esta nueva religión al mundo: ¡Iba a hacer algo para que la gente pudiera verse los unos a los otros por fin! Sería una acción tan grande y significativa que todos estos pensamientos cobrarían vida en la mente de cada persona que la presenciara. Y lo que es más importante, todos ellos se darían cuenta y creerían que existe un Dios y ya nadie sería profeta. Porque en una religión en la que Dios y el siervo están en el mismo cuerpo, no habría necesidad de un mensajero.

Era temprano por la mañana cuando hice aquella llamada. Así que tardé mucho en que la persona a la que llamaba despertase y se me pusiese al teléfono. Se trataba del miembro más problemático de la familia real saudí, que siempre andaba metido en líos por su adicción al juego y a la cocaína. Se llamaba Abdussalam y estaba convencido de que estaba loco. ¡Pero yo no! Me insultó un poco por llamar tan temprano y luego decidió escucharme.

—¡Te voy a hacer un regalo que cambiará tu vida!

—¿De qué estás hablando? ¿Qué regalo?

—Te lo voy a decir... ¡Pero que sepas que con este regalo recuperarás toda tu dignidad! ¡Tu familia volverá a respetarte! Y lo más importante, ¡tu tío te respetará!

Su tío era el rey de Arabia Saudí.

—Te escucho —dijo Abdussalam.

—Hay un dispositivo llamado *bicho de invisibilidad*. Te hace invisible.

Se echó a reír. ¡Pero yo hablaba en serio!

—¡Hablo muy en serio! Quiero llevártelo y enseñártelo cuanto antes.

—¿Estás de broma, Zamir? ¿Qué voy a hacer con un dispositivo de invisibilidad?

Su cerebro se había convertido en el cráter de un volcán activo a causa de la cocaína y no podía entender lo que le estaba ofreciendo. Tenía que ser más claro.

—¿Sabes lo que vas a hacer? Vas a coger ese aparato y vas a ir a ver a tu tío y le vas a decir: a partir de ahora, con este dispositivo, ¡todas las mujeres de Arabia Saudí serán invisibles! Así que podrán llevar lo que quieran y hacer lo que quieran. ¡Pero nadie las verá! Las mujeres serán libres y nadie pecará.

—No hace falta —dijo tras un breve silencio—. ¿A quién le importan las mujeres?

—Pero la opinión pública internacional... —empecé a decir y me interrumpió.

—¿Qué opinión pública? ¿América? ¿La Unión Europea? ¡Ninguno de ellos puede decirnos nada sobre las mujeres! Será mejor que se lo vendas a los iraníes.

Tenía razón, claro. A nadie le importaban realmente las mujeres saudíes. Tanto es así que en una ocasión quince chicas murieron calcinadas en un incendio en una residencia de estudiantes en La Meca porque no se les permitió salir del edificio ¡por no llevar niqab! Además, ningún país que se preciase de ser civilizado podría decirles a los saudíes una palabra sobre los derechos de la mujer. A sus ojos, no había ningún problema de derechos de la mujer en Arabia Saudí, ¡como tampoco se le ponía la *pricetag* de vandalismo a los ataques de colonos israelíes contra las mezquitas! Debería haber enfocado la cuestión desde otro ángulo.

—¡Hay activistas por los derechos de las mujeres que llevan años encarceladas en vuestras prisiones! Algunas incluso están en huelga de hambre. ¡Y sé que tu tío está harto de esas mujeres! Quizá si pudiera reunirme con ellos y convencerles de este proyecto...

Estaba diciendo chorradas. ¿Qué activista por los derechos de la mujer estaría de acuerdo con que una mujer fuera invisible? Pero estaba lidiando con un cocainómano. Así que la única manera de entendernos era diciendo chorradas.

—¡Vente! —dijo Abdussalam—. ¡Sube a un avión y ven ya!

—¡Pero se necesitan muchos permisos para entrar en el país y también para circular libremente!

—¡Yo lo arreglaré todo! —dijo. ¡Y eso era lo que quería oír!

Recogí mis cosas y salí de la habitación del hotel para dirigirme al aeropuerto de Ginebra y alquilar un avión. Y estuve en ese avión casi cinco horas. Todo el mundo me había estado llamando desde primera hora de la mañana, en especial Calhoun, pero no contesté al teléfono. Ya no me importaba nada ni nadie. Porque tenía un trabajo que era más importante que nada ni nadie.

En concreto, una misión sagrada...

La azafata se me acercó y me dijo que pronto aterrizaríamos en el aeropuerto de La Meca. Si hubiese podido sonreír, habría sonreído.

31 DE DICIEMBRE

Son las 23:41.

Estoy en mi caja fuerte en la Caja Negra de Bruselas, sentado ante el escritorio de Churchill. Tengo el estuche del chelo y mi maleta. También tengo todas las notas y grabaciones de audio que había recopilado Yusuf Ali. Ante mí hay un cuaderno en blanco. Lo escribiré todo en este cuaderno. Explicaré con todo detalle cómo surgió la nueva religión y cómo llegué a esta idea. Pero este cuaderno no contendrá ni las reglas ni los rituales de la nueva religión. Por supuesto, soy consciente de que una religión trata ante todo de la existencia y de la muerte. Todas las religiones del mundo ofrecen a la gente explicaciones sobre de dónde vienen y adónde van. De hecho, todas las religiones comienzan ofreciendo esa información. Pero esta nueva religión no lo hará. Porque lo que hará será recordarle a la gente quiénes son y dónde están aquí y ahora: si de verdad quieren saber de dónde vienen o adónde van después de la muerte, tendrán que aceptar que todo ser humano es Dios y comprometerse a no matar a ninguno de ellos. Si quieren saber por qué hay vida en esta tierra, primero deberán dejar de destruir esa vida. Eso es todo. Y el resto de la nueva religión la tendrían que escribir todos juntos.

Así que en este cuaderno que tengo delante solo estará mi historia, que termina con la proclamación de la nueva religión. Escribiré el libro que Yusuf Ali no pudo escribir y no abandonaré esta cámara hasta que lo termine. Este lugar es como un refugio; tiene todo lo que necesito. Contaré la historia de Zamir en dos partes. Una parte irá desde Zerre hasta Ejaz y la otra abarcará estos últimos siete días. Escribiré mi pasado como profeta de Dios y mi presente como yo mismo. Para que se entienda que yo, como todos los hombres, soy a la vez Dios y siervo.

Son las 23:53.

Siete minutos para que el mundo entre en una nueva era. ¡De ahora en adelante, nadie matará a nadie! Porque el mundo entero ha visto ya lo ocurrido esta mañana. Aunque todo empezó ayer, en cuanto el avión en el que viajaba aterrizó en el aeropuerto de La Meca. Llamé a Abdussalam, aunque sabía que no podría separarse de su tío porque era la víspera del Eid. Asistía a una cena para familiares en palacio. Quedamos en vernos al día siguiente, hoy, y me fui a mi hotel. En una ocasión un hombre llegó a alquilar las ventanas de su casa a quienes querían ver la revuelta popular en la ciudad. Pensé en él al entrar en el hotel porque desde la ventana de mi piso 28 podía ver la Kaaba.

Me puse el ihram[14] y salí del hotel. La calle estaba llena de gente de todo el mundo que había venido en peregrinación. Pasé entre la multitud con dificultad y entré en Masyid al-Haram con un permiso especial que llevaba el sello real. Bebí de los dispensadores que ofrecían agua del pozo de Zamzam y me dirigí a la Kaaba atravesando la enorme amplitud de aquel espacio. Hubo una ocasión en que un miembro de la Guardia Nacional saudí tomó como rehén a la grey aquí congregada con el fin de anunciar la llegada del Mahdi. Este incidente, que pasó a la historia como el Asalto a la Kaaba, fue resuelto por soldados franceses llamados al país por la familia real y que solo pudieron acceder a la Masyid al-Haram tras pronunciar

[14] Vestimenta ritual que deben vestir los hombres que realizan la peregrinación a La Meca o hajj. Consiste en dos piezas de tela blanca sin costuras que se enrollan alrededor del cuerpo.

la Kalima Shahadat.[15] También aquí se habían organizado numerosas protestas de los iraníes que acusaban a los saudíes de estar bajo el yugo estadounidense. Así pues, Masyid al-Haram no era solo un lugar de culto, sino también un espacio de conflictos históricos. Y ahora, conmigo, sería el punto de partida de una nueva era. Una era de paz comenzaría aquí y duraría mientras el mundo girase.

El Kisve-i Sherif que cubre la Kaaba se había cambiado tras la oración de la mañana de la víspera, como se hace todos los años. Podría haber hecho lo que iba a hacer mucho más fácilmente en la fábrica donde se tejía el Kisve-i Sharif, que era también un museo abierto al público. Pero, claro, ya era demasiado tarde. Así que continué caminando y, cuando ya me acercaba a la Kaaba, unos soldados quisieron detenerme. Pero no hubo problema. Un permiso con el sello real podía abrir cualquier puerta.

¡Sobre todo las puertas construidas con seres humanos!

Cuando regresé al hotel estaba demasiado emocionado como para sentarme. Ni dormir, por descontado. Antes de la oración del Eid, esta mañana temprano, he vuelto a Masyid al-Haram. Esta vez en la compañía de un millón de personas. Había quienes realizaban la circunvalación de salutación, dando vueltas alrededor de la Kaaba como una nube blanca. Al mismo tiempo otros formaban anillos entrelazados alrededor de la Kaaba, en filas apretadas. Cada una de las personas allí presentes estaba viviendo el momento más importante de su vida. Veía cómo se les llenaban los ojos de lágrimas de alegría por este momento que nunca olvidarían. Estábamos hombro con hombro y nos mecíamos suavemente como un océano humano. Con la llamada a la oración, el tiempo se detuvo y permanecimos con los ojos puestos en la Kaaba. Sentía el pulso acelerado y la cabeza me daba vueltas. Primero qiyam,

[15] La proclamación de fe del Islam

luego ruku, qiyam de nuevo y finalmente postración.[16] En ese preciso instante pulsé el botón del mando a distancia que tenía en la mano. Y empecé a contar. Durante aquellos tres segundos se hizo tal silencio que pude oír los latidos de mi corazón. Entonces el Masjid al-Haram se llenó de gritos tan desaforados que ni siquiera pude oír mi propia voz. Esos fueron los tres segundos que me interesaron. Unas horas más tarde, en el avión que despegaba hacia Bruselas, vi por televisión lo que había sucedido en aquel corto espacio de tiempo. Después de todo, me hallaba en postración cuando pulsé ese botón, así que, obviamente, no pude ver el comienzo de la era de la paz.

Un millón de personas se postraban ante la Kaaba. Y de repente, la Kaaba desapareció. Durante tres segundos el hombre adoró al hombre y el mundo entero pudo verlo. En el décimo segundo, la Kaaba reapareció, aunque todas las personas que estaban allí ya habían perdido la cabeza y se habían vuelto locas. El *bicho de invisibilidad* estaba en el Kisve-i Sharif. Tal como había dicho Dadjo, los chinos se enteraron por sus satélites de que se estaba utilizando sin su permiso e intervinieron a los diez segundos, por lo que todos los musulmanes del mundo recuperaron su Kaaba y yo cumplí mi deseo.

Lo fundamental era que se viera. Y el mundo entero había visto lo ocurrido. Nadie tiene poder para cambiar eso. La imagen de un millón de personas postradas unas ante otras ya no puede borrarse de la memoria de la humanidad. Por tanto, se ha dado el primer paso hacia una nueva religión. Ahora toca escribir sobre el significado de ese momento que el mundo entero ha visto.

Pero antes... Me levanto y camino hasta el estuche del chelo. Lo abro y levanto el chelo. Debajo, pequeña y blanca, hay otra caja. En mi profesión, a esta caja se le llama *infierno*. Porque sea lo que sea

[16] Posturas de la oración musulmana.

lo que contiene, ningún escáner de seguridad puede detectarlo. Saco la caja, me siento en la silla y la pongo sobre la mesa. Abro lentamente la tapa. Ante mí está la pistola con la que Cengâver se disparó.

Estoy en mi caja fuerte. Tú estás en tu caja fuerte. Él en la suya. Lo sé. Todo esto solo podrá rematar conmigo muerto o con un libro titulado *Mi nombre es Zamir*. Suena una voz por el interfono de la pared pero no entiendo lo que dice. Hay algunas interferencias, así que solo oigo la mitad de lo que dice.

No tiene importancia, o eso creo. A fin de cuentas, la vida es algo que siempre queda inconcluso. Me recuesto y respiro hondo. Por desgracia, mi refugio huele a moho. En ese momento siento humedad en la mejilla. Una lágrima. Por fin puedo llorar. No estoy loco, aunque todo el mundo piense que lo estoy. Porque como cualquier persona cuerda, me río solo porque puedo llorar.

Son las 00.00.

Ahora puedo empezar de nuevo. Desde cero. De hecho, mi historia puede comenzar exactamente en el día en que desapareció mi rostro. Porque si existiese un día así en este maravilloso planeta llamado Tierra, entonces, todo en este universo es metralla. Y lo que se expande es en realidad una nube de metralla...